# UN INSTANT DANS LE VENT

*André Brink est né en Afrique du Sud en 1935. Professeur à l'université de Grahamstown, il est le traducteur en afrikaans de Shakespeare et de Camus.*

*Il a pris la tête des romanciers afrikaners, ceux de la génération des Sestigers (Hommes des années 60), qui s'est attaquée à tous les tabous, sexuels, religieux, etc. Groupe qu'il devait quitter en 1968 pour prendre une position politique plus nette et plus engagée contre l'apartheid.*

*En 1973, il publie* Au plus noir de la nuit *(en afrikaans) qui est aussitôt interdit. Le livre paraît en anglais (traduit par l'auteur) et connaît un très grand succès en Angleterre. Il en sera de même en France, en 1976. Puis ce sera* Un Instant dans le vent *(1978),* Rumeurs de pluie *(1979). Son quatrième roman,* Une Saison blanche et sèche *a obtenu le prix Médicis Etranger en 1980. Il publie ensuite* Sur un banc du Luxembourg, *paru en 1982 et, en 1982 également, un cinquième roman,* Un Turbulent Silence.
*André Brink est marié, il a trois garçons et une fille.*

L'expédition conduite par Erik Larsson à l'intérieur du continent sud-africain se termine par un désastre : le guide se suicide, les porteurs s'enfuient, les deux Blancs qui l'avaient conçue meurent. Elisabeth Larsson reste seule survivante au milieu de l'immense *veld*. Apparaît Adam, un esclave en fuite, qui a suivi le convoi de loin.

Cette femme blanche, cet homme noir que tout sépare vont cheminer ensemble des semaines, des mois, vers ce qu'ils appellent encore la civilisation. Mais le vrai cheminement s'accomplit en eux-mêmes, à la rencontre l'un de l'autre et de l'amour qui va les unir.

Le précédent roman d'André Brink, *Au plus noir de la nuit*, qui traitait également des amours d'un Noir et d'une Blanche, a été interdit en Afrique du Sud dès sa publication, en 1974, avant de devenir un succès international. On retrouve dans *Un Instant dans le vent* la même langue somptueuse, le même amour passionné de la terre africaine, et la même condamnation des rigueurs de l'apartheid.

*Paru dans Le Livre de Poche :*

AU PLUS NOIR DE LA NUIT.
UNE SAISON BLANCHE ET SÈCHE.
UN TURBULENT SILENCE.
RUMEURS DE PLUIE.
LE MUR DE LA PESTE.

# ANDRÉ BRINK

# *Un instant dans le vent*

ROMAN

TRADUIT DE L'ANGLAIS
PAR ROBERT FOUQUES DUPARC

STOCK

*Titre original :*

**AN INSTANT IN THE WIND**
**(W. H. Allen, Londres 1976)**

*Pour Breyten.*

*Une si longue route à parcourir pour toi et moi.*

*Ainsi donc suis-je entré dans ce monde divisé*
*Pour traquer la présence chimérique de l'amour,*
*[sa voix*
*Un instant dans le vent (dans quel sens dirigée?)*
*Bref instant pour saisir chaque choix désespéré.*

HART CRANE.

« Nous vivons dans une structure sociale détraquée, déséquilibrée, dont nous avons sublimé les obstacles à notre manière. Nous avons psychologiquement dépassé sa folie et sa répression. Nous nous sentons pourtant bien seuls, là où nous sommes parvenus. Nous nous reconnaissons. Et, nous étant reconnus, est-il bien étonnant que nos âmes se raccrochent l'une à l'autre quand nos esprits mêmes divergent, vacillent, hésitent et tremblent?

ELDRIDGE CLEAVER.

L'expédition menée par Erik Alexis Larsson dans l'intérieur du continent sud-africain fit halte pour la dernière fois quelque part le long de la Great Fish River, au début de l'année 1749. Le guide s'était suicidé, les porteurs hottentots s'étaient enfuis et les Boschimans, au cours de leurs raids éclairs, avaient tout volé à l'exception de deux bœufs. Elisabeth Larsson, seule survivante, ne le savait pas, mais son mari gisait dans un fourré à quelques kilomètres d'elle, enfoui sous une couverture de branchages...

*Qui étaient-ils?* Leurs noms sont connus – Adam Mantoor et Elisabeth Larsson – et quelques fragments de leur histoire ont été conservés. Nous savons qu'en 1749, dernière année du mandat du gouverneur Swellengrebel, Elisabeth accompagna son époux, l'explorateur suédois Erik Alexis Larsson, au cours d'un voyage dans l'intérieur des terres du cap de Bonne-Espérance où il mourut peu de temps après; qu'elle fut finalement découverte par un esclave en fuite, Adam, et qu'ils atteignirent ensemble Le Cap à la fin du mois de février 1751. Un détail intéressant, une simple note de bas de page qui n'apporte rien de plus à notre connaissance du pays ou au cours de l'histoire.

*Qui étaient-ils?* Quelques indications supplémentaires peuvent être données en retraçant, avec beaucoup de difficulté et un peu de chance, la longue histoire des morts jalonnant leurs généalogies.

*Adam Mantoor.* En 1719, Willem Louwrens Rieckert, fermier de la région de Constantia, déclara sur le registre des esclaves du Cap la naissance d'un certain Adam dont la mère, une Hottentote enregistrée sous le nom de Krissie, était également connue sous le nom de Karis. Mais comme les Hottentots n'étaient généralement pas tenus en esclavage à cette époque-là, une recherche supplémentaire s'impose pour expliquer qu'elle ait été engagée au service de Rieckert en 1714 à l'âge de dix ou onze ans, après avoir été découverte par les membres d'une expédition sur l'Olifants River, peu de temps après l'épidémie de variole qui avait décimé la colonie l'année précédente. Le père de son enfant s'appelait Ontong. C'était un esclave du Cap, également au service de Rieckert, qui avait été très vite vendu à un certain Jeremia Van Niekerk, un fermier de Piquet Berg, pour la somme de huit cents rixdollars. Cet Ontong, né en 1698 ou 1699, semble avoir été le fruit d'une liaison entre un esclave, Afrika, importé de Madagascar, et une esclave, Seli, ramenée de Padang, à peine nubile. Il est vraisemblable que cet Afrika était ce même esclave qui, en 1702, fut supplicié devant la Citadelle pour sédition et assassinat de son employeur, un certain Grové. Le bourreau aurait, pour services rendus, reçu une prime de seize rixdollars – quatre pour l'usage des fers et douze pour avoir soumis le condamné au supplice de la roue sans lui infliger la mort.

Quarante ans plus tard, le petit-fils d'Afrika, Adam, devint un hors-la-loi à son tour en désobéissant aux instructions de son maître, le même Willem Louwrens Rieckert, et en l'attaquant avec un morceau de bois. Pour ce crime, Adam fut condamné, après un procès juste et équitable, à la flagellation et aux fers, puis au bannissement à Robben Island. En 1744, son évasion est mentionnée sans autres détails particuliers. Adam disparaît durant les sept années qui suivent. Il est finalement flagellé en mars 1751 (trois rixdollars) et étranglé (six rixdollars).

*Elisabeth Larsson.* On a longtemps supposé qu'elle était arrivée de Suède avec son époux. Mais on a retrouvé depuis, dans les Archives du Cap, une lettre datée du 17 mai 1749 (Réf. n° C 41, p. 154) par laquelle le gouverneur Swellengrebel autorisait le voyage dans l'intérieur des terres. Dans cette lettre, les membres de l'expédition apparaissent comme suit : Hermanus Hendrickus Van Zyl, colon libre de Stellenbosch; Erik Alexis Larsson de Göteborg, Suède, et « sa conjointe Elisabeth Maria Larsson, *née* Louw, du Cap ».

Le fondateur de cette branche de la famille, Wilhelmus Janszoon Louw, arriva au cap de Bonne-Espérance en 1674 comme soldat de la Compagnie des Indes orientales, accompagné par sa femme et ses deux jeunes fils. L'un des enfants mourut en 1694 durant la traversée en bateau, venant de Texel. L'autre, Johannes Wilhelmszoon (né en 1668), épousa une jeune huguenote, Elisabeth Marie Jeanne Nourtier (née à Calais en 1676). A cette époque-là, Wilhelmus, le père, avait déjà obtenu son congé de la Compagnie et s'était établi comme fermier dans la région de Stellenbosch. Son fils et sa belle-fille s'installèrent eux aussi à la ferme car, semble-t-il, son état de santé étant trop précaire, Wilhelmus ne pouvait plus faire face tout seul aux travaux agricoles.

Six enfants naquirent de l'union de Johannes et de la jeune Française : Jean-Louis (1696 – mort six mois plus tard), Elisabeth-Marie (1697), Marcus Wilhelm Johannes (1698), Aletta Maria (1701), Anna Gertruida (1703) et Jacomina Hendrina (1704). Il semblerait que Johannes ait joué un certain rôle dans l'insurrection des colons contre le gouverneur Willem Adriaan Van der Stel mais qu'il soit mort en 1705 avant que la lutte n'ait atteint son apogée avec la déportation du gouverneur. Après sa mort, sa veuve se remaria avec un certain Hermanus Christoffel Valck et donna naissance à trois autres enfants.

Le seul fils de la famille, Marcus Wilhelm Johannes, ci-dessus mentionné, entra au service de la Compagnie où, de simple employé, il fut très vite promu au rang de comptable pour finir sa carrière comme gérant des entrepôts, ou *dispensier*. En 1721, il épousa Catharina Teresa Oldenburg (née en 1703), fille d'un distingué inspecteur de la Compagnie venu cette année-là de Batavia en visite au Cap.

Deux fils naquirent de ce mariage – en 1722 et 1724 respectivement. Tous les deux moururent peu après leur naissance, laissant Elisabeth Maria (née en 1727) fille unique. Il est intéressant de noter qu'entre 1740 et 1748, Marcus eut cinq autres enfants de trois esclaves à son service. A sa mort, en 1750, ces cinq enfants faisaient partie du patrimoine.

Elisabeth Maria rencontra probablement le voyageur suédois Larsson peu de temps après son arrivée au Cap en février 1748. Ils se marièrent un an plus tard, à la veille de leur départ pour ce dramatique voyage dans l'intérieur des terres. Que Larsson ait décrit son voyage aux autorités comme une simple expédition de chasse et non comme un voyage d'exploration (son permis lui donnait le droit de tuer éléphants, rhinocéros, hippopotames et autres « bêtes exotiques ») peut expliquer pourquoi cette entreprise attira si peu l'attention. A cette époque-là, la Compagnie rechignait à voir des étrangers se lancer dans ce genre d'expédition – il n'en sera plus de même quelque vingt années plus tard lors des visites des illustres compatriotes de Larsson, Thunberg et Sparrman – mais il est raisonnable de penser que Larsson lui-même fit tout pour ne pas être contrarié dans la réalisation du projet qui lui tenait au cœur, c'est-à-dire la collecte et l'inventaire des plantes, oiseaux et animaux inconnus en Europe et, par-dessus tout, l'observation géographique intensive ayant pour but de reconnaître l'intérieur du pays et d'en dresser une carte.

A son retour au Cap, Elisabeth Maria Larsson, *née*

Louw, se remaria. (Le registre des mariages ne donne que son nom de jeune fille, ce qui pourrait expliquer la confusion qui a si longtemps régné sur sa véritable identité.) Son second mari était un de ses voisins, plus âgé qu'elle (né en 1689), et la cérémonie eut lieu en mai 1751. Au mois d'août de la même année, elle donna naissance à un fils. Son mari mourut peu de temps après. Elle ne se remaria pas.

Il existe aux Archives du Cap, au nom d'Elisabeth Jacobs, un recueil de *Mémoires* manuscrits de quatre-vingt-cinq pages in-octavo, dans lequel, assurément au bénéfice de son fils, Elisabeth donne un compte rendu très succinct de sa vie. Elle y relate avec beaucoup d'objectivité et de pudeur, traits remarquables dans les circonstances où cela fut écrit mais sentiment épouvantablement frustrant pour l'historien, son voyage dans l'intérieur des terres : « Avons quitté Le Cap en avril 1749 avec deux chariots bâchés; avons franchi la chaîne des Hottentot's Holland en direction des Warm Baths. » Elle décrit dans la même veine la route côtière jusqu'à Mossel Bay, la chaîne des Outeniqua, et de là, loin vers le nord, en faisant un large demi-cercle par le Camdeboo vers l'intérieur du Winterberg et du Suurveld, la province orientale du Cap. Le compte rendu laisse entendre que la jeune mariée trouva ce voyage très intéressant au début mais que son excitation laissa très vite place à l'ennui pour finalement en arriver à un sentiment d' « insoutenable répulsion ». Son mari vouait le plus clair de son temps à ses fiévreuses activités scientifiques, herborisait, tuait, empaillait des animaux, préparait les peaux, collectionnait des reptiles et reportait méticuleusement l'avance du convoi sur une carte.

C'est à ce moment-là que commencèrent les ennuis avec Van Zyl qui s'était joint à l'expédition en tant que guide mais qui l'avait très vite égarée. Les choses s'aggravèrent soudainement quand, après une violente querelle, Van Zyl se précipita dans les fourrés et se fit sauter la cervelle d'un coup de pistolet. Peu après, une bande de Boschimans vola vingt des bœufs, obligeant les voyageurs à abandonner l'un des deux chariots. Un peu plus tard, tous les porteurs hottentots désertèrent, emmenant avec eux les bœufs qui restaient sauf deux. Puis Erik Alexis Larsson partit tout simplement vers l'inconnu et disparut. Ils campaient alors quelque part sur les bords d'un des affluents de la Great Fish River. C'est à ce moment-là qu'Elisabeth fut découverte par l'esclave en fuite.

Les *Mémoires* ne relatent que bien peu de choses quant à la première partie du voyage de retour vers la mer, mais en disent heureusement un peu plus quant au reste du parcours que l'on peut, par un minimum de réflexion, reconstituer : nord-est de la forêt Tsitsikama, montagnes jusqu'au Lang Kloof et au Petit Karoo et retour au Cap.

Cette information reste cependant bien insuffisante, presque insignifiante. Et seule la dernière phrase, après tant de faits anodins et ennuyeux, nous frappe tout à coup par son sens subtil, quand Elisabeth écrit :

*Ceci, personne ne peut nous l'enlever, pas même nous.*

Tout à fait par accident et dans le cadre des recherches absolument étrangères au sujet, une découverte fondamentale vient d'être faite à Livingstone House, quartiers généraux de la Société missionnaire de Londres : les journaux tenus par Larsson lui-même, en très mauvais état certes, mais encore déchiffrables. Il est impossible de dire comment ces trois volumes in-folio sont parvenus entre les mains des membres de la S.M.L. La seule explication que l'on puisse donner, elle-même tirée par les cheveux, est que des Hottentots passant par là les ont finalement découverts dans la ferme à l'abandon où, plusieurs années auparavant, Elisabeth écrivit sa dernière phrase, et qu'ils les ont donnés aux missionnaires tout proches, établis à Bethelsdorp.

La plus grande partie du journal est écrite de la main de Larsson lui-même – notes abondantes et précises sur leur avance, observations, découvertes, conclusions et espoirs. On y trouve, par exemple, tout un catalogue détaillé de ce qu'ils avaient emporté avec eux en quittant Le Cap dans leurs chariots bâchés. Le premier chariot contenait six énormes coffres (sur lesquels le couple dépliait son matelas chaque soir) et deux plus petits contenant :

*vêtements;*
*sucre candi blanc;*
*café;*
*thé;*
*10 livres de chocolat;*
*1 tourne-broche, des clous, des barres de fer et autres instruments en fer;*
*aiguilles, coton, épingles;*
*objets de troc : perles de verre, briquets à amadou en cuivre, couteaux, tabac, écharpes indiennes, peignes;*
*500 livres de poudre réparties en petits barils, enveloppés de peaux de mouton humides pour protéger hermétiquement la poudre de l'eau;*
*1 tonne de plomb et d'étain, avec un jeu complet de moules;*
*16 tromblons, 12 pistolets à double canon, 2 sabres, 1 dague;*
*12 rames de papier à herboriser;*
*instruments scientifiques comprenant un compas, un hydromètre, une aiguille d'inclinaison, un baromètre d'un mètre de long dans sa boîte, avec un surplus de mercure dans une bouteille en grès.*

Le second chariot contenait deux grandes boîtes vides destinées à abriter les collections de spécimens, d'insectes, etc., ainsi que ce qui suit :

*2 tentes;*
*1 table et 4 chaises;*
*1 gril;*
*1 grande poêle, 2 bouilloires, 4 casseroles, 2 cafetières, 2 théières, 2 tubs et 3 cuvettes;*
*4 tonnelets de cognac, 2 pour conserver les spécimens, les 2 autres pour corrompre et encourager les Hottentots ou pour se faire des amis dans la région;*
*une collection d'assiettes en porcelaine, de plats, de raviers et de tasses.*

Le convoi était accompagné de trente-deux bœufs, quatre chevaux, huit chiens, quinze poulets et six Hottentots.

La distance parcourue ainsi que les conditions météorologiques étaient quotidiennement relevées. On est frappé par les nombreuses références faites au vent : « Venté aujourd'hui », « Venté à nouveau », « Très venté », « Elisabeth se plaint du vent », « Rafales de vent »; et, une seule fois, une référence plus longue – seul passage de son journal où Erik Alexis Larsson frôle d'aussi près la poésie : « Tout l'intérieur ressemble à une mer de vent sur laquelle nous voguons et tanguons, vulnérables. »

On peut également y lire un inventaire journalier des découvertes. Chaque bête ou animal féroce tué y est mesuré, disséqué et décrit en détail. Les événements importants sont rapportés avec tout autant de précision : « Avons été attaqués par un lion blessé. Avons été sauvés à temps par l'Hottentot Booi qui a été mordu au bras avant que l'animal n'ait pu être abattu. Il est intéressant de noter que la chair de Booi, sous sa peau déchirée, était exactement de la même couleur que celle d'un homme blanc. »

Il apparaît également que Larsson avait mis au point une méthode ingénieuse pour abattre les oiseaux sans les blesser, afin de pouvoir les empailler pour sa collection. Cette méthode, « redécouverte » des années plus tard par l'explorateur Vaillant, consistait à verser une toute petite quantité de poudre dans le canon du fusil (la quantité étant déterminée par la taille de l'animal visé et la distance de tir) que l'on maintenait grâce à un bouchon de cire. Il n'y avait plus ensuite qu'à remplir d'eau le canon. L'animal n'était qu'assommé par l'impact et ses plumes mouillées l'empêchaient ainsi de s'envoler.

On ne trouve en revanche que bien peu de références aux événements personnels. Une note très brève de temps à autre : « Me suis querellé avec Elisabeth »; « Elisabeth ne fait malheureusement preuve d'aucun don pour la compréhension des faits scientifiques »; « Elisabeth s'est montrée très exigeante la nuit dernière. Ce matin, encore. Cela ne facilite pas ma concentration. »

Sa dernière remarque (datée du 1er mars 1750) est suivie de quelques pages vierges puis le journal est à nouveau tenu, sans aucune mention de dates, par Elisabeth elle-même. Ses annotations sont généralement plus longues que celles de son mari. Le ton employé est beaucoup plus personnel que celui dont elle usera, des années plus tard, dans ses *Mémoires*. Il se dégage de tout cela un manque regrettable de détails Quelques-unes des expériences qui, à en juger par l'urgence du ton employé, étaient les plus chargées de sens à ses yeux, restent désespérément énigmatiques. Certaines remarques cependant nous font tout à coup prendre conscience d'une existence hors l'histoire :

*Une si longue route à parcourir pour toi et moi.*
*Ô Mon Dieu. Mon Dieu.*

*Qui sont-ils?* Les *Mémoires* et les *journaux* sont en cours de publication sous forme d'éditions annotées et n'attendent plus que l'autorisation de la S.M.L. L'histoire les réclamera alors à son profit, mais l'histoire en tant que telle reste ici hors de propos. Seule cette phrase importe : *Ceci, personne ne peut nous l'enlever...* Ou bien ces mots : *Une si longue route...*

C'est dans ce dessein précis qu'il nous faut épousseter l'histoire, non pour la raconter une fois de plus mais pour la présenter simplement et lui redonner vie. Voyager à travers ces paysages et revenir. Revenir vers la haute montagne qui surplombe la ville aux mille maisons exposées à la mer et au vent. Revenir à travers ce pays vide et désolé – *Qui es-tu? Qui suis-je?* Sans savoir à quoi s'attendre, quand tous les instruments ont été détruits par le vent, quand tous les journaux de bord ont été abandonnés au vent, quand plus aucune autre alternative ne subsiste que celle de poursuivre sa route. Ce n'est pas une question d'imagination mais de foi.

Il la découvre en fin d'après-midi recroquevillée sur la banquette avant de ce chariot, immobile au milieu des figuiers sauvages. Les oiseaux se préparent déjà pour la nuit. Elle est entourée des restes du convoi, de ces reliques qui, dans cette désolation, attestent bien des réussites de sa civilisation : fusils déchargés (les balles ont été tirées la nuit précédente et ce matin), sacs de plomb et de poudre, fleurs séchées, glissées entre deux feuilles de papier blanc taché, oiseaux empaillés et squelettes aux os fragiles et délicats, croquis d'animaux, d'arbres et de campements au pied de collines ou au bord de rivières, petits reptiles conservés dans l'alcool, long tube du baromètre renversé dans son bol de mercure, bouilloire et poêlons sur le feu, draps brodés à la main, déployés sur les buissons, tige d'aloès séchée, vêtements froissés et encore humides des pluies de la veille, gril rouillé, vaisselle et, dépliée sur l'un des coffres derrière elle, la carte aux délinéaments suggérés par les Portugais et définis par un siècle de navigation. Une étroite bande où sont tracés les contours des collines et des rivières, des montagnes et des plaines, y part de la gauche vers le centre. Des longitudes et des latitudes, des hauteurs au-dessus du niveau de la mer, des zones climatiques et des vents prédominants y ont été reportés. Un grand vide cerne cette bande, un

19

grand espace blanc à peine recouvert de quelques lignes et points hasardeux, ouvert et vulnérable, *terra incognita,* immensité.

Il reste là, pendant un bon moment, à la lisière de cet abri précaire que forment les branches autour du chariot, tenant un lièvre mort par les pattes de derrière; de petites gouttes de sang dégoulinent des narines de l'animal et souillent l'herbe foulée. Elle ne lève pas la tête.

Il peut encore faire demi-tour. Elle ne saura même pas qu'il s'est trouvé là. Les derniers chiens ont disparu depuis longtemps avec les Hottentots. Qu'est-ce qui peut vous pousser à abandonner votre solitude familière pour les restes d'un convoi comme celui-là? Qu'est-ce qui peut vous contraindre à suivre un chariot pendant des semaines, à le suivre à la trace comme le ferait un chien ou une bête de proie? Quelle est donc cette chose que nous ne pouvons étouffer en nous et qui nous force à tourner autour d'un campement, éternellement, sans répit, en nous rapprochant toujours plus de lui?

Il peut encore s'en aller, mais il reste et la regarde comme il l'a déjà fait plusieurs fois durant ces dernières semaines. Il ne fait maintenant que la contempler de plus près, ouvertement. Ses longs cheveux noirs flottent sur ses épaules étroites et voûtées comme si elle avait rajeuni et s'était en même temps affaiblie en une nuit. Ce n'est plus une femme. A peine une jeune fille. La robe bleue ornée de broderies blanches, dépourvue de cet aspect empesé, rembourré et rond des robes du Cap est chiffonnée et sale. Pour la première fois du voyage, elle a dormi avec. Elle ne s'est pas changée, ne s'est pas lavée et n'a même pas peigné ses cheveux.

Me voilà. Cinq années suffisent. C'en est trop.

Quelque chose lui fait finalement relever la tête; ce n'est pas le bruit, mais le silence. Le vent qui n'avait pas cessé de souffler pendant ces derniers jours, arrachant les branches de la haie et dénudant les arceaux du chariot de leur bâche protectrice, est soudainement tombé.

« Qui es-tu? s'exclame-t-elle en l'apercevant et en reculant sur la banquette à la vue de ses vêtements.

– Non nom est Adam Mantoor. »

Il ne bouge pas et resserre simplement sa pression sur les pattes arrière du lièvre.

« Qui es-tu? »

Il y a quelque chose de comique dans la situation. Il s'avance pour la rassurer, mais, ne comprenant pas son mouvement, elle se saisit de l'un des tromblons et se lève précipitamment.

« Ne bouge pas! »

Il hésite et fait encore un pas en avant.

Elle appuie sur la détente mais rien ne se produit. Elle jette le tromblon, regarde autour d'elle d'un air ahuri, puis ramasse un pistolet qu'elle lance de toutes ses forces sur lui. Il doit se baisser pour éviter qu'il ne l'atteigne. Il en a, à présent, la certitude. Il s'approche calmement du chariot et pose le lièvre. Elle bat en retraite, les cheveux collés aux joues. Il se saisit du fusil. Elle le lui abandonne après la plus brève des résistances, trop apeurée pour essayer de se cacher.

Adam prend une poignée de poudre dans l'un des sacs, la soupèse dans la paume de sa main et, sous son regard hébété, la verse dans le canon du fusil, assuré la charge puis enfourne une dose de plomb. Ayant armé le chien, le silex dressé tel un serpent prêt à l'attaque, il lui tend la crosse décorée. Elle saisit le fusil en le regardant droit dans les yeux.

« Que veux-tu? »

Il hausse les épaules. La veste qu'il porte est bien trop grande pour lui.

« Attends », dit-elle tout à coup.

Elle disparaît sous la bâche et revient quelques instants après, une fiasque de cuivre à la main.

« Cognac? (Elle fait semblant de la porter à ses lèvres.) Boire. »

Elle répète avec plus d'insistance puisqu'il ne réagit pas :

« Boire. »

Adam secoue la tête et pose la fiasque sur la banquette avant, près du lièvre mort.

« Pars maintenant, lui ordonne-t-elle, rassurée par le fusil chargé qu'elle tient à la main. Mon mari va revenir d'un instant à l'autre.

– Non. Il s'est perdu.

– Il te tue s'il te trouve ici.

– Avec son fusil plein d'eau?

– Comment sais-tu...? » demande-t-elle prise au dépourvu.

Puis, dans une nouvelle vague de colère :

« Tu l'as surveillé? Ça fait combien de temps que tu nous espionnes? »

Il fait un geste vague qui attire à nouveau son attention sur les poignets de sa chemise de brocart.

« Ce sont ses vêtements. Tu l'as tué et tu lui as volé toutes ses affaires!

– Je porte ces vêtements depuis un bon bout de temps. »

Non, Erik Alexis ne portait pas ces vêtements-là quand il est parti hier matin, à la poursuite de l'oiseau cardinal. Mais dix jours auparavant, quinze peut-être, c'est noté dans son journal : ils pensaient tous les deux que les Hottentots les lui avaient volés.

« Ainsi, c'était toi? »

Nouveau haussement d'épaules.

« Et alors?

– A qui crois-tu parler? »

Oui, il est bien plus mince qu'Erick Alexis. Même taille, à peu de chose près, mais bien plus mince. En fait, il est ridicule dans cette veste bleue, ce gilet à fleurs et ces chausses, sans chapeau ni bas, avec ces souliers en peau d'antilope. Un clown dans le désert. Je ne sais pas pourquoi tu es venu ici. Je ne veux pas que tu restes ici; j'ai peur de toi. Mais j'ai besoin de quelqu'un pour m'aider. Il s'est absenté toute la journée d'hier. Ce n'est pas la première fois qu'il part ainsi à la poursuite d'un oiseau exotique ou d'un animal, mais jusque-là, il ne s'est jamais absenté la nuit. Et quelle nuit!

Elle a pourtant dormi à poings fermés. A cause de sa fatigue et de sa peur. Probablement. A peine consciente de la tempête qui faisait rage, des chiens qui disparaissaient les uns après les autres (deux dans le combat avec le lion, un autre emporté par une hyène, d'autres abattus par les Boschimans qu'ils poursuivaient, d'autres encore, partis traîtreusement avec les Hottentots), de Van Zyl qui devenait impossible, querelleur, qui volait du cognac, se cachait derrière les buissons pour la voir se changer ou faire sa toilette et puis qui se ruait dans les fourrés; du coup de pistolet. «Lès Hottentots vont m'aider à l'enterrer. Reste à l'écart. Ce n'est pas beau à voir. » Si attentionné. Mais que dire des nuits et des petits matins? Le spectacle de ton occiput sous la lueur jaune et blafarde de la lanterne, penché sur ton journal ou sur ta carte. Tu es aussi mauvais que le vieux M. Roloff. Si les cartes avaient su faire la cuisine, tu aurais pu en épouser une. Le reste ne t'aurait absolument pas manqué. C'est moi qui dois étancher ma soif et brûler. Est-ce pour ça que j'ai tout abandonné, voyagé avec toi dans cette désolation, pour un corps? Une carte, un journal; la chair est bien trop incertaine, trop imprévisible pour ta précision scientifique – trop indécente et trop terrible. Tu ne fais confiance qu'à la longueur de ton baromètre, à la montée sensible ou à la retombée du mercure. Comment as-tu puni ce Hottentot qui avait cassé la bouteille de mercure de secours? Tu l'as fait écarteler entre les roues du chariot et tu es resté là à regarder les hommes le flageller et lui ôter la vie; tes mains pâles de Suédois tremblaient. Et cette nuit-là, ils nous ont tous abandonnés. Es-tu surpris d'apprendre que j'aie pu si bien dormir, la nuit dernière? Ma peur était aussi du soulagement, une libération. Au sein de la tempête, j'étais en sécurité, protégée. Plus que je n'avais jamais pu l'être en ta compagnie. Rien ne pouvait m'atteindre au milieu de cette violence. Mais aujourd'hui, un autre jour s'est écoulé et je ne pourrai certainement pas fermer l'œil, cette nuit. Tu dois bien être quelque part. Pourquoi n'as-tu pas répondu à mes coups de fusil, jusqu'à ce que je tire la dernière balle et que ce sauvage vienne recharger mon arme? J'espère après tout que tu as fini par trouver ton oiseau au merveilleux plumage.

« D'où viens-tu? » lui demande-t-elle.

Il se retourne et esquisse un geste vague qui enveloppe une grande partie de l'obscurité, derrière lui : pentes douces se transformant soudain en ravines profondes envahies de taillis broussailleux : arbres qu'elle ne connaît pas, buissons et fourrés qu'elle ne connaît pas, qu'Erik Alexis Larsson appelle par des noms latins, incompréhensibles à ses oreilles.

Que tu étais habile de pouvoir voyager à travers ce pays sans dire un mot, car ce pays n'a pas encore reçu de nom; certainement pas un nom latin. Il n'existe pas encore. Et il est à toi, d'accord, tu peux le prendre. Mais moi, qu'est-ce que je fais ici? J'ai dû venir pour quelque chose, loin du Cap et de ses montagnes, mais pas pour ça : d'autres montagnes, d'autres plaines, d'autres vallées, d'autres rivières; la pluie, le vent, la sécheresse et le silence. Pas pour ça. Ça ne veut rien dire pour moi.

Adam bouge; elle se raidit. Mais, cette fois-ci, il ramasse le lièvre par les oreilles et s'approche des cendres grises et noires du foyer. Elle le regarde avec insistance. Il s'accroupit en lui tournant le dos – je pourrais maintenant lui tirer dessus avec le fusil qu'il a lui-même chargé – sort son couteau et se met à dépecer le lièvre. Des entailles précises et rapides qui la fascinent. Des pattes blanches jusqu'aux aisselles, du sternum à l'estomac. *La même couleur de chair.* Elle se rassied sur la banquette et garde le fusil sur ses genoux, mais il ne relève pas la tête une seule fois. Il va puiser de l'eau dans un baril, près du chariot, et la rapporte dans une bouilloire qu'il pose sur le feu. Il agit comme si l'endroit lui était familier. Il trouve du bois mort sous le chariot et alimente le feu en lui tournant le dos. Et...? Des volutes de fumée s'élèvent; une odeur âcre d'herbes qui lui donne tout à coup la nausée. L'odeur du pays. Il fait chauffer le gril et y dispose ensuite les quartiers de viande.

Le soleil se couche, le ciel rougeoie encore. Tout est d'un calme insoutenable. Derrière les collines toutes proches, d'autres montagnes plus lointaines se dressent, différentes des Hottentot's Holland aux crêtes bleu porcelaine, plus massives, plus hautes, semblables à des animaux endormis.

Pendant que la viande cuit et que l'eau bout sur le feu, il rapproche les deux bœufs rescapés et entreprend de nettoyer et de renforcer le campement battu des vents. Il sait qu'elle le regarde. Il n'a qu'à lever le visage pour la voir. Mais qu'aurait-il à lui dire? Je vous connais? Je ne vous connais pas? Qui êtes-vous? Que faites-vous ici? Vous n'êtes pas d'ici. Nous ne voulons rien savoir du Cap.

Ce n'est pas vrai. Voilà cinq ans que je n'arrête pas de parler tout seul dans cette solitude; voilà cinq ans que je lutte pour effacer cette Montagne et cette baie de ma mémoire. La meilleure vue, et de loin, est celle qu'on a de Robben Island. Ils vous enterrent dans le sable jusqu'au menton et vous urinent dans la bouche.

Vous pouvez voir la Montagne entre leurs jambes écartées. Maman chante dans les vignes : *Mon sauveur est mon rocher...* Et grand-mère, recroquevillée dans sa couverture au crochet, égrène ses souvenirs de Padang, parle des hibiscus rouge et vert et des feuilles tremblantes des impatientes « n'y touchez pas ».

Elle a de quoi manger dans son chariot. Il reste près du feu.

A la fin du repas, elle pose son assiette et relève le visage.

« Apporte-moi un peu d'eau pour ma toilette », lui ordonne-t-elle.

Derrière elle, une lanterne brûle, suspendue par une courte chaîne aux arceaux du chariot.

Il ne bouge pas.

« Tu n'as pas entendu ?

– Allez chercher votre eau vous-même. »

Même à la faible lueur du feu, il se rend compte qu'elle a blêmi.

« Je ne laisserai pas un esclave me parler sur ce ton, dit-elle, folle de rage.

– Je ne suis pas un esclave.

– Que fais-tu ici ?

– Je croyais que vous aviez besoin d'aide.

– Pas d'insolence.

– Pourquoi pas ? »

Il se lève calmement.

« Je ne veux pas de toi ici. (Elle s'enflamme, quelque chose d'hystérique dans la voix.) Je peux très bien me débrouiller toute seule. »

Il reste là et la regarde tandis que, pâle et les dents serrées, elle quitte le chariot et va chercher la bouilloire qui attend sur le feu. Elle se retourne et lui lance vicieusement :

« Tu ne sembles pas savoir où est ta place ! »

Il ne répond pas.

« Dès que mon mari reviendra... »

Il fait tranquillement demi-tour et va alimenter le feu pour la nuit. Un peu plus tard, en s'éloignant du cercle de fumée, il voit son ombre se détacher contre la bâche du chariot. Elle doit être très près de la lanterne car son ombre est ridiculement grande. Il ne peut cependant pas détourner le regard. Il n'a jamais été aussi près. Elle se déshabille. Penchée au-dessus d'un tub, elle commence à se laver, les bras et le corps libérés de cette robe trop large. Il peut voir, de profil, les mouvements de sa poitrine qui n'est plus une simple bosse cachée sous des dentelles et des volants, mais une forme ronde et bien définie.

Blanche avec ton ombre noire. J'ai été réduit à me parler à moi-même ou à parler aux bandes de Hotten- tots nomades pendant cinq ans, dans l'étendue de cette désolation que j'avais librement choisie. Quand je suis revenu de l'île, cette nuit-là, titubant sur le sable, à moitié noyé, nu sous le croissant de lune, le vent accroché à mon corps tremblant et fiévreux, j'ai fait mon choix. Je savais que c'était la seule issue vers la liberté. Elle m'attendait quelque part et reculait à mesure que j'avançais. Au-delà de quelle montagne a-t-elle commencé, de l'autre côté de quelle rivière ? Où donc le Sud a-t-il cessé de me tirailler comme une marée, retour en arrière, retour vers les hommes, retour vers mon enfance ? Et tu es là debout ; ton ombre se profile contre la bâche. Tu n'en es même pas consciente, à moins que tu ne me méprises au point de t'en moquer ? — Tu brosses tes cheveux, remues les bras, les épaules. Si tu te tournes, je verrai les mame- lons pointus de tes seins. Toi : le dernier *Tu ne dois pas,* le plus inaccessible de tous, toi : blanche, femme.

Autour d'eux, rien d'autre que le mince cercle que dessinent le campement et les figuiers sauvages. Cernés par l'infini, déterminés par lui, réduits à lui.

Les animaux commencent leur sérénade nocturne

dès que la lanterne s'est éteinte et que la chaude odeur de la mèche s'est évanouie. Le feu de camp n'est plus qu'un faible rougeoiement. La nuit dernière, dans cette tempête et dans ce vent, les animaux s'étaient tus, mais cette nuit tout recommence. Très lointain d'abord, puis de plus en plus proche : jappements des chacals, aboiements des chiens sauvages. Et le bruit dont elle a le plus peur, le plus strident de tous : le rire de la hyène, son caverneux et profond qui monte en un long crescendo comme un point d'exclamation dans l'obscurité. La lune n'est pas encore levée. Erik Alexis Larsson aurait su dire quand elle se lève et quand elle se couche. Erik Alexis Larsson savait tout.

Se nourrissent-ils de lui, cette nuit? Ou bien font-ils route vers le campement, franchissent-ils la petite palissade ridicule – attirés peut-être par la lueur du feu? Les hippopotames abandonnent leur point d'eau pour une petite flamme dans l'obscurité. Nous étions assis cette nuit-là autour de la table et jouions aux échecs près d'une rivière à laquelle tu as donné un nom sur ta carte. La lanterne était posée entre nous deux. Tout à coup l'énorme chose est apparue. Tu as saisi la lanterne et tu t'es mis à courir en faisant de grands cercles – l'hippopotame te suivait – jusqu'à ce que les Hottentots te crient de lâcher ta lanterne. Tu l'as lancée loin de toi en te ruant dans la direction opposée. L'animal l'a brisée en mille morceaux et s'en est allé. Tout ce que tu as noté dans ton journal après cet incident fut : « Ai découvert que certains animaux, les hippopotames par exemple, sont attirés par la lumière au lieu d'en avoir peur. »

Elle se glisse hors du lit et rampe vers l'ouverture de la bâche dont elle relève l'un des pans. L'air de la nuit est frais sur son visage; il fait une chaleur étouffante à l'intérieur. Au bout d'un moment, elle reconnaît sa masse sombre, près du feu. Elle ressent le besoin pressant de l'appeler, mais que lui dire ou lui demander? Elle ne peut maîtriser sa voix au fond de sa gorge. Il est là, mais il fait si noir qu'elle ne peut savoir avec certitude s'il regarde de son côté ou pas. Va-t-il monter la garde comme ça, pendant toute la nuit? Pourquoi le ferait-il? Elle ne veut pas de lui, ici. Il est une menace pour son indépendance, pour sa tranquillité. Il est une menace pour elle. Pourtant, s'il n'était pas là, elle serait certainement morte de peur, cette nuit. Devrait-elle lui offrir un fusil? Doit-il simplement rester comme ça, dehors? Revêtu des vêtements de son époux, trop grands pour son corps élancé et mince? Cet homme sombre dans l'obscurité.

Elisabeth referme hermétiquement le pan de la bâche. Ses mains tremblent; ses paumes sont moites. Il est là, dehors. Elle remonte le drap brodé jusque sous son menton. Elle ferme les yeux et se souvient du mûrier, de ses fruits rouges, mûrs au point d'éclater. Cette nuit, ô mon Dieu, ces hyènes ne s'arrêteront donc jamais d'appeler? Ce n'est pas beau à voir, dit-il. Elle a le visage qui brûle, comme ce jour-là dans l'arbre.


Il est le premier à retourner au campement parmi les figuiers sauvages; il émerge tout à coup de l'étroite ravine envahie de broussailles qui court à travers les collines gris-vert. Il fait encore très chaud; encore plus avec ces vêtements qu'il n'a pas l'habitude de porter. Et il a marché depuis ce matin. Il transporte quelques œufs légèrement mouchetés dans une peau d'antilope. Arrivé près du foyer, il les sort et les dépose au fond d'un petit trou.

Il relève le visage et la voit s'approcher sous les arbres. Sa robe bat nonchalamment contre ses longues jambes et des mèches de cheveux bruns sont collées à son front et ses joues. Il remarque en la voyant qu'elle est étrangement pâle. Une marque bleue souligne sa bouche et des gouttes de sueur ourlent sa lèvre supérieure. Elle ne se rend absolument pas compte de sa présence, passe devant lui et se dirige vers le chariot. Elle s'arrête, hors d'haleine, appuie les mains sur le garde-boue et repose la tête à la pliure de son coude. Ses manches sont relevées. De petits rais de lumière jouent avec les poils minuscules de ses avant-bras. Ce n'est que lorsqu'il se relève qu'elle s'aperçoit de sa présence. Elle redresse la tête en tremblant, le reconnaît, se détend et sa tête retombe.

« Aurais-tu... », dit-elle, mais elle se tait, respire avec difficulté et serre les dents.

Sans terminer sa phrase, elle se dirige vers l'arrière du chariot, tire de l'eau d'une bonbonne, la verse dans une tasse et revient. Elle s'assied sur l'herbe et s'adosse à la roue avant du chariot. Il l'a observée pendant tout ce temps, d'un air détaché, un rien malicieux peut-être.

« Le soleil tape-t-il trop fort? demande-t-il au bout d'un moment.

– Non, dit-elle entêtée. Ce n'est rien. C'est seulement... »

Son corps semble se contracter. Elle se lève précipitamment et fait le tour du chariot; il l'entend vomir. Il se sent désarmé et coupable; il se met à couper du bois pour s'occuper mais abandonne très vite ce travail. Elle finit par revenir.

« Vous êtes malade?

– Non. »

Elle s'assied et s'adosse à nouveau à la roue du chariot. Elle a défait ses cheveux qui tombent maintenant, longs, bruns et fragiles sur ses épaules.

« Qu'est-ce qui ne va pas? insiste-t-il.

– J'attends un enfant. (Elle se redresse en colère.) Il n'a pas le droit de m'abandonner à un moment pareil. Il ne s'est jamais soucié de personne d'autre que lui. »

Mais elle est trop faible pour alimenter sa colère. Elle dit, au bout d'un moment :

« Tu n'as rien trouvé, n'est-ce pas ? »

Il est encore tôt mais il décide quand même d'allumer le feu et de faire bouillir l'eau.

Avec une nuance plaintive dans la voix, un ton qu'elle déteste, elle dit :

« Le soleil ne m'aurait pas gênée en temps normal. C'est simplement parce que... »

Il se tait.

« J'avais l'habitude de faire des kilomètres, au Cap, poursuit-elle. Dès que ma mère avait le dos tourné. Elle voulait toujours qu'une chaise à porteurs me suive. J'ai fait l'ascension de la montagne de la Table une fois, en entier. (Elle attend sa réaction.) Bien sûr, j'ai souvent escaladé la Bosse du Lion, la Tête également. Mais je n'ai fait l'ascension de la Montagne qu'une seule fois. C'est bizarre. On a l'impression, d'en bas, que tout est plat en haut alors que c'est inégal et accidenté, n'est-ce pas ? Rocheux, rocailleux et envahi de buissons. Il existe une espèce de fruit qui ressemble à de petites aiguilles de pin et qui donne une impression d'élasticité quand on l'écrase dans la main. »

Elle est toujours pâle. Ses joues reprennent leurs couleurs doucement.

Quand les hommes revenaient, ils rapportaient toujours ces fruits avec eux et nous demandaient de fermer les yeux et d'ouvrir nos mains. Que de cris, de rires et de gloussements. Je ne pouvais pas supporter ça. Il y avait du vent, là-haut. Et ces falaises grises et tachetées qui tombaient dans la mer. On avait l'impression que cette mer bleue allait jusqu'au bout de la terre. Sensation bizarre que le fait de se trouver là ; sensation de témérité comme si on avait l'audace de faire tout ce que l'on n'osait pas faire en d'autres circonstances. J'aurais même enlevé mes vêtements si j'avais été seule.

Elle ouvre les yeux, ennuyée de le trouver là, presque affolée.

« Je connais la Montagne, admet-il à contrecœur. J'en ai souvent fait l'escalade.

– Tu as contemplé la mer, toi aussi?

– Oui.

– Je ne voulais pas redescendre. »

Pourquoi lui parle-t-elle ainsi? Comme une jeune fille hors d'haleine qui essaie au cours d'un bal d'attirer l'attention d'un jeune officier d'une escadre en visite, d'une personnalité venue de la mère patrie ou la regagnant, en gonflant ses petites aventures et en leur donnant des proportions qu'elles n'ont pas : pique-niques et excursions, agitation que causent les invitations à envoyer, préparatifs du bal quand le canon tonne dans la baie, que les drapeaux sont hissés à la hampe et que les cabaretières se mettent à mouiller leur vin.


« Nous allions ramasser du bois dans la Montagne, poursuit-il, toujours en colère. Nous restions là-haut toute la journée et ne ramenions nos fardeaux qu'au coucher du soleil.

– Ça devait être pénible de ramener tout ce bois.

– Pas du tout. Nous faisions rouler les fagots jusqu'au bas de la colline puis nous les attachions à des perches et nous les portions comme ça. »

Ses yeux sont insondables.

« Tu es un esclave, lui dit-elle.

– Non, je ne suis pas un esclave. »

L'eau bout.

« Vous pouvez venir prendre votre thé », dit-il.

Sa colère est teintée de mélancolie.

« Pourquoi es-tu venu près du chariot? demande-t-elle à nouveau assaillie par le doute. Qu'attends-tu de moi? Je n'ai rien.

– Pourquoi aurais-je dû venir pour quelque chose?

J'ai simplement aperçu le chariot dans les fourrés et je suis venu voir.

– Tu nous espionnais. Tu lui as volé ses vêtements. Tu l'as attiré à l'écart.

– Vous avez dit qu'il était parti à la poursuite d'un oiseau. »

Elle s'adosse de nouveau et évite son regard.

« Il va falloir que tu me ramènes chez moi. Je dois rentrer au Cap.

– Le Cap? Pourquoi devrais-je retourner là-bas?

– Je ne peux pas rester ici, n'est-ce pas? (Elle tient sa tasse fermement dans ses mains.) Il faut que je trouve des gens. Je ne peux pas...

– Il y a des Hottentots de ce côté-là. »

Il fait un geste du doigt.

« A quoi peuvent-ils me servir? »

Il la fixe en silence. Pourquoi devrais-je avoir pitié de toi? J'aurais dû me tenir éloigné du chariot. Ne crois pas parce que je suis ici...

« Je fais route vers la mer, dit-il en évitant ses yeux. Nous rencontrerons peut-être une ferme ou un convoi en chemin. »

La mer, n'importe où près de la mer plutôt que de rester dans cette région, vallonnée et sans fin.

« Nous ne pouvons pas nous en aller avant de l'avoir retrouvé, proteste-t-elle. Il a dû se blesser. Suppose qu'il revienne et qu'il constate que je suis partie?

– Il vous a quittée.

– Non. Il est seulement parti à la poursuite d'un oiseau. Il va revenir.

– Tirera-t-il le chariot pour vous?

– Il saura quoi faire pour nous sortir d'ici. C'est un homme, après tout. »

Elle s'en veut d'avoir dit ça. Elle entend à nouveau les cris du nouveau-né derrière la porte tandis que son père apparaît les épaules voûtées et s'arrête en la voyant. « Où étais-tu ? » lui demande-t-elle en l'accusant avec calme. « Qu'est-ce que ça peut te faire ? » Elle sent son visage brûler. « Est-ce encore l'un de tes bâtards ? Que va-t-il lui arriver à celui-là ? – Fais attention à ce que tu dis, Elisabeth. Ça ne te regarde pas ! » Folle de rage, elle lui lance au visage : « Tu crois qu'une esclave n'est rien d'autre qu'une femme ! », tout en pensant : et une femme, rien d'autre qu'une esclave. Colère impuissante dans le regard fatigué de son père. « Monte dans ta chambre, Elisabeth. Restes-y jusqu'à ce soir ! »

« Nous devons rester ici, insiste-t-elle. Au cas où il reviendrait. Après, c'est d'accord. Ô mon Dieu, la mer ! »

Il pense : l'été, la chaude odeur de pollen des buissons de viburnum, sur les plages du Cap. Tout ce à quoi j'ai renoncé. Et à présent, après toutes ces années...

L'obscurité s'est mise à tomber. En bas dans la vallée, les *hadedas*[1] hurlent en survolant les collines.

« Pourquoi hurlent-ils ainsi ?

– Pourquoi pas ?

– C'est terrifiant. On dirait un hurlement à la mort. »

Il rit, moqueur.

« Où habites-tu ? demande-t-elle spontanément.

– Nulle part.

– Je veux *savoir* pourquoi tu es venu ici », exige-t-elle avec véhémence.

Puisqu'il se tait, elle poursuit.

« Je sais que tu attends le moment où je ne serai plus sur mes gardes. »

Elle se lève nerveusement et range fusils et pistolets dans le chariot.

---

1. *Hadedas* : genre d'ibis, au cri strident et morne. (*N.d.T.*)

« Tu attends le moment propice. Mais je t'ai à l'œil, je te préviens. Si jamais tu tentes de... même si je devais me tuer... (Elle ravale un sanglot.) Tu comprends? Tu n'as pas le droit. Je suis enceinte et tu n'es qu'un esclave. »

Il l'observe sans rien dire et brise un rameau dans la paume de sa main. Le bruit sec l'atteint comme un coup de fusil. Il respire profondément, essaie de se maîtriser avant de lui répondre.

« Esclave, dit-il au bout d'un moment. Esclave! Voilà tout ce que vous savez dire. J'en ai assez, vous m'entendez? Vous n'avez pas le droit! »

Tu as peut-être le droit de me couper une jambe, mais de venir ensuite me dire qu'il m'est interdit de marcher droit, ça je ne le supporterai pas. Il s'aperçoit qu'elle tremble. Il se retourne brusquement et s'éloigne en direction de la palissade.

« Tu ne peux pas partir, maintenant! La nuit tombe. Tu ne peux pas me laisser comme ça, toute seule. Tu dois me ramener chez moi. Tu le dois. Reviens! »

Adam se retourne.

« Vous avez peur, n'est-ce pas? »

Elle ne lui répond pas.

« Tu essaies de me faire rebrousser chemin parce que tu as bougrement peur, parce que tu n'as aucun droit sur moi. Tu n'as plus beaucoup d'autorité, ici. »

Il se sent tout à coup désolé pour elle.

« Vous voulez des œufs pour le dîner? lui demande-t-il avec maladresse. J'ai pris quelques nids, au fond de la ravine. »

Le jour du grenier. C'était là que nous allions, Lewies et moi, après une journée de travail. Les autres enfants du Baas étaient trop jeunes pour nous. Les longues journées d'été, nus dans le courant froid du torrent au-delà des sapins argentés et des chênes nouvellement plantés. Affalés au sommet de la citerne qui nous emmenait aux entrepôts de la Compagnie, en ville. Posant des pièges pour les petites antilopes, foulant l'orge et le blé, tôt le matin. Torses nus, à califourchon sur les veaux, derrière le mur d'enceinte du village, dégringolant dans la poussière et le crottin. Et toujours les escaliers de bois menant au grenier qui sentait bon l'odeur du raisin mis à sécher à l'automne, les grappes de *hanepoot*, mûres à en éclater. Accroupis dans cette obscurité chargée d'odeur, au milieu des peaux, des feuilles de thé et des deux cercueils en bois d'oréodaphné, toujours prêts, débordant de fruits secs, je lui racontais les histoires que m'avait racontées ma grand-mère et dont je me souvenais. Au début, il m'avait suivi dans l'arrière-cour pour entendre ma grand-mère les raconter, l'entendre accorder ces noms musicaux sur les cordes de sa mémoire : Tjilatjap, Palikpapan, Djocjacarta et Smeroes, Padang et Buru-budur. Mais quand l'arthrite eut rongé ses mains et qu'elles s'étaient révélées inutiles, le Baas lui avait rendu sa liberté. Elle était partie s'installer en ville, sur la Bosse du Lion, dans un petit taudis d'herbe, d'argile et de bois. Depuis ce temps-là, c'est moi qui racontais ses histoires à Lewies, assis dans le grenier tout en mangeant nos raisins sucrés. Il n'y avait rien de secret dans tout ça : le grenier, comme la cave, ne nous avait jamais été interdit. Il appartenait à notre routine quotidienne, avec ses odeurs de cannelle et de *buchu*, de poisson salé et de fruits secs, de figues aigres-douces et de peaux tannées. Voilà pourquoi je n'arrivais pas à comprendre. Ce jour-là, Lewies était allé à Hout Bay avec son père et un étranger de la mère patrie; vers quatre heures de l'après-midi, en revenant de la Montagne, j'étais allé piller les nids d'oiseaux. Ayant faim, je suis monté au grenier et j'y ai pris quelques raisins. C'est en redescendant l'échelle que j'ai été arrêté par la *Missus*.

« Qu'as-tu là, Adam?

– Des raisins, Madame. »

Je les lui ai montrés.

« Où les as-tu trouvés?

– Là-haut, Madame. Dans le grenier, Madame.

– Qui t'a donné la permission?

– Mais, Madame! »

C'est tout ce que j'ai pu lui dire, à lui aussi, quand les hommes sont rentrés et qu'elle m'a livré à eux.

« Mais Baas! Mais Baas!

– Personne n'arrivera donc à vous ôter cette manie? Eh bien, tu apprendras par la manière forte! »

Je ne comprenais toujours pas ce qui se passait, même quand les deux esclaves m'ont étendu sur la brouette et qu'ils m'ont arraché mes vêtements. Je me suis mis à pleurer quand les liens, retenant mes poignets et mes chevilles, ont commencé à mordre ma chair.

« Mais Baas, je suis toujours monté là-haut avec Lewies pour y prendre des raisins. »

Le Baas s'est tourné vers Lewies qui tenait toujours la bride des chevaux.

« C'est vrai, Lewies?

– C'est un mensonge, Pa. »

Voilà ce qu'a dit mon inséparable compagnon des bords du torrent, de la citerne et des veaux. *C'est un mensonge.*

« Tu es encore jeune, Adam. Tu as encore beaucoup à apprendre. Ton supplice ne durera donc que le temps d'une pipe. »

Le Baas s'est assis sur la dernière marche de l'échelle menant au grenier, a allumé sa pipe et a contemplé le spectacle avec détachement. Ses deux esclaves se servaient du fouet aux lanières en peau d'hippopotame pour me lacérer les cuisses, les fesses et le dos, faisant couler le long de mes flancs le sang chaud qui me brûlait. Madame a ensuite apporté la petite boîte brune et a frotté mes blessures avec du sel tandis que je hurlais et pissais dans la brouette.

« Mais, Ma, c'est lui. »

J'ai sangloté cette nuit-là, tremblant de fièvre sur mon tas de peaux pendant que ma mère pansait mes blessures avec des compresses d'herbes. Elle ne pleurait pas, elle. Elle était calme, comme d'habitude.

« C'est Lewies qui m'a toujours amené là-haut avec lui, Ma. Il a jamais dit que je devais pas. Et maintenant il a dit au Baas que j'avais menti. C'est pas juste, Ma.

– Comment on sait ce qui est juste ? a-t-elle dit pour m'apaiser. Regarde-moi. Je suis née Hottentote. Je devrais être libre, de droit. Mais les Honkhoikwa, les hommes blancs aux cheveux lisses, ils savent mieux. C'est eux qui décident. C'est nous qu'on doit écouter.

– Non, Ma !

– Tu ferais mieux d'écouter avant que t'aies plus de peau sur les fesses.

– Mais je comprends pas, Ma.

– Qui est-ce qui comprend ? Du calme, maintenant. Aob. Le Baas il a dit que tu dois commencer le travail tôt demain matin. »

Aob, c'était moi. C'est mon nom. Celui qu'elle m'a donné, le nom que personne ne connaît en dehors d'elle et moi. Adam pour les hommes, mais Aob pour nous tandis que ses mains apaisent mon corps dans l'obscurité. Aob quand elle me raconte les histoires de son peuple qui vit librement de l'autre côté des montagnes, qui suit ses troupeaux et ses moutons à la queue épaisse au gré des saisons, qui s'arrête devant les nombreuses pierres tombales du Grand Chasseur Heitsi-Eibib, éparpillées à travers tout le pays. Et Aob ici, maintenant. Mais à elle, je lui ai dit : Adam Mantoor.

Et, pour la première fois, j'ai compris ce jour-là la

différence qui existait : il y a un « je » pour les Honkhoikwa; un autre « je », secret celui-là, pour ma mère et moi : ce nom-là qu'elle avait ramené avec elle du pays sans nom, derrière les innombrables montagnes.

« Je peux t'enlever le venin du serpent en te suçant à l'endroit de la morsure, dit la vieille femme qui m'a trouvé près de la fourmilière. (Elle le crache par-dessus mon épaule.) C'est facile. Mais je ne peux rien faire contre le venin des Honkhoikwa. »

« Vos œufs sont prêts. »

Elle est assise dans le chariot. La lanterne se balance derrière elle. Elle a le visage aussi sombre que le sien. Raide et fière, elle vient chercher son assiette près du feu et hésite au moment de faire demi-tour.

« Ecoute, dit-elle. Je ne voulais pas... quand j'ai dit... c'est parce que je ne sais plus ce qui va se passer maintenant. J'étais sûre que nous le retrouverions aujourd'hui.

— Racontez-moi Le Cap, l'interrompit-il brusquement.

— Que veux-tu savoir du Cap? Pourquoi me poses-tu cette question?

— C'est pour ça que je suis venu.

— Mais je ne peux rien te raconter que tu ne... nous sommes partis depuis si longtemps. Je m'en souviens à peine. Quand je fouille mes souvenirs, je ne retrouve que mon enfance.

— Je veux savoir. »

Elle s'assied et se met à parler en faisant comme s'il n'était pas là :

« Les dimanches dans la grande église. Mère voulait toujours être près du chœur, mais les places étaient allouées selon une étiquette très stricte. Et puis la Citadelle. Nous allions à toutes les réceptions. Les rues noires de monde à l'arrivée des bateaux. Les soirées sous la véranda, avant le souper – les grandes personnes buvaient des verres de vin blanc mouillé d'une goutte d'absinthe ou d'aloès; mon père me permettait d'y goûter de temps à autre. Après le souper, les femmes et les jeunes filles se réunissaient dans une pièce pour parler ou jouer à des jeux de société; les hommes se regroupaient dans une pièce voisine ou sous la véranda, en été; les esclaves leur préparaient des pipes et leur tendaient du tabac, de l'arack ou de petits verres de cognac. J'allais à chaque fois les observer et les écouter en douce. Leurs voix caverneuses éclataient au-dehors. Bruits de conversations ou rires; c'était bien plus intéressant que les conversations de ces dames avec leurs tasses de thé, leur vin de Moselle avec du sucre ou de l'eau de Seltz. (Elle détourne à nouveau le regard comme s'il n'existait pas, comme si elle n'avait pas parlé pendant un long moment et se trouvait dans l'impossibilité de reprendre le contrôle d'elle-même.) Une fois, il y a eu une course de taureaux à la Citadelle; c'était un dimanche après-midi. Ils ont divisé la grande cour en deux et ont lâché un taureau, un énorme animal tout noir, avec d'énormes épaules et des cornes terribles. Je me souviens très bien de ses muscles qui jouaient sous la peau – on aurait dit des lièvres qui couraient – de ses grondements, de ses sabots qui grattaient la poussière, de la palissade qu'il défonçait, du bruit du bois qui éclatait et des hurlements des femmes. Puis ils ont lâché les chiens qui l'ont aussitôt chargé. Ils l'ont attrapé par les naseaux; il les a soulevés dans les airs et s'est débarrassé d'eux comme de vieux oripeaux. Mais ils étaient trop nombreux. Ils attaquaient de toutes parts. Ses épaules, ses cuisses, son ventre, sa queue, ses naseaux, tout. Le bruit était assourdissant : tous ces aboiements, ces jappements, ces halètements. Le taureau a titubé soudain et s'est écroulé. Quelques chiens lui ont arraché des lambeaux de chair. C'était affreux.

Les gens semblaient devenir fous. Puis il s'est relevé. Il avait les naseaux déchirés et ensanglantés. Mais il a continué de charger. Une ou deux fois, il a encorné un chien. Il avait leurs boyaux enroulés autour de la tête; le sang dégoulinait dans ses yeux. Je voulais m'en aller; je ne pouvais plus supporter ce spectacle; je sentais que j'allais être malade. Mes jambes étaient trop ankylosées pour me soutenir. Je me suis mise à pleurer. Ils criaient tous et hurlaient tellement fort que personne ne m'a entendue. Et quand j'ai relevé la tête, au bout d'un long moment, le taureau gisait sur le sol. Les chiens se battaient et le mettaient en pièces. Il ne restait plus rien de cette magnifique peau noire, de ces muscles vivants. Tout était recouvert de sang, de sable et de bouse. Je n'aurais jamais cru que mourir pouvait être aussi sordide. Aussi inutile. Il avait été si fort; ses muscles avaient tellement vibré. Et ce n'était pour finir qu'un simple carnage : cette bouse, ce sable, ce sang. Rien de beau, rien de fort. Un simple carnage. »

Elle s'est mise à pleurer. Ses mains serrent si fort l'assiette qu'il a peur qu'elle ne la brise.

« Pourquoi m'avez-vous raconté tout ça? » demanda-t-il ahuri.

Elle secoue la tête. Elle se remet lentement et se mouche. Elle demeure un long moment assise, tête baissée. Elle regarde la nourriture qui reste dans son assiette. Tu ne sais même pas le pire, pense-t-elle, écœurée. Quand nous sommes rentrés à la maison, je ne me sentais plus du tout déprimée ou abattue à cause de ce qui s'était passé. Je me sentais au contraire impitoyablement légère comme si j'avais résolu tout ce qui me préoccupait. J'avais la tête qui me tournait comme dans ces rares instants où mon père m'offrait quelques gorgées d'arack. C'était comme si j'avais été au centre même de quelque chose de très beau.

Son édredon est étalé sur l'herbe. Elle a déplié la carte dessinée par Erick Alexis Larsson; elle la retient d'un côté avec des bouteilles de cognac contenant des lézards et deux petits serpents, de l'autre côté avec ses genoux. Cette carte, avec son étroit segment de lignes et de signes, d'annotations détaillées, entouré d'un vaste espace vierge qui ne porte que des informations hasardeuses suggérées par Kolb et de La Caille, les chasseurs d'éléphants et les Hottentots soudoyés avec du cuivre ou des perles de verre, du cognac ou quelques grammes de tabac à chiquer. Je connais ceci et cela de façon certaine. Regarde, c'est marqué et dessiné avec précision. Aucun doute sur le sens du cours de cette rivière. J'ai exploré et noté toute cette chaîne montagneuse avec ses versants. Les pluies d'été sur ces plaines sont éparses. Mais le reste? Il peut y avoir n'importe quoi: des Monomotapas[1], des régions habitées par des hommes blancs aux longs cheveux lisses, de fabuleux royaumes animaux, de l'or, l'Afrique.

« Viens ici! »

Il s'approche. Elle repasse un faux pli de la carte.

« Montre-moi le chemin, d'ici à la mer.

– La mer? »

Il se retourne et fait un geste du bras, très loin à droite du soleil matinal.

« Non. Je veux que tu me le montres là-dessus, dit-elle avec impatience. Sur la carte. »

Il s'agenouille, fronce les sourcils, étudie la carte avec curiosité et méfiance.

« Voilà où nous sommes. (Elle indique du doigt un

---

1. *Monomotapas* : royaume légendaire dont Vigiti Magna était la capitale. La plupart des explorateurs – surtout portugais et hollandais – débarqués au Cap sont partis à la recherche de ce royaume d'or. (*N.d.T.*)

point sur la carte.) Voilà la courbe de la côte. Quelle route allons-nous suivre? Dans quelle direction?»

Il secoue la tête, se dresse sur ses genoux et refait le même geste en direction du sud-est.

« Tu n'as jamais vu une carte de ta vie?»

Il la regarde avec suspicion, mélancolique.

« Voilà Le Cap, explique-t-elle, tendue. Voici les Sources chaudes; là, c'est Swellendam. Ici, ce sont les Outeniqua. Voilà le chemin par où nous sommes venus. Maintenant, montre-moi...

– Pourquoi me posez-vous la question? demande-t-il méchamment. Vous dites que ce pays est le vôtre?»

Il saisit la carte et la dégage des bouteilles de cognac qui la retiennent; deux bouteilles se renversent et se vident dans l'herbe. Il jette la carte par terre et crache.

« Vous pouvez la froisser, la jeter. Croyez-vous que le pays changera pour autant?

– Ne touche pas à ma carte!» dit-elle sèchement, surprise par son explosion de colère soudaine.

Elle en est choquée, terrifiée. mais elle ne va pas se laisser intimider. Elle ne s'est jamais laissé intimider. Ce n'est pas maintenant que ça va commencer. Son père qui, en dépit de leurs accrochages, était très proche d'elle, lui disait souvent : « Je ne te comprends pas du tout, Elisabeth. Tu aurais dû être un garçon. » Elle avait en effet, en elle, ce que les autres interprétaient comme un signe de « masculinité » : rien de dur ou d'anguleux, mais un noyau de silence, cette insaisissable qualité derrière des manières gentilles, cette inébranlable volonté d'être laissée en paix et de conserver ce qu'elle considérait comme bien à elle.

Pensant que le silence effraie, elle refuse cependant de se rendre.

« C'est perdre son temps que de discuter avec toi, dit-elle hautainement. Tu es un imbécile.

– Très bien! (Il s'enflamme à nouveau.) Votre carte vous a amenés jusqu'ici, n'est-ce pas? Eh bien, qu'elle vous sorte de là, maintenant! »

Parce que tu sais lire une saloperie de carte! Cela fait-il de moi un esclave pour autant? Je n'ai pas un seul morceau de papier sur moi. *Mon* pays, je l'ai vu de mes propres yeux, entendu de mes propres oreilles et saisi de mes propres mains. Je le mange et je le bois. Je sais que ce n'est pas quelque chose là-bas; c'est ici. Et toi qu'en sais-tu?

« Si je suis un imbécile, alors débrouillez-vous toute seule. »

Elle se penche, ramasse la carte et la roule soigneusement.

« Je me suis débrouillée toute seule pour venir jusqu'ici, dit-elle au bout d'un moment, la voix tendue. Avec mon mari.

– Il s'est si bien débrouillé qu'il est parti et s'est perdu.

– Il va revenir.

– Ça fait déjà presque une semaine. Vous comptez rester ici et l'attendre pendant combien de temps encore?

– Comment puis-je partir s'il ne revient pas? Je ne vais pas me dire pendant le restant de mes jours qu'il est peut-être revenu et que je n'étais pas là pour l'accueillir.

– Est-il perdu sans vous?

– Je suis son épouse. »

Il ne s'attendait pas à une réponse. Surtout pas à celle-là. Il détourne les yeux.

Elle respire profondément. Ce qui nous est arrivé n'a aucune importance. Que nous ayons commis une faute ou pas n'a aucune importance. Que je l'aime ou le méprise est de toute façon déplacé. Mais c'est mon mari. Il est le père de l'enfant que je porte.

« Si tu crois qu'il m'a été facile d'attendre ici

pendant tout ce temps..., dit-elle. (Son ton de voix a changé mais elle ne se plaint pas.) Si tu crois qu'il m'a été facile de faire ce voyage en chariot à travers ce pays... »

Il jette un coup d'œil vers elle, mais ses yeux le forcent à détourner le regard à nouveau. Il se dirige vers le chariot. Ça vient peut-être de commencer également pour toi. On croit toujours pouvoir échapper à son pays, mais il vous rattrape tôt ou tard.

Elle le suit.

« Que vas-tu faire ? » lui demande-t-elle derrière son dos.

Elle grimpe dans le chariot et va ranger la carte.

« Que veux-tu que nous fassions ?

– Je rejoins ma mer, à moi, dit-il. Je suis fatigué d'attendre ici. Il est temps que je m'en aille et je m'en irai de bonne heure. Vous pouvez suivre les indications de votre carte, si ça vous chante. (Il relève la tête.) Ou vous pouvez venir avec moi. C'est comme vous voulez.

– Suppose qu'il revienne demain ? la semaine prochaine ?

– Voulez-vous poursuivre votre route avec cet enfant dans votre ventre ? Voulez-vous attendre le retour d'un mort ?

– Il n'est pas mort ! »

Dans un haussement d'épaules, il prend le fusil qui se trouve sur la banquette avant, ainsi qu'un peu de poudre et de plomb.

« Où vas-tu ? »

Elle le défie.

« Je vais chercher de la viande.

– Qui t'a donné la permission... ? »

Il ne se retourne pas en quittant l'abri de branchages. Il s'éloigne du bosquet de figuiers sauvages et dévale la première pente herbue, toute verte après ces pluies et rouge des sillons laissés par le torrent. Un peu plus bas, les buissons s'épaississent. Il suit une trace de gibier parmi les euphorbes et les cycas, passe le fleuve à gué et va fouiller la colline opposée sachant que le gibier vient normalement y paître. Il est oppressé. Comment vas-tu t'y prendre pour l'amener, elle et son enfant, jusqu'à la mer? Sais-tu seulement la distance qui nous sépare de la Tsitsikama? Comment vas-tu faire, de là, pour atteindre Le Cap? Ce n'est pas ce que tu voulais quand tu es venu près de son chariot. Certainement pas ça. Tout ce que je voulais c'était... quoi? Comment pourrais-je le savoir? Je voulais simplement l'entendre parler du Cap. Après toutes ces années dans l'intérieur des terres : animaux et silence, pierres et buissons épineux, bandes occasionnelles de Hottentots. On apprend à trouver son chemin, à survivre. Et pourtant... Maintenant je ne peux pas te laisser ainsi, seule. La tristesse que j'ai éprouvée en reconnaissant, en toi, Le Cap que je hais me touche encore. Comment puis-je encore une fois tout laisser échapper?

Qui se trouve dans quelles mains? se demande-t-il. Qui a besoin de qui?

Ils doivent à présent poursuivre leur chemin. On retrouve chaque fois quelque chose de la première aventure. Il a ramassé sur l'île les morceaux de bois utiles, en ces minutes volées entre le concassage des pierres, le jardinage et la pêche. Jusqu'à ce qu'il en ait suffisamment pour construire un radeau et des avirons. Pendant des mois. Il a attendu l'instant propice – car de temps à autre survient un moment où l'on vous débarrasse de vos chaînes et de vos boulets. Ce devait être un jour de fête car on leur avait donné du cognac et on leur avait beaucoup lu les Ecritures. Une fois libéré de ses entraves et le garde abruti d'alcool, il s'est débrouillé pour se sauver et se cacher dans les buissons pendant quelques heures, jusqu'à la tombée de la nuit. Bruit des vagues, crissements des galets sur la plage, soupirs liquides et rythmés des avirons dans l'eau. Il est parti en direction de la faible lueur vacillant sur la côte, de la masse sombre de la Montagne; les étoiles brillaient au-dessus de sa tête. Le vent était contraire, la mer anormalement agitée. Mais c'était sa seule chance. Les vagues devinrent bientôt si grosses qu'il dut se séparer des avirons et se raccrocher au radeau pour ne pas être emporté par le courant. Il sentait les planches craquer, se heurter les unes aux autres, se disjoindre, puis tout à coup se briser. Il allait à présent devoir nager, une planche arrimée sous sa poitrine. Si seulement on pouvait voir les vagues arriver à temps. Il avale de l'eau, se sent devenir lourd comme une voile détrempée, perdre le sens de l'orientation, couler, haleter, tousser. Il n'y arrivera pas. Ses bras sont engourdis de froid; sa poitrine le brûle; il doit poursuivre sa route sous la menace constante d'une noyade, mais il est brusquement rejeté sur le rivage. Une naissance ressemble peut-être à ça. Il gît tremblant et secoué de spasmes sur le sable où il a rampé loin, très loin, hors d'atteinte de la marée, tel un poisson mort.

« Souviens-toi, lui avait dit le Baas, tu as été élevé pour ce pays. »

Pour ce pays? Alors, tiens-moi bien fort, je ne peux plus me battre. L'eau essaie de reprendre possession de moi.

Après une seule nuit dans la Montagne, il retourne furtivement à la ferme et s'enfuit à dos de cheval. Si le jour le surprenait au Cap Flats, c'en serait fini de lui.

*Je lève les yeux vers les collines*, c'est ce qu'on lui a appris quand il était enfant, car il a été élevé dans la religion. Avec Jésus-Christ et Heitsi-Eibib confondus. Avec les histoires du Prophète que lui racontait grand-mère Seli.

Il se cache dans les buissons pendant les heures

interminables du jour, puis, la troisième nuit, grimpe les pentes abruptes des montagnes en abandonnant son cheval, rompu de fatigue, derrière lui. De là-haut, il voit la large courbe que dessine False Bay sous le clair de lune, insoutenablement belle. La montagne de la Table au loin – ma montagne, ma baie. C'est là que je suis né, que ma grand-mère est enterrée, que ma mère vit. Et ce père que je n'ai jamais connu? Sur la place, devant la Citadelle, mon grand-père a subi le supplice de la roue; son nom continuera de vivre. C'est à moi, bien à moi. Je peux fermer les yeux et me souvenir de tout ça avec précision : les arbres argentés, les flamants, les vignobles, les plaines nues, les maisons blanches. Je peux sentir l'odeur forte des quartiers aux esclaves, en ville, et l'odeur du jeune vin aigre de la ferme; je peux voir les carrosses passer dans un nuage de poussière et de chiens. Tu as été éduqué pour ça, dit le Baas. Je dois à présent m'en défaire comme d'une vieille couverture infestée de poux qui exhalerait les odeurs de tant d'années. On apprend même à aimer ses démangeaisons. Recommencer au-delà de cette chaîne de montagnes, tout réapprendre : ceci est une pierre, ceci est un arbre; il y a une antilope; il y a une vipère venimeuse. Mon pays, ma solitude désolée, maintenant c'est toi et moi.

Ils se mettront en chasse demain et partiront à ma poursuite. Ils selleront leurs chevaux, appelleront leurs chiens; ils nettoieront leurs fusils, prépareront leur plomb et me traqueront comme un chacal. Car je suis devenu une bête sauvage. Moins que ça : une chose en fuite. Caïn, lui au moins, ma pieuse mère me l'a dit, portait une marque protectrice sur le front. Les seules marques que je porte sont sur mon dos; elles ne me protègent pas mais me condamnent. Très bien, donnez-moi la chasse; essayez de me piéger. Voyons un peu si vous arriverez à m'épuiser; voyons un peu si vous arriverez à me mettre la main au collet. A partir de maintenant, c'est vous et moi. Mon Cap, je te hais pour ce que tu m'as fait. Je ne peux pas vivre sans toi. Et pourtant je dois me passer de toi. Car je suis libre à présent.

Voilà ce que le mot « liberté » veut vraiment dire : n'importe qui peut me tuer.

Au moment où il voit la jeune antilope apparaître parmi les arbres, il met en joue et la vise au cou. Dans sa hâte d'abattre le fougueux animal, il manque de marcher sur une vipère à la robe tachetée qui se dore sur les pierres brûlantes; il fait un bond de côté, tend instinctivement les mains en avant vers une pierre et tue la chose. Sang rouge sur ces écailles dorées. Il retourne son antilope morte, lui ouvre le ventre de quelques rapides coups de couteau, arrache les boyaux et secoue le cadavre pour en faire couler tout le sang avant de le charger sur ses épaules.

La détonation fait sursauter Elisabeth qui attend dans le chariot. Elle ne se sent pas bien pendant quelques instants; elle est incapable de bouger. Mon Dieu, il est revenu, il n'est pas mort après tout. Elle se précipite vers l'entrée du campement et s'arrête, trop étourdie pour aller plus loin. Plusieurs minutes s'écoulent avant qu'elle ne voie Adam apparaître, en bas parmi les buissons, légèrement courbé sous le poids de l'antilope. C'est seulement toi; ce n'est pas lui.

Elle s'assied sous le choc qu'elle vient de recevoir, soulagée. Elle a honte de se l'avouer, mais c'est vrai. Un incroyable soulagement de ne pas voir apparaître Erik Alexis Larsson, de ne pas le voir grimper cette pente.

« Je vous présente M. Larsson. Ma fille Elisabeth. Nous avons tellement entendu parler de vous; nous étions vraiment impatients de faire votre connaissance. »

C'est un grand homme à la barbe touffue, très soignée, blonde tirant sur le roux; d'âge moyen, à la peau excessivement blanche – elle s'attendait à voir une peau bronzée – avec des joues rouges, presque féminines; de grandes mains aux phalanges couvertes de poils roux; des yeux bleus, où se lit une expression charmante de surprise.

Il s'incline brièvement; elle hoche la tête. Personne ne dit mot. Son père continue de parler mais personne n'y fait vraiment attention. Puis sa mère l'appelle pour accueillir d'autres invités. Des gens les fixent du regard, des jeunes filles.

« Votre père a insisté pour me présenter à vous », dit-il, mal à l'aise.

Il voulait peut-être dire quelque chose de poli mais il donne le sentiment contraire.

« On m'a dit que vous étiez une pianiste accomplie?

– Toutes les filles du Cap sont des pianistes accomplies. Elles savent également danser et chanter. Que peuvent-elles faire d'autre pour tuer le temps?

– Vous brossez un tableau bien noir de votre vie, ici.

– Le Cap est une toute petite ville. Vous vous y ennuierez très vite. Cet aspect, bien sûr, ne doit pas vous inquiéter... vous pouvez toujours aller ailleurs.

– Je n'ai pas l'intention de partir tout de suite.

– Les filles seront sûrement ravies. La plupart des étrangers ne font que passer. »

Il ne réagit pas. Il dit avec une intensité qu'elle juge surprenante et un accent qu'elle trouve charmant :

« Vous devez vous rendre compte que le monde se fait de plus en plus petit, pour des explorateurs comme moi. Après la découverte du Pérou, il ne reste plus grand-chose. Il ne reste vraiment plus que l'Afrique.

– Le Cap n'est pas l'Afrique.

– On peut toujours commencer par là. »

Elle s'entête :

« Il n'est pas facile d'obtenir la permission du

gouverneur pour faire un voyage dans l'intérieur des terres.

– On dirait que vous cherchez à me blâmer.

– Pourquoi chercherais-je à vous blâmer? Je ne vous connais même pas. Ce que vous comptez faire ne me regarde pas, mais il vaut mieux être prévenu, n'est-ce pas? On se laisse prendre, au Cap, par tant de choses futiles. Et les gens ne cherchent pas à vous faciliter les choses. Le Conseil des Dix-Sept doit donner sa permission pour tout. Et il... (Elle secoue la tête avec colère.) Ils aimeraient nous garder ici, confinés entre les montagnes et la mer. Je suppose qu'ils ont peur de ce qui arriverait si nous commencions à tous nous établir dans l'intérieur des terres. Ils pourraient perdre une parcelle de leur autorité. Je vois bien que vous ne me croyez pas, mais c'est vrai. Mon père est l'un d'entre eux.

– Pourquoi vous inquiétez-vous du Conseil des Dix-Sept? Vous êtes bien établis ici.

– Oh! oui, très bien établis, lâche-t-elle, méchamment. C'est une maladie dont nous mourrons tous un de ces jours.

– Vous n'avez jamais voyagé?

– Si. J'ai passé un an en Hollande, avec ma mère. Nous sommes allées rendre visite à toute sa famille. »

Elle garde le silence pendant un moment, puis mystérieusement :

« La Hollande n'est de toute façon pas un grand pays, non plus.

– Mais plein de vie! insiste-t-il. C'est le point de rencontre du monde entier.

– J'ai beaucoup aimé ce pays, bien sûr. Les concerts, les soirées. Et Amsterdam est une très belle ville. Mais c'est si... C'est si différent. C'est le peuple de ma mère, pas le mien. (Elle sourit et ajoute d'un air confidentiel :) Savez-vous ce que j'ai le plus aimé, dans tout ce voyage? Ça s'est passé au retour, dans le golfe de Gascogne. Il y a eu une terrible tempête. Tout le monde pensait que nous allions couler. Ils ne voulaient pas que j'aille sur le pont mais j'y suis quand même montée. Je suis restée là, accoudée au bastingage et j'ai été trempée jusqu'aux os. C'était comme la fin du monde; c'était merveilleux et sauvage.

— Vous semblez attendre l'apocalypse avec impatience. »

Elle le laisse seul quelques instants et revient avec une coupe de fruits.

« Je néglige mes devoirs envers mon invité, dit-elle avec une courtoisie toute formelle. Goûtez donc l'une de ces petites figues rouges. Elles sont délicieuses. Elles viennent spécialement de Robben Island. Ma mère fait venir également ses choux-fleurs de là-bas. Vous y goûterez certainement ce soir, au dîner. En certaines occasions, nous faisons également venir notre eau de là-bas. Vous voyez, tout ce qui est bon vient d'ailleurs. »

Il l'observe pendant un long moment sans rien dire; ses yeux bleus sont lointains.

« Eh bien? lui dit-elle sur un ton de défi. Aurai-je droit à un paragraphe dans votre journal intime?

— Pardon? dit-il en secouant la tête comme si elle l'avait réveillé en sursaut.

— Vous me fixiez si intensément.

— Veuillez m'excuser, je vous en prie, dit-il en bégayant. Je n'ai pas l'habitude de bavarder avec des jeunes filles.

— Ne vous croyez surtout pas obligé de perdre votre temps en ma compagnie.

— Non, je vous en prie, ce n'est pas du tout ce que je voulais dire. Je crois que je *vous* ennuie. Je suis si maladroit. Je suis beaucoup plus habitué aux paysages qu'aux êtres humains. »

C'était son silence, pensa-t-elle, son attitude réservée

qui avait stimulé en elle cette révolte. Cet homme possédait un monde fermé sur lui-même, un monde qu'il refusait de partager en échange de son Cap à elle. Elle voulait le pousser à réagir, à révéler quelques-uns de ses secrets : ses explorations et ses nuits, ses phares et ses montagnes, ses mers et ses indigènes, ses animaux et ses paysages exotiques.

« Ne croyez-vous pas que les êtres humains soient eux aussi des paysages à explorer?

– Votre question ressemble étrangement à un défi.

– Au contraire, monsieur Larsson, dit-elle avec froideur. Je ne suis qu'une toute petite parcelle de terre prise entre les montagnes et la mer. »

En l'accompagnant une semaine plus tard dans un carrosse de louage sur les routes sinueuses de l'autre côté de la Montagne, du côté de Constantia, elle l'étudie intensément tandis que le paysage se déroule sous eux : vallées et fondrières. Ses yeux observent tout; l'excitation rosit ses joues. Il a dû voyager dans ce même état à travers d'autres pays, d'autres régions jusque-là inexplorées. Elle ressent le besoin de découvrir son secret afin de pouvoir, à son tour, connaître cette fièvre qui le brûle.

A un tournant, juste à la sortie de la ville, une bande de babouins s'éparpille autour de la voiture; les chiens se mettent à aboyer hystériquement et leur donnent la chasse jusqu'au sommet de la colline.

« Ils ont peur de nous aujourd'hui, dit-elle avec amusement. Mais la dernière fois que je suis passée par là, un vieux mâle a quitté le groupe et s'est attaqué à mon cheval. Il m'a fallu beaucoup galoper pour le semer. »

Elle rit et rejette ses cheveux en arrière.

« Vous venez souvent par ici?

– J'essaie. Ma mère, bien sûr, me désapprouve.

– N'est-ce pas dangereux?

– Ça l'est effectivement. Il y a encore des léopards

dans la Montagne. Des vagabonds et des criminels en fuite qui se cachent dans les buissons. Mais si l'on devait constamment s'interroger sur tout ce qui peut vous arriver, on ne quitterait jamais sa maison. Et c'est très beau après ce tournant-là. Vous allez voir. »

Dès qu'ils ont contourné la Montagne, des bandes de flamants s'égaillent au-dessous d'eux dans les flaques peu profondes des fondrières; un groupe affolé par le bruit du carrosse prend l'air, faisant ainsi admirer le rose vif de ses ailes déployées.

« Vous voyez? dit-elle en extase. C'est pour moi le plus beau panorama de tout Le Cap.

– *Phoenicopterus ruber,* remarque-t-il pensivement. Ils appartiennent à la même famille que les grues, les *grallae.* »

Elle tourne la tête sèchement mais il n'a rien à ajouter. La route descend vers une plaine sablonneuse.

« On ne peut pas passer par là, en hiver, lui dit-elle. La route est inondée. Si vous êtes encore dans la région l'hiver prochain, vous devriez venir ici et voir ce spectacle. »

Peu à peu, les tapis de fleurs sauvages se multiplient des deux côtés de la route; de plus en plus luxuriants et abondants. Jusqu'à ce qu'il semble n'y avoir plus que ça. D'immenses champs de bruyère parsemés de protées. Il lui en montre quelques-unes du doigt – *ixia* et *melanthia, monsonia, wachendorfia* – des noms qu'elle n'a jamais entendus de sa vie; à un moment, il ordonne au cocher de s'arrêter afin de cueillir quelques spécimens qui lui paraissent étranges. De retour au carrosse, il lui tend un énorme bouquet avec un large sourire qui le fait paraître plus jeune que d'habitude.

« Merci, dit-elle, surprise et ravie. (Elle prend les fleurs.) Elles sont ravissantes. »

Mais dès qu'il a repris sa place à côté d'elle, il lui

54

reprend les fleurs. Elle comprend soudain qu'elle a mal interprété son geste et se mord la lèvre, gênée.

« Je vais les ranger dans mon herbier, à notre retour, explique-t-il. Quand je pense que pas une seule d'entre elles n'a été encore baptisée.

– Comment parvenez-vous à trouver des noms pour toutes les fleurs? demande-t-elle sarcastiquement.

– Je ne fais que leur donner un nom provisoire. Je les envoie ensuite en Suède. J'ai un ami là-bas, Carl, qui travaille au recensement de toutes les plantes existant dans le monde.

– Qu'arrivera-t-il une fois que vous les aurez toutes répertoriées?

– Où que j'aille, je ramasse des plantes pour lui, poursuit-il sans l'écouter. En Amazonie, à Surinam, en Nouvelle-Zélande, partout où je vais. (Pour la première fois, elle perçoit de l'enthousiasme dans sa voix.) On est parfois émerveillé par un endroit; on se sent perdu parce que trop de choses vous entourent; on aimerait tout prendre. On aimerait pouvoir tout ramasser. C'est comme si vos yeux et vos oreilles ne pouvaient pas faire face à tout. Puis vous vous mettez au travail; vous donnez des noms aux choses en essayant de ne pas regarder trop loin devant vous et de vous concentrer sur une seule chose à la fois. Et, brusquement, tout est terminé et vous découvrez que tout ça ne vous excite plus. Vous pouvez à présent vous en servir. Ça vous appartient. Rien ni personne ne pourra vous l'enlever même si vous vous trouvez à des kilomètres de là, par-delà les océans, dans un autre hémisphère. Vous possédez une petite portion de terre. (Il cache soigneusement son bouquet de fleurs sous la banquette.) Vous voyez? Je rassemble aussi une portion d'Afrique que j'emporterai un jour avec moi. Quelque chose de ce vaste continent sera mien. »

Il ne lui apparaît plus du tout étrange; pendant un instant, elle comprend ses silences et sa position de retrait; elle lui donne la réplique avec quelque chose qu'elle a reconnu en elle-même. Il n'est plus un étranger qui rebute les gens par sa réserve et ses réticences; il n'est plus un voyageur dans un carrosse mais un homme intimement lié à des mondes qui, pour elle, n'existaient que par la musique de leurs noms : Guyane et Surinam, Amazone, Pernambouc, Terre de Feu, Nouvelle-Zélande, Fidji; des noms qui ressemblent à des dieux, à des prières. Tout cela suscite en elle une soif qui lui coupe le souffle. Et, tout à coup, d'une manière illogique, elle voudrait le supplier : « Me voilà, explorez-moi. Ne voyez-vous pas que je suis prisonnière? »

« Je vais épouser Erik Alexis Larsson, annonce-t-elle à ses parents quelques mois plus tard. Il m'a demandé d'attendre son retour de voyage, mais je lui ai dit que je préférais me marier d'abord et partir ensuite avec lui.

— Crois-tu que ce soit bien sage? demande prudemment Marcus Louw.

— Il n'en est pas question! s'écrie sa mère. Je n'ai jamais entendu pareille folie.

— Et pourtant, je vais partir avec lui.

— Fais preuve d'autorité, Marcus, lui ordonne Catharina. Que vont en penser nos amis? Une femme dans l'intérieur des terres!

— Qu'y a-t-il de mal à ce qu'une femme aille dans l'intérieur des terres? demande Elisabeth en colère. Qu'y a-t-il de mal à être une femme, de toute façon? Doit-on en avoir honte? Vous en parlez comme si c'était un crime d'être née femme. Si un homme peut partir en expédition, pourquoi ne le pourrais-je pas, moi aussi?

— Tu nous ferais honte si tu agissais ainsi. Dans ma famille...

— Quand tu m'as épousé et que tu as décidé de t'installer au Cap, lui rappelle gentiment Marcus, ta famille voulait elle aussi te renier. As-tu oublié combien tu ressemblais alors à Elisabeth? Jamais satisfaite, indomptable.

– Et le résultat? demande-t-elle, hargneuse, gémissante. Mariée à un homme dépourvu d'ambition. Deux enfants dans la tombe; mes deux fils qui auraient fait toute la différence. Meurtrie et brisée par ce pays. Mais tu as refusé de te remuer. Tu as eu plus d'une occasion d'obtenir ta mutation pour Batavia ou la mère patrie, mais non : Marcus Louw est né ici et il mourra ici. Comment s'attendre alors à ce qu'Elisabeth soit différente? Mais cette fois-ci, tu vas t'y opposer!

– Quand ma mère a fui la France, il était inutile que quelqu'un s'y opposât. »

La passion dont il ne faisait montre que rarement brûlait dans le réseau des petites veines pourpres qui couvrait ses joues.

« C'était différent, dit Catharina. Elle n'avait pas le choix. Les huguenots étaient persécutés. Rien ne force Elisabeth à s'en aller d'ici. Pourquoi, grands dieux, devrait-*elle* s'enfuir dans le désert?

– On n'a guère le choix en restant ici, dit Elisabeth furieuse. (Elle parvient quand même à garder son calme.) On peut devenir fou ou mourir, c'est tout. Aucune de ces deux solutions ne me sied.

– Tu n'as pas besoin d'être insultante, lui répond sa mère sèchement. La folie ou la mort! Que t'attend-il d'autre au milieu des bêtes féroces et des sauvages? (Son ton de voix change et se fait suppliant.) Qu'un homme aille chercher l'aventure, passe encore. J'aurais pourtant cru que Larsson était assez grand pour savoir ce qu'il avait à faire. Les jeunes doivent aller jusqu'au bout de leurs idées. Mais toi, Elisabeth : tu es habituée à un train de vie décent, tu es tenue en haute estime. Tu es un exemple pour les autres.

– Tu parles comme si j'allais descendre aux enfers.

Ce n'est que l'intérieur du pays. Mère, ne peux-tu pas comprendre que je ne peux supporter plus longtemps la vie que je mène ici?

– Tu as pourtant plus d'occupations qu'il ne t'en faut.

– Oh! oui. J'assiste à toutes les réceptions, tous les bals et tous les pique-niques. Ça m'aide à tuer le temps. Mais jusqu'à quand dois-je encore vivre ainsi? Jusqu'à ce que j'aie passé la bride sur le cou d'un homme convenable et que je puisse m'atteler à ma tâche de mère de famille de façon convenable?

– Fais attention à ce que tu dis. Marcus, dis quelque chose!

– Mon père s'est rebellé contre le gouverneur, dit-il en regardant son verre.

– Pour sa honte éternelle, oui!»

Il repose son verre bruyamment.

« C'est peut-être pour *ma* honte éternelle que je suis retourné au service de la Compagnie contre laquelle il s'était rebellé. C'était un havre de paix, si sûr. Elle offrait la sécurité à toute ma famille.

– Comptes-tu, toi aussi, partir en expédition? persifle Catharina.

– Non, je suis trop vieux pour ce genre de choses. Mais si elle veut s'en aller, c'est à elle de décider. Si elle aime vraiment cet homme. »

Il la regarde, angoissé, les yeux pénétrants.

Elisabeth courbe la tête. Elle la relève au bout d'un moment et le regarde à nouveau.

« J'ai pris ma décision. Je veux me marier et partir avec lui.

– C'est ce que tu appelles de la reconnaissance, dit sa mère. Mais s'il doit en être ainsi, nous allons organiser un mariage que Le Cap ne sera pas près d'oublier. Il nous faudra ensuite attendre l'escadre suivante, pour de nouvelles réjouissances. »

« Jusqu'où comptez-vous aller ? » lui demande son père un peu plus tard alors qu'ils jouent aux échecs dans le salon.

Son verre d'arack est posé près de l'échiquier.

« Aussi loin que possible. Impossible à dire. Il essaie de déterminer la route mais il n'arrive pas à trouver de carte sérieuse et les gens lui donnent tous des informations contradictoires. Il a entendu parler d'un certain M. Roloff, à Muizenberg...

– J'espère que ça va marcher. (Il avale une gorgée d'arack et soupire.) Es-tu sûre d'opter pour la bonne solution, ma fille ? L'aimes-tu vraiment autant que ça ?

– Je le suivrai aussi loin qu'il ira, père. »

Elle poursuivra sa route, seule. Ce n'est pas du tout une décision rationnelle : c'est arrivé au moment où, après le coup de fusil, elle a vu Adam sortir des buissons, au pied de la colline. A présent, elle ne peut plus faire marche arrière.

« Que faites-vous ? » lui demande-t-il en jetant l'antilope à terre et en s'accroupissant pour la dépecer.

Elle s'affaire dans le chariot, fébrilement.

« Si nous devons partir pour la mer demain, il vaudrait mieux que je me mette à faire le tri et que je commence à emballer mes affaires. »

Ses petits yeux l'observent.

Un coffre empli de vêtements va être abandonné sans avoir jamais servi. Adam pourrait peut-être y trouver son affaire ? Mais elle se retient de le lui demander, de peur qu'il ne dise oui. Elle préfère de toute façon ne pas ouvrir ce coffre. Le deuxième contient ses effets personnels. Avec toute cette poussière et cette chaleur insoutenable, elle avait l'habitude, durant le voyage, de se changer deux et même trois fois par jour. Il y avait suffisamment de Hottentots autour d'eux pour faire la lessive. Mais depuis qu'ils ont abandonné le convoi, elle a été capable d'y faire face toute seule. Avant de quitter Le Cap, elle avait dû soigneusement choisir ses vêtements car il y avait très peu de place. Que va-t-elle faire maintenant qu'il ne reste que deux bœufs pour tout transporter?

Après avoir dépecé l'antilope et salé les quartiers de viande, Adam s'approche du chariot et la regarde faire. Ça lui est facile, pense-t-elle; rien de personnel n'est en cause. Pour lui, il ne s'agit que de poursuivre la route.

« Qu'est-ce que c'est que ça?

– Ses journaux de bord. »

Il feuillette les livres reliés sans rien y comprendre puis les jette de côté.

« Non, ils doivent revenir au Cap avec nous, proteste-t-elle en s'excusant. Je dois les ramener au Cap. »

Il rit d'un air moqueur. Elle est décontenancée par son regard accusateur. Si seulement elle pouvait l'envoyer ailleurs, être enfin débarrassée de lui, mais elle sait d'avance qu'il ne lui obéira pas. C'est comme s'il venait de prendre la direction des opérations. Un inspecteur des travaux. Elle poursuit son tri, avec colère.

D'accord, les journaux suivront. C'est sa petite victoire à elle. Mais il n'y a pas place pour les innombrables oiseaux empaillés et les fleurs séchées qui ont reçu un nom provisoire avant d'être expédiées en Suède. Ils doivent même réduire leurs armes et leurs munitions : deux tromblons, un seul pistolet, une petite quantité de poudre et de plomb. Une bouteille de cognac en cas de malaise ou pour acheter de l'aide et se faire des amis en cours de route, un petit paquet de tabac, des couvertures, du thé, de la farine, du sucre, du sel et tout le chocolat. Le reste n'est que superflu; même les magnifiques draps brodés à la main, les fers à friser, les fers à repasser, l'eau de

Cologne. Il se peut qu'il y ait de la place pour une cuvette, une bouilloire, une poêle, quelques couverts. C'est déjà bien assez comme ça. Triez encore une fois, lui ordonne-t-il. Jetez-en encore un peu.

Une passion destructrice s'empare d'elle peu à peu : se séparer, se dépouiller de toutes ses affaires personnelles. Quels sont nos besoins réels? Quel est le strict minimum? Après tout, il est arrivé jusqu'ici sans rien, hormis les vêtements volés à son mari.

Elle remballe avec un soin inutile les effets éliminés, range tout méticuleusement pour éviter que le vent ne les détruise si une nouvelle tempête devait éclater. Mais la bâche du chariot est déjà déchirée. Et les maraudeurs, les animaux...?

Maintenant qu'elle est parvenue à ce stade, elle veut se libérer de tout ce qui l'a, jusqu'ici, retenue. Elle ne veut rien garder; elle veut être vierge pour toute aventure : n'importe quoi; tout.

Mais après coup, une fois qu'Adam a disparu, elle rouvre ses coffres, ressort les affaires qu'elle y a rangées et va les rajouter aux bagages indispensables : coton et aiguilles, savon et eau de Cologne, sa robe vert foncé – pour la porter quand elle rentrera chez elle; on doit toujours avoir quelque chose de convenable à se mettre.

Adam a décidé que le bœuf à la robe tachetée servirait de bête de somme; il l'a attaché à un arbre, a fixé la muserolle à un petit bout de bois qui traverse les naseaux de l'animal et le tient tranquille. Dès que les premières lueurs du jour se dessinent sur les montagnes, Adam étend deux énormes peaux sur le dos du bœuf et se met à charger leurs affaires. Elisabeth l'aide à rabattre les pans – il faut encore éliminer quelques affaires, mon Dieu – pour qu'il puisse fermer les peaux. Les sangles sont si fermement tendues sous le ventre de l'animal qu'elles lui font de larges entailles dans la peau.

« Ça ne lui fait pas mal?

– C'est un bœuf. »

Ils prennent leur dernier repas, puis Adam étouffe le feu, jette du sable sur les cendres comme si c'était nécessaire.

« Vous allez y arriver? lui demande-t-il en amenant le deuxième bœuf à un endroit où il lui sera plus facile de monter en selle.

– Bien sûr. »

Elle le regarde droit dans les yeux.

« Vous êtes sûre que ça va aller?

– Je ne vais pas tomber si c'est ce que tu penses. »

Il saisit les rênes et tire. Elle plante ses talons dans les côtes de l'animal. Ils se dirigent vers l'ouverture, dans la palissade déglinguée.

Il lui faut maintenant serrer les dents; elle est trop émue pour regarder en arrière.

Il est parti. Il n'est pas mort; il a simplement disparu. Le pays qu'il voulait explorer et posséder l'a englouti. Je suis libérée de lui mais il reste l'enfant. Pour lui, je dois retourner au Cap.

Le bœuf se déplace avec lourdeur. Il est plus gauche et plus pataud qu'un cheval. Mais je crois qu'on finit par s'y habituer. On s'habitue à tout. Ne s'habitue-t-on pas à tout? Parvient-on à résister? Tu vas te mettre à bouger en moi un de ces jours. Nous n'avons pas le choix : nous devons nous habituer à nos espaces et rythmes respectifs, toi aux miens, moi aux tiens; et tous les deux ensemble, à ceux du bœuf et de ce pays.

Ils dévalent la pente et gagnent la colline opposée.

« Es-tu sûr de bien connaître le chemin?

– Oui.

– Combien de temps va-t-il nous falloir pour atteindre la mer?

– Longtemps. »

Il s'arrête brièvement et regarde en arrière. Elle se retourne, elle aussi. Ils aperçoivent au milieu des figuiers sauvages la tache grisâtre et falote du chariot bâché. Des oiseaux passent au-dessus de leurs têtes. Elle peut les voir voleter parmi les feuilles. Ce sont peut-être des nectarinies, des tisserins ou des pinsons? Elle ne connaît pas leurs noms et souhaiterait soudain avoir fait plus attention.

Elle adopte une position plus confortable et, tout en avançant, voit le campement rapetisser peu à peu, derrière eux. Il lui apparaît soudain comme le dernier havre auquel son cœur se raccroche. On doit laisser tant de choses derrière soi; l'espoir, par-dessus tout. Car on n'a devant soi que les formes ondulantes des collines et des montagnes, encore et toujours à l'infini.

Adam se retourne, la regarde. Il veut lui parler. Il y a tant à dire, tant à demander. La toucher, pénétrer son silence, surgir en elle. Mais quand il ose enfin lui adresser la parole, il ne peut que lui dire :

« Racontez-moi encore Le Cap. »

Cette ville est la seule de toute la colonie et c'est à juste titre qu'elle a pour nom Le Cap, bien qu'on le donne à tort à toute la région. Située dans un amphithâtre cerné au fond par la montagne de la Table (*Tafelberg*), à l'ouest par la montagne du Lion (*Leeuweberg*), à l'est en partie par la montagne du Diable (*Duyvelsberg*), la ville s'ouvre donc à l'est et au sud, face à la baie de la Table. Selon les dernières mesures, le rivage de la baie s'élèverait de 550 *toises* au-dessus du niveau de la mer et aurait 1 344 *toises* de long, d'est en ouest. La partie centrale, orientée sud-est, est à 2 000 *toises* de la ville. Les collines environnantes sont en grande partie dénudées et ce flanc de la montagne de la Table qui surplombe la ville est abrupt. Les buissons et les arbres (si on peut les appeler ainsi) qui y poussent ne sont pas seulement tordus de nature mais par l'action brutale des vents de sud-est et de nord-ouest. De là, cet aspect rabougri, ces feuilles pâles et flétries, cette apparence misérable. Certains qui sont à l'abri des rochers et arrosés par les ruisselets de la Montagne peuvent avoir un air plus vigoureux, mais ils restent tous déficients par rapport aux feuillages verdoyants des chênes, des vignobles, des myrtes, des lauriers et des citronniers plantés au pied de la Montagne. Un peu plus loin, les plaines arides, desséchées, sablonneuses donnent au pays un air désolé. Il va de soi que la plupart des fleurs d'Afrique sont disséminées par les sommets et dans les plaines, à la bonne saison; les plantations et les quelques acres de terre arable qui se déploient autour de la ville contrastent avec les étendues désertiques qui les environnent. Pour l'amoureux de la nature, la surprise réside dans cette portion de route qui, passant dans la montagne du Diable, relie Le Cap à Constantia. Le plaisir de découvrir une telle collection de fleurs printanières dans une région aussi peu fréquentée est plus facile à imaginer qu'à décrire : *ixias, glaïeuls, morées, hyacinthes, cyphias, melanthias, albucas, oxalis, asparagus, géraniums, monsonias, arctotis, soucis Anagoor, wachendorfias* et *arctopus*, mêlés à toutes sortes de bruyères, de buissons, de bosquets, de petits arbres de la famille des protées qui ont envahi ces champs. A l'entrée de la ville, de la Citadelle vers le rivage, entourée par de hauts murs et des fossés profonds, on découvre un panorama superbe. D'un côté, les jardins de la Compagnie, de l'autre, les fontaines alimentées par les eaux de la montagne de la Table qui dévalent une ravine visible de la ville. C'est à cette source que les habitants et les soldats des casernes viennent puiser leur eau. Un charreton à deux roues fait quotidiennement le trajet. Les jardins ont 200 *toises* de large et 500 de long et sont composés de différents potagers plantés de *kale* et autres légumes pour l'usage du gouverneur, des bateaux hollandais et de l'hôpital. Des arbres fruitiers plantés à certains endroits sont abrités du vent de sud-est par des haies de myrtes et d'ormes. Les allées sont bordées de chênes hauts de trente pieds dont l'ombre dispense une agréable fraîcheur, très recherchée par les étrangers qui visitent le port et choisissent de se promener aux heures les plus chaudes de la journée. Au bout du jardin botanique, se trouve la ménagerie, cernée de palissades et de grillages où l'on peut voir des *autruches,* des *casoars,* des *zèbres* et différentes espèces d'*antilopes* et autres quadrupèdes. La ville elle-même est très petite, d'une architecture uniforme; elle a environ 1 000 *toises* de long et autant de large, jardins et vergers compris (ils en ferment l'un des côtés). Les rues qui se coupent à angle droit sont larges, non pavées. C'est inutile vu la dureté du sol. Des chênes bordent les rues. Aucune ne porte de noms, hormis la Heerengracht qui court le long de la grande plaine faisant face à la Citadelle. Toutes les maisons se ressemblent : belles et spacieuses, hautes de deux étages. La plupart ont des façades en stuc ou blanchies à la chaux, mais certaines sont peintes en vert : couleur favorite des Hollandais. D'autres ont été construites avec une pierre bleutée extraite des carrières de Robben Island par les prisonniers. Presque toutes sont coiffées d'un chaume de couleur sombre (*Restio tectorum*) qui pousse dans les endroits secs et sablonneux. Plus solide, plus fin et plus brillant que la paille, la popularité de ce chaume dans la région du Cap s'explique par le désir d'éviter les accidents graves provoqués par un toit trop lourd, si le célèbre « vent noir du sud-est » qui souffle dans cette région vient à l'arracher.

Est-ce bien moi? Agenouillée sur le rocher, elle se penche sur le double que l'eau lui renvoie dans un décor de nuages hâtifs et d'arbres. Elle a enlevé ses souliers. Le pistolet est près d'elle sur un rocher plat, à côté du balluchon de vêtements propres. Le trou d'eau peu profond et tranquille se trouve au milieu du fleuve; de faibles rides troublent la surface de l'eau et brouillent le jeu de miroir. Tendue et surprise, elle fixe l'image qui lui rend, à son tour, son regard : « Tu ne me reconnais donc plus? »

Le visage semble familier, mais...

Voilà trois jours qu'ils voyagent. Est-il possible de devenir si vite étranger à soi-même? Elle avait tout le temps à bord du chariot, tout le temps pendant le voyage d'arranger ses cheveux devant son miroir, de se contempler, de se faire belle. Elle repense à sa maison où il y avait des miroirs partout. Même dans la salle de bain. Elle avait insisté sur ce point : pourquoi pas si la seule fonction que l'on remplit est celle d'être belle? Sa mère aurait été satisfaite de la voir prendre autant soin d'elle durant ce voyage : on peut sauvegarder sa dignité, même en plein désert.

Elle a emporté dans ses affaires un tout petit miroir mais elle a été beaucoup trop fatiguée ces trois derniers jours, beaucoup trop occupée à établir l'itinéraire pour s'en servir chaque soir. Un voyage lent mais suffisamment fatigant. Son corps lui fait mal. Elle sent parfois son estomac se contracter, la sueur couler sur son visage. Elle fait toujours ses ablutions nocturnes, bien sûr, même si ça signifie qu'Adam doit porter la cuvette d'eau sur plus d'un kilomètre – avec ce rictus arrogant qui lui fait peur, la rend folle de rage d'impuissance.

Mais se laver comme ça, cachée dans les buissons, est une affaire furtive. Elle ne fait que se rafraîchir, se débarrasser de la crasse de la journée. Par acquit de conscience, pas plus. Quel que soit son désir effréné d'eau en abondance (les mûres tachent; les égratignures sur mes jambes).

Cet après-midi, elle est vraiment trop fatiguée pour

poursuivre la route. Il l'a probablement remarqué bien qu'il n'en ait rien dit; quand ils atteignent le fleuve, ils s'arrêtent pour souffler. Elle sent la colère qui sourd en lui. Il a la mer dans la peau – la mer! – comme elle. Mais elle ne peut pas continuer comme ça. Il est parti chercher du bois pour faire du feu et construire un abri pour la nuit. Elle le regarde s'éloigner, loin de l'autre côté des collines, puis elle dirige ses pas – pour l'amour de Dieu, garde le pistolet sur toi! – là où elle sent qu'il y a de l'eau. Agenouillée sur la grande pierre plate, elle mouille son visage de ses mains puis contemple son double, droit dans les yeux. Ils sont d'un bleu plus foncé que d'habitude, mais ce doit être à cause de l'eau. Ses cheveux mouillés lui collent au visage; elle a encore de la poussière sur les tempes, même après ce premier bain; de minces lignes boueuses glissent le long de ses joues. Ses pommettes sont-elles plus saillantes? A-t-elle perdu du poids?

« Est-ce bien moi? (Elle entend sa propre voix et s'étonne.) Et si c'est bien moi, qui suis-je? »

Elle comprend tout à coup, affolée : je suis ici, moi. Elle était très connue au Cap – ce n'était qu'une petite famille – et immédiatement reconnue dans les soirées ou les bals organisés à l'instigation de sa mère : là-bas, dans cette robe moutarde, c'est Elisabeth. Vous savez, la fille du gérant des entrepôts de la Compagnie; sa mère est de Batavia. Durant le voyage, elle était devenue la femme de l'explorateur blanc. Tout à coup, elle ne peut plus se reconnaître en personne. Personne. Elle seule, là près de l'eau, dans cet espace que franchissent les oiseaux de nuit. Qu'est-ce que je fais ici? Quel est ce « je » qui me regarde? Elle jette un coup d'œil vers son double, tripote son fichu : la délicate dentelle est maculée de boue rouge; les bords rigides des poignets de son corsage retombent et sont sales. Elle a envie de se renier, se refuse à ressembler à ça. Elle est trop pâle. Le manque de sommeil a dessiné des cernes sous ses yeux. Elle essaie de les faire disparaître, en vain.

Elle se lève impulsivement et gravit la colline à nouveau. Aucun signe de lui. Il est parti, loin. Il lui faudra au moins une heure pour ramener du bois. Peut-être est-elle tout à fait seule? Une angoisse la saisit au creux de l'estomac. Avant, le campement l'entourait à chaque fois qu'il s'en allait. Le chariot était sa carapace, familière et sécurisante. Son isolement ne lui avait pas paru aussi intense le lendemain de la disparition de Larsson, car elle s'attendait à le voir réapparaître à tout moment. Même avant, durant le voyage, il y avait toujours eu quelqu'un dans les parages. On ne pouvait pas laisser une femme toute seule, dans la forêt.

Elle retourne au bord de l'eau où elle a inconsciemment laissé son pistolet à côté des souliers et du petit balluchon de vêtements. Elle se regarde encore une fois, debout cette fois, séparée de ce visage par les plis froissés de sa robe.

Elle a les pieds sales. Elle remonte sa robe jusqu'aux genoux et entre dans l'eau, fraîche autour de ses chevilles. La boue, douce et gluante, bouge et rampe entre ses doigts de pied. Sa peur s'évanouit. Elle laisse l'ourlet tremper dans l'eau; elle le sent s'alourdir et battre contre ses mollets. Elle est seule. Elle défait son fichu et reste un moment debout. Ses mains cachent le *décolleté* de sa robe en un geste coupable et sensuel. Puis elle délace hâtivement les rubans de son corset, fait tomber la robe sur ses hanches, la laisse glisser sur ses genoux, masse humide qui s'enfonce doucement dans l'eau. Elle se débarrasse de ses jupons et s'en libère en donnant de petits coups de pied. Les vêtements s'immobilisent dans le lit boueux et peu profond. Le faible mouvement de l'eau ne les fait pas bouger. Elle s'enfonce, sent la fraîcheur caressante monter le long de ses genoux, de la face interne et sensible de ses cuisses, de ses hanches, de la douce courbe de son ventre jusqu'à ses seins. Elle est envahie par une exaltation soudaine, émerge à nouveau, ressent le poids de sa chevelure brune, humide, et nage. Elle ne retourne vers le rocher qu'au bout d'un long moment. Elle va chercher le savon, se met à se laver puis s'immerge encore une fois dans l'innocence voluptueuse de l'eau.

Elle n'a aucune envie de se rhabiller; cette fin de journée est encore chaude. Elle s'allonge sur la roche plate qui exsude la chaleur du jour, se presse contre la pierre brûlante, propre, humide, étincelante, étrangement perturbée et gémissant dans un accès de désir soudain; elle se met sur le dos et, tendue, les genoux relevés, elle se touche, se caresse, s'ouvre, s'alourdit, calme la violence de son désir, secoue la tête, parvient à l'extase, entend le cri de sa voix, retrouve le silence dans un dernier sanglot.

Elle se relève au bout d'un très long moment et, à califourchon sur le bord du rocher, contemple son double encore une fois, avec étonnement.

Le visage aux yeux fiévreux, les petits seins plus ronds et plus charnus qu'ils n'étaient, les pointes tendres au toucher et les aréoles légèrement – très légèrement – plus sombres; le faible gonflement de son ventre, l'enchevêtrement des poils sur son sexe; toutes ces choses qui sont siennes et qu'elle n'a pas observées aussi précisément depuis tant de mois; tout si soudainement inexplicable : beau, étrange, terrifiant. Seraient-ce bien les contours de mon corps? Et si quelque chose changeait? Si mes seins se mettaient à gonfler, si mon ventre grossissait, si mes mains devenaient plus fines, si mon sexe mûrissait tel un fruit, si mes côtes devenaient plus visibles? Tout cela changerait-il par rapport à cette autre identité? S'élargirait-elle, rapetisserait-elle en proportion? Où donc se trouve ce « je » trompeur ? Au-dessus de moi, impossibles à questionner, incapables de répondre : le ciel, les blancs nuages qui se déplacent doucement, le soleil. Autour de moi, les pierres de la terre rouge, les buissons touffus, l'herbe.

Elle s'agenouille ébahie et ramasse ses vêtements trempés. Mais en se penchant en avant, elle sent que quelque chose a bougé de l'autre côté du trou d'eau. Elle s'arrête, pétrifiée. Elle a trop peur pour regarder immédiatement, mais quand elle parvient à lever la tête – de petites gouttes dégoulinent de ses cheveux et coulent comme un frémissement le long de son dos et de ses épaules – ce n'est qu'un *duiker*, un petit daim qui la fixe. Quelque chose dans ce regard silencieux la dénude encore davantage, l'expose dans toute sa vulnérabilité et la touche tant qu'elle a envie de pleurer. Le petit daim se tient debout, immobile sur ses longues pattes fines. C'est comme si, dans ses grands yeux noirs, l'eau et la terre, le ciel et le monde se métamorphosaient en un regard innocent. Je me suis cachée parmi les arbres du jardin parce que j'étais nue.

Incapable de rien faire d'autre, elle lève la main et se couvre la poitrine. Sa robe trempée retombe dans l'eau.

Instantanément – un seul mouvement, un éclair – le petit daim se retourne et disparaît. Parti, comme s'il n'avait jamais été là. Elisabeth se relève en hâte, enfile les vêtements propres qu'elle a rapportés avec elle, lace les rubans. Les larges poignets de dentelle qui recouvrent ses avant-bras l'agacent. Elle les arrache et les jette. Elle arrange sa robe avec soin et s'agenouille à nouveau pour terminer sa toilette.

Il est parti ramasser du bois. La longue veste sans col pend à une branche, déchirée par les épines. Il s'est débarrassé du manteau dès le premier jour de leur voyage. Il entasse les fagots, seulement vêtu de chausses et d'une chemise blanche, sale, aux riches garnitures de dentelle. Les collines de ces derniers jours se sont doucement élevées jusqu'à une cime escarpée, hérissée de rochers. Au-dessous, la pente est dépourvue de végétation; l'herbe est plus jaune que jamais, le climat différent. Un peu plus loin, le paysage s'ouvre sur des plaines ondulées, encore plus plates que le pays qu'ils ont déjà traversé. Encore deux jours – peut-être trois, avec elle – jusqu'au village hottentot, où il s'arrête parfois. Il avait aujourd'hui l'intention d'aller beaucoup plus loin. Jusqu'au pied de cette longue pente au moins; mais elle se fatigue beaucoup plus vite qu'il ne le pensait. Elle ne voudra certainement pas l'admettre d'elle-même mais il a vu la marque autour de sa bouche et, après cette nuit blanche dans le crachin et la bruine, les cernes qu'elle a sous les yeux. Ils ont installé leur campement près du fleuve.

Ce soir, ils auront moins besoin d'un abri que la nuit précédente. Ils avaient été obligés d'ouvrir les peaux et de sortir leurs affaires les plus précieuses (munitions et livres) pour s'en envelopper eux-mêmes. Même ainsi, ils avaient été trempés jusqu'aux os. Trois jours maintenant. Si différent du temps où ils vivaient dans ce campement parmi les figuiers sauvages; ils sont plus près l'un de l'autre. Seul le feu les sépare à la nuit tombée. Elle doit savoir qu'il l'observe. Je t'observe. C'est notre première nuit de voyage; c'est bien la première nuit. Je t'observe et te désire. J'ai envie de toi, d'un désir refoulé qui sommeille en moi; j'ai envie de te saisir, de te sentir contre mon corps; j'ai envie d'envahir ton silence. Je n'ai qu'à tendre la main par-dessus le feu pour te toucher. Dors-tu ou fais-tu semblant? Sens-tu ma présence? Oses-tu la sentir?

Pourquoi ne puis-je pas me décider? Est-ce à cause de cet enfant que tu portes? Pourquoi cela me ferait-il changer d'avis? Ton corps est encore léger et gracieux;

ton ventre est à peine gonflé. Aurait-on épargné ma mère pour l'enfant qu'elle portait? Mon maître blanc du passé, appointé par Dieu. Pour lui, le monde était ouvert, la loi, silencieuse. Il avait sa femme; il avait accès à tout ce qui était blanc... mais il avait également accès à nous, librement. Tous ces voyages sur la citerne, vers Le Cap. Nous avions l'habitude de finir de décharger, tôt l'après-midi, puis d'errer dans les tavernes... moi, j'attendais au sommet de la citerne... jusqu'au coucher du soleil, heure obscure où les hommes blancs étaient admis chez les femmes, dans les quartiers aux esclaves. Ils prétendaient que c'était pour améliorer la qualité de la race. Un service nécessaire. Une demi-heure. Puis le veilleur de nuit faisait une ronde avec sa lanterne. Il est l'heure, messieurs, et il bouclait tout pour la nuit.

Pose pas tant de questions, me disait ma mère. Pose pas tant de questions. Elle était en paix avec le monde, sereine. Elle ne cherchait pas à comprendre. Pourquoi aurait-elle cherché? Tous ses proches étaient morts dans la Grande Epidémie... si elle devait mourir, elle aussi, qu'il en soit ainsi... seule une poignée d'enfants avaient été ramenés par les chasseurs. Ils les avaient enregistrés, leur avaient parlé du Seigneur-ton-Dieu qui gouverne la Maison des Esclaves. Ils s'y étaient tous résignés. Adossés tranquillement au mur de la cuisine, tirant sur sa pipe, ce corps frêle aux poignets et aux chevilles aussi fragiles que des pattes d'oiseau, une fille, une épave. Ça ressemblait à ça quand on ne s'y attardait pas. Mais une mère : la mienne. Une maturité trop précoce lui avait couvert le visage de rides. Mon peuple vieillit rapidement et facilement. Comme un barrage qui s'assécherait, dont la boue se craquellerait. Mais Heitsi-Eibib se relève toujours sur les plaines poussiéreuses, m'assurait-elle. Tu vivras encore. Que le Seigneur soit béni. Tu ressembles bien à ta grand-mère, me disait-elle. Les parents de ton père. Ça leur a toujours créé des ennuis d'être si turbulents. Parler, se poser trop de questions, en poser trop. Voilà pourquoi. A quoi servent les questions? Pour sûr, pas de tranquillité d'esprit. On est tous sous le même joug. Accepte-le. C'est seulement quand t'es devenu trop vieux et que t'es plus utile, comme ta grand-mère Seli, qu'on te rend ta liberté pour mourir. Jusqu'à ce que ce jour arrive, Dieu et mon Baas pourvoiront pour moi. Seli, ma grand-mère Seli, raconte-moi tes histoires; je veux savoir d'où je viens.

Sur les pentes de Padang, dit-elle, on trouve la plante « impatiente n'y touchez pas », buisson après buisson aussi loin que l'œil peut voir. Tu touches une tendre feuille et le frémissement se répand sur toute la pente et des quantités de feuilles s'enroulent en tremblant. Les laisse pas te toucher, mon fils. Referme-toi sur toi-même, avec force. Souviens-toi de ton grand-père Afrika : c'est un homme à nos yeux, maintenant. L'a pas proféré un son quand ils ont arraché la chair de son corps avec des fers rougis. L'a pas sourcillé quand ils ont brisé ses os sur la roue. Je lui ai apporté de l'eau cette nuit-là... voulait rien manger... et le soleil s'était couché avant qu'il meure. T'inquiète pas qu'il m'a dit cette nuit-là. C'était difficile de parler mais il a jamais grogné une seule fois. T'inquiète pas de la douleur. Il y a une seule chose qui compte : pas céder. Faut continuer.

Il a dit : laisse-les me faire mal. C'est peut-être mieux ainsi. Tu vois, si tu veux faire souffrir quelqu'un, tu dois savoir qu'il est là. Tu peux pas faire souffrir quelqu'un qui est pas là. En mourant, je deviens un homme.

Et rapporte un peu de bois quand tu remonteras dans la montagne, dit grand-mère Seli; les jours sont de plus en plus froids et je suis plus toute jeune. C'est demain que tu y remontes?

Oui, c'est demain. Je t'en apporterai un peu; pro-mis.

Mais tôt le matin, le Baas m'a arrêté. Ne t'inquiète donc pas pour le bois, aujourd'hui. J'ai besoin de toi sur la citerne. Quelqu'un d'autre peut aller en cher-cher.

Est-ce ma faute si elle est morte le lendemain, gelée dans son taudis sur la Bosse du Lion?

Deux jours après, j'ai entendu ma mère qui émon-dait les vignes avec d'autres esclaves chanter: *Sei-gneur, tu es mon rocher*, comme les hommes blancs le lui avaient appris.

Tu ne dois pas, tu ne dois pas; et elle fait semblant de dormir, de l'autre côté de ces charbons qui rou-geoient faiblement. Elle est femme, quoique blanche. Qui sait si elle ne brûle pas d'impatience, elle aussi? Qu'est-ce donc qui me retient? Il n'y a qu'elle et moi dans ce monde immense; personne n'en saura rien; personne n'y fera attention. Est-ce qu'un arbre se préoccupe du nid qui tombe d'une de ses branches? Est-ce que le bois se préoccupe de savoir s'il brûle?

Est-ce le fait d'être seuls, rien en dehors d'elle que je ne puisse violer? Je ne peux me venger sur rien. Il n'y a que le silence. Ses yeux clos. Et, si j'écoute en retenant ma respiration, son souffle tranquille.

Comment peut-elle être aussi calme? C'est parce qu'elle sait que je monte la garde contre les bêtes sauvages? Parce qu'elle sait que je vais l'emmener jusqu'à la mer? *Comment* le sait-elle? Parce qu'elle me croit, parce qu'elle n'a pas le choix? Parce qu'elle est entre mes mains?

Je peux prendre ton corps, le forcer, le briser; je peux en arracher un cri : un cri de vie comme cet autre cri de mort. Même ainsi, tu resteras intouchable. Tes yeux. Quelque part dans ton corps, hors de ma portée, tu t'es confortablement installée dans ta « blancheur ». Je te hais peut-être trop...

Puis j'ai pénétré son corps sombre et soyeux dans l'obscurité, entouré par les respirations de tous ces autres, animaux ou collines mouvantes. Son odeur de mer. Les chauds buissons de viburnum bordant la plage. Je t'aime. Je t'aime. Et ses paumes ouvertes, posées sur mes épaules une fois l'emprise de ses ongles relâchée. Le mouvement de sa joue contre mon cou. Qu'est-ce qui fait que tout ça arrive? Un corps dans un autre corps, chose facile et rapide, chose faite, mais *ça* : toi et moi, monde sans fin? Et moins d'un mois plus tard, le Baas l'a vendue. Bon prix, quatre cents rixdollars. Elle était très jeune, bien sûr.

Il traîne le tas de bois à l'endroit où les bœufs paissent et se met à construire un abri grossier. A l'intérieur, il creuse un petit trou pour y faire du feu. Ils ont encore des quartiers de viande salée et à demi-séchée. Pendant qu'il travaille, elle s'approche de la rivière, dans sa robe bleue toute propre; ses cheveux sont encore humides; elle étale sa lessive sur les buissons.

« Toujours fatiguée? demande-t-il, malgré lui.

– Pas vraiment. Je suis allée nager. »

Il la regarde. Elle continue à parler en essayant de cacher son embarras à ce seul souvenir.

« Il y avait un petit daim. Je pense qu'il était venu boire. Il m'a fait une de ces peurs. J'ai d'abord cru que c'était un lion ou quelque chose de ce genre.

– Voilà des mois que vous voyagez. Vous n'êtes pas encore habituée au pays?

– S'y habitue-t-on jamais? Il était toujours là pour me protéger. »

Elle parle toujours de lui en disant « il ».

« Vous auriez dû rester au Cap. »

Elle secoue la tête avec violence.

Il se met à couper du bois.

« Vous ne seriez pas ici, maintenant; dans un abri

pareil. Vous devez certainement être habitué à autre chose. »

Elle hausse les épaules.

« A quoi ressemblait votre maison? demande-t-il comme s'il espérait lui arracher un secret.

— Pourquoi veux-tu savoir? (Elle s'assied sur un coffre affaissé.) Un toit de chaume. Des murs blancs. Un grand jardin.

— C'était une grande maison?

— Deux étages. Oui, elle était grande.

— Vous y aviez une chambre pour vous toute seule?

— Bien sûr.

— Bien sûr!

— Pourquoi me poses-tu toujours des questions sur Le Cap? demande-t-elle, envahie par le doute.

— De quoi d'autre peut-on parler?

— Mais tu ne sembles jamais satisfait. Que pourrais-je raconter qui pourrait t'intéresser?

— Vous avez peur de me raconter quoi que ce soit. Vous voulez tout garder pour vous. Vous croyez que je suis un esclave.

— Tu es un esclave.

— Pas ici.

— Comment l'endroit pourrait-il changer ta personnalité?

— J'étais tenu en esclavage. Je n'ai *jamais* été un esclave, dit-il.

— Et tu t'es enfui? »

Il hausse les épaules.

« Pourquoi t'es-tu enfui? Tu me poses tout le temps des questions. Moi aussi, j'ai le droit de savoir.

— Qui vous a donné ce droit? »

Il la regarde, furieux. Elle ressent le besoin de se couvrir la poitrine avec ses mains, comme elle l'a fait devant le petit daim, mais elle a trop peur.

« D'accord, concède-t-il au moment où elle ne s'y

attend plus. Je vais vous raconter. (Il jure quand une écharde se plante dans la paume de sa main.) Mon père était vigneron. Dans les Hottentot's Holland. Il faisait aussi beaucoup de cognac. Il avait l'habitude de dire que c'était le meilleur de tout Le Cap. Il en buvait tellement qu'on pouvait fort bien le croire. Chaque fois qu'il était soûl, il oubliait de fermer le tonneau. J'en profitais donc, moi aussi. Mon peuple est comme ça. J'ai finalement décidé qu'il valait mieux que je m'en aille avant que la tentation ne me tue. »

Les joues blêmes de colère, elle se contrôle pendant un long moment, regarde ses mains posées sur ses genoux, avant de dire :

« Ce ne sont que des mensonges.

– Oh! non, c'est la vérité vraie.

– Tu es un menteur!

– Bien sûr, je suis un menteur, dit-il calmement en la regardant droit dans les yeux. Vous ne vous attendez tout de même pas à entendre la vérité.

– Pourquoi pas? dit-elle, humiliée.

– Vous êtes trop blanche pour la vérité. »

Il la regarde. Elle lui rend son regard. Il la voit serrer les dents, relever légèrement la tête avec la même détermination hautaine, puis assise comme toujours, les bras autour des jambes, elle pose la tête sur ses genoux et se retire en elle-même. Il n'arrive pas à savoir si elle agit ainsi pour bien marquer son indépendance ou pour cacher quelque brusque faiblesse de jeune fille. Ne me tente pas, pense-t-il; ne me provoque pas. Tu es blanche, je suis brun et c'est ma vraie couleur. Ne me laisse pas croire que tu n'es rien d'autre qu'une femme. Ne nous entraîne pas tous les deux dans le gouffre. Ils prennent tous deux conscience du silence qui vient subitement de tomber. Non pas de ce silence qui peu à peu s'éloigne dans le crépuscule, mais d'un silence imposé au monde, comme si les oiseaux, les insectes, les scarabées dans l'herbe épaisse et drue et même les feuilles dans les arbres avaient été soudainement écrasés dans le creux d'une main énorme, invisible. Elle relève la tête.

« Que s'est-il passé? demande-t-elle. Pourquoi tout s'est-il brusquement calmé?

– Quelque chose vient de mourir. C'est comme ça que ça se passe. Tout devient brusquement silencieux. Comme ça, tout à coup. C'est alors qu'on sait. »

Ils retrouvent le corps dans la soirée du deuxième jour, à l'autre bout de l'immense plaine, là où commencent les versants de la chaîne suivante. Dès les premières heures de l'aube, ils ont pu observer, en émergeant de leur abri nocturne, les oiseaux de proie, ces taches presque imperceptibles qui se laissent porter par le vent puis tombent en spirales au milieu des collines. Trois ou quatre au début, puis, venus de nulle part, dix ou douze jusqu'à ce que le ciel en devienne noir.

De ce côté-ci, la plaine est beaucoup plus herbue et touffue. La terre est sèche, parcheminée, à nu dans les fossés d'érosion; des branches sèches sont éparpillées sur les fourrés. De loin, tout semble luxuriant. Les buissons épineux et tordus sont verts : aubépine et broussaille, euphorbes et naboom, aloès, kiepersol, rhus, plumbagos. Un paysage farouche, sauvage et indestructible, aux fourrés si denses que, parfois, les bœufs ne peuvent s'y frayer un passage et doivent faire de grands détours. Si les rapaces ne s'étaient pas trouvés là, ils n'auraient jamais découvert le corps.

Ils doivent s'écarter de leur route pour atteindre l'endroit où il se trouve. Ni l'un ni l'autre n'a envisagé la possibilité de ne pas y aller. On ne voit rien à dix mètres, hormis les vautours qui recouvrent le sol et les épineux : ailes à demi-déployées, cous hideux, dénudés, tendus, yeux jaunes avides et féroces. Ils libèrent le passage à contrecœur, à l'arrivée de ces intrus.

Deux vautours osent même les suivre en sautillant maladroitement, s'aident de leurs ailes mais retombent lourdement sur le sol. Ils finissent par se réfugier tous dans les arbres.

Il gît sous une couverture de branchages. Ils remarquent d'abord la gaieté pathétique des vêtements déchirés flottant aux branches mortes, accrochés aux épines, puis le tricorne noir dont la plume, superbe et arrogante, est ébouriffée et cassée.

« Restez ici », lui dit Adam.

Mais elle met pied à terre et le suit.

Soudainement, un cri rauque les arrête. Deux vautours emprisonnés sous les branches qui recouvrent le cadavre essaient désespérément de se dégager. Leurs becs, leurs gorges et leurs plumages dégoulinent de sang.

En sentant la mort approcher, il a dû se recouvrir avec ces branchages, ramassés quelques jours auparavant. S'il n'avait pas fait ça, de cette manière efficace et calculatrice, à la suédoise, ils n'auraient certainement pas décelé sa présence.

De toute façon, ce n'est pas un beau spectacle. Une grande partie du visage a été arrachée. Le long manteau marron dont quelques boutons manquent est en pièces; le gilet et ses broderies de fil d'or sont en lambeaux; sa poitrine est à nu et deux côtes se dressent, horribles, sur cette chair mutilée.

Elisabeth passe devant Adam. Il tente de la retenir mais quelque chose dans la façon dont elle lui saisit le bras et l'écarte le fait changer d'avis.

« Je dois le voir », dit-elle calmement.

Les Hottentots les avaient abandonnés; le troupeau avait été volé; Van Zyl s'était suicidé et avait été enterré sans qu'elle se sente vraiment concernée. Mais celui-là est à elle. Celui-là, elle n'ose pas l'éviter. Voilà pourquoi ils ont fait ce voyage dans l'intérieur des terres; elle a renoncé au Cap, est partie avec lui pour ça.

En dépit de l'odeur nauséabonde, elle s'approche et écarte les branchages. Les vautours esquissent un mouvement comme s'ils avaient l'intention de les attaquer. Adam les effraie à grand renfort de bruit. Un peu plus loin, les bœufs grattent le sol de leurs sabots et reniflent anxieusement.

C'est étrange. Elle ne pense à rien d'autre qu'à la chasse au lion. Il avait touché la femelle du premier coup de fusil, l'interrompant ainsi dans sa charge, le temps d'une seconde. L'instant d'après, elle fonçait sur lui, une épaule blessée. Les Hottentots hurlaient, lâchaient leurs armes et s'enfuyaient dans toutes les directions. Et toi, tu étais agenouillé et tu la visais. Aboiements insoutenables du chien. Puis, un éclair brun et jaune. La lionne se jetait sur toi et te plaquait au sol. Au milieu de sa course, détonation d'un fusil hottentot. Au moment où la bête s'effondrait sur toi, Booi était à tes côtés, la saisissait et t'en délivrait. Les énormes mâchoires se refermaient sur son épaule et son bras. C'est fini, ai-je pensé. Mais la lionne était déjà morte. Pendant que Booi roulait sur le côté en hurlant, l'animal retombait inerte, sur toi. Tu as remué au bout d'un long moment et tu t'es dégagé. Tu as regardé dans ma direction, mais tes yeux étaient vides. Tu t'es mis brusquement à courir, loin de moi, vers l'arbre le plus proche, un jeune plant. Tu as grimpé, tel un babouin, au sommet de ce tronc minuscule et tendre, mais au moment où tu atteignais le sommet, le tronc a plié sous ton poids et t'a ramené au sol. Tu ne semblais même pas t'en être aperçu. Tu t'es remis à grimper. La même chose s'est reproduite. Tu as grimpé trois fois. Trois fois, le tronc a plié sous ton poids et t'a ramené au sol. Alors seulement tu t'es arrêté pour regarder autour de toi et constater que la lionne était morte depuis tout ce temps-là.

Erik Alexis Larsson : qui es-tu? Cette horrible chose déchiquetée, sanguinolente, dégoûtante ne peut pas être toi. Qui étais-tu, toi qui calculais des latitudes, des longitudes et des hauteurs au-dessus du niveau de la mer avec tant de précision, toi qui empaillais les oiseaux avec tant d'adresse, toi qui savais tous les noms des plantes et des animaux de ces étendues désertiques? Qui étais-tu et comment as-tu fait pour arriver jusqu'ici? Dis-le moi; je veux savoir. Je suis ta femme. J'ai le droit de savoir. Je porte ton enfant. Je veux savoir. Mon Dieu, ne peux-tu rien me dire?

Adam se tient à quelques pas derrière elle, au milieu des branchages qu'elle a éparpillés pour atteindre le corps. C'est ici que tout commence, pense-t-il en sentant le soleil sur lui. C'est ici que tu vas, toi aussi, te mettre à apprendre. Connaissance de la mort, inévitable commencement. Jour où le serpent m'a mordu, où la vieille femme m'a enlevé le venin en suçant l'endroit de la morsure et en le frottant avec des herbes, me redonnant ainsi la vie. Jour où, mourant de soif sur le lit asséché et craquelé de la rivière, des mirages plein les yeux, le vieux Boschiman a aspiré, à l'aide de son bambou évidé, l'eau du *gorreh*[1] où il semblait ne rien y avoir, l'a recrachée sur ma langue, dans ma gorge. Tu aurais pu mourir ici, au-dessus de toute cette eau. Pourquoi tu ouvres pas les yeux? Tu fais quoi, ici? Si tu peux pas prendre soin de toi, faut pas venir ici.

De l'eau boueuse dans ma gorge; le goût de la vie.

« Vous ne pouvez pas rester ici », dit Adam.

Il semble qu'elle s'en rende compte pour la première fois. Elle se relève rapidement et s'éloigne du corps auprès duquel elle était agenouillée. Elle se met brus-

---

1. *Gorreh* : mot hottentot désignant un trou peu profond creusé dans le lit asséché d'une rivière pour y trouver de l'eau. (*N.d.T.*)

quement à vomir, poursuivie par l'odeur putride. Son estomac se contracte. Elle continue d'avoir le cœur soulevé bien après avoir fini de vomir.

« Il faut faire quelque chose », murmure-t-elle, pâle comme un linge.

Elle a froid dans cette chaleur. Elle se dirige, titubante, vers les bœufs et pose la tête sur les ballots.

« Que peut-on faire? demande-t-il.

— On ne peut pas le laisser comme ça.

— Vous voulez l'enterrer dans un trou, comme un Hottentot?

— Je ne veux pas que les hyènes s'emparent de lui.

— C'est déjà fait, dit-il, volontairement cruel.

— Oh! mon Dieu, ne peux-tu pas faire *quelque chose*?

— Le sol est trop dur. On n'a rien pour creuser. On peut le recouvrir de pierres et de branchages. Mais il ne sera protégé que pour un temps.

— Alors recouvre-le. Le soleil tape si fort. »

Cette fois-là, elle ne le suit pas. Elle va s'asseoir à côté d'un des deux bœufs, dans son ombre, et regarde Adam se débattre avec les énormes pierres et les lourdes branches; de temps à autre, elle effraie les vautours, sans aucune conviction; ils s'éloignent dans le ciel en protestant mais reviennent toujours. Ils n'ont pas besoin de se montrer impatients.

Son estomac se soulève à nouveau. Elle se penche pour vomir mais rien ne vient. Elle reste ainsi, pendant un moment aveuglée par la douleur. Puis les convulsions cessent; elle se redresse et le regarde construire la sépulture.

Il y a toujours une première nuit. Après le bal et le banquet : jambons, cailles et venaison, lièvres, pâtés de poisson, cochons de lait aux gueules grandes ouvertes, rondes comme des oranges; esclaves courant d'un côté, de l'autre, silencieux et pieds nus, servant le bordeaux et le vin frais de Moselle. Après la soirée, nous avons regagné notre chambre pendant que la fête battait son plein. Tu t'es excusé et tu es allé t'enfermer dans le petit salon pour terminer quelque travail. Je ne savais pas de quoi il s'agissait; je ne te l'ai pas demandé : des notes probablement ou des calculs; quelque chose. Tu m'as effleuré la joue d'un vague baiser et tu m'as dit : « Peut-être que Mme Larsson devrait aller se coucher, car je vais être occupé pendant un bon moment. » Je voulais rester avec toi et te regarder travailler mais j'avais peur de te gêner. Maman m'a envoyé deux esclaves pour m'aider à me déshabiller. Pauvres choses, elles étaient debout depuis cinq heures du matin; il était déjà minuit passé et elles n'avaient pas la perspective d'aller bientôt au lit. J'ai fermé les yeux tandis qu'elles me déshabillaient, me lavaient, me peignaient, et j'ai fait semblant de croire que c'était toi qui me caressais. J'ai pensé : mon époux. Mais ces deux mots avaient une résonance stupide. Après qu'elles se furent retirées, j'ai ôté ma longue chemise de nuit ornée de volants de dentelle et de broderies, me suis allongée nue et me suis mise à t'attendre. Le jour pointait déjà, bien avant que tu ne pénètres dans la chambre.

« Je pensais que tu dormais. »

Tu avais l'air surpris, presque ennuyé.

« Je t'attendais. »

Je me suis tournée pour que tu puisses te déshabiller sans embarras, mais je t'ai regardé pendant tout ce temps dans la petite psyché : que ton corps était fort et blanc; quelle force; un corps modelé par les pays, les voyages. J'ai alors tenté d'imaginer comment tu allais me faire mal, me faire saigner : du sang de mûre pour toi, pour moi seule aussi. Savoir ce que c'était qu'être femme, qu'être métamorphosée par toi. Tu t'es mis au lit, tu t'es installé près de moi, tu m'as embrassée, tu t'es retourné et tu t'es endormi aussitôt. Quand tu m'as prise la nuit suivante, ce fut exactement ça : tu m'as *prise*; tu t'es servi de moi et ça a été tout. Ça n'a même pas été douloureux. Un peu de sang, à peine.

« Est-ce bien tout? t'ai-je demandé.

– Pardon?

– Est-ce bien tout... juste ça?

– Je ne te comprends pas.

– Je ne te comprends pas, moi non plus. »

Et tu t'es rendormi. Pas moi.

J'aimerais aujourd'hui te demander encore une fois : « Est-ce bien tout? » Mais tu ne me répondras pas, une fois de plus. Est-ce bien tout? Ce ridicule petit tas de loques à peine visible, sordide, éparpillé là, dans la plaine – comme un oiseau tombé du nid qui se serait décomposé, les plumes emportées par le vent? Ce n'est vraiment rien du tout.

A moins que ce ne soit tout? Je le sais maintenant : ce n'est pas la mort d'un homme qui est terrible. Ce n'est qu'un lieu commun. C'est la mort de ce en quoi l'on croyait, de ce que l'on espérait, de ce que l'on croyait aimer qui est terrible.

Repose en paix, Erik Alexis Larsson. Il y a toujours une première nuit.


Cette nuit-là, au milieu des collines où ils ont installé leur campement, ses crampes augmentent et se font plus douloureuses.

Après avoir quitté le lieu où reposait le cadavre, ils ont poursuivi leur route jusqu'en fin d'après-midi, sans rien dire. Il lui lance un coup d'œil de temps à autre, mais elle ne semble même pas s'apercevoir de sa présence. Elle avance sur cette plaine comme un morceau de bois avance à la surface de l'eau d'un barrage, inconscient de ses mouvements. La lumière est incroyablement transparente : pas de brume à l'horizon, aucun mystère dans les ravines au milieu des collines; chaque objet défini par la lumière, révélé par elle : une pierre est une pierre; un arbre, un arbre.

Comme les jours précédents, la douleur la tenaille pendant tout le parcours. Compagne fidèle en qui, maintenant, elle a presque confiance. Mais rien de vraiment grave. Depuis qu'ils se sont arrêtés pour la nuit, elle s'est faite plus précise : lancées sourdes, distinctes comme les arbres ou les pierres du paysage. Elle serre les dents, ne dit rien. Dans le noir, la douleur se fait si insupportable qu'elle ne peut réprimer un gémissement.

Adam se réveille immédiatement.

« Qu'est-ce qu'il y a?

– Rien.

– Je vous ai entendue. »

Elle pousse un autre gémissement, entre ses dents serrées.

« O mon Dieu, si seulement je pouvais être de retour au Cap! Quelqu'un, là-bas, saurait certainement quoi faire.

– Qu'est-ce qui ne va pas?

– C'est là, dit-elle en se tenant le ventre à deux mains », en le pressant et le frottant doucement.

Un tremblement secret semble s'emparer d'elle, comme les convulsions d'un tremblement de terre. Mais elle ne ressent pas ce même besoin urgent de vomir. Elle sait, à ce moment-là, presque biologiquement, que son corps tente de se défaire d'une part d'elle-même, de l'enfant.

Si je reste allongée, ça va peut-être passer.

« Apporte-moi le cognac. »

Il lui tend la bouteille. Elle avale une gorgée.

« Nous atteindrons le village hottentot, demain, dit-il. Vous pensez que vous tiendrez jusque-là? Ils sauront quoi faire, eux. Nous aurions dû y arriver si ce n'avait été... »

Elle avale encore un petit peu de cognac.

« Qu'est-ce que les Hottentots peuvent faire de plus? Ils sont inutiles. Une bande de bons à rien. »

Il ne répond pas.

Au bout d'un moment – les étoiles scintillent sur la colline la plus proche avec ses silhouettes grotesques d'aloès et de troncs morts – elle secoue la tête de droite et de gauche, allongée sur le sol dur, les mains pressées sur son estomac déchiré de douleur.

« Tu crois vraiment que les Hottentots peuvent m'aider?

– Ils en savent plus que moi.

– C'est loin d'ici?

– Non. (Il se lève et va chercher les bœufs.) Ce ne sera pas facile dans le noir, mais on peut quand même essayer. »

Une heure plus tard, elle manque de tomber de monture. Il s'en aperçoit juste à temps pour la rattraper. Elle a perdu connaissance. Ce n'est qu'à ce moment-là que l'affolement s'empare de lui.

Il la force maladroitement à boire un peu de cognac entre ses dents serrées et l'aide à se réinstaller sur le dos du bœuf.

« Tenez bien les rênes. Je vais marcher à côté de vous. Ce n'est plus très loin maintenant. »

Sa voix se fait suppliante.

Elle gémit encore une fois. Le cognac l'a un peu grisée mais lui a donné également la nausée.

Elle ne se rend plus compte de rien. Elle ne sent plus que le mouvement ondulant du bœuf, la douleur qui la déchire, puis hors d'haleine, elle abandonne, le visage en sueur. Branches qui les frôlent quand ils passent trop près d'elles. Juron occasionnel ou commentaire chuchoté d'Adam. Peu à peu, tout s'éclaircit. Une lueur verdâtre surgit à l'est. Brusquement, les chiens se mettent à aboyer, le bétail beugle. Des voix, des gens.

Elle est trop hébétée pour se faire une idée du

campement. Il se compose de trente ou quarante huttes circulaires, éparpillées autour d'un enclos pour le bétail; sur un côté, isolées des autres par un bosquet d'arbres, quelques huttes supplémentaires réservées – elle n'en sait rien, bien sûr – aux malades, aux femmes sales. Des gens à demi endormis s'approchent d'eux avec curiosité, au milieu des chèvres qui bêlent et des roquets qui aboient. Jeunes filles vêtues de perles et de tabliers en peau; vieilles femmes coiffées de casquettes avec des visages peinturlurés et de longs vêtements; jeunes hommes à demi nus portant des perles autour du cou, de minuscules tabliers sur les fesses et des queues de chacal, devant; vieillards recroquevillés dans des *karosses*[1] en peau de chèvre.

Ils reconnaissent Adam. Il leur parle en la montrant du doigt. Ils l'entourent en une mêlée confuse et tentent de la toucher en parlant en même temps. Puis les vieilles femmes chassent tout ce monde en prononçant de violentes imprécations, la soulèvent et la font descendre de monture – elle est pliée en deux de douleur. Elle sent l'odeur rance de graisse et de *buchu* qui imprègne leurs corps. Les femmes la transportent vers l'une des huttes, derrière les arbres. A l'intérieur, tout a été méthodiquement et consciencieusement balayé; le sol de terre battue est dur et doux; une natte de branchages est jetée à terre. Allongée, elle contemple le dessin des lattes et des peaux pliées qui servent d'armature à la hutte. Une ouverture au-dessus d'elle révèle un pan de ciel lumineux. Elle sent un autre spasme la saisir, mais les femmes lui tiennent les bras et les jambes. Quelques-unes la forcent à s'asseoir et tirent sur ses vêtements. Elisabeth essaie de les aider à défaire les rubans et à la déshabiller. Elle sent tous ses vêtements s'en aller comme si on lui enlevait la peau. Elle se rallonge, tremblante, parcourue de sueurs

1. *Kaross* : couverture en peau. (*N.d.T.*)

froides. Quelqu'un lui soulève la tête et presse contre sa bouche la fente d'une calebasse. Elle suffoque sous l'odeur forte des herbes mais ne peut bouger la tête. Des mains étrangères lui recouvrent le corps avec des peaux d'animaux. Des spasmes violents la secouent. Elle ne peut plus se contrôler, jusqu'à ce que tout se déchire en elle, saigne. Les femmes apportent de l'eau pour la laver et la recouvrent. Elles l'abandonnent à peine consciente du gazouillis des oiseaux dans les arbres. Elle sombre doucement dans le sommeil, espérant mourir. Elle ne peut dire où s'achève le sommeil, où renaît la conscience. Devant la hutte ou parmi les arbres tout proches, quelqu'un joue un air sur la longue plume rigide d'une *ghoera* et le son monotone et triste envahit ses rêves. Parfois des ombres pénètrent et s'en vont. Une vieille femme la veille patiemment, une casquette en peau de zèbre posée sur son crâne d'oiseau, le visage ratatiné et craquelé comme les toiles d'araignée dessinées dans le lit des fleuves asséchés, les seins pendants et flasques comme deux sacoches vides qui ne contiendraient qu'une poignée de grains de maïs; elle tire de tranquilles bouffées de sa longue pipe, rejetant de petits nuages de fumée, volutes douces-amères de haschisch. Au loin, des chiens aboient faiblement, des chèvres bêlent, des enfants pleurent ou rient; bruits d'une autre existence, oubliée.

« Boire », dit la vieille femme en pressant une outre contre sa bouche.

L'odeur lui donne la nausée : odeur aigre-douce du lait caillé et du miel. Mais trop fatiguée pour résister, elle se laisse faire. Le liquide coule, frais et épais, dans sa gorge. Mais son estomac se révolte. Le feu brûle ses entrailles.

Elle croyait avoir enduré le pire, mais ça ne semble être que le début. Ils essaient de m'empoisonner, pense-t-elle. Parce que je suis une étrangère et qu'ils ne me font pas confiance : je suis blanche. Pourquoi ne pas choisir un poison plus violent ? Pourquoi ne pas me tuer plus rapidement ? Ce n'est pas ma faute si je suis blanche.

Trop blanche pour la vérité. Tels étaient ses mots. Qu'en sait-il ? Un esclave ! Il croit que le mensonge et la fourberie sont assez bons pour moi. Fait-on vraiment tout ce voyage pour un mensonge ? C'est toujours différent de ce qu'on attend. Ne me torturez plus. Vous et les vôtres, vous êtes étendus sur la roue devant la Citadelle. Pour vous, c'est vite fait, bien fait. C'est facile. Il y a d'autres formes de souffrance, interminables celles-là. Mais peut-être que tout ça aboutit au même résultat. Pour vous comme pour nous. Nous finissons tous par être désarticulés, déchirés. C'est ce pays : ma mère le connaissait bien avant moi. Elle doit le savoir. Elle y a enterré deux fils. Et je suis restée, la fille, l'inférieure, la moins que rien, la pas-un-fils, la celle-que-je-ne-voulais-pas. Une femme dans l'intérieur des terres ? A-t-on jamais entendu pareille folie ? Elle aussi, elle avait été jeune et impétueuse ; elle aussi, elle avait pensé conquérir le monde. C'est ce qu'il disait. Elle avait tout abandonné : sa famille, Batavia, le confort, sa classe sociale, pour épouser un homme du Cap. Elle avait quitté la France pour aller vivre chez les sauvages, mais libre. Se raccrocher à toi, une chair. Est-ce bien tout ? Je peux faire mieux de mes propres mains ! Maintenant, taxe-moi de folie si tu le désires. Ce pauvre et jeune Van Zyl me désirait. Ça t'a rendu jaloux et agressif : il est mort à présent. Nous sommes tous morts à présent. A part l'oncle Jacobs qui m'attend peut-être encore au Cap. « Grandis bien, ma petite. Si personne d'autre ne veut de toi, ton vieil oncle Jacobs prendra soin de toi. » Et quand il jouait aux échecs avec mon père pendant des heures sous les mûriers : « Laisse-moi t'apprendre, Elisabeth. Nous allons donner une bonne leçon à ton père. » Touchant, quand personne ne le voyait, l'intérieur de mes cuisses, sous ma robe. Ses doigts glissaient furtivement, toujours plus haut. Pauvre vieil oncle Jacobs qui m'a fait passer des nuits entières, éveillée, tremblante de peur et bourrelée de remords – tu me manques à présent, même toi. Il n'y a plus trace de péché, ici : Dieu ne nous a pas accompagnés. Quelque part sur la route, je crois, il a dû rebrousser chemin. Il est rentré au Cap. La belle église toute neuve et triste, les soirées à la maison, les esclaves qui servaient les amandes et les figues : les plus sucrées, les rouges pourpres viennent spécialement de Robben Island; goûtez-les, monsieur Larsson. Et l'eau, la plus douce, vient du puits des prisonniers.

C'est étrange, si l'on y pense : pouvoir trouver de l'eau douce en creusant un trou sur une île. Pourquoi pas de l'eau salée avec toute cette mer qui l'entoure? J'y suis allée une fois, je me souviens, avec mon père. C'est de là qu'on voit le mieux la montagne de la Table. J'ai presque envié les prisonniers.

On a la même vue quand on entre dans la baie en venant de la mère patrie. Une montagne semblable à un psaume : j'attendrai dans l'ombre du Tout-Puissant. Pourvu que tu restes de ce côté-ci des Hottentot's Holland. C'est plus sûr. Pour une femme. Ne jamais faire ce que vous voulez vraiment faire, parce que vous êtes une femme. Comme ces arbres nains importés par le gouverneur. Eux aussi, j'en suis certaine, auraient aimé grandir et avoir de larges branches pour abriter des nids et des oiseaux, pour offrir leur ombre aux gens et aux animaux : mais on les a obligés à rester petits et chétifs, horribles petits arbres, adorables ornements pour rebords de fenêtres et manteaux de cheminées. Mais je refuse de leur obéir, cette fois-ci. Je vais me libérer. Cette fois-ci, je vais partir dans mes étendues désertiques.

Pour finir, je n'ai sans doute été qu'un curieux petit

mammifère dont il devait noter le nom dans son journal de bord. Tu as dû ressentir une énorme satisfaction en me trouvant un nom. Donner un nom, disais-tu, c'était ta façon de prendre possession de la terre.

Tu croyais que j'étais un chariot, un baril ou une vache que tu pouvais posséder? Deux chariots, cinq coffres, deux poêles, seize fusils, neuf Hottentots, une femme. Ça fait combien de rixdollars tout ça? Et la Compagnie? T'aurait-elle dédommagé pour toutes ces pertes? Ils sont tellement avares, monsieur.

Il aurait peut-être été plus facile après tout d'être un esclave. Un esclave n'a pas besoin de se faire de soucis pour sa nourriture ou sa boisson, pour demain. Pour le bonheur, pour l'amour ou la foi.

Un esclave a tout ce dont il a besoin, nourriture et coups de fouet à heures fixes. Pourquoi donc ne pouvais-je pas céder? Qu'y a-t-il en moi qui se refuse à être l'esclave de quelqu'un? Je suis seule, ici, dans cette désolation sans fin. Même si je dois mourir : pas de deuil, pas de veillée mortuaire ou de reposez en paix... un simple tas de pierres sur la plaine. Les chacals et les hyènes me découvriront tôt ou tard et viendront dévorer ce qui peut m'être encore arraché. On devrait pouvoir n'être qu'un squelette, propre et nu, des os. On ne devrait même pas pouvoir dire, quand on le découvre, si c'est un homme ou une femme. Ce n'est qu'un tas d'ossements; une chose humaine. Pas étonnant qu'Eve ait été créée d'une côte. Nous avons davantage d'os, nous sommes donc encore plus indestructibles. Il est couvert de sang, poussière retournera en poussière. Qui possède qui? Toi, la terre, ou la terre, toi? *Phoenicopterus ruber,* une espèce de *grallae,* si je me souviens bien : je n'ai jamais eu... comment disais-tu?... aucun don pour la compréhension des faits scientifiques.

La vieille femme revient avec du lait caillé et du

*ghom*, s'accroupit près d'Elisabeth et marmonne quelque chose qu'elle ne comprend pas : *tkhoe, kamgon, tao-b, gomma.* Elle écoute, passive, incapable de saisir ce qui se passe. Quand elle ose dire quelque chose, la vieille femme se met à rire en dénudant ses gencives édentées et sort. Sur le seuil, l'ombre immense d'un homme se dessine. Il reste là un moment mais, quand elle essaie de se soulever sur ses coudes, elle découvre que l'ombre a disparu.

Toi, homme noir, mort ou vie : qui es-*tu?* Qu'es-*tu?* Toi et l'horrible vérité de tes mensonges, toi, mince et fort, qui t'es revêtu des habits excentriques de mon époux -- que fais-tu ici avec moi? Pourquoi ai-je peur de toi? J'avais l'habitude de donner des ordres à mes esclaves sans même me poser de questions : quand je me baignais dans le torrent, les esclaves montaient la garde. Ça m'aurait été égal qu'ils me voient nue; chiens et chats de la maison, qui vous observent.

J'ai peur de toi. D'accord, je suis prête à l'avouer dans cette obscurité. La seule façon de te contrôler est de te commander. En devenant cette femme blanche du Cap que je déteste. J'obéis plus facilement à ma peur qu'à ma seule dignité. Mais pourquoi devrais-je avoir peur de toi? Je n'ai pas peur que tu me violes – tu en as eu plus d'une fois la possibilité, c'est trop évident, trop facile. De quoi d'autre ai-je peur? De ton regard qui ne se détourne pas quand je le fixe? De ton silence? Pas aussi impertinent que celui de l'esclave qui va être fouetté pour apprendre où est sa place. *Quelle* est ta place? En as-tu seulement une? Vas-tu et viens-tu seulement comme le vent?

Tu as dit que tu allais vers la mer, « ta » mer à toi, et je te suis avec résignation. Je t'obéis comme un chien, une fois de plus réduite à mon statut de femme. Pourquoi ne m'abandonnes-tu pas? Pourquoi ne me laisses-tu pas mourir, tranquille et seule? Laisse-moi, je suis fatiguée. Je ne veux plus penser.

Quand elle rouvre les yeux, la vieille femme est de retour. Il lui faut du temps pour s'apercevoir que son infirmière arbore l'une de ses robes. La jaune. Il est visible qu'elle n'a pas su comment la mettre et qu'elle a résolu le problème en l'attachant autour de sa taille avec une queue de bœuf.

« C'est à moi, dit Elisabeth dans une plainte. A moi. Rendez-la-moi. »

La vieille femme grimace de plaisir.

Elle essaie de se dresser et de la lui reprendre; elle se met à pleurer. Vous n'avez pas le droit de me prendre mes affaires; mais une nouvelle vague de fièvre s'empare d'elle et fait trembler son corps. Puis le froid la reprend et elle se met à claquer des dents. La vieille femme sort et revient avec deux aides plus jeunes qui entassent brindilles et branches sur le sol. Elles les allument avec un bâton rougeoyant apporté par une troisième aide. Brusque étincelle du papier qui s'enflamme. Fumée qui emplit la hutte et s'enroule en volutes autour des femmes qui disparaissent dans ce brouillard.

Du papier? Elle se redresse une fois de plus, se rapproche, sauve un morceau de papier froissé. Elle l'examine de ses yeux douloureux. C'est un fragment de la carte.

Elles ne comprennent pas ce qu'elle leur dit et lui répondent par des rires gras et énormes, en hochant la tête avec conviction. La vieille femme murmure quelque chose comme *kom-hi* et *kx'oa;* elles s'en vont toutes. Elisabeth reste seule, enfin dans le silence. La fumée la fait pleurer.

Si je pouvais me traîner jusqu'au feu, peut-être pourrais-je mettre le feu à la hutte. Ça devrait brûler très facilement. Ce serait alors fini. Je ne peux pas continuer. Ce doit être la fin. Ils ne peuvent pas me faire ça.

Mais elle ne bouge pas; elle est trop épuisée pour esquisser un geste; elle est terrifiée, se sent lâche.

Le petit vieillard aux yeux rouges et liquides, aux grosses lunettes, dans sa cahute faite de débris de naufrages, ramassés sur la plage. Le vieux M. Roloff et ses innombrables cartes à la lueur jaunâtre de la lampe. Mais nous n'avons pas le droit d'en emporter une avec nous : nous devons dresser la nôtre au cours du voyage, kilomètre après kilomètre, effort après effort. Une lanterne qui se balance à travers mes journées. Tu es assis là et tu notes des détails sur ta carte, fais l'inventaire de la journée, écris ton journal de bord. *Elisabeth s'est montrée exigeante la nuit dernière.* Tu ne savais même pas que je le lisais derrière ton dos, n'est-ce pas? Les femmes sont des créatures si perfides. Tu m'y as poussée. Et pour ça, je crois que je ne peux pas te pardonner.

Un balancement, un balancement à peine perceptible. Est-ce le mouvement du chariot qui le provoque ou la révolution de la terre? Fais attention, la roue est voilée; nous allons verser. Baisse la flamme, ça fume, je m'étouffe; on ne peut pas continuer ainsi. Pourquoi ne vient-il pas m'aider? Il est parti depuis longtemps, bien sûr. J'étais un fardeau pour lui, c'est tout. Un fardeau sur sa route, en direction de la mer. Il doit y être déjà arrivé, à l'heure qu'il est. Il s'est peut-être même défait des stupides vêtements de mon mari et se promène nu sur la plage, brun parmi les rochers bruns, et plonge dans l'eau. S'il lève la tête, il pourra voir une antilope l'observer. Il reconnaîtra le petit animal aux yeux immenses : cheveux longs, tendre poitrine, ventre gonflé. Et il sortira de l'eau, grand et fort, raide et tendu comme un taureau, sans se soucier de l'animal qui l'observe. Ils lâcheront alors les chiens sur le taureau qui les lancera en l'air comme de vieux chiffons. Mais ils auront raison de lui. Ils l'attraperont par les naseaux, lui feront toucher le sol et le déchiquetteront pendant qu'il est encore vivant. On est toujours trahi.

Ils dansent, dehors. Il doit faire nuit. La lune est-elle levée? Elle peut les entendre taper des mains et des pieds; elle entend aussi la *ghoera* et les flûtes qui pleurent; le bruit des baguettes et des *tkoi-tkoi* résonne dans sa tête qui éclate. Il y avait de la musique de chambre, du clavecin et l'énorme écho de l'orgue dans la Zuiderkerk, à Amsterdam; des carillons aussi. Extase contrôlée des compositeurs modernes, M. Bach en Allemagne; les Italiens Vivaldi et Scarlatti. *C'est ça la civilisation,* dit maman, satisfaite et convaincue. Pour la première fois depuis que je la connais, elle ne souffre de rien. *C'est ça la civilisation.* C'est aussi beau, on peut le dire, que les pignons d'Amsterdam – oh! ces enfants aux visages rouges qui jouent dans la neige, comme dans un Brueghel – c'est propre et net comme dans les toiles de Steen et de Vermeer. Je n'aime pas tellement Rembrandt, dit-elle. C'est trop sombre, trop rêveur. Ça vous met mal à l'aise. Oh! Elisabeth, si tu avais la plus petite attention pour ta mère, tu épouserais un bon marchand hollandais et tu viendrais t'installer ici.

Allons voir la bohémienne dans la Kalverstraat; on dit qu'elle sait tout. Elle jette à peine un coup d'œil dans la paume de votre main avant de dire ce qu'elle y a vu : un homme sombre – un fils – un long voyage.

Oublie ce long voyage. Pourquoi retournerais-tu au Cap, cette ville oubliée de Dieu? Mais elle n'est pas oubliée de Dieu, maman. C'est une ville profondément religieuse. Il n'y a pas une place de libre à la Groote Kerk, le dimanche. Même une course de taureaux ne commence pas sans qu'on ait dit une prière. Ce n'est que de l'autre côté de ces montagnes que commence le monde païen, banni dans l'oubli.

J'ai rêvé la nuit dernière que j'avais vu Dieu. J'ai

rêvé aussi qu'il me parlait, puis j'ai rêvé que je rêvais. L'ai-je accusé d'avoir emporté mon fils? Je suis désolée, j'avais tout à fait tort. (Pardonne-moi, car je ne suis qu'une femme. Tu m'as faite une et entière.) Il n'avait rien à faire de tout ça. Il s'est simplement retiré. Ce n'est pas un pays cruel; c'est seulement un pays indifférent qui vous enlève tout ce qui est superflu : chariot et bœufs, guide, mari, enfant, abri, campement, conversation, aide, sécurité illusoire, préparation et présomption, vêtements. Il vous réduit à vous-même. Je suis fatiguée. Laissez-moi dormir.

Quand elle se réveille, elle a pour la première fois la tête légère et les idées claires. Il est là, debout, sur le seuil. Dans son sommeil elle a rejeté les peaux qui la recouvraient, mais les remonte en hâte, jusqu'au cou.

« Que veux-tu? lui demande-t-elle, sur ses gardes.

— Etes-vous toujours malade?

— Je croyais que tu t'étais déjà mis en route vers la mer.

— Je suis venu chaque jour mais vous aviez l'esprit confus et brumeux. J'ai cru que vous alliez mourir.

— Ça t'aurait épargné bien des ennuis, n'est-ce pas? Je ne voulais pas être un tel fardeau pour toi. »

Il hausse les épaules et s'enferme dans son silence.

« Combien de temps suis-je restée là?

— Quinze jours.

— Je me sens encore trop faible pour voyager.

— Guérissez, d'abord.

— Pourquoi ne vas-tu pas vers la mer, seul? demande-t-elle en protestant faiblement. Si tu rencontres des gens, tu pourras leur dire que j'attends ici.

— Vous ne comprenez même pas leur langue », dit-il avec impatience.

Elle reste tranquille un moment, puis commence à se plaindre :

« Elles m'ont volé mes vêtements.

– Non. Elles étaient simplement curieuses de savoir ce que vous aviez. Je leur ai donné les affaires dont vous n'aviez pas besoin.

– La carte ! »

Il grimace ironiquement mais ne dit rien.

Au bout de quelques instants, il lui demande :

« Avez-vous besoin de quelque chose ? »

Elle secoue la tête.

« Alors, il faut que je m'en aille. Ils n'aiment pas voir un homme rendre visite à une femme malade. »

La vieille femme revient bien plus tard. Elisabeth accepte pour la première fois de bon cœur le lait caillé et le miel. La vieille femme exprime sa satisfaction et ressort avec sa calebasse. Ses seins vides se balancent. Le lendemain, un groupe de jeunes filles vient lui faire sa toilette et nettoyer la hutte. Elles pépient et rient sans s'arrêter, mais elle ne comprend pas un mot de ce qu'elles disent.

« Apportez-moi mes vêtements », finit-elle par leur ordonner.

Les filles gloussent sans comprendre.

« Vêtements », dit-elle plus fort, mais elles ne comprennent toujours pas.

Irritée, elle se redresse et fait des gestes en désignant son corps : je veux me couvrir, je suis nue, apportez-moi...

Ses paroles provoquent l'hilarité. Elles se mettent à murmurer entre elles. L'une d'elles sort et revient au bout d'un moment avec des vêtements hottentots.

« Je veux les miens ! » réclame Elisabeth avec véhémence.

Mais elles se moquent d'elle et se débrouillent pour la mettre debout. Elle essaie de leur résister mais, fatiguée par l'effort, elle se résigne et se laisse faire. Elle se sent bientôt touchée par leur gaieté, leur rend leurs sourires, soulagée par leurs propos anodins après tant de solitude et de souffrances. Comme si elle se retrouvait dans sa chambre au Cap, entourée par ses esclaves et ses miroirs, elle s'abandonne, avec une volupté curieuse, entre leurs mains. Quelle importance ont-elles pour elle? Ces filles qui lui attachent quelques rangs de perles autour du cou et de la taille, qui s'affairent autour de ses jambes et lui fixent un anneau de cuivre à la cheville sont serviles et comiques.

La jeune fille qui a apporté les vêtements et pris le commandement rit de bon cœur. Ses magnifiques dents blanches brillent. Elle est très jeune, tout à fait charmante avec ses jeunes seins fermes, marques d'un âge à peine nubile. Sans prévenir, espiègle et insolente, elle tend la main et touche les poils pubiens d'Elisabeth, puis les montre du doigt en riant. Elisabeth fronce les sourcils sans comprendre, tandis que les autres s'écroulent de rire. Elisabeth, stupéfaite, la voit enlever le tablier qui la couvre, lui faire face jambes écartées, hanches pointées en avant et la forcer à regarder les lèvres roses et étrangement allongées qui entourent sa fente presque imberbe et ressemblent bizarrement à la caroncule du dindon.

Surprise par l'aplomb de la jeune fille et par sa propre curiosité – deux femmes se confrontent en totale innocence pendant un court instant – Elisabeth la fixe du regard. Regarde : c'est moi. Voici la partie la plus intime de moi-même que je puisse te montrer. C'est doux et amusant, n'est-ce pas? Et toi? La jeune fille tend la main encore une fois vers le mont de Vénus d'Elisabeth. Le charme est aussitôt rompu; la sincérité et l'innocence ont disparu. Elisabeth tourne la tête en rougissant comme si c'était elle qui devait avoir honte. Une fois encore, elle sent le regard fixe de la jeune antilope, posé sur elle. Presque en colère, elle se défait hâtivement de ses rangs de perles, enlève l'anneau de cuivre et les lui rend.

« Je veux mes vêtements, réclame-t-elle. Apportez-moi ma robe. »

Elles ne comprennent toujours pas et continuent de glousser, de murmurer, de gesticuler. Leurs jeunes seins, luisants de graisse, s'agitent.

« Ma robe », leur explique-t-elle en faisant de grands gestes.

Elles parlementent entre elles, le dos tourné. Elles regardent par-dessus leurs épaules de temps à autre et maîtrisent leur envie de rire. Elles finissent par sortir de la hutte et reviennent peu après, à son grand étonnement, avec la robe qu'elle portait à son arrivée. Froissée certes, mais visiblement lavée et séchée au soleil. Avec une hâte qu'elle ne peut expliquer, elle la leur arrache des mains, l'enfile, agrafe le corsage, arrange son fichu. Les filles la regardent faire, silencieuses, avant de quitter la hutte. Elle tente de peigner ses cheveux emmêlés avec ses doigts, mais trouve soudain cet effort superflu et s'étend, le dos contre le mur du fond, pour apercevoir l'entrée ovale et, au-delà, de l'autre côté du bosquet d'arbres, les mouvements, les allées et venues des chèvres et des enfants dans le village.

Je guéris, pense-t-elle ; je croyais que j'allais mourir, mais je suis en train de guérir. A la maison, quand maman avait la tête qui tournait, il y avait toujours quelqu'un à proximité pour lui frictionner les tempes avec de l'eau vinaigrée ou lui faire respirer des sels de *corne de cerf.* Mais ici, je n'ai rien eu d'autre que cette boisson révoltante que m'a apportée cette vieille folle, dans une calebasse. Pourtant je suis en train de guérir. Je vais être capable de poursuivre ma route : moi toute seule, car l'enfant est mort.

La nuit où les Boschimans sont venus. Ce sont les chiens qui s'étaient mis à aboyer et le gémissement d'un chien atteint par une flèche qui les avait prévenus. Le bétail tournait en rond, les Hottentots juraient et se heurtaient les uns aux autres dans leur affolement pour se cacher sous les chariots. *Sonkwas! Sonkwas! Sonkwas! Koestri! Koestri!* Larsson tira un coup de feu en l'air. Le bétail s'était déjà enfui à ce moment-là, dans l'obscurité, cerné par les Boschimans aux appels stridents, semblables à ceux des oiseaux de proie. Dans la confusion, il se saisit d'un fusil, sauta à dos de cheval et partit au galop à la poursuite des maraudeurs, accompagné par deux Hottentots, Kaptein et Booi, le bras toujours enveloppé de gros bandages. Leurs coups de feu claquèrent dans la nuit; les bruits du bétail cessèrent. Les hommes revinrent au bout d'une heure ou deux. Les Boschimans avaient disparu, mais ils étaient quand même arrivés à sauver dix bœufs. Le convoi allait pouvoir poursuivre sa route.

Allongée sur son lit, elle les entendit revenir. Mais elle se sentait trop malade pour pouvoir se lever. Une nausée qui faisait danser le chariot et mettait toute chose sens dessus dessous. La lampe oscillait et tanguait. Ça l'avait pris plusieurs fois la semaine précédente : elle avait attribué ça à la nourriture, à l'eau peut-être. Mais cette nuit-là, au milieu de cette excitation, de cette panique, des bruits du raid, des coups de feu et du galop des chevaux, elle avait compris, ébahie : elle attendait un enfant. Telle était la réponse. Et maintenant, ils l'avaient brûlé, enterré peut-être ou recouvert de pierres, comme lui. Elle avait enterré deux fils. C'est ce qui l'avait déchirée. Mais je ne craquerai pas. Essayez-moi, mettez-moi à l'épreuve. Je ne céderai pas. Je me refuse à donner mon corps à ce pays dénudé. Je chérirai ma fertilité. Elle m'appartient. Que la terre garde sa stérilité.

Il est assis et la regarde. Elle est une fois de plus occupée avec ses journaux de bord. Elle doit le faire exprès pour affirmer sa supériorité. Qu'arriverait-il s'il se levait, les lui arrachait des mains et les détruisait? Combien de fois en a-t-il eu envie? Mais il a, comme toujours, ravalé sa rage, n'éprouvant finalement qu'un vague ressentiment. Pourquoi? Pauvre créature : ne vois-tu donc pas que j'ai très bien compris à quel point tu étais perdue, là, derrière tes gros livres? Elle est à l'intérieur de l'abri. Il surveille les bœufs qui broutent. Il les a ramenés de la rivière il y a quelques instants. Il va bientôt les parquer dans l'enclos. Il ne se sent pas très à l'aise quand il pense aux lions. Ces salopards les ont suivis toute la journée et n'ont trouvé aucun gibier pour se distraire. Il les a remarqués pour la première fois, très tôt ce matin, en franchissant une colline. Cet après-midi, il a, de temps à autre, entendu leur feulement lointain, mais il ne lui en a rien dit. Elle est encore trop faible. Et qui sait? Il se peut qu'il y ait du gibier au bord de la rivière, cette nuit. Les lions devraient d'abord se rendre là-bas. En ce cas, il n'y aurait aucun danger.

Elle continue à écrire mais se tourne vers lui de temps à autre. Parle-t-elle de moi dans son journal? se demande-t-il en colère. Le Baas avait, lui aussi, des livres semblables : livres de punitions, livres de salaires, livres des vins. C'est la première chose qu'elle ait demandé quand, encore chancelante, elle a quitté la hutte des malades dans sa longue robe bleue et s'est approchée de lui, escortée par les femmes : « Où sont mes affaires? Où sont les livres? » Il les lui a montrés. Il avait distribué le cognac et le tabac aux gens du village ainsi qu'un fusil, des munitions et quelques-unes de ses robes. La carte, bien sûr, avait servi à faire du feu. Mais les livres étaient intacts. Personne n'avait exprimé le moindre intérêt pour eux. Elle les feuilleta interminablement pendant les longues journées de sa convalescence. Il la regardait alors comme il la regarde à présent. Cherchait-elle quelque chose? Qu'y avait-il donc dans ces livres qui puisse la décevoir, la choquer, la surprendre, la mettre en colère ou l'exciter comme c'était le cas? Quel sombre secret renfermaient-ils? La damnation éternelle des paroles de Dieu?

« Mon mari a tout noté, lui expliqua-t-elle quand il se décida à lui poser la question. Tout sur notre voyage.

– Tout? »

Elle rougit à sa grande surprise, puis dit, légèrement troublée :

« Enfin, tout ce qui lui paraissait important.

– Pourquoi les gardez-vous? Ils sont lourds.

– Tu ne comprendras jamais! »

Au bout de quelques jours, elle se mit, elle aussi, à y noter des choses. Il l'observait toujours. Elle semblait en avoir conscience, lui jetait un coup d'œil de temps à autre. Ou bien il la fixait, pensif. Elle restait pâle à faire peur; sa peau était d'un blanc presque translucide. Après avoir lavé ses cheveux plusieurs fois, elle avait pris l'habitude de les tresser pour les garder propres; ça la faisait paraître beaucoup plus jeune; une petite fille, à peine. Ça le troublait; ça le rendait agressif. Il ne voulait pas se faire prendre ainsi. Que ferait-il si quelque chose lui arrivait? Mais, et c'était pire : que ferait-il si rien n'arrivait? Si elle restait la même avec lui : vulnérable, jeune, espiègle, dépendante en même temps qu'intouchable, indépendante, protégée par ses livres et par Le Cap?

Pourquoi ne cherchait-il donc pas à la quitter, tout simplement? Pourquoi perdre ses journées précieuses à l'attendre, à attendre qu'elle reprenne des forces? Depuis tout ce temps, il aurait déjà atteint la mer. Jusque-là, ses allées et venues n'avaient dépendu de personne d'autre que lui; c'est ainsi qu'il en était venu à définir sa liberté. Il s'était cependant approché du chariot de par sa propre volonté, quand il l'avait découverte, seule au milieu du désert. Comment pouvait-il savoir ce qui allait se passer par la suite? Comment pouvait-il d'autre part se sentir lié à ce qu'il avait fait dans l'enthousiasme, ce jour-là précisément ? (Ce jour-là ? Dans l'enthousiasme ? Combien de temps cela avait-il pris pour se formuler en lui ? Combien de temps avait-il hésité, suivi le chariot, mis sa liberté et sa solitude en balance ?)

La lune décrût puis crût à nouveau – le Heitsi-Eibib des conversations de sa mère mourait, ressuscitait – et bien qu'elle reprît des forces, elle restait pâle, indifférente, sans énergie, comme si vivre lui importait peu. A de rares occasions, il notait une lueur fiévreuse sur ses joues, surtout quand elle écrivait ; une fois aussi quand des jumeaux naquirent au campement et que les hommes emportèrent la petite fille – l'autre enfant était un garçon – enroulée dans des peaux pour l'abandonner sur le veld. Elisabeth ne comprit pas tout de suite ce qui se passait, croyant que ce n'était là qu'une forme de baptême. Ce n'est que le lendemain qu'elle le questionna ; elle eut alors envie d'aller chercher l'enfant, de le ramener par tous les moyens. Il dut la retenir de force. Elle ne l'aurait pas trouvé de toute façon. Et les gens du campement auraient pu réagir avec violence si elle était intervenue dans leurs affaires personnelles.

A partir de ce jour-là, chose étrange, elle sembla guérir plus rapidement. Bien que pâle encore, elle fit des efforts pour se mouvoir et recouvrer toute son énergie. Elle en avait assez de cet endroit. Elle voulait s'en aller.

Ce furent les Hottentots qui partirent les premiers. Un matin, en se levant, ils notèrent un étrange remue-ménage dans tout le campement. Les huttes étaient dénudées et défaites ; les peaux et les nattes roulées et groupées en tas. Les poteaux et les poutres brûlaient. Les huttes des femmes sales brûlaient également, sans aucune cérémonie. Seule la hutte d'Elisabeth était intacte. Les nomades vinrent leur dire adieu, leur firent des signes de la main tout en dansant et en éclatant de rire, puis s'en allèrent. Hommes, femmes et enfants, jeunes et vieux accompagnés de leurs chiens, du bétail qui beuglait, des moutons et des chèvres qui bêlaient. Une fois que le nuage de poussière se fut éloigné, il ne resta plus rien, hormis les cendres brûlantes, le sol dénudé et, bien sûr, la hutte d'Elisabeth. Elle n'arrivait pas à comprendre.

Il haussa simplement les épaules.

« Pourquoi devraient-ils rester ici? Ils voyagent toujours ainsi, de saison en saison.

— Mais comment as-tu pu être aussi certain de les trouver ici?

— Je les connais.

— Où vont-ils maintenant?

— Ça dépend de la pluie, du froid. Je pense qu'ils vont grimper au sommet des Snow Mountains, traverser la Great Fish River, peut-être.

— Et les vieux qui les suivent? Comment font-ils pour aller si loin?

— Ceux qui se font trop vieux ou qui deviennent trop faibles pour soutenir le rythme sont abandonnés dans des trous de porcs-épics.

— Ils ne peuvent pas faire ça! »

Il la laissa et s'éloigna. Il n'était pas prêt à entamer une discussion. Quand il revint, il la surprit en train d'écrire son journal. Très bien, pensa-t-il, écris, note tout. Parle du bébé abandonné sur le veld, des vieilles gens sur la route. Si ça peut te soulager. Arrache-le de ton sang. Laisse-moi être.

C'était une impression étrange que de se retrouver seul, cette nuit-là. Pendant la journée, l'endroit dénudé où s'était tenu le campement était encore vivant des souvenirs, mais au crépuscule, il n'y avait plus de feux comme avant, plus de bruit de bétail qui rentrait dans l'enclos, plus de cris d'enfants, plus de voix aiguës de femmes. La joie profonde des hommes réunis autour des calebasses remplies de racines de *gli* avait également disparu. Ils étaient à nouveau seuls, seuls tous les deux. Parce qu'ils s'étaient habitués à la présence de tous ces gens, cette solitude était encore plus troublante.

Khanoes[1] apparut, suivie d'autres étoiles. Des chacals pleuraient au loin. Ils étaient tous les deux, assis de chaque côté du feu, muets. Mais il l'observait : douce courbe de la gorge, endroit où les clavicules se rejoignent à la base du cou, mains blanches et fragiles, bleu profond et brûlant de ses yeux, plus grands que jamais sur ce maigre et pâle visage.

« La vieille femme qui m'a soignée, dit-elle tout à coup en le regardant à travers les flammes, elle était très vieille, n'est-ce pas?

– Et alors?

– Elle ne pourra jamais survivre à un si long voyage. Vont-ils, elle aussi, la jeter dans un trou?

– Je le pense. Si elle devient trop faible.

– Mais comment peuvent-ils...?

– Cela vaudrait mieux pour elle plutôt que de continuer à marcher. »

Au bout d'un temps, une fois le feu transformé en un tas de charbons ardents, elle lui demanda :

« Qu'ont-ils fait de mon enfant?

– Ce n'était pas encore un enfant.

– Qu'en ont-ils fait? L'ont-ils enterré?

– Je ne sais pas. Les femmes qui vous soignaient s'en sont occupées.

– L'ont-ils abandonné sur le veld comme la petite jumelle?

– Je vous dis que je n'en sais rien.

– Pourquoi ne m'ont-ils pas donné cette petite fille puisqu'ils voulaient s'en débarrasser? J'aurais pu la ramener avec moi, au Cap.

1. *Khanoes :* mot hottentot désignant Vénus. (*N.d.T.*)

– Pour quoi faire? Pour en faire ce qu'ils ont fait de ma mère? Votre esclave?»

Elle le regarda de ses grands yeux, muette. Elle finit quand même par dire :

« Je vais dormir. »

Le lion rugit encore une fois, rugissement profond qui n'est plus très loin maintenant. Les ombres s'allongent et sont très noires. Il est temps de mener les bœufs dans le petit enclos de branchages fragile. Ils grattent le sol de leurs sabots, secouent leurs têtes et reniflent. Elle tient toujours le livre ouvert sur ses genoux mais elle n'écrit plus. Elle a peut-être, elle aussi, entendu le lion.

Le lendemain, ils chargent les bœufs et quittent le campement oublié.

« Tu es sûr que nous nous dirigeons bien vers la mer?

– Je vous ai dit que je vous y conduisais.

– A quelle distance se trouve-t-elle?

– Très loin mais nous nous en rapprochons chaque jour. »

Elle a encore des difficultés à se tenir debout. Elle a insisté pour partir. Peut-être se sent-elle trop exposée dans ce campement, après le départ des Hottentots. Leur présence créait comme une protection. Dans ce nouveau silence, elle a trop de temps pour rêver. Ils ont trop conscience l'un de l'autre. Il vaut donc mieux reprendre la route, même si les étapes doivent être plus courtes, leur progrès plus lent. Il subvient à leur nourriture – racines, fruits, baies, œufs, viande – et doit une fois de plus lui apporter la quantité d'eau nécessaire à ses copieuses ablutions quotidiennes. Elle semble être obsédée par l'eau, par le besoin de se laver, de nettoyer ses vêtements, comme si la poussière qui la recouvrait était venimeuse. Une fois même, il perd patience quand elle le renvoie en chercher alors qu'il vient de passer presque tout l'après-midi à ramasser du bois. Il jette ses fagots violemment sur le sol.

« Allez donc chercher votre maudite eau vous-même!

– Obéis à mes ordres », lui ordonne-t-elle, furieusement.

Il flanque un coup de pied dans un morceau de bois qui se trouve sur son chemin.

« Si nous étions au Cap, je devrais vous obéir. Ici, c'est moi qui décide.

– Si nous étions au Cap, je t'aurais contraint à m'obéir.

– Oh! non. C'est Le Cap qui m'y aurait contraint. Pas vous. Si c'était vraiment vous, vous pourriez m'y contraindre ici. De toute façon, qui êtes-vous? Qu'êtes-vous? (C'est comme le jour où il a perdu son sang-froid au sujet de la carte.) Rien qu'une putain de bonne femme en haillons. C'est tout. »

Elle le regarde fixement sans rien dire, puis tourne les yeux vers l'endroit où ils ont déchargé leurs affaires. Il reste là, debout, à la contempler, les bras croisés sur la poitrine : elle est là, assise sur son balluchon, très calme; le visage, de profil, scrute le lointain. C'est ça qui l'émeut en dépit de lui-même : sa fierté, le pathétique de sa dignité.

Il revient avec un baquet d'eau et la retrouve occupée avec du fil et une aiguille. Elle reprise sa robe. Elle relève le visage quand il pose le baquet à terre. Il ne la regarde pas. Elle ne le remercie pas. Mais pendant qu'il attache les bœufs pour la nuit, il note qu'en sortant de derrière le bosquet d'arbres où elle a fait sa toilette, elle va allumer le feu, faire chauffer de l'eau et qu'elle prépare le dîner pour la première fois du voyage.

Il pousse les bœufs têtus dans l'enclos et les attache avec des lanières doubles, puis il referme l'entrée avec des branches. Pourquoi donc ces satanés lions n'essaient-ils pas de trouver une proie au bord de la rivière?

Le livre est toujours ouvert sur ses genoux.

« Pourquoi as-tu passé tant de temps avec les bœufs? »

Il s'agenouille pour faire du feu.

« Parce que... (Il scrute son visage anxieux.) Ne vous inquiétez pas.

– Je sais qu'il se passe quelque chose d'anormal. Pourquoi ne m'en dis-tu rien?

– Il ne se passe rien. »

Il voit la tension se dessiner aux commissures de ses lèvres; le front têtu, la ligne épaisse des mâchoires. Le visage qu'elle lui offre est fier et le défie. Mais il ressent, malgré lui, de la sympathie pour elle. Comment peut-il être aussi certain que c'est de la fierté? Quel effort cela représente-t-il pour elle de continuer ainsi sans jamais montrer sa peur ou son angoisse? Il serait si facile de tendre la main, de lui toucher l'épaule, de la rassurer. Ne t'inquiète pas; tout va bien. Il ne va rien se passer. Ce n'est pas le dédain qui m'empêche de te dire la vérité. C'est seulement de l'inquiétude; la peur inutile de te voir troublée; tu peux dormir en paix cette nuit; je monterai la garde. Nous reprendrons la route demain, en direction de la mer. Tu pourras te reposer là-bas.

Mais il n'ose pas la toucher. Quand il se décide à lui parler, sa voix semble accuser:

« Qu'avez-vous écrit?

– Rien de particulier. »

Elle s'enferme dans sa coquille. Sa résistance le pousse à l'attaque:

« Il y a des lions dans les parages et vous, vous continuez à écrire.

– Pourquoi ne m'en as-tu rien dit? demande-t-elle, livide.

– Auriez-vous également noté quelque chose à leur propos? »

Elle fait un geste pour fermer le livre, sur la défensive. Il lui arrache la reliure des mains dans un geste de colère.

« *Qu'est-ce que* vous pouvez bien écrire là-dedans? Je veux savoir. »

Des légions incompréhensibles de pattes de mouches défilent, immobiles, sous ses yeux.

Ils persistent dans leur querelle pendant un moment, puis il cède, honteux. Elle referme le journal violemment, le tient pressé contre ses genoux, le recouvre de ses bras comme un bébé qu'elle voudrait protéger.

« Je dois écrire tout ce qui nous arrive. Pour le ramener au Cap avec moi.

– Pourquoi? Oublieriez-vous quelque chose si vous ne le notiez pas? »

Il veut obtenir d'elle autre chose qu'une simple réponse; il veut ouvrir quelque chose en elle. Comme ce livre qui était ouvert. Mais elle reste tendue, grave, inflexible.

« C'est facile d'oublier.

– De toute façon, ce qu'on oublie n'est pas digne d'être retenu.

– Tu aimerais bien savoir ce que j'écris? (Elle l'accable brusquement de sarcasmes.) Ce doit être terrible pour toi de ne pas comprendre un seul mot de ce que je fais. (C'est elle qui maintenant attaque.) Je peux m'asseoir là et écrire tout ce que je veux. Tu n'en comprendras pas un traître mot.

– Qu'est-ce que *vous* comprenez, vous? demande-t-il, furieux. Vous n'avez fait que voyager avec votre mari. A la recherche de quoi? Vous n'avez certainement rien trouvé.

– Et toi, qu'as-*tu* trouvé en traversant et retraversant le pays pendant toutes ces années?

– C'est mon affaire.

109

– Pourquoi as-tu quitté Le Cap?

– Vous posez toujours les mêmes questions.

– Parce que je veux savoir.

– Si je vous disais la vérité...

– Pourquoi ne me fais-tu pas confiance? demande-t-elle, désespérément.

– Vous faire confiance? (Il ricane.) On dirait que vous essayez de me convertir. Vous prierez ensuite pour moi?

– J'ai dépassé le stade de la prière. »

Elle le regarde droit dans les yeux, provocante.

« Je ne pouvais pas supporter mon maître, dit-il brièvement en la mettant au défi. Voilà pourquoi je suis parti.

– Pourquoi ne pouvais-tu pas le supporter?

– Parce qu'il était mon maître. »

En dépit de sa colère – peut-être l'obscurité qui tombe pousse-t-elle aux confidences? Peut-être est-ce la proximité des lions ou les bœufs qui tirent sur leurs attaches? – il renonce à se défendre pendant un instant.

« Le jour, dit-il, en lui faisant face loyalement, le jour où il m'a nommé chef de sa maison et m'a promu *mantoor,* il m'a dit : « Tu as été éduqué pour ce pays. « Malgache par la force, Javanais par l'intelligence, « Hottentot par l'endurance. Tu vois? Tu appartiens à « ce pays. »

– Qu'y a-t-il de mal à ça? N'ai-je pas été élevée de la même manière : hollandaise et huguenote; trois générations au Cap...?

– Nous n'avons pas du tout été élevés pour ce pays! répond-il méchamment. Vous avez été élevée pour être l'un des maîtres et moi pour être l'un des esclaves. C'est tout.

– C'est pour ça que tu t'es enfui? »

Il ne fait pas attention à elle, ajoute un peu de bois dans le feu et essaie de deviner où rôdent les lions.

« Es-tu heureux maintenant? Maintenant que tu es libre? »

Il émet un petit rire, si rauque que les bœufs lèvent la tête, effrayés.

« Croyez-vous vraiment que j'aie trouvé ce que je voulais en errant à travers ces étendues désertiques?

– Ce pays sera complètement civilisé dans cinquante ans.

– Civilisé? Qu'est-ce que ça vient faire là-dedans?

– Je ne te comprends pas », dit-elle, confuse.

Tout à coup : ses seins... cette première nuit, dans le chariot. Il doit lutter contre ce souvenir. La violence de la passion sourd en lui.

« Comment pouvez-vous comprendre? Vous êtes blanche. Je ne suis qu'un esclave, n'est-ce pas? Je suis deux bras et deux jambes. Je ressemble à une mule ou à un bœuf. Vous êtes la tête. Vous avez le droit de penser. Je ne suis qu'un corps. Je ferais mieux de rester à ma place. Je suis présomptueux de vouloir penser. J'ai accepté pendant vingt-cinq ans. Mais c'en est assez, je ne peux plus le supporter. Voilà cinq ans que je n'arrête pas de penser, dans cette solitude oubliée de Dieu. Ce n'est pas écrit dans les livres. Tout est écrit là, en moi. Mais que puis-je en faire?

– Tu es fou! murmure-t-elle, choquée, envahie de pitié.

– Alors permettez-moi de le rester. Continuez à penser! (Il a du mal à contrôler sa voix.) Vous essayez de vous protéger. Vous préféreriez que je reste un inférieur, que je reste à ma « place » et pouvoir me mépriser parce que je suis incapable de penser. Mais c'est inutile. »

Dans le silence qui suit son éclat, elle n'arrive à prononcer qu'une seule chose : son nom.

« Adam, non. »

Il se lève précipitamment pour aller fendre du bois, sensuellement conscient de sa propre force : comme s'il voulait n'être qu'un corps, un corps pur, rien qu'une force brute. Le reste n'est que folie. Pourquoi m'as-tu forcé à te parler ainsi? Laisse-moi m'en aller, laisse-moi en paix – je suis libre! Je veux être libre.

Il la regarde, désespéré. Elle est toujours près du feu. Elle le fixe.

Détourne ton regard! Ne vois-tu pas que je suis nu!

S'il avait fait jour, si ça avait été une autre nuit, il aurait quitté l'enclos, quelques heures seulement, pour marcher à l'air libre et se rassurer à la vue du monde qui l'entourait. Mais cette nuit, tout est enveloppé par les ténèbres où rôdent les lions. Cette nuit, c'est l'infini qui les cerne. Là-bas, la Voie lactée s'étire. On peut également voir les six lumières de Khoeseti[1], tout ce qui est familier dans cet enclos de lumière vacillante. Il est impossible d'en sortir; les animaux qui les cernent de partout sont bien trop dangereux. Ils doivent tourner en rond, encore et toujours, en spirales, de plus en plus près, vers lui et elle.

Après la nouvelle alerte, quand le grondement s'est subitement transformé en rugissements, il est retourné voir les bœufs et s'assurer que leurs attaches sont solides. La terre semble trembler sous ses pieds; les bœufs se dressent, reniflent de peur. Il l'entend qui l'appelle : « Adam! » Il perçoit le bruit des branches qui craquent avant même d'avoir pu la rejoindre. Il tend la main vers le fusil qu'elle lui présente – incroyablement calme, pâle et détachée. Il voit le mâle à la noire crinière bondir par-dessus la palissade.

Adam fait feu sans souci de viser.

« Rechargez-le! » hurle-t-il en lui lançant le fusil.

Un corps énorme le plaque au sol. Il pense que c'est le lion, mais c'est l'un des bœufs qui s'est détaché et se

---

1. *Khoeseti* : nom hottentot pour les Pléiades. Les Pléiades comprennent sept étoiles en tout dont six seulement sont visibles à l'œil nu.

fraie un chemin, le lion suspendu à l'une de ses épaules. Il s'échappe réduisant en morceaux les branches formant l'enclos, s'en va fou furieux dans la nuit, le lion toujours accroché à sa chair.

Adam lui reprend le fusil des mains et se rue à leur poursuite. Ce n'est qu'en atteignant la limite du cercle de lumière, parmi les branches d'épineux éparpillés, qu'il note sa présence à ses côtés. Elle lui tire le bras.

« Ne sois pas stupide! »

Il se dégage et poursuit sa course; dix mètres plus loin, il comprend que c'est inutile. Il vise dans la direction du bruit, tire un autre coup de feu. Un mugissement se fait entendre au lointain, puis plus rien. Le silence.

Il revient vers le campement dévasté, les épaules courbées.

Elle le regarde sans mot dire. Ils se mettent au travail et reconstruisent la palissade avant de retourner auprès du feu, haletants. Adam ajoute encore un peu de bois. Une gerbe d'étincelles jaillit. Des ombres bizarres dansent sur leurs visages.

Ses dents claquent en dépit du feu.

« Qu'est-ce qui ne va pas? lui demande-t-il.

– Rien. »

Elle se met à sangloter, lutte jusqu'au moment où c'est trop fort pour elle. Mais ça ne dure pas longtemps. Puis, serrant les dents, elle essuie ses larmes.

« Je suis désolée. Je ne voulais pas...

« Vous ne sembliez pourtant pas avoir peur, dit-il maladroitement.

– C'était si soudain. C'est seulement maintenant que...

– Allez dormir. Vous êtes épuisée. Je vais d'abord vous faire un peu de thé.

– Je ne vais pas pouvoir dormir.

– Essayez.

– Et s'ils reviennent...

– Pas cette nuit. Ils ont eu ce qu'ils voulaient.

– Que va-t-on faire maintenant? Crois-tu qu'ils les ont attrapés tous les deux?

– Je le pense.

– Mais comment va-t-on poursuivre notre route?

– Nous verrons ça demain. »

Il lui faut beaucoup de temps avant de s'assoupir; elle se contracte, marmonne et émet de petits gémissements dans son sommeil. Il reste éveillé, près du feu qu'il alimente, la regarde, écoute la nuit. Mais tout est tranquille – même s'il sait que quelque chose est en train de se faire dévorer quelque part. Lorsque l'étoile du matin fait son apparition, il tire les peaux de bêtes à lui, se couvre et s'allonge.

Il se réveille bien avant elle, dans les premiers rayons du soleil. Il redonne vie aux charbons presque réduits à l'état de cendres, met la bouilloire sur le feu, prend son fusil et s'en va. Il ôte ses vêtements près de la rivière – la chemise ruchée, à présent décolorée et déchirée, le pantalon bleu, effiloché – et plonge. L'eau est glacée. Elle le sort de sa rêverie. Il enfile à nouveau ses vêtements, avec une énergie renouvelée, et marche entre les arbres – séquoias à feuilles d'if, ormes blancs, cerisiers sauvages – dans la direction que les bœufs ont prise la nuit dernière. Il avance prudemment, car les lions, bien que repus, peuvent encore se trouver dans le voisinage. Il commence ses recherches. Non loin du campement, il aperçoit les premiers oiseaux de proie et grimpe à un arbre d'où il peut mieux voir. Au milieu d'un espace herbu, parmi les arbres épars, il repère la carcasse d'un bœuf, deux pattes grotesques et rigides, tendues vers le ciel. Deux lionnes se repaissent tranquillement en poussant des grognements de satisfaction. A quelque distance de là, le mâle somnole dans l'herbe et secoue de temps à autre sa crinière pour éloigner les mouches. Aucun signe de l'autre bœuf.

Adam se met à explorer le voisinage à la recherche de traces, avec plus d'espoir qu'auparavant : fumier, branches brisées, herbe foulée, empreintes de sabots. Même quand il finit par trouver ce qu'il cherche, il réprime son excitation. Le bœuf s'est peut-être enfui trop loin pour qu'il puisse le retrouver. Mais il se met à suivre la trace patiemment. Il mange tout en marchant – baies ou feuilles juteuses, racines et bulbes, tubéreuses, fruits, tous en abondance à cette époque de l'année. Chaque fois qu'il s'arrête, il se souvient presque furtivement, presque honteusement, de leur conversation de la veille. Dans l'intense lumière du jour, il trouve ses paroles déconcertantes, les siennes aussi. Que lui a-t-il pris de tant en dire? Il attribue ça à la nuit, à la proximité des lions, au remords peut-être de l'avoir tant de fois humiliée, à un besoin urgent de protéger sa vulnérabilité de Blanche. Mais c'était faux. C'était dangereux. Ça ne doit pas se reproduire.

Il tombe tout à fait par hasard sur le bœuf qui est en train de paître à l'autre bout d'une clairière parmi les collines au milieu d'un bosquet touffu de kiepersol. Il lui reste encore un bout de sa longe autour du cou. Elle l'étrangle d'ailleurs à moitié. Au moment où Adam apparaît, l'animal secoue la tête. Adam se met à parler d'une voix douce et caressante, en se rapprochant toujours plus de lui. Le bœuf l'avertit par un beuglement.

« Tout va bien, dit Adam pour le calmer. Ne t'inquiète pas. Je suis venu te chercher. »

Le bœuf pivote brusquement et s'enfuit. Mais il s'arrête quelques mètres plus loin et le regarde par-dessus son épaule. Il a du sang séché sur les flancs.

« Viens, lui dit Adam doucement. Allez, viens maintenant. Viens! »

Le bœuf répond par un son plaintif. Il laisse cette

fois Adam s'approcher de lui et lui tapoter l'épaule. La peau rouge et déchirée frémit nerveusement. Heureusement, il n'a rien de grave : les égratignures sur ses flancs, causées par des griffes ou des épines, sont superficielles.

« Allez, viens », lui dit encore une fois Adam en ramassant le bout de la longe et en défaisant le nœud serré.

Ils atteignent le campement en début d'après-midi. Elisabeth sursaute, laisse tomber son journal et se précipite vers l'entrée.

« Tu as dû aller très loin ?

— Pas tellement.

— Est-il blessé ?

— Quelques égratignures, c'est tout.

— Tu dois être fatigué, dit-elle d'une voix préoccupée. Je t'ai préparé à manger.

— Merci. »

Il lui jette un coup d'œil. Elle a les joues un peu plus colorées, aujourd'hui. Il évite son regard à nouveau.

« Il va falloir que nous partions bientôt, dit-il brusquement.

— Pourquoi ?

— Il vaut mieux s'éloigner pendant que les lions se repaissent de l'autre carcasse.

— Nous allons avancer moins rapidement à partir d'aujourd'hui, remarque-t-elle calmement.

— Non. Vous voyagerez sur le dos de ce bœuf. Il va falloir jeter les choses superflues.

— Rien n'est superflu ! proteste-t-elle. Nous avons déjà si peu de choses.

— Que pouvons-nous faire d'autre ? lui demande-t-il en colère.

— Tu peux tout charger sur le bœuf, comme avant. Je marcherai.

— Vous êtes encore trop faible.

— Je suis suffisamment forte. »

Il l'étudie. L'hostilité apparaît dans son regard, l'approbation aussi.

« Ça ne doit plus être très loin?

– Ce ne serait plus très loin si nous gagnions la côte directement. (Il la regarde droit dans les yeux.) Mais ma mer à moi est bien plus loin.

– Pourquoi ne pouvons-nous pas emprunter le chemin le plus court et suivre la plage à partir de là?

– Il faudrait des mois pour traverser les embouchures des rivières, les dunes et les rochers.

– Le temps importe peu, n'est-ce pas? Du moment que nous atteignons la mer.

– Non. Nous allons nous rendre là où je veux qu'on aille.

– Mais...

– Je vous l'ai dit », répond-il péremptoire.

Telle est la vraie raison, pense-t-il. Ce ne sont pas ces embouchures de rivières, ces dunes, ces rochers qui peuvent ralentir notre progression. C'est ce besoin impérieux de garder le contrôle, de l'assujettir à ses décisions, de la tenir à sa place.

Elle le sait, elle aussi. Elle peut le lire dans ses yeux. Mais au lieu de se mettre en colère comme il s'y attendait, elle ne dit rien. Elle n'accepte pas – c'est visible dans l'attitude entêtée de sa tête, de ses épaules – mais s'y oppose simplement par le silence le plus extraordinaire et le plus ambigu. J'ai gagné, pense-t-il en grimaçant. Ma décision prévaudra. Nous allons suivre ma route, jusqu'à ma mer à moi. Mais ce n'est que provisoire, remis à plus tard. La nuit dernière a changé bien des choses. Ce n'est plus maintenant qu'une question de temps.

L'épisode au bord de la rivière. Elle est assise sur un rocher, au bord de l'eau. Les sandales de peau qu'il lui a confectionnées pour remplacer ses chaussures usées sont à côté d'elle. Elle trempe ses pieds. Quelques mètres en aval, il observe le bœuf qui, déchargé de son fardeau, est en train de boire. Ils ont dû traverser ces derniers jours un nombre incalculable de petits cours d'eau en se battant parfois pendant des heures pour dénicher un endroit pas trop profond ou pour tout simplement se dépêtrer des buissons touffus qui bordent les rives. Cette rivière est plus large que les autres; un courant rapide la parcourt en son milieu et des amas de rochers forment de longs bassins profonds, reliés entre eux par de petites chutes écumantes. Les rides que le bœuf fait naître en buvant troublent l'image parfaite des arbres réverbérée dans l'eau. Il aurait été, sans ces remous, impossible de distinguer les choses de leur double. Un peu plus en aval, un troupeau d'oies sauvages traverse sereinement l'un des bassins. Une bande d'ibis s'égaille parmi les ajoncs de la rive la plus éloignée et des cigognes, raides sur leurs pattes, se pavanent dans l'herbe des marécages. Les oiseaux font à peine attention à eux quand ils arrivent avec leur bœuf.

« Il est bizarre de penser, dit-elle impulsivement, que je suis la première personne à venir ici. (Petit rire de surprise.) Je suis en train de faire l'histoire!

– Je suis là, moi aussi, fait-il observer. De nombreux Hottentots passent également par là...

– Je voulais simplement dire...

– Je ne sais que trop bien ce que vous vouliez dire. »

Il se met à sécher énergiquement le bœuf avec une poignée d'herbes. Une fois de plus, le calme est troublé. Exaspérée, elle appuie son front sur ses poings, pose la tête sur ses genoux repliés.

Pourquoi doit-elle justement dire à chaque fois la seule chose qu'elle ne devrait pas dire? Est-ce sa faute à elle, s'il juge provocants ses mots ou ses gestes les plus innocents? C'est épuisant, bien plus épuisant que cette route sans fin.

« Pour vous, l'histoire c'est ce qui arrive aux gens du Cap, dit-il, et vous la transportez avec vous, n'est-ce pas?

– C'est à partir du Cap que la civilisation gagne ce pays, rétorque-t-elle.

– Quelle civilisation? Quelle histoire? Le Cap et ses églises, ses écoles et ses gibets? Comment civilisez-vous un pays?

– Je ne parlais pas de ça.

– Non? Pourquoi devriez-vous alors croire que vous êtes la première personne à venir ici? L'histoire n'est que ce que *vous* en faites! Elle est tout ce qui apporte puissance et autorité au Cap? C'est ça votre civilisation? Ne pensez-vous pas que l'histoire puisse également se passer ici, sans vous? Avec tous ces Hottentots vieux et fatigués que l'on abandonne dans des trous de porcs-épics, avec tous ces nomades anonymes qui traversent cette rivière? »

Elisabeth se lève.

« Je ne sais pas quelle mouche t'a piqué, dit-elle. Il y a vraiment quelque chose de bizarre en toi. Quoi que je dise, tu trouves toujours une raison de m'attaquer.

– Parce que tout ce que vous dites s'est passé au Cap. Parce que vous ne pourrez jamais vous débarrasser de cette façon de voir. Et parce que je suis fatigué, que j'en ai assez de toutes vos sottises.

– Pourquoi ne poursuis-tu donc pas ta route, tout seul? demande-t-elle. C'est toi qui as voulu m'amener jusqu'à la mer. Je ne t'ai rien demandé.

– Que vous arrivera-t-il si je vous abandonne, ici?

– Ça ne te regarde pas. Je suis assez grande pour m'occuper de moi. Et même si je meurs, ça ne te regarde pas. Je ne te force pas à rester avec moi. Si je suis un boulet, alors laisse-moi en paix. Mais si tu décides de rester, respecte-moi!

– Bien, Madame », lui dit-il pour l'agacer.

Elle se maîtrise tout juste, retourne vers l'endroit où ils ont déchargé le bœuf.

Ne peux-tu pas comprendre? Je ne veux pas me battre et discuter avec toi. Je veux seulement parler à quelqu'un. Je ne veux plus être aussi seule. Pourquoi cherches-tu toujours à te venger de ta vie sur moi?

Il la suit avec le bœuf. Pourquoi me défies-tu constamment et m'obliges-tu à perdre mon sang-froid? Est-ce ta façon à toi de m'humilier? Je me suis suffi à moi-même pendant toutes ces années. Du moins je le croyais. Maintenant, tu m'obliges à croire que je ne me suis jamais complètement défait du Cap. Je suis encore, en toutes choses, contrôlé par ma révolte et ma haine. Je croyais m'en être débarrassé. Or, ce n'était qu'une illusion. Mais tu ne sais rien. Tu crois que je suis parti de ma propre volonté. Et c'est ça qui fait toute la différence.

Ils poursuivent ainsi leur conversation muette tout en vaquant à leurs occupations : il attache le bœuf dans un endroit où l'animal peut paître; elle arrange ses affaires pour la nuit. Quand il part ensuite chercher du bois, elle s'en va prendre un bain. Au moment où il revient, elle est une fois de plus plongée dans son journal.

Il reste là pendant quelques minutes à la regarder. Elle doit certainement savoir qu'il est là mais elle ne lève pas la tête. Il fait demi-tour au bout d'un moment, va arranger l'abri pour la nuit, puis, sa tâche terminée, se dirige vers la rivière.

Elle lève les yeux pour le voir disparaître parmi les arbres; elle essaie d'écrire mais n'a rien à dire. Irritée, elle referme son journal, le range et se met à faire un petit peu de raccommodage qu'elle abandonne très vite. Elle se lève et fait les cent pas. Il lui vient brusquement à l'idée de faire du feu. Assise près du brasier, elle secoue le bois avec un bâton et se laisse aller à sa fatigue et à son angoisse.

120

Pourquoi ne revient-il pas? L'a-t-il prise au mot? Est-il parti? Très bien; je me débrouillerai sans lui. Elle n'aura qu'à suivre la rivière jusqu'à la mer. Pour l'instant, il n'y a que ça qui compte.

Mais elle jette son bâton au bout d'un moment et se lève. Elle a déjà atteint l'entrée du campement au moment où elle pense : Qu'il va être content s'il s'aperçoit que je suis partie à sa recherche! Elle fait demi-tour et va arranger leurs affaires encore une fois. Au bout de quelques minutes, elle prend une décision et s'en va avec détermination en direction de la rivière, en contrebas.

Laisse-le penser ce qu'il voudra. Il se fait tard. Il devrait déjà s'être attelé à ses tâches nocturnes.

En sortant des fourrés, elle aperçoit immédiatement ses vêtements sur le rocher plat où elle était assise quelques instants auparavant – son habit de clown, déchiré et sale. Qu'est-il d'autre sinon un pauvre clown? Sa première réaction est de faire demi-tour, mais elle se domine. Elle s'approche et grimpe sur le rocher. Loin d'elle, à l'autre bout du bassin, elle le voit s'ébrouer dans l'eau.

« Adam! »

Il lève la tête.

« Qu'est-ce qu'il y a?

– Tu es parti depuis si longtemps, je... »

Elle se tait.

« J'arrive. »

Il la rejoint en quelques brasses longues et égales. L'eau brille sur ses épaules. Les cigognes et les ibis sont toujours là, sur la rive opposée. Dans la lumière jaune et tardive, les oiseaux s'appellent dans les arbres qui s'estompent peu à peu. Il se met debout dès qu'il a pied et avance jusqu'à ce que l'eau ne lui atteigne plus que la taille. Il s'arrête un instant, hésite, la regarde.

Elle veut encore une fois faire demi-tour et se sauver, mais, brusquement, elle ne peut plus; elle ne veut plus. Elle le met au défi en le regardant droit dans les yeux. Tête dressée. Supériorité bien marquée.

Il s'approche, un étrange et implacable sourire au bord des lèvres, des yeux minuscules. L'eau glisse le long de ses hanches. Il est mince, anguleux mais souple; un félin; le corps parcouru de muscles fins et serrés; un corps plein de jeunesse. Elle devrait s'en aller maintenant, mais elle reste. La petite enclave sombre du bas-ventre pointe au ras de l'eau. Elle respire avec plus de difficulté et contemple le spectacle, entêtée. Toi qui m'humilies toujours et qui m'insultes, je veux te voir dans ta nudité, vulnérable, misérable et honteuse; je veux te voir exposé à mon regard impitoyable : voyons un peu si tu vas oser. Il se rapproche encore. L'eau roule autour de ses genoux, de ses mollets musclés. Son sexe se balance sur ses bourses pleines et contractées par le froid, comique et innocent. Adam saute sur le rocher où elle attend, sans tenter de se retourner ou de cacher ses organes, de sa main.

Il se penche, ramasse ses vêtements et s'en va. Pour la première fois, elle voit les terribles cicatrices et les bourrelets d'un noir pourpre, noueux et gonflés, qui sillonnent son dos, ses fesses et ses cuisses.

Elle se rend bien compte qu'elle halète, les lèvres entrouvertes.

« Sauvage! » hurle-t-elle en sifflant.

Il se retourne. Va-t-il oser lui répondre? Elle évite son regard, soudainement honteuse à la vue de son sexe, et fixe le bout de ses pieds. Il repart sans un mot, portant toujours ses vêtements sur les épaules sans même faire l'effort de les enfiler. Il disparaît parmi les arbres.

Ne fais jamais confiance à un esclave, lui disait son père. Tu peux le traiter avec le maximum d'égards, tu peux l'élever avec la Bible, tu peux croire qu'il est civilisé, qu'il est domestiqué comme un chien. Tôt ou tard, il te montrera brusquement les dents; tu découvriras alors qu'il n'était qu'une bête féroce.

Elle s'assied, tremblante, jette de petits galets dans l'eau et les regarde couler. Qu'est-ce donc qui la trouble, à présent?

Elle a déjà vu des esclaves nus, dans sa vie; elle y a autant prêté attention qu'aux animaux de la ménagerie. Qu'est-il d'autre, après tout, qu'un esclave? Il n'a jamais été autant un esclave qu'aujourd'hui, avec son réseau hideux de cicatrices sur le dos. Alors, pourquoi ce tremblement dans les jambes? Pourquoi se souvient-elle si précisément de son corps : poitrine, hanches, ventre, sexe qui se balance sur ses bourses? Pourquoi devait-elle aussi remarquer ça? En fait, il est bien ce sauvage dont elle a parlé. Elle n'a plus besoin d'avoir peur de lui. Jamais plus.

Il fait presque noir quand elle trouve enfin le courage de se lever. Cette nuit, elle a peur du campement, de la lumière du feu, de ses yeux arrogants, impavides.

La première chose qu'elle voit en arrivant sont ses vêtements : chemise et pantalon mis en morceaux, éparpillés sur les branches. Elle veut, l'espace d'une seconde, s'enfuir, affolée. Mais où peut-elle bien aller? Et pourquoi? Une étrange résignation s'empare d'elle : *c'est* après tout le désert; il *est* le sauvage. Que peut-elle attendre d'autre? Pendant ces semaines, depuis sa première apparition et spécialement depuis leur séjour chez les Hottentots, elle s'est surprise à penser qu'il pouvait être différent. C'est ce qui l'a, en fait, le plus énervée quand elle pensait à lui. Mais c'est maintenant tout à fait clair; leurs rôles sont définis, jouables. S'il décide d'être violent, elle n'aura qu'à l'accepter comme la part du risque qu'engendre sa situation à elle. La seule chose qui la surprend et la trouble : pourquoi n'a-t-il pas eu encore recours à la violence? Ça lui aurait certainement facilité les choses.

Pour elle aussi, à long terme. Elle aurait su exactement à quoi s'attendre et s'y serait résignée. S'il devait la violer – et si ça devait arriver – ça lui serait maintenant plus facile à surmonter que toutes ces semaines de questions, d'angoisse, d'incertitude.

Elle regagne l'abri, sûre d'elle-même, visiblement calme, et empile des branches pour boucher l'entrée. Elle le regarde à peine – oui, il est assis, nu, près du feu – se dirige vers ses affaires, prend son journal volontairement, tranquillement, ostensiblement. Elle ouvre ce journal interrompu, à peine capable de maîtriser la plume qui tremble entre ses doigts. Elle ne fait même pas attention à ce qu'elle écrit.

Elle trouve bientôt son silence insupportable, un silence qui heurte sa conscience comme vous gêne un grain de sable dans l'œil. Elle relève la tête. Il la regarde. Elle se remet à écrire en respirant profondément, assemble des mots au hasard, dessine de mémoire une vue d'Amsterdam, répertorie des noms d'animaux et de plantes dont elle se souvient, jusqu'au moment où sa propre confusion l'ennuie.

Elle relève la tête.

« Tu peux m'apporter mon repas dès qu'il est prêt, lui ordonne-t-elle, laconiquement.

– Il vous attend.

– Alors, apporte-le-moi. »

Elle garde le journal ouvert sur ses genoux et le regarde tandis qu'il va et vient, entêté. S'il n'obéit pas cette fois-ci, preuve sera faite de sa révolte, ouverte et rédhibitoire. Elle est consciente du danger qui pèse sur eux. Un moment qui semble une éternité.

Puis avec une brutalité qui l'étonne, il se lève et lui apporte la nourriture : épaisses racines découpées en tranches et mises à tremper pendant la nuit ; il les a fait frire ; ça sent la viande.

Il reste debout devant elle et la fixe insolemment. Il voudrait l'obliger à dire quelque chose. Il attend, réclame, mais elle se refuse. Elle ne se laissera pas dominer. Elle prend l'assiette, détourne le regard pour ne pas voir l'extrémité ronde de son sexe gonflé, si proche d'elle.

Il retourne auprès du feu. Elle sent, tout en mangeant, que son regard ne la quitte pas. Elle prend une décision : rester silencieuse n'est qu'une fuite. Elle va lui prouver qu'elle peut ne pas se laisser intimider aussi facilement, même si cela signifie confrontation directe.

« Débarrasse-moi de cette assiette », lui ordonne-t-elle.

Adam se lève, obéit immédiatement, avec une insolence tranquille. Il se tient devant elle dans une allure de défi, rêveur.

« Pourquoi ne t'habilles-tu pas ? »

Elle vient de prononcer la phrase qu'il attendait.

« Je suis un sauvage. Les sauvages ne portent pas de vêtements.

— Tu agis comme un enfant !

— Les sauvages ne sont-ils pas des enfants ? »

Elisabeth se lève.

« Ton petit jeu ne m'amuse pas du tout, Adam. Viole-moi si c'est ce que tu veux, si tu penses que tu peux me dominer comme ça. Mais si c'est ce que tu veux, alors, pour l'amour de Dieu, fais-le ouvertement. Ne cherche pas à gagner du temps en attendant que l'obscurité tombe.

— Qui vous a dit que *j'avais envie de vous ?* demande-t-il vicieusement, comme un serpent qui attaquerait. Si j'avais envie de vous, il y a longtemps que je vous aurais prise.

— Je n'en suis pas aussi certaine. (Sa voix perd de son assurance; elle la maîtrise.) Je crois que tu as peur de moi. »

D'un brusque et violent revers du bras, il fracasse

l'assiette sur une pierre. Elle attend, debout. Il ne bouge pas.

« C'est vous qui avez peur, dit-il.

– Oui, *j'ai* peur. Mais je sais au moins de quoi j'ai peur. Je ne crois pas que tu en sois aussi sûr. C'est ce qui te gâche tout, n'est-ce pas? C'est pour ça que tu ne peux pas me supporter. C'est pour ça que tu essaies de te venger sur moi. »

Nous avons peur, pense-t-elle, de cet espace qui nous contraint intérieurement à aller l'un vers l'autre. C'est, encore une fois, la nuit où les lions sont venus. Ils s'affrontent, pèsent et soupèsent chaque mot et chaque geste. Le geste le plus insignifiant a son importance; un seul mot peut décider de l'avenir. Ils se regardent droit dans les yeux, avec haine, désir, angoisse, étonnement. J'ai peur, tu as peur. La nuit est interminable. C'est tout. Si je fais un geste et tends la main vers toi, le comprendras-tu?

Il se détourne le premier, à contrecœur. Il lui apparaît, triste, presque résigné. Elle a peut-être « gagné », cette fois-ci. Mais ce n'est pas le genre de victoire qui prouve quoi que ce soit ou qui règle un problème. C'est hors de propos. Ça ne fait que tout compliquer. Et, au bord du désespoir, elle lui demande ce qu'elle ne veut pas savoir :

« Qu'est-il arrivé à ton dos?

– Vos gens lui ont fait goûter au fouet. (Il lui tourne toujours le dos et ajoute avec une violence contenue :) Et alors? Ce n'est rien. Ça arrive tous les jours.

– Est-ce pour ça que tu t'es enfui?

– Qu'est-ce que ça change?

– Tout. Tu m'as dit que tu étais parti de ta propre volonté.

– Je n'ai jamais rien dit. C'est vous qui l'avez supposé.

– Tu me l'as fait penser. Tu *voulais* que j'y croie.

126

Tu ne voulais pas que je découvre que tu t'étais enfui parce que tu avais été fouetté.

– Maintenant, vous savez tout. Etes-vous satisfaite? M'avez-vous fait toucher le sol?

– Je ne veux pas te faire toucher le sol. »

Il se retourne et s'approche d'elle.

« Pourquoi n'arrêtez-vous donc pas de me questionner?

– Pourquoi t'ont-ils fait ça, Adam?

– Parce que j'avais levé la main sur mon maître, dit-il carrément.

– On ne fait pas ça sans avoir de bonnes raisons.

– Mes raisons me sont personnelles.

– Tu as peur aussi pour ça. (Elle se met à le railler.) Tu as enlevé tous tes vêtements devant moi. De quoi peux-tu encore avoir honte?

– Honte? (Il bout de rage.) C'est *vous* qui devriez avoir honte! Vous ne pouvez pas vous empêcher de poser des questions. C'est aussi une façon de fouetter un homme. Vous êtes fortes pour ce genre d'exercices, vous les femmes. Vous êtes toujours prêtes à frotter les plaies avec du sel bien après que les hommes ont cessé de discuter.

– Si c'est ce que tu penses, tu n'as pas besoin de me répondre. »

Le mur à nouveau, pense-t-elle. Chaque fois pareil. Et elle s'éloigne de lui.

« D'accord, dit-il en s'étouffant. Je vais vous le dire puisque vous voulez savoir. Si ça peut vous faire plaisir de m'avoir également extorqué ça. »

Elle se retourne avec un geste de défense, mais elle ne pourra pas le faire taire, cette fois.

« Vous vouliez savoir, n'est-ce pas? dit-il sèchement. Je vais donc vous le dire, Madame! J'ai levé la main sur mon maître parce que tôt ou tard, on atteint un stade où l'on est obligé de dire non. J'étais son *mantoor*. Je devais tout superviser. Je devais même punir les esclaves quand il me l'ordonnait. Il avait le cœur faible; flageller les autres le fatiguait. Aussi, il ne faisait qu'assister. J'ai toujours refusé. Pas mon propre peuple. Mais j'étais un esclave et ma voix ne faisait pas le poids face à la sienne. (Il reste calme un moment, respire profondément.) Et puis ma grand-mère est morte de froid parce qu'il m'avait interdit d'aller lui apporter du bois. Ma mère désirait assister aux obsèques, mais le Baas a refusé. Il avait besoin d'elle dans les vignobles pour tailler les ceps. Elle s'est donc rendue, sans lui demander son avis, à l'enterrement et, quand elle est revenue, elle est allée dans les vignes comme si de rien n'était, en chantant. »

Il contemple la nuit.

« Et alors? lui demande-t-elle, car il ne poursuit pas.

– Il a ordonné qu'on aille la chercher et qu'on l'amène dans la cour. Là, ils l'ont attachée à un poteau. Il m'a donné le fouet et m'a dit de la battre.

– Ce n'est pas vrai, Adam!

– Cette fois-ci, c'est la vérité », lui dit-il en la regardant comme s'il voulait l'écorcher avec ses yeux.

Elle lui rend son regard, incapable de regarder ailleurs.

« Je l'ai supplié. Il a refusé de m'écouter. Je l'ai encore supplié. Il a ramassé un morceau de bois – j'étais en train de faire une table – et m'a frappé au visage. Je le lui ai arraché des mains. Je me suis arrêté de le battre quand il a été étendu, à terre.

– Et après?

– Rien.

– Ils t'ont puni et puis tu t'es échappé.

– Que pouvais-je faire d'autre? Je n'ai pas choisi le désert par envie. J'y étais obligé, c'est tout. Depuis, j'ai appris à survivre comme un animal. Mais je ne suis pas un animal. Je suis un être humain. Je veux à nouveau vivre avec des gens. Je dois donc rentrer un jour ou l'autre; pas en rampant comme un chien qui a fait une fugue, mais sur mes deux jambes, la tête haute, car je ne dois avoir honte de rien. »

Elle penche la tête.

« Cela se produira-t-il jamais?

– Ça peut se produire si je vous ramène avec moi. Non seulement si je vous ramène au bord de la mer, mais si je vous ramène aussi chez vous, au Cap, à sa Montagne. Vous pourrez leur expliquer. Si vous leur dites que je vous ai ramenée, si vous leur dites que je vous ai sauvé la vie, si vous réclamez ma liberté, ils vous la donneront. Vous pouvez acheter ma liberté. Personne d'autre ne le peut. Je suis entre vos mains. »

Elle reste là, muette.

« Vous comprenez maintenant? dit-il dans un accès de colère. Vous n'aviez pas besoin d'avoir peur que je vous viole. Je me tue moi-même si je vous fais quoi que ce soit.

– Ma sûreté contre ta liberté. C'est ça ton marché? demande-t-elle, abasourdie.

– Si vous considérez ça comme un marché.

– Je t'ai posé une question.

– Le nom que nous pouvons lui donner a-t-il de l'importance? »

Il semble épuisé et paraît prendre pour la première fois conscience de sa nudité. Il se retourne brutalement, lui offrant son dos mutilé, regagne sa place, près du feu. Il rajoute un peu de bois, puis s'enroule dans les peaux et s'allonge dans la pénombre.

Elisabeth s'assied, le regarde. Ce balluchon informe. Qu'il est terrible de vivre à la lisière du monde d'autrui, conscient du fait qu'on peut le découvrir. Est-ce vraiment possible? Peut-on l'admettre? Peut-on y survivre? Pendant combien de temps un escargot peut-il vivre, hors de sa coquille? Pourquoi essaierait-on par-delà les flammes d'atteindre cette autre obscurité que l'on craint? Est-ce cette angoisse même qui vous guide?

Il n'a aucune idée du moment où elle s'est endormie. En se réveillant, quelque part à l'aube, il l'entend soupirer et geindre dans le noir. Il se soulève sur un coude, écoute ses halètements, ses gémissements, l'entend bouger et remuer frénétiquement, de l'autre côté de la lueur orange des charbons ardents. Perplexe et inquiet, il se lève et se dirige vers elle. Ce n'est qu'en se penchant qu'il comprend ce qu'elle est en train de faire. D'un air fasciné, rêveur, il contemple ses mains qui se nouent entre ses cuisses; sa gorge se contracte. Il ne peut pas détourner le regard. Son sexe se met à vibrer, malgré lui.

Elle s'arrête brusquement.

« Que fais-tu là? Va-t'en! » dit-elle, haletante, en tirant les couvertures à elle.

Il ne peut pas bouger. Femme : toi, désert dans lequel se perdre.

Drapée dans ses couvertures, elle se redresse. La lueur des charbons est faible. Elle ne peut discerner que la fine silhouette de son corps, la forme de ses épaules, son ventre plat, et cette chose terrifiante, pointée vers elle comme la tête d'un serpent dressé.

Ne me pousse pas dans mes retranchements. Ne vois-tu pas que je suis terrifiée et affamée, que j'ai par-dessus tout besoin de paix? Je ne peux plus le supporter, plus seule.

Il sait qu'il n'a qu'à se pencher, la toucher et plonger dans ce moment comme dans une eau profonde. Mais au-delà de ce moment, aussi vaste que la nuit, se dresse le futur : toutes ces possibilités impossibles, tout ce qui peut être confirmé ou pétrifié d'un seul geste, créé ou détruit par ce seul geste.

Il se relève, s'en va, réprimant un sanglot, et retourne à sa place, dans le noir.

130

Non, non, je t'en prie, ne me désarme pas tout à fait. C'est la dernière liberté qui me reste.

Elle ne fait plus aucun bruit. Il n'arrive même pas à l'entendre. Peut-être s'est-elle rendormie? Peut-être fixe-t-elle l'obscurité de ses grands yeux écarquillés? Mais il ne tourne pas la tête. Il s'installe, loin d'elle, de l'autre côté du tas de bois, se couvre les genoux avec une peau et, patiemment, doucement, se met à confectionner un tablier et une ceinture.

Et ce fut le tour du deuxième bœuf. Ça avait commencé avec la tempête. Une de ces violentes et brèves tempêtes caractéristiques de la province orientale du Cap qui accentuent l'aspect désolé de cette région douce et clémente en apparence.

Ils devaient être proches de la côte à ce moment-là. Trois ou quatre jours de route probablement. Lentement mais graduellement, le ciel s'était couvert et une chaleur insoutenable, saturée d'humidité, s'était mise à régner. Pas d'air; pas de nuages non plus, au début – juste une chaleur étouffante, invisible et tenace, qui vous épuise et vous laisse hors d'haleine. Ils avaient longé la lisière d'une forêt très dense, traversé quelques bosquets d'arbres épars – poivriers, cachimentiers, séquoias, bois blanc, ébéniers – puis atteint une pente douce bordée d'oliviers sauvages et de safran, de cactées, des éternelles euphorbes, de ficoïdes, d'abricotiers sauvages, de jusquiame noire, de ghaukum et de numnum. Et tout à coup la rivière s'étala sous eux, plus large et plus extraordinaire que toutes celles qu'ils avaient déjà pu traverser.

Voilà la scène telle qu'elle la décrit dans son journal. Il est facile d'imaginer la suite.

Tandis qu'il monte la garde pour repérer les crocodiles, elle s'accroupit pour boire et rafraîchir son visage brûlant. Pendant ces jours de canicule, ils ont dû se contenter de ce qu'Adam trouvait : figues sauvages et racines juteuses de kiepersol, la plupart du temps. Ils se retrouvent miraculeusement devant cet immense et tumultueux rapide.

Elle finit de boire et veut immédiatement traverser la rivière. Il l'en empêche. Le lit est bien trop dangereux à cet endroit. Ils doivent longer la rivière en amont pendant une journée s'ils veulent atteindre un gué pas trop profond ou bien construire un radeau susceptible de supporter la charge du bœuf. Se déplacer dans cette canicule est hors de question. Elle se résigne donc à rester là, à ramasser des *bibrikos* et des tubercules au bord de la rivière pour attacher les billes de bois qu'il a sélectionnées. Tard dans l'après-midi, tout est enfin prêt. Ils sont épuisés.

« Traversons-nous maintenant ? demande-t-elle.

– Il vaudrait mieux attendre demain. Il faudrait au moins une heure pour traverser et il serait trop tard pour établir le campement sur l'autre rive. Nous avons besoin d'un bon abri pour cette nuit : regardez la tempête qui se prépare. »

Trop fatiguée pour discuter, elle se résigne en grognant, sentant qu'il fait tout pour ralentir leur course, pour la tenir éloignée de la mer. De cette mer qui, pour elle, est devenue l'achèvement, la réponse à tous les problèmes, la délivrance, la paix...

Comme s'il essayait d'apaiser son humeur, il dit :

« Je ne pense pas que le mauvais temps continue, après cette tempête.

– Qu'en sais-tu ?

– C'est toujours comme ça. »

Comme Erik Alexis Larsson lui aurait été reconnaissant d'une telle information, pense-t-elle.

Elle l'observe tandis qu'il ramasse les rondins et les branches nécessaires pour l'abri. Il s'arrête de temps à autre, s'essuie le visage du revers du bras ; des lignes de transpiration, noires et brillantes, courent sur le dessin de ses cicatrices. Comme toujours, elle frémit à leur vue. De révolte et de fascination à la fois. Tu es fatigué, toi aussi, pense-t-elle. Pourtant tu ne dis rien et tu t'épuises. Pour qui? Pour moi? Je n'arrive pas à croire que tu puisses te donner tant de mal, pour toi. Comment as-tu dormi ces dernières années, pendant tous ces voyages, avant de t'approcher de notre chariot? Je sais si peu de choses de toi.

Puis le vent se lève. Ils ne perçoivent d'abord qu'un simple rafraîchissement de la température après cette insupportable chaleur : un peu de vie qui souffle sur leurs visages, sur leurs paumes; leur transpiration se glace et poisse leurs cheveux. Puis les feuilles se mettent à bouger; chaque arbre fait un bruit qui lui est propre : le bruissement vague des figuiers sauvages, le son plus délicat, musical et strident du santal aux feuilles minuscules, le frissonnement des rameaux de sagaie, l'éternel murmure du sous-bois. Les lourdes branches se balancent et craquent. Puis, en regardant la pente qui descend, nue et vulnérable, jusqu'à la rivière, ils voient l'herbe se courber silencieusement sous une main de géant. Le ciel est noir. De l'autre côté de la rivière, un dernier rayon solitaire pétrifie encore la montagne dans une lumière irréelle. Sourd et terrifiant, le tonnerre gronde au lointain. Mais il se rapproche et les éclairs dansent au-dessus des collines comme des langues de feu dans le ciel.

C'est le vent qui l'emporte et qui mugit sur la forêt comme un animal en fuite. Terrifié, le bœuf gratte le sol de ses sabots, tire sur ses attaches en roulant des yeux blancs.

« Nous ferions mieux de manger pendant qu'on y voit encore », dit Adam.

Il reste du miel de la veille. Il a écossé et fait frire quelques ficoïdes qu'ils parviennent à avaler en buvant un peu de thé du Cap. Mais ils ne finissent pas leur repas, ni l'un ni l'autre. Le vent est bien trop terrifiant. Il arrive sur le veld, dans un grondement sourd et sauvage; les grands arbres se balancent de droite et de gauche; on entend de temps à autre le bruit que font les branches arrachées en tombant. Le bœuf beugle et secoue la tête pour se défaire des attaches qui le retiennent prisonnier. Toutes les cinq minutes, Adam doit se lever pour le calmer.

C'est comme la tempête, la nuit où Larsson a disparu, pense-t-elle. Non, c'est bien pire. Elle était arrivée à dormir cette nuit-là. L'inutile attente, la longue angoisse de la journée avaient eu raison d'elle. Cette tempête la protégeait et tenait les animaux éloignés. Et puis, elle dormait dans le chariot, la bâche soigneusement fermée. Mais cette nuit, il n'y a, entre eux et la tempête, rien pour les protéger. A part les arbres, la forêt.

Mais ce sont les arbres précisément qui deviennent bientôt le plus grand péril. Ils s'en rendent compte en entendant le craquement du premier tronc qui s'effondre.

« C'est un arbre déraciné. »

Un autre. D'autres suivent. La tempête arrache d'énormes racines à leurs attaches profondes. Le vent enfle toujours. Les éclairs zèbrent le ciel furieusement. Le tonnerre gronde, semblable à des montagnes qui s'écrouleraient.

Au plus profond de leur nuit sans heures, la foudre tombe sur un bois de santal géant à la lisière de leur abri. Ils relèvent la tête, affolés, et voient le ciel en feu, juste au-dessus d'eux. L'énorme tronc s'abat sur leur abri l'instant d'après, démolissant tout sur son passage. Il prend feu sur toute sa longueur. Le vent emporte des brandons enflammés et les projette sur les bois, alentour. Au premier bruit, Elisabeth se lève rapidement et s'agrippe à lui.

« Nous devons quitter cet endroit, dit-il en la secouant pour la ramener à elle. Aidez-moi.

– Que dois-je faire? Où pouvons-nous aller?

134

– Hors de la forêt, dit-il. Vite. Retenez le bœuf pendant que je le charge.

– Il va me piétiner.

– Ne lui laissez pas voir que vous avez peur. Parlez-lui. Nous n'avons pas une minute à perdre. »

Tremblante, elle essaie de maîtriser l'animal en lui tapotant le chanfrein pendant qu'Adam entasse leurs affaires.

« Venez. »

Il ouvre la marche. Elle le suit en titubant. Ils s'éloignent de l'arbre enflammé et marchent à découvert, là où le vent vient les gifler comme une rivière en crue.

« Là-bas », crie-t-il.

Ils se fraient un passage à travers des bosquets plus maigres et des buissons, vers un endroit où ils ne courent plus le risque de recevoir de branches sur eux. Il la guide dans un labyrinthe d'oliviers sauvages et d'euphorbes. Ils ne font même pas attention aux épines et aux ronces qui leur lacèrent la peau.

Puis la pluie se met à tomber. Comme si le vent, à son apogée, était balayé par un torrent venu des cieux noirs, zébrés de lumières éparses. Après tous ces jours de canicule insoutenable, le froid devient tout à coup insupportable et les enveloppe dans ce qu'ils définiraient comme des feuilles de glace liquide. Ils se blottissent, accroupis dans les broussailles, tout contre le bœuf. Adam a enlevé l'une des peaux de selle pour protéger leurs têtes. Ils font, à leurs affaires, un rempart de leurs corps. Elle s'agrippe à lui, se presse contre lui, partage la faible chaleur de son corps avec le sien, tremblante et affolée.

Le vent se remet à souffler de temps à autre. Des arbres titubent, s'abattent et s'ouvrent en deux. De petits incendies éclatent au lointain; les éclairs continuent leur danse de Saint-Guy dans les nuages et la pluie se remet à tomber, les aplatissant au sol.

« Ça ne va jamais s'arrêter? »

Ses dents claquent, incontrôlables. La tempête est si violente qu'elle n'a même plus peur. Meurtrie, vide, abattue, ahurie, engourdie, elle se blottit contre lui. Il a passé un bras autour de ses épaules et de son autre bras retient la peau qui les abrite.

« Ça va passer, dit-il. On se fait mouiller, c'est tout. »

Au lever du jour, la violence se calme; une couleur grisâtre perce la pluie noire qui continue de tomber un moment avant de cesser, elle aussi. Elisabeth reste tapie contre lui, hébétée, calme. Tandis que la tempête s'apaise, la fatigue l'emporte et l'entraîne dans une immense somnolence. Elle s'endort.

Le froid l'oblige très vite à se réveiller. Son esprit reste confus pendant quelques instants. Elle ne sait plus très bien où elle est et ce qui s'est passé. Elle le découvre recroquevillé contre elle, la tête posée sur son épaule.

Sans comprendre, elle regarde ce visage endormi et sent les spasmes nerveux qui parcourent son corps. Sont-ils restés ainsi pendant toute la nuit, si près l'un de l'autre, membres enlacés? Son visage endormi est à présent sans défense. Plus aucune arrogance, plus aucune menace. Seuls, épuisement, silence et éloignement. Les membres gourds, elle essaie de changer de position. Il ouvre immédiatement les yeux.

« Dors, dit-elle. (Sa voix résonne étrangement à ses propres oreilles.) Tu es très fatigué.

– Il fait trop froid. Il faut que nous bougions. »

Ils rampent hors des fourrés, avec difficulté, conscients cette fois de chaque épine, de chaque branche perfide. Elle regarde les éraflures qui couvrent son corps brun comme si elle étudiait quelqu'un qu'elle n'a jamais vu de sa vie.

Les fourrés sont éventrés; les arbres, déracinés, laissent de grandes plaies béantes et rouges dans la terre détrempée. Il fait un tour d'horizon, en lui tournant le dos.

Depuis cette nuit où j'ai osé étancher la soif de mon corps, je n'ai été qu'un corps pour toi. Nos corps nous entravent. Mais comment nous reconnaître autrement? Nous avons honte de nos corps, mais ils n'ont pas honte de nous. Ils se sont réconfortés au milieu de la tempête avec le même naturel que des rondins flottent ensemble sur le cours d'une rivière. Regarde-moi. Tu n'as pas besoin de dire quoi que ce soit. Regarde-moi, simplement. Reconnais-moi; ne nie pas ce qui est arrivé. Donne-moi confiance, donne-moi la foi. Ne vois-tu pas que j'en ai besoin? Si tu nies ça, notre nuit ne représente donc rien d'autre que trois animaux entassés les uns contre les autres au sein de la tempête : toi, moi, le bœuf. Je sais que c'est plus important que ça : ça s'est infiltré en nous comme la pluie. Admets-le. C'est tout ce que je te demande. Si tu nies ça, tu me nies, moi aussi.

« Surveillez le bœuf, dit Adam. Je vais essayer de faire du feu.

— Où vas-tu trouver du bois sec, avec un temps pareil?

— Il y a peut-être des fourrés que la pluie n'a pas touchés. Si je peux trouver un peu de bois de poivrier, ça brûlera bien. »

Il s'en va sans même la regarder. Elisabeth reste où elle est. Elle sort des vêtements propres de son balluchon – tout est humide par endroits, mais pas aussi trempé que la robe qu'elle porte. Les journaux intimes sont, grâce à Dieu, enroulés dans des peaux et au sec. Une heure plus tard, elle voit se dresser une faible colonne de fumée, au-dessus de la forêt. Il réapparaît peu après et vient la chercher. Ils mettent le bœuf au trot et essaient de faire naître un peu de chaleur dans leurs corps gelés. Le petit feu la fait frissonner de plaisir. Les mains grandes ouvertes, elle attend debout, pendant qu'il fait bouillir de l'eau et rôtir quelques tranches de *biltong*, détrempées.

« Nous ferions mieux de rester par ici en attendant que le temps change. »

L'un contre l'autre pendant la nuit, ils font, au petit jour, comme si rien ne s'était passé. Combien de temps peut-on supporter et vivre un mensonge? Un corps détient sa propre vérité. Elle ne peut lui être déniée.

« Non, je veux poursuivre notre route, dit-elle, passionnée.

– Vous ne savez pas ce que vous dites, répond-il sèchement. Nous restons ici.

– Je te dis...

– Qui êtes-vous pour me dire quoi que ce soit? demande-t-il avec irritation. Je connais le monde qui nous entoure.

– Je t'en prie, dit-elle, misérable. Je ne peux pas rester ici. Pourquoi ne peut-on pas au moins essayer?

– Qu'est-ce qui vous pousse?

– Toi.

– Nous devons atteindre la mer.

– Il ne doit rien rester du radeau. »

Non, il n'en reste plus rien. Quand ils atteignent le bord de la rivière, l'eau a tellement monté que les buissons les plus bas ont été submergés.

Le radeau a disparu.

« Il va falloir en construire un autre.

– Est-ce vraiment nécessaire? demande-t-elle, entêtée. Le bœuf est certainement assez costaud pour traverser le fleuve, avec ce chargement sur le dos. Si nous enlevons seulement les affaires qui peuvent s'abîmer...

– Comme vos livres, c'est ça?

– Exactement. (Elle le regarde droit dans les yeux.) Je les porterai moi-même. Tu peux prendre les munitions et une partie de la nourriture, peut-être. Tout le reste peut faire le voyage sur le dos du bœuf.

– Vous ne connaissez pas cette rivière.

– Le bœuf est costaud.

– Et nous?

– Nous pouvons nager. »

Il a un petit rire bref et narquois.

« Tout droit jusqu'à la mer?

– Nous perdons du temps, dit-elle avec impatience. Amène le bœuf.

– Vous cherchez les ennuis.

– Tu veux que je prenne le commandement des opérations? »

Il la regarde, bouillant de colère, puis retourne à l'endroit où ils ont laissé le bœuf. Il ouvre, d'un air sinistre, leur balluchon sur le sol. Elle s'agenouille près de lui et l'aide à faire le tri. Journaux, munitions, fusil, pistolet; autant de farine et de sucre qu'ils peuvent en prendre. Tout ça est enveloppé dans des peaux. Le reste est chargé sur le dos du bœuf. L'animal refuse de bouger quand ils essaient de l'amener de force au bord de la rivière, mais la pente est glissante. Il est impossible de faire demi-tour. De ses pattes avant il fait un dernier effort futile, pour reculer alors qu'il est déjà dans l'eau. La boue remonte à la surface. Il plonge la tête la première dans le courant en poussant un terrible beuglement.

Elisabeth jette un coup d'œil rapide sur Adam, remarque la ligne étroite de sa bouche et détourne le regard.

Résistant au poids de sa charge, le bœuf s'éloigne de la rive en nageant, quelque peu emporté en aval; il se débrouille pour soutenir l'allure contre le courant en gardant cornes et naseaux au-dessus de l'eau; il n'est plus qu'à quelques mètres de la rive opposée. Là, c'est si brusque qu'elle ne comprend pas tout de suite. Il se redresse, beugle sauvagement, se retourne sous l'emprise invisible du courant et disparaît. Ils courent en aval pour voir s'il va réapparaître. Quelques mètres plus bas, ils aperçoivent, très brièvement, une masse énorme et sombre qui peut ou peut ne pas être le bœuf. Puis plus rien.

Elle s'est mise à pleurer, silencieusement. Elle enfonce ses ongles dans les paumes de ses mains et les lacère.

« Je vous avais prévenue », dit Adam furieux.

Sa phrase déchire quelque chose en elle.

« C'est toi qui m'as obligée à le faire! (Elle sanglote.) C'est toi! »

Elle se détourne, se met à courir, plus loin en aval. Elle vacille, dans sa robe longue, sur l'herbe épaisse et humide. Elle se saisit de l'ourlet pour courir plus vite, glisse plusieurs fois, tombe dans les trous de souris ou de serpents, s'écroule, laissant un sillon dans la boue encore fraîche. Mais elle se relève à chaque fois, court toujours jusqu'à ce qu'elle soit contrainte de s'arrêter parce que sa poitrine est en feu. Il n'y a aucune trace du bœuf, nulle part dans cette eau sale. Aucune trace de lui quand elle arrive à un coude de la rivière d'où elle peut voir sur plus d'un kilomètre. *Tout droit jusqu'à la mer*. Et toutes leurs affaires. Les plats, les casseroles, les couverts, la nourriture, les couvertures, tous ses vêtements. Partis. Elle reste là et contemple l'eau, prise sous son charme maléfique. Sauter dans ces tourbillons boueux et disparaître... Ne plus avoir à se battre contre tout ce qui est devenu insupportable... Ne plus avoir à se défendre contre lui... Ne plus rien tenter... Ne plus rien espérer... Ne plus croire en rien... Un simple saut pour mettre fin à tout... Etre engloutie et emportée dans cette mer immense.

Mais elle ne le peut pas. Je suis trop lâche, trop fatiguée. Je ne veux plus rien. Elle ne relève même pas la tête en l'entendant approcher.

« Non, dit-il, en lui prenant le bras.

140

– Comment sais-tu que j'allais...?

– Nous nous en sortirons. »

Elle esquisse une grimace à travers ses larmes.

« Comment peux-tu encore dire que nous nous en sortirons? (Elle tente de libérer son bras.) Lâche-moi!

– Arrêtez d'abord de pleurer. »

Brusquement, elle ne peut plus supporter tout ça. Elle s'abandonne contre lui en sanglotant. Elle a tout oublié, s'agrippe à lui. Il la redresse, essaie de la calmer en serrant les dents.

Elle revient à elle au bout d'un long moment, reste contre lui puis se retourne, honteuse, et tente de s'essuyer le visage.

« Partons, dit-il. Avant qu'il ne se remette à pleuvoir. »

Ils se cachent dans les buissons pendant deux jours encore, dans un abri qui les protège des pluies les plus violentes. Le vent est tombé. Il n'y a plus aucun risque de voir les arbres s'effondrer. La pluie finit par s'arrêter, elle aussi, et le soleil revient.

Il lui apporte des feuilles à mâcher qu'il a cueillies dans les buissons et observe avec satisfaction l'effet calmant du jus doux-amer sur les nerfs harassés, l'état de douce euphorie qui l'envahit. Un jour, il lui ramène un lièvre – pris dans un piège, noyé, gelé? – et le fait rôtir sur le feu de bois qu'il a entretenu pendant tout ce temps.

Quand le temps s'éclaircit, ils partagent les affaires qui leur restent, les répartissent dans deux balluchons et se mettent en route vers l'amont, vers un gué dont il se souvient tout à coup pour l'avoir déjà emprunté. Là, il construit un petit radeau avec une plate-forme pour elle et les affaires et, pataugeant avec précaution dans le courant, il pousse le radeau et les fait traverser.

Elle insiste pour qu'ils partent d'abord à la recherche du bœuf. Ils se fraient donc un chemin pendant deux jours en aval à travers les débris qu'a laissés l'eau en se retirant. Ils découvrent d'innombrables carcasses d'animaux noyés – antilopes et lièvres, un couple de babouins, un léopard même – mais aucun signe du bœuf et de son chargement. Elle finit par accepter l'inévitable et l'autorise à quitter la rive, à prendre à travers les terres la direction de sa mer, lointaine et secrète.

Quand tu t'accroches à moi en pleurant : as-tu besoin de moi ou est-ce seulement un corps auquel tu te raccroches, un tuteur ? Quand tu as dormi dans mes bras – sais-tu combien de temps je suis resté à te regarder sans oser te réveiller ? – était-ce de fatigue ou de peur ? Ou parce que tu savais que je te tenais dans mes bras ? Que sais-tu de moi, au juste ? Que sais-je au juste de moi-même ? Puisque je reste si incertain, que puis-je faire d'autre que voyager, résigné à tes côtés, vers ma mer à moi ; et plus loin, vers ton peuple, pour honorer les termes de notre accord ?

« Avais-tu une femme au Cap ? demande-t-elle une fois, à propos de rien, comme ça.

– Les esclaves ne sont généralement pas mariés.

– Je veux dire... Quelqu'un – une femme – quelqu'un que tu...

– Que je baisais de temps à autre », dit-il méchamment.

Ses joues s'empourprent.

« Ce n'est pas ce que je te demandais. Ce n'est pas ce que je voulais dire.

– Quoi, alors ? »

Elle reste muette un moment, les yeux baissés, avant de demander :

« Tu n'aimais personne ?

– Non ! »

Mais après avoir marché pendant un bout de temps, il ajoute :

« Une seule fois. Pendant un temps très court. Une fille de Java. Et puis ils l'ont vendue.

– Vendue?

– C'est courant.

– Tu as peut-être eu de la chance, dit-elle après mûre réflexion, le laissant sidéré.

– Pourquoi me tourmentez-vous?

– Je suis sérieuse, dit-elle d'un ton radouci. Tout reste intact pour toi. C'est comme au premier jour. Tu n'as pas eu à rester là, à regarder les choses changer et se défaire.

– Qu'en savez-*vous*? »

Elle ne l'écoute pas.

« Certaines personnes s'aiment pour avoir constamment quelqu'un à portée de la main et pouvoir le torturer.

– C'est ridicule.

– Ça devrait. Mais l'est-ce vraiment? J'ai souvent pensé, au cours de mon voyage : l'amour est le début de la violence et de la trahison. Quelque chose est tué ou trahi, en toi ou chez l'autre. (Elle ajoute très calmement :) N'ai-je pas fait autant de mal à Larsson qu'il m'en a fait? Pauvre Erik Alexis!

– Vous ne l'avez peut-être jamais aimé.

– Peut-être. Comment en être sûr? Comment savoir d'avance? Se connaît-on jamais parfaitement pour oser se donner? (Elle ferme les yeux d'horreur, très brièvement.) C'est la chose la plus terrible : se donner; donner à quelqu'un d'autre toute puissance sur vous; ne rien garder à soi.

– Et si vous *ne le faites pas*...

– Je pense qu'on reste sauf, mais on a laissé passer sa chance. »

Il a le regard fixé devant lui, bien au-delà du veld broussailleux qui s'étire à l'infini, à peine ondulant, entrecoupé de petits bouquets d'arbres. Oui, quelque part, d'une certaine façon, il devrait être possible de toucher quelqu'un, de ne pas laisser passer sa chance. Tenir quelqu'un, non pas un instant, mais toujours, en ce monde où toute chose est éphémère, douloureuse et mensongère. On devrait avoir pour l'amour de cette infime possibilité le courage de tout risquer, de passer outre, de pénétrer dans la nuit, nus. On peut rester en retrait si l'on veut. On peut rester sauf, mais si ça signifie quelque chose pour toi... Il la regarde.

Oui, a-t-elle envie de lui dire. Oui, permets-moi de te dire oui. Mais quelque chose en moi s'agrippe encore à cette ultime sécurité. Quelque chose en moi reste blessé. J'ai toujours peur. Comment puis-je me donner si je ne sais pas à quoi ou à qui?

J'ai envie de toi. Je dois lutter contre cette passion qui m'étreint. Je te veux avec moi, en moi. Mais comment oser te dire oui? Le oui que j'étouffe me pousse à dire non. Je ne veux pas calmer la faim violente qui tenaille mon corps. Je *te* veux. Et pourtant, je ne suis pas encore prête à te recevoir.

« J'avais une amie intime au Cap, dit-elle en pénétrant dans un fourré. Elle avait un charme fou. Elle était très populaire. Elle était la fille de riches marchands. Et puis, brusquement, il y a deux ans de ça, elle a eu un enfant. Elle n'a pas voulu tout d'abord le dire à ses parents mais ils l'y ont obligée. Elle leur a dit que le père était l'un des esclaves de leurs voisins. (Elle ne le regarde pas.) Ils l'ont obligée à épouser le comptable de son père. L'esclave a été envoyé à Robben Island, à perpétuité.

– Pourquoi me racontez-vous ça?

– Je ne sais pas. Peut-être parce que ça me vient à l'esprit. »

Ils sortent du fourré. Elle s'arrête parmi les derniers arbres, lui retient le bras et prend brusquement sa respiration.

« Regarde! »

Il l'a déjà vue.

Sur la pente opposée, une maisonnette longue et basse, faite de boue séchée avec un toit de chaume brun et une cheminée trapue, penchée contre le mur de la maison. Un petit enclos de pierre. Des champs. Des signes de gens.

Il n'y a pourtant personne. Je n'arrive pas à comprendre. Adam pense qu'il y a eu un raid cafre dans le voisinage; il semble qu'ils aient fait tout le chemin depuis la Fish River. En ce cas, les gens se sont probablement enfuis. A moins qu'ils ne soient partis pour de meilleurs pâturages. Ils peuvent revenir. Rien d'anormal dans la maison : les fenêtres sont de simples cavités; il y a des trous dans le sol de terre battue, mais il sera facile de la rendre habitable. Elle est plutôt crasseuse et petite. Deux chambres seulement. Ce doivent être de pauvres fermiers. Ça leur suffit, peut-être.

Nous avons trouvé dans l'arrière-cour un vieux chaudron défoncé qu'Adam est parvenu à réparer, ainsi qu'un morceau de grillage. Les champs sont dans un piteux état, envahis de mauvaises herbes. Il a quand même réussi à y dénicher quelques citrouilles.

Nous restons là pour le moment; je doute qu'aucun de nous n'ait l'espérance secrète de voir des gens arriver. Je ne crois de toute façon pas que quelqu'un viendrait arranger les choses. De tels gens vont-ils jamais au Cap? Serais-je mieux soignée par quelqu'un d'autre que lui? Il se peut que ces gens aient des vêtements. Il doit bien y avoir une femme dans la famille.

C'est une existence étrange, suspendue dans le temps et l'espace.

Nous voulons tous les deux atteindre la mer; elle doit être maintenant très proche. Cependant quelque chose nous retient ici. Nous attendons, attendons toujours. Nous ne parlons pas beaucoup. Je dors chaque nuit devant l'âtre où il a allumé le feu, mais il ne fait pas froid. Il dort dans l'autre pièce. Nous nous tenons, semble-t-il, à l'écart l'un de l'autre. Timidement.

Je suis assise là, toute seule. J'essaie de m'occuper. Il est parti chasser, tôt ce matin. Il est presque cinq heures de l'après-midi et il n'est toujours pas rentré. Ça ressemble exactement au jour où Erik Alexis a disparu. Je ne dois pas y penser, car je vais devenir folle. Si seulement il pouvait revenir avant la nuit.

Cet après-midi, je suis allée faire une promenade; pas très loin. En arrivant dans la vallée, quelque chose d'horrible s'est passé. J'ai entendu du bruit, des chiens aboyer. J'ai cru pendant un instant que les gens de la maison revenaient. Puis, de l'autre côté de la vallée, un zèbre a bondi hors des broussailles, poursuivi par une horde de chiens sauvages. Ils grouillaient autour de lui. Je pouvais l'entendre hennir comme un cheval. Il s'est redressé une fois; il les a attaqués avec ses pattes de devant. Puis il a donné de violentes ruades de ses pattes arrière, mais ils étaient trop nombreux. Il est reparti au galop. Ils devaient courir depuis longtemps car ils écumaient. Deux chiens sont parvenus à planter leurs crocs dans ses flancs et je les ai vus arracher des lambeaux de chair. Le zèbre a poursuivi sa course, puis ils ont tous disparu de l'autre côté de la colline et le bruit de la chasse s'est estompé.

Il doit revenir. Je tremble à la seule pensée de ce qui a pu arriver. Il m'apparaît parfois comme un animal en fuite. Si seulement il pouvait revenir. Il va bientôt faire nuit. Une si longue route à parcourir pour toi et moi. O mon Dieu, mon Dieu.

Elle reste debout et tripote le col élimé de sa robe. Elle n'a pas pu trouver de fil et d'aiguille; son nécessaire à couture a été emporté par le courant. Il va lui falloir nouer les parties effilochées en espérant que le tissu ne se déchirera pas davantage. C'est la robe verte qu'elle a mise de côté pour son retour au Cap. C'est tout ce qui lui reste.

Elle retourne, à intervalles réguliers, sur le pas de la porte et contemple la vallée, l'endroit très précis où Adam a disparu, tôt ce matin. Il ne reviendra peut-être pas. Il était très renfermé tous ces jours-ci, comme oppressé. Si seulement elle pouvait prendre une décision. Elle sait qu'il reste pour elle; c'est pourtant la dernière chose qu'elle souhaite. Elle se sent impuissante à prendre sa décision, à lui annoncer sans équivoque : « Allez, poursuivons notre route. »

Car il y a quelque chose d'irrévocable dans ce séjour, dans cette misérable hutte de pierre, d'argile et de chaume. Si les habitants reviennent – comme il le croit, car ils n'auraient certainement pas laissé leurs affaires en ordre – elle le quittera ici. Ce sera la fin de leur épuisant voyage à pied, la fin de ce cheminement bien plus fatigant qu'est la pensée, la fin de cet inutile besoin d'être constamment sur le qui-vive, non pas tant contre lui que contre elle.

Du seuil, elle regarde le soleil liquide se déplacer sur les collines. Quatre ou cinq *hadedas* passent au loin en poussant leurs hurlements à la mort. Dans les arbres, une colombe lance son appel : petites notes douces et rondes comme des gouttes d'eau. Aucun signe de gibier. Il a dû prendre peur à l'arrivée des gens, à la ferme. Cet endroit du désert devient civilisé.

Elle est inquiète, à la limite du supportable. Cette petite masure avec ses deux chambres sombres, ses murs inégaux, son âtre, son sol de terre battue, le chaume de son toit, entourée par l'infinité du veld, des arbres, des collines et des vallées, et elle, sur ce seuil, prise entre l'intérieur et l'extérieur. Si elle se retourne et rentre, le monde immense l'appelle irrésistiblement. Si elle s'avance dans la cour, elle ressent le besoin de rentrer, d'être protégée par ces quatre murs. Le monde qui entoure la bâtisse et le petit lopin de terre semble bien plus terrifiant maintenant que lorsqu'elle en faisait partie. Sans maison, sans chariot où se réfugier. Avec pour seul abri un enclos de branchages, la nuit. S'il ne revient pas, elle ne va pas rester là. Plutôt partir et marcher à travers les buissons, errer jusqu'à ce que la faim, la soif ou les animaux aient raison d'elle.

Est-ce ce qu'il avait en tête lorsqu'il s'est pour la première fois approché du chariot? La piller, la dépouiller de tout ce qui lui restait et puis l'abandonner? Voyons un peu comment tu vas t'y prendre pour te sortir de là. C'est la seule récompense que tu mérites. Voilà comment je me venge du Cap.

Mais il ne se serait pas embarrassé et occupé d'elle ainsi : faire du feu, chercher de l'eau, éloigner les animaux sauvages, la réchauffer de son corps dans les nuits pluvieuses et ventées? Elle fixe ce paysage inhospitalier et l'espace infini heurté par le vent misérable. Au-dessus d'elle, les nuages avancent, enflammés par le soleil couchant. Leur mouvement est si lent, si imperceptible qu'ils semblent être immobiles.

C'est la terre qui plane dans le vent. Ça la terrifie. Elle retourne dans l'obscurité de la maison et s'assied sur un rondin, près de l'âtre. Le feu qu'elle a allumé il y a quelques instants la réchauffe et la rassure. Elle penche la tête et la pose sur la petite murette de l'âtre. Elle tente d'imaginer la vie de cette maison, ceux qui y habitent, que Larsson et elle ont dû rencontrer de temps à autre au cours de leur voyage. Des hommes qui portent des vestes de peau et de grands chapeaux, assis sur le pas de leur porte, buvant du thé ou de la bière de miel hottentote et mangeant des racines de *gli*; des femmes bouffies, aux poitrines généreuses; une grand-mère qui somnole près d'un feu éternellement rougeoyant; des gosses vêtus de chemises sales, aux petits derrières nus et poussiéreux qui grouillent par terre; des poulets qui picorent les grains de maïs sur le sol de la cuisine ou rêvassent dans les coins sombres, sous des bancs de santal. Au-dehors, quelques têtes de bétail soignées par un esclave en haillons; des moutons à la queue laineuse; des chèvres bruyantes. Des champs de maïs et de blé envahis d'oiseaux qui pillent le grain et des vignobles brûlés de soleil.

L'heure du repas : des esclaves installent les bancs et les chaises (ce pied devrait être réparé, dit le fermier; l'a cassé sous le poids de m'man l'hiver dernier – sa hanche l'est pas encore guérie, pauvre vieille, et elle devient si lourde à cause de toute l'eau); la famille s'assied en respectant une stricte hiérarchie. Pa, coudes écartés sur le rebord de la table, pipe à la bouche, chapeau sur la tête, tasse de thé, à sa gauche. Gruau de maïs et citrouille, patates douces, pain complet de farine amère trempé dans du lait et, peut-être, morceau de venaison séché par le vent. Aucune conversation à table. Tu as apporté ton couteau? Non? Alors sers-toi de tes doigts. Et, là, dans le coin, tiré du tonneau spécialement amené pour les invités, un coup de cognac en signe d'hospitalité. Personne ne s'inquiète de savoir si la dame des lieux aimerait aussi en boire.

Le soir s'installe. La vieille esclave apporte un baquet d'eau, aide papa à enlever ses chaussures, lui lave les pieds avec du savon noir, puis les sèche avec un bout de tissu; elle lave ensuite les pieds de la mère et des enfants dans la même eau. C'est enfin le tour des invités. Pas pour moi, merci. Le repas, puis les Ecritures. Après la longue prière, tandis que les esclaves desservent, rangent et nettoient tout, les femmes se regroupent – elle les rejoint – et chuchotent autour de l'âtre; horreur des maladies féminines, enfants atteints par le croup, douce tarte à la citrouille, excellence du cognac de *buchu*, impossibilité de compter sur ses serviteurs. Les hommes restent à table avec des *sopies*[1] et du tabac et décrivent orgueilleusement leurs moutons, leur bétail, la chasse au Boschiman, les vers, les sauterelles, le coup de pied dans les couilles du Hottentot et les significations cachées des Révélations.

Reposez-vous bien. Les esclaves dorment dans la cuisine, la famille dans la chambre douillette, dans des grands lits de cuivre ou sur des matelas. Les invités sont conviés à partager la chambre. Mais si vous préférez le chariot, mettez-vous à votre aise. Faites comme chez vous. Ne soyez pas timides. N'hésitez pas à demander si vous avez besoin de quoi que ce soit. Oh! désolé, la *Missus* est là aussi : bonne nuit.

Mon peuple.

Elisabeth se relève soudain; elle étouffe d'être enfermée et retourne sur le pas de la porte. Toujours aucun signe d'Adam. Le soleil est couché; les oiseaux babillent encore, somnolents. Le monde est sans limites, immense.

Il ne reviendra jamais.

C'est peut-être mieux ainsi. Pourquoi devrais-je me laisser prendre à ton piège? Il est indigne. Je me suis libérée de tout – du Cap, d'Erik Alexis Larsson, de mon peuple, de mon enfant, de mon passé et de mon avenir. Je ne vais pas me laisser reprendre, car tel est le sens de tout ça. As-tu cru en une autre possibilité? Toucher quelqu'un et ne plus jamais le laisser partir? Tu as cependant oublié une chose : nous sommes encore des êtres humains. Nous avons toujours peur, nous restons vils et traîtres. Regarde, tu m'as abandonnée.

Elle veut rentrer mais ne peut pas. Le crépuscule l'oppresse, l'odeur forte des gens qui sont partis lui donne la nausée. Elle regarde au-dehors, désespérée.

Elle le voit revenir, au loin parmi les arbres, portant une antilope sur ses épaules.

---

1. *Sopie* : un petit coup. (*N.d.T.*)

Elle voudrait pleurer mais elle rit. Elle relève sa robe et se met à courir.

« Adam! Adam!

– Qu'est-ce qu'il se passe? lui demande-t-il quand elle arrive à sa hauteur, hors d'haleine.

– J'ai eu si peur, dit-elle, pantelante, honteuse maintenant qu'il est là.

– Est-il arrivé quelque chose? »

Elle secoue la tête; ses nattes remuent sur ses épaules.

« Non, c'était seulement que... tu t'es absenté... si longtemps... je croyais...

– Vous aviez peur que je ne revienne pas? Vous aviez peur de ce qui allait vous arriver? »

Elle perçoit le ton accusateur de sa voix.

« Non, dit-elle. Je n'y ai même pas pensé. J'avais peur... (Elle se tait. Elle n'ose pas le dire. Mais elle ne peut pas se taire plus longtemps.) J'avais peur pour *toi*. Au cas où quelque chose te serait arrivé. Au cas où tu te serais blessé.

– Tout va bien. »

Il se remet en marche, à côté d'elle. Il fait de plus en plus sombre. Ils atteignent la cour. Arrivé sur le seuil, il se débarrasse de l'antilope. Il a du sang sur les épaules.

« Il a fallu que je marche longtemps avant de trouver quelque chose.

– Du moment que tu es de retour. »

Il s'accroupit, prend son couteau dans sa ceinture et se met à dépecer l'animal. Elle le regarde pendant un moment puis retourne à l'intérieur de la maison et revient avec de l'eau chaude dans le chaudron qu'il a réparé.

« Tu veux te laver? demande-t-elle.

– La journée a été bien longue, dit-il brusquement.

– Sans fin. Tu dois être très fatigué.

– Ce n'est rien. »

Il se relève, la regarde intensément. Elle tient toujours le chaudron rempli d'eau à la main.

« Ce sont seulement... toutes ces pensées, dit-il.

— A quoi donc as-tu bien pu penser?

— Quand je suis parti ce matin, j'avais décidé de ne pas revenir. J'avais l'intention de m'en aller.

— Je le sais, dit-elle en essayant de lire ses pensées dans l'obscurité. Pourquoi es-tu revenu?

— Vous m'avez fait revenir.

— Nous ne devons pas rester ici, dit-elle avec conviction. Nous devons reprendre la route, demain, vers la mer. Ce n'est pas bon de rester ici.

— Si vous le croyez.

— Oui, dit-elle, calme et franche. J'ai pensé, moi aussi, pendant toute la journée. »

Elle pose le chaudron à terre, hésitante.

Il attend qu'elle fasse un mouvement. Elle déchire un des poignets de dentelle de sa robe, le trempe dans l'eau chaude et se met à le laver. Ses épaules souillées, d'abord; il reste debout, immobile, et la laisse faire.

Plus rien ne bouge. Les oiseaux se sont tus, dans les arbres. Il fait nuit. Seule, dans la maison, la petite flamme rouge du foyer vacille.

Quand elle a fini, elle jette le morceau de tissu dans le chaudron.

Elle le regarde, tout à fait calme.

« Ote tes vêtements », lui dit-il.

Elle respire, lèvres entrouvertes, délivrée de toute peur, faisant seulement l'expérience d'une étrange sérénité qui ne naît pas de sa soumission mais de son consentement.

« Adam? » murmure-t-elle.

Elle a envie de lui demander : « Qui es-tu? »

Mais on doit être capable de pénétrer dans la nuit. Ce n'est pas une question d'imagination mais de foi.

« Je te veux nue », dit sa voix dans l'obscurité.

MONDE provisoirement sans fin. Au-delà du veld recouvert d'ajoncs et de bruyères frissonnantes, au-delà des buissons de protées et d'éricinées, commence la forêt vierge : bois de hêtres et d'ormes, séquoias et ébéniers enveloppés de lianes, de lierre et de mousse chenues, bois de santal et d'oréodaphné plus anciens que le Christ.

Veld meurtri par de profondes racines qui descendent vers des fleuves aux longs cours écumants; gorges si étroites, si profondes, si envahies d'herbes et de buissons qu'une fois au fond on ne voit jamais le soleil.

Les racines courent jusqu'à la mer où le continent s'arrête abruptement. On peut atteindre la côte par voie de terre et l'on se trouve tout à coup au bord d'un précipice rouge sombre, tacheté du jaune et du vert des lichens et des mousses, effondré en architectures grotesques découpées par l'eau et le vent, troué de grottes semblables à des pustules. Tout en bas, un chaos primitif de rochers, de racines dressées vers le ciel, de petites criques, de sable ou de galets.

Bruit : roulement sourd des vagues contre les rochers hiératiques des falaises; eau qui envahit les goulets et les grottes; babillement des babouins perchés dans les arbres; cri strident de l'aigle pêcheur; piaillement des mouettes.

Mouvement : simplicité primitive de la mer; vague après vague, marée après marée – aussi rassurante qu'une respiration. Cimes des arbres se balançant au gré du vent. Sur le sable humide, ballet maladroit et rapide des coquillages et des crustacés regagnant la mer; fuite effrénée des lapins de roche; dans le ciel, ballet planant des mouettes et plongeons dans le vent.

Ils marchent sur leur petite plage de sable blanc à marée basse, au-dessus de la ligne dentelée d'écume. Ils sont nus. Sa robe verte, inutile pour l'instant, a été roulée et rangée au fond de leur grotte. Son corps est bronzé dans la lueur généreuse de ce soleil d'été qui n'en finit pas de se coucher, d'un brun plus pâle que celui d'Adam. Ses cheveux bruns, flous, tombent sur ses épaules. Couleur rose de ses tétons, brun clair opposé à l'ocre brun de ses seins minuscules.

Elle s'écarte de lui, entre dans l'eau peu profonde et l'éclabousse. Il part à sa poursuite, mais elle s'arrange pour lui échapper. Il la suit, la rattrape bientôt, la saisit par la taille et lui fait faire volte-face. Ils s'écroulent dans le sable, roulent en riant. Les vaguelettes qui viennent mourir sur eux les forcent à se relever, surpris, morts de rire. Des enfants.

« J'ai soif, dit-elle hors d'haleine, rejetant ses cheveux salés en arrière. Allons jusqu'au trou d'eau. »

Le trou d'eau se trouve de l'autre côté des formations rocheuses qui ferment la petite baie, près de l'embouchure de la grande rivière, cerné de rochers, envahi de mousses et de lichens. Si l'on reste immobile, on peut voir l'éclair rouge et vert d'un *lourie* dans le feuillage.

L'eau est fraîche, mais plus chaude que la mer. Elle s'accroupit pour boire puis roule sur le dos et le regarde.

« Tu es couvert de sable. »

Elle se met à le laver avec amour et minutie. Il reste debout, lui sourit. Rituel amoureux plein de retenue et de pudeur. Elle maîtrise son érection entre ses mains avant de poursuivre sa toilette, puis c'est à son tour de la débarrasser du sable et du sel. Elle est merveilleusement belle, délivrée de toute honte.

Au moment où il lui tend la main pour l'aider à grimper sur les rochers, un serpent d'un vert lisse et étonnant rampe soudain près d'eux, rapide et silencieux, passe sur le pied d'Elisabeth. Adam la pousse instinctivement à l'écart; quand elle retrouve son équilibre, il brandit une pierre. L'instant d'après, la tête large et plate s'ouvre en deux, écrasée, rouge de sang; la langue fourchue remue une fois encore. Ils contemplent, fascinés, le corps qui ondule et se tord avant de s'immobiliser dans un dernier frisson. Ce corps d'un vert si éclatant devient soudainement terne et vide.

« Tu n'aurais pas dû le tuer, dit-elle. Il était si beau.

— Et s'il t'avait mordu?

— Il se dirigeait vers les buissons.

— Un serpent est un serpent. »

Résignés, ils reprennent leur ascension et retournent vers leur plage. Elle s'arrête et désigne quelque chose du doigt en arrivant sur le sable.

« Regarde.

— Quoi?

— Le chemin que nous avons emprunté. Tu ne vois pas? »

Il scrute la plage.

« Non, je ne vois rien.

— C'est justement ce que je veux dire. »

Pendant qu'ils étaient près du trou d'eau, la marée a effacé leurs empreintes.

« C'est comme si nous n'étions jamais venus ici.

– Peut-être n'y sommes-nous jamais venus, dit-il moqueur.

– Je me demande parfois si je ne te rêve pas. (Elle devient tout à coup plus sérieuse.) Si je ne me rêve pas aussi. Tout semble si impossible, si beau. Tout est si loin.

– Viens, dit-il. Il est l'heure de préparer les filets. »

Faits de lianes et de joncs, les filets sont étalés sur le sable et sèchent.

« Je vais ramasser des fruits, propose-t-elle.

– Ne ramasse pas de pommes vénéneuses, cette fois-ci.

– Non, dit-elle avec un accent coupable. Je vais faire attention aujourd'hui. »

Il lui donne une tape sur le derrière pour s'amuser et se lève pour la regarder partir, brune et nue.

« Sauvage ! » dit-il doucement.

Elle l'entend et ramasse une poignée de sable qu'elle lui jette en riant. Elle s'enfuit. Il entre dans l'eau et se dirige vers une ligne rocheuse, plus avant : même à marée haute, ces rochers-là émergent au-dessus des flots ; enclos déchiqueté entourant d'exquis jardins aquatiques avec, au centre, un petit ovale de sable blanc. Mais il lui faut se presser car, si la mer grossit, il devra attendre sur ces rochers la prochaine marée basse. En revenant une heure plus tard, elle le trouve endormi sur le sable dans les dernières lueurs du jour ; si tranquille qu'elle en est tout d'abord surprise et pense que quelque chose lui est arrivé. Mais en s'approchant, elle remarque le mouvement calme et régulier de sa poitrine, et même une fois, les spasmes nerveux qui parcourent ses jambes.

Elle s'agenouille près de lui, abandonne son panier rempli de fruits sur le sable. Il est couché sur le côté, en retrait de la frange d'écume ; ses doigts morts retiennent encore un coquillage.

Le paysage intime du bonheur et son inexplicable qualité. Tout est permis; tout est possible.

Le visage endormi repose sur son bras replié. Grains de sable sur la joue et les sourcils. Elle se penche pour souffler dessus et l'entend respirer. C'est aussi incompréhensible que le mouvement de la mer. Epaules, tétons minuscules. Quand elle le touche, il remue légèrement mais sa respiration n'est pas dérangée. Doux ventre, algue touffue des poils. Une vie miraculeuse dans le sexe qui remue, enfle, se durcit sous sa main. Si tendre au toucher.

« Tu triches, tu es réveillé!

– Non, je dors encore. Je rêve.

– J'ai rapporté les fruits. J'ai faim.

– J'ai faim de toi.

– Mange-moi. »

Voilà comment ça a pu se passer. C'est certainement comme ça que ça s'est passé. Mais rien, pense-t-elle, n'était plus difficile que le naturel. Se promener nue quand on n'a jamais osé montrer sa cheville en public. Transgresser le tu-ne-dois-pas qui a gouverné toute une existence, se défaire de toute une éducation, d'un mode de vie, comme s'il était à présent hors de propos.

S'abandonner dans l'obscurité à un corps d'homme, étancher la soif qui vous brûle, la laisser déborder : cela était différent d'une vie au jour le jour en contact permanent et familier avec ce même corps, donnant et recevant sans gêne ni hésitation, comme on ramasse un fruit. Un corps d'homme, non plus secoué de spasmes désordonnés et furtifs dans une chambre bien rangée ou sous la bâche d'un chariot, mais innocent, constamment présent, tangible, visible et disponible, à côté du sien. Vois combien je suis blanche. Combien tu es brun. Tu es brun comme un esclave. Mais les esclaves passent à la périphérie de votre existence, comme des animaux domestiques. Maintenant, tu n'es plus un esclave. Tu es un homme. Le mien. Tu portes sur le dos et les reins les marques hideuses des esclaves. Mes mains sensibles ont peur de les toucher. Je dois fermer les yeux, serrer les dents. Je te caresse comme quelqu'un toucherait une plaie béante. Est-il possible d'apprendre à aimer des cicatrices? Suivre leurs contours du bout du doigt; ça c'est toi, ta carte, ton paysage. Tout est à moi. J'en frissonne. Ma passion naît de ma nausée; ma tendresse surgit de ma passion. Je désire ces cicatrices passionnément. J'en dessine les contours du bout de la langue, comme la trace que laisse un escargot. Je te mords comme un animal. Je suis tout entière dévorée par toi.

Est-il possible, se demande-t-elle, qu'on y soit préparé, sans le savoir? Elle se souvient du groseillier, de ses jambes écartées sur les deux branches, des petites baies qui éclataient merveilleusement dans sa bouche. Elle croyait être seule, mais il était là, au-dessous d'elle. Il devait l'avoir suivie, s'être faufilé dans le bruissement des feuilles, s'être caché. Et sa main couleur de mûre le long de ses jambes couleur de mûre.

Il se riait d'elle quand, parfois, elle essayait de couvrir timidement sa nudité ou bien se retournait. C'est lui, le premier, qui lui avait enlevé sa robe verte et l'avait rangée en se moquant de ses supplications, de sa colère et de sa honte. Elle avait peu à peu pris confiance et avait même fait preuve de témérité. Avec l'excitation de l'enfant qui fait quelque chose d'interdit, elle avait tenté une expérience : avec lui, avec elle, dans l'irrésistible nouveauté de son existence. S'attendant encore, à tout moment, à entendre la voix impérieuse lui rappeler : « Comment oses-tu? N'as-tu pas honte? » C'était si incroyable d'admettre que tout soit permis. Elle pensait : pardonne-moi si je suis stupide ou ridicule. Sois patient avec moi. J'essaie. Je fais des progrès, n'est-ce pas? Je n'ai plus honte. Me promets-tu d'être patient? Tu peux être si sauvage. Et pourtant, comme un enfant, plus timide que moi et si merveilleusement maladroit. Je t'aime. Je n'ai pas d'autre explications à t'offrir. Je t'aime.

Nous vivons ici, provisoirement pour toujours, protégés du vent, dans une grotte au-dessus du niveau de la mer; les parois sont noires de fumée et de suie; ce n'est pas un feu qui date d'hier. Ce sont les feux de tous ces siècles; de tous ces millénaires, peut-être. Çà et là, à travers la couche de suie, on devine des endroits colorés – brun-rouille, ocre, blanc passé, rouge. Et si l'on regarde de près à la lumière d'une torche, on découvre de curieuses petites figurines : hommes armés d'arcs et de massues, chasse au buffle, autruches, éléphants aux trompes dressées, antilope dans sa course. Ceci est notre maison; nous partons de là pour nos voyages au bord de l'impossible, le long des sentiers humides, moussus, couverts de galets plats et érodés, vierges de toutes empreintes. Provisoirement.

Emerger de la grotte avant le lever du soleil, s'arrêter au bord du rocher pour observer le monde – vaste et pâle, empli du gazouillis des oiseaux qui s'éveillent et du piaillement sourd des premières mouettes; un halo plane sur la mer, mais tout est clair, translucide – et comprendre dans un choc : me voici, voici le monde. Et puis, dans le lent mouvement de la mer, faire l'expérience de son propre mouvement en ce monde, en cet espace, sans parvenir à le toucher, nulle part. Rester soi-même tandis que le monde reste le monde.

« Viens », lui dit-il en lui prenant la main.

Tremblant légèrement dans la fraîcheur matinale, ils dévalent la pente abrupte pour se réchauffer. En se retournant, ils voient les falaises se dresser dans les premières lueurs, briller comme si elles étaient éclairées de l'intérieur. Il l'emmène vers les rochers qui délimitent leur plage, vers la petite gorge sinueuse par où ils sont arrivés. Il porte le long pistolet à la merveilleuse crosse ouvragée, un petit sac de munitions. Elle tient les pièges qu'elle l'a aidé à préparer pendant ces soirées passées auprès du feu. Depuis qu'ils ont perdu leur fusil dans la chute de pierres, ils n'ont pas beaucoup mangé de viande. Et ils vont avoir besoin de beaucoup de peaux avant la venue de l'hiver.

Il a fabriqué une sagaie, pendant des jours, sans s'arrêter; il a d'abord donné forme à un morceau de quartz trouvé dans la grotte, l'a affûté patiemment et adroitement, lamelle après lamelle, pour lui donner l'aspect d'une tête effilée comme un rasoir, puis il a attaché la pointe à un bâton léger et bien droit à l'aide de tendons humides, la laissant pendant une semaine se fixer tandis que les tendons séchaient. Il est indispensable de se frayer un chemin à travers les racines impénétrables, réseau qui les sépare de la véritable forêt. Elle le suit de très près, se débattant avec les jeunes pousses et les racines qu'il laisse sur son passage; elle pousse un gémissement quand une branche se rabat sur elle et lui zèbre la joue, l'épaule ou la poitrine. Les petits buissons d'épineux laissent tout un réseau d'égratignures sur leurs jambes. Seuls leurs pieds, protégés par les peaux informes qu'il a cousues, restent intacts. Il s'arrête de temps à autre pour mettre à l'épreuve son habileté et sa mémoire : ceci est comestible, ceci est vénéneux, ceci est amer.

Ils se fraient un passage à travers la dernière barrière de *fynbos* et se retrouvent dans la haute futaie. Le changement est brutal et surprenant. Pas de soleil, pas de buissons touffus et enchevêtrés. Seuls d'énormes troncs, une terre recouverte par un tapis bruissant d'écorces en décomposition, de feuilles, de rameaux cassants, de touffes de lichens et de mousses. Le silence est total, irréel. Chaque fois qu'ils s'arrêtent, le bruit sourd qui accompagne leur course cesse aussi; le silence devient encore plus majestueux, défini par les appels des oiseaux, les galopades des singes dans les branches, le sifflement strident et soudain du nilgaut qui s'éloigne ou la fuite d'un céphalophe, vision fugitive d'un corps brun et tacheté, d'une queue d'une blancheur éclatante.

Elle est étonnée de percevoir tout cela avec une telle clarté. Ce n'est pas l'obscurité par manque de soleil, mais une réalité lumineuse comme si les feuilles elles-mêmes brillaient intérieurement, comme si la terre et les arbres étaient des manifestations de la lumière.

Il trouve son chemin intuitivement, atteint l'une des pistes à gibier qui s'entrecroisent à travers la forêt, la suit jusqu'à un cours d'eau envahi de lichens qui traverse un fourré d'érables. Là, sur une distance de plusieurs centaines de mètres, il pose soigneusement les six ou sept pièges qu'ils ont apportés et les camoufle avec des feuilles et des morceaux d'écorce.

« Qu'est-ce qui te fait croire que les antilopes vont choisir cet endroit précis dans toute la forêt? demande-t-elle, incrédule.

– Regarde les empreintes. Il est évident qu'elles ont choisi cet endroit pour venir boire. Tu t'en rendras compte quand nous reviendrons demain.

– Nous rentrons déjà? demande-t-elle, visiblement déçue.

– Pourquoi pas? »

Un *lourie* passe près d'eux en piaillant. Taches lumineuses, rouges, jaunes et orange, champignons vénéneux éparpillés parmi les arbres. Des orchidées se balancent sur les troncs délicats. La terre exhale une odeur de décomposition, une douce pourriture de verdure. D'énormes papillons volettent parmi les feuilles et les fleurs. Quelque chose bouge dans le feuillage. Le silence leur parle par ses voix innombrables.

« C'est si tranquille, ici, dit-elle. Je veux rester. Ne peut-on pas aller plus loin ? »

Il l'entraîne le long de la piste sinueuse dans la verte luminosité du bois. Elle a perdu toute notion du temps.

Il s'arrête soudain, agrippe sa main et lui murmure :

« Des éléphants.

– Comment le sais-tu ? »

Il lui montre avec une infinie patience : feuilles écrasées contre un gros tronc brun, sève qui suinte d'une racine déchirée, branches arrachées et éparpillées, tas de feuilles humides et mâchées, lichens piétinés – et, bientôt, bouse encore fraîche.

« Mais je ne vois rien, objecte-t-elle. Ils doivent être très loin. »

Il la fait taire d'un geste de la main.

« Non, ils sont très près. Suivons leurs traces. »

Il indique du doigt ce qu'elle n'a même pas remarqué : des empreintes rondes et plates dans lesquelles on peut marcher sans faire craquer un rameau, sans faire bruire une feuille. Elle a encore beaucoup de peine à le croire. Mais il lui saisit le poignet tout à coup. Elle s'arrête et contemple le spectacle devant elle. Ne voyant rien, elle secoue la tête.

A ce moment-là, une branche craque comme un coup de fusil. Elle est sur le point de crier, surprise. Le mouvement bref de la trompe de l'animal révèle brusquement la masse brune de son corps, immobile, parmi les arbres.

« Il n'y en a qu'un ?

– Non. Regarde là-bas. »

Une oreille remue ; une longue trompe, blanche contre le vert feuillage. Elle voit le mâle, maintenant. Puis tout le troupeau qui paît parmi les arbres.

Il l'amène près d'eux en faisant un long détour dans la forêt. Quand elle se plaint d'être fatiguée, il trouve un trou d'eau rouge foncé dans lequel s'ébattre parmi les mousses. Il ramasse des fruits auxquels elle n'a jamais goûté. Rassasiés, ils s'allongent pour se reposer et dormir un peu.

Quand il la réveille, la lumière a changé. Pendant leur sommeil, quelque chose a dû se passer quelque part. La lumière verte est d'un noir vénéneux. La luminosité a disparu. Les troncs d'arbres sont devenus des ombres secrètes, dissimulées dans des carcasses malsaines, énormes qui les effraient dans ce crépuscule.

Elle a peur et se retourne plusieurs fois, mais il n'y a rien à voir. Il y a toujours quelque chose d'invisible.

Elle a abandonné tout espoir de sortir de ce labyrinthe obscur quand, à sa grande surprise, ils atteignent le premier cours d'eau. Une antilope est là, le cou et les pattes arrière pris au piège – comment ces deux parties ont-elles pu se faire prendre au lacet est inexplicable – étranglée, la langue violette, les yeux hors des orbites.

Elisabeth, révoltée, se détourne pendant qu'il dégage le cadavre, qu'il lui ouvre le ventre pour enlever les boyaux et qu'il le charge sur ses épaules. Des gouttes de sang dégoulinent sur sa poitrine, son ventre et se coagulent dans ses poils. Ils avancent en silence à travers le bois crépusculaire, abandonnent la piste et coupent à travers les buissons. Il fait plus clair, par là. Les nuages restent placides et ne leur font pas peur. Mais elle porte la forêt avec elle. Tout est tranquille ici, pense-t-elle, mais les bêtes féroces rôdent toujours quelque part dans l'obscurité.

Dans la sécurité de leur grotte, elle refuse cette nuit-là de manger de la viande qu'il a préparée.

Cette façon que tu as de t'étudier si minutieusement, avec une expression de surprise, comme si tu parvenais difficilement à croire en ton propre corps. Debout à l'entrée de la grotte, tu sens la respiration du vent sur toi. Tu fermes les yeux et laisses les embruns salés se répandre sur ton visage. Tu te rapproches du feu, là où la fumée s'enroule en volutes autour de toi. Tu te promènes dans les rochers. Tu t'arrêtes près des flaques, des vasques qu'a laissées la marée. Tu restes agenouillée pendant des heures et tu regardes les poissons d'argent aller et venir. Tu agaces une anémone de mer avec un petit morceau de bambou en levant la tête, une expression coupable dans le regard, pour t'assurer que je ne viens pas vers toi, à l'improviste.

Tout me parle de toi. Je te reconnais dans tout. Dans le trou d'eau le plus lointain, perdu au milieu des rochers, dans la courbe gracile d'une adiante, dans la suture d'une ficoïde arrachée à sa gousse, dans les arabesques que dessine la mouette, dans le tracé délicat d'une plume sur le sable, dans les petites calebasses, le balancement d'un arbre, l'embrun projeté par la vague, l'écume.

Cette façon que tu as de te taire brusquement au milieu d'une conversation, de tourner ton regard vers la mer. Cette façon rêveuse que tu as de rassembler des coquillages, si minuscules que je les remarque à peine, de la taille d'un grain de sable, parfaits, ronds ou pointus, verts, rouges et bruns, cachés au creux de ta main ramenés dans notre grotte, entassés avec un soin inouï puis oubliés et rejetés. Cet amour que tu voues à l'eau, ce besoin de te laver, de te baigner, de t'éclabousser comme si tu n'en avais jamais assez. Cette habitude que tu as de parler en dormant, de marmonner des mots incongrus, vides de sens, d'une langue paresseuse et engourdie, de rire ou d'étouffer un sanglot.

Ce besoin constant de disparaître de la grotte ou de la plage et de partir te promener toute seule, par-delà les rochers, vers des plages plus sauvages et désertes; le long des gorges ou dans la forêt.

« Je veux venir avec toi.

– Non, reste ici.

– Mais que fais-tu, toute seule?

– Rien, à vrai dire. (Elle paraît surprise par ma question.) Je me promène. Je regarde. J'écoute.

– Qu'écoutes-tu? »

Elle est gênée.

« Le plus souvent, le silence. »

Et te voilà à nouveau repartie.

Pourquoi te paraît-il si important d'être seule? Ne suis-je pas assez pour toi? Suis-je de trop? Doutes-tu? Te fais-tu du souci? Essaies-tu de me le cacher? Penses-tu au Cap quand tu es loin de moi? A ta famille, à ton peuple, au jour où...? Si je te pose des questions, tu ne fais que secouer la tête. Me crois-tu encore incapable de comprendre? Quand je suis avec toi, en toi, et que tu fermes les yeux : est-ce parce que tu es heureuse ou parce que tu veux m'exclure?

En retournant près du trou d'eau au-delà des rochers un beau matin, ils s'aperçoivent que le serpent est toujours là : sa couleur verte s'est muée en une traînée boueuse; le corps effilé grouille de vers et de mouches à viande. Qui s'attendrait à ce qu'un serpent ait une odeur pareille? Serait-il fait de chair, comme un homme ou un animal? N'y aurait-il aucune différence?

« Tu dois m'apprendre tout ce que tu sais. »

Patiemment, de jour comme de nuit, il lui apprend à creuser un trou dans un rondin de poivrier, à y frotter une branche pour en faire jaillir du feu. A trouver les racines de *gli* que l'on mélange au miel pour fabriquer la bière capiteuse, à faire un sac de peau, le côté poilu tourné vers l'intérieur, pour transporter les liquides. A reconnaître les baies comestibles de celles qui ne le sont pas, à repérer les herbes qui guérissent la fièvre, à arrêter les saignements avec des toiles d'araignée. A rester immobile pour ne pas déranger la mante religieuse dans ses prières au dieu Tsui-goab. A choisir les racines qui étanchent la soif, à doser le hasch si l'on veut rêver les yeux ouverts, se sentir en paix et serein. A apprendre les oiseaux, les moments où les serpents se trouvent dans les parages, à dénicher le miel, à sentir la pluie, à se guider grâce aux étoiles.

Comment traite-t-on et prépare-t-on une peau pour la rendre douce ? Comment confectionne-t-on un *kaross* ? Les journées sont encore clémentes mais les nuits fraîchissent ; il va nous falloir bientôt de quoi nous couvrir.

Montre-moi ce qu'une femme doit faire quand elle aime un homme et qu'elle veut lui faire plaisir. J'ai tant à apprendre. Apprends-moi à attraper un crabe sans me faire pincer les doigts. Comment fais-tu tes filets ? Où peut-on trouver des huîtres et des littorines ? Comment attrape-t-on les écrevisses ?

« Raconte-moi la mer.

– Je ne peux rien te dire. Tu dois sentir la mer si tu veux la connaître.

– Comment fait-on pour la sentir ? »

Il l'étudie un long moment, réfléchit, puis, dans un petit sourire, lui dit :

« Si tu veux, je peux te le montrer. Suis-moi. »

Il la prend par la main et l'entraîne sur la plage. La marée a changé il y a une heure ou deux. L'eau s'est mise à monter, mais il avance en luttant contre la vague. L'écume éclabousse leurs jambes brunes.

« Où allons-nous ? »

Il indique une petite formation rocheuse au milieu de la baie, là où il va habituellement jeter ses filets.

« Mais la marée est en train de monter. Nous n'allons pas pouvoir nous échapper.

– C'est le seul moyen de sentir la mer. Quand elle te cerne de toutes parts. »

Ils grimpent sur les rochers noirs et glissants. Des amas rocheux descendent du sommet comme de larges marches, irrégulières, parsemées de vasques. Au-dessous d'eux s'étire la langue de sable, plus fine et plus blanche que celle de la plage, deux mètres de large sur trois ou quatre de long. Sur son côté le plus éloigné, cette langue est cernée par une autre formation rocheuse noire, plus haute.

Elle n'est venue là qu'à marée basse. Elle se tourne vers la plage. Elle n'a pas confiance.

« Comment allons-nous faire pour revenir ?

– Nous allons attendre que la mer se retire.

– Mais il va falloir attendre longtemps.

– Oui. »

Une gerbe d'embruns les éclabousse de temps à autre quand les grosses vagues s'écrasent sur les rochers, en contrebas.

« Je ne suis pas si sûre... »

Elle hésite.

« Tu m'as dit que tu voulais sentir la mer. »

Il s'accroupit au bord d'une petite vasque.

« Que va-t-on faire pendant tout ce temps ?

– Rien. »

Elle observe, incertaine, son visage insondable et calme, puis regarde à nouveau l'eau écumante qui les sépare de la plage. Les vagues enflent de façon visible.

« Si tu veux vraiment rentrer, tu as encore le temps, dit-il. Ça va devenir très dangereux dans un petit moment. »

Elle contemple avec angoisse la plage qui s'étend à

quelques mètres de là, les hautes falaises et la forêt qui les surplombe; le croissant blanc qui s'étire entre les rochers, leur grotte, trou noir dans la paroi rocheuse. Un aigle pêcheur pousse son cri étrange.

« Je reste avec toi », dit-elle, résignée.

Elle s'assied près de lui, sur une corniche.

La surface lisse des rochers est recouverte d'une mosaïque d'arapèdes et d'anatifes aux coquilles brisées, déchiquetées. Rien n'est parvenu à les décrocher. Dans la vasque, des bigorneaux et des limaces de mer vont et viennent, dessinent des motifs compliqués sur le sable. De petits poissons abandonnent leur cachette et traversent comme l'éclair les zones de lumière pour retourner vers leurs grottes sombres. Quelques étoiles de mer, rouges et brillantes, gisent sur le fond sableux; des anémones pourpres balancent paresseusement leurs antennes. Des crabes, des touffes d'algues phosphorescentes et, dans le recoin le plus obscur, le lent mouvement des tentacules rouge et blanc d'un poulpe. Ils observent en silence, taquinent les anémones, essaient d'attraper les vif-argent dans leurs mains, comme ils l'ont déjà fait mille fois. Mais tout est maintenant différent. Les autres fois, ils ne sont venus qu'à marée basse. Aujourd'hui, ils sont cernés par le mugissement sourd de la mer qui monte et enfle. Elisabeth se relève tout à coup d'un bond et pousse un cri affolé quand une gerbe d'écume vient mourir sur son dos nu.

« Tu as eu peur? demande-t-il dans un sourire.

– Oui. Les vagues se déchaînent. »

En dépit d'elle-même, elle regarde la terre ferme.

« C'est trop tard », dit-il calmement.

Elle hoche la tête.

Il se lève et s'approche d'elle.

« As-tu peur?

– Oui.

– C'est bien. C'est plus facile pour la sentir.

– Sentir quoi?

– La mer, évidemment. Quoi d'autre?»

L'un contre l'autre, ils contemplent cette mer insondable, ces vagues qui déferlent, grossissent, se dressent comme si elles voulaient se briser sur le mur de roches noires. De petites chutes d'eau se forment dans les fissures, les goulets, et viennent alimenter les vasques.

« Es-tu sûr qu'on ne va pas être emportés?

– Je ne le pense pas.

– En es-tu sûr, Adam?

– Non. Je n'ai jamais vu une chose pareille, mais on ne peut pas savoir avec la mer.

– Comment as-tu osé m'amener ici si tu n'étais pas...?

– Je suis venu avec toi, n'est-ce pas? Quoi qu'il t'arrive, ça m'arrivera aussi.

– Es-tu fou? Tu veux nous noyer?»

Elle perd tout contrôle d'elle-même.

« Bien sûr que non.

– Pourquoi m'as-tu laissée... Pourquoi nous as-tu amenés...?

– Tu m'as dit que tu voulais sentir la mer.

– Pas si elle était dangereuse.

– Comment peux-tu la sentir s'il n'y a aucun danger?

– Il faut rentrer.

– Je t'ai dit que c'était trop tard.

– Va-t-elle encore monter?

– Oui.

– De combien?

– Nous allons bien voir. Il reste encore une heure.

– Je ne peux pas attendre aussi longtemps. C'est insupportable.

– Il va pourtant bien falloir attendre, maintenant que nous sommes-là.

– Adam, je ne vais pas... »

Elle est trop en colère pour terminer sa phrase.

« Ne sois pas ridicule », dit-il calmement.

L'hystérie s'empare d'elle.

« Comment oses-tu? » hurle-t-elle, frappant de ses poings les muscles tendus de sa poitrine.

Il lui saisit les poignets.

« Laisse-moi, crie-t-elle.

– Pas avant que tu te calmes.

– Adam, lâche-moi. »

Il la retient toujours, vacille de droite à gauche; elle tente de se libérer. Elle se retient de lui cracher au visage dans un accès de rage désespéré.

Ils sont trempés par une autre gerbe d'embruns. Elle halète.

« Adam, mon Dieu...!

– Je suis là, avec toi! »

Il essaie de la calmer.

« Je ne voulais pas mourir, murmure-t-elle en sanglotant.

– Qui a dit que tu allais mourir? »

Elle lève son visage vers lui et essaie de lire un espoir dans ses yeux, une explication, quelque chose qui lui ferait comprendre ce qui se passe. Mais il reste impassible.

« Que veux-tu que je fasse? lui demande-t-elle au désespoir.

– Allonge-toi. »

Elle essaie une fois encore de résister mais il l'y oblige après une lutte brève où elle perd l'équilibre. Il la retient pour qu'elle ne tombe pas, l'aide à s'allonger et la couche fermement sur le sable. Elle succombe, furieuse mais sans force.

Il reste assis près d'elle pendant un moment, la regarde, lui tient les épaules légèrement et dit :

« Elisabeth. »

Il prononce si rarement son prénom qu'elle en est

profondément touchée. Intérieurement, au creux de l'estomac. Plus profondément peut-être.

« Qu'attends-tu de moi, Adam ?

– Ecoute la mer. C'est pour ça que nous sommes venus. »

Elle ferme les yeux, terrifiée. Allongée sur la couche de sable qui recouvre le lit de pierres, elle semble écouter la mer avec autre chose que ses oreilles. C'est comme si le son entrait en elle, comme si ce long et incessant mugissement envahissait chacune de ses fibres, comme si elle ne pouvait plus faire de distinction entre le son et elle-même. Elle est tellement hypnotisée par le lent roulement de l'eau qu'elle est à peine consciente de la présence d'Adam, de ses mouvements, de ses gestes et ne se rend pas compte qu'il se couche sur elle. Elle ferme les jambes instinctivement, mais il la force à les rouvrir, tient ses cuisses écartées avec son genou, lui fait mal. Elle se met à pleurer, ne comprenant plus très bien ce qui se passe. Il semble possédé, va et vient en elle. Elle se débat comme s'il était un étranger qui essaierait de prendre l'avantage sur elle. Elle découvre de façon choquante, aveuglément, qu'elle ne se bat plus contre lui mais s'agrippe à lui, se saisit de lui, le retient, creuse et laboure son corps avec ses ongles. Elle entend sa propre voix, comme le cri d'un oiseau aquatique :

« Oui ! Oui ! Oui ! Tu dois ! Tu dois ! »

Le tonnerre s'amplifie autour d'eux. Une gerbe d'embruns qui n'en finit pas vient mourir sur les rochers et les trempe complètement. Elle ne sent plus le froid piquant ; elle n'a plus du tout peur. Elle est résignée à se noyer en cet endroit. C'est le bruit de la mort qui se répercute dans leurs corps qui vibrent.

Bien plus tard, alors que la folie de son corps contre le sien s'est apaisée, elle se sent doucement partir, s'éloigner de cette infinité de bruits et revenir vers la petite langue de sable parmi les rochers, protégée de la

171

mer. C'est alors, qu'elle l'entend murmurer contre sa joue :

« C'est fini maintenant. La mer baisse.

– Adam ? »

Il bouge les bras, se relève, s'appuie sur ses coudes et regarde les mèches humides collées sur ses tempes.

« Mon nom est Aob, dit-il. Adam, c'est pour les autres. Tu t'en souviendras ? Mon nom est Aob.

– Qui te l'a donné ?

– Ma mère.

– Il veut dire quoi ?

– Rien. Ce n'est qu'un prénom. C'est le mien. »

Elle reste immobile sous lui.

« Nous ne sommes pas morts, dit-elle, une nuance de regret dans la voix.

– Non, nous sommes bien vivants.

– Aob », dit-elle doucement comme pour découvrir le goût de ce mot, pas encore familier.

Mais elle n'a aucune volonté pour résister à ce nom, à la lumière, au mouvement de va-et-vient de la mer. Des mouettes volent au-dessus d'eux. Laissons-les. Laissons toute chose être ce qu'elle est. Que rien ne change ou disparaisse. Jamais.

Ils glissent dans un profond sommeil, le plus profond qu'ils aient eu l'occasion de partager. Quand la marée basse lèche les rochers et émet son murmure sifflant, ils se réveillent et retournent sans mot dire vers la plage.

Cette nuit-là, nuit de pleine lune au-dessus de la baie étincelante, ils sursautent dans leur grotte. Ils ont tous les deux perçu l'inquiétant changement de bruit de la mer. Ils observent l'autre côté de la baie, de l'entrée de leur grotte. Il faut du temps à leurs yeux pour s'habituer au clair de lune. Ils voient alors les vagues de la marée de printemps enfler, loin dans la baie, recouvrir les rochers déchiquetés et noirs de la petite île, submerger tout. Jusqu'à ce qu'il n'y ait plus rien, que tout soit englouti sous la masse d'eau sombre.

« Non, c'est trop dangereux », dit-il.

Ils ont quitté la plage, l'ont laissée derrière eux. Ici, vers l'ouest, là où ils explorent la côte, le paysage devient de plus en plus sauvage. Les falaises tombent, de crête rocheuse en crête rocheuse, dans la mer. Les crêtes les plus éloignées apparaissent brumeuses dans la lueur de ce soleil matinal. Au cours d'un cataclysme préhistorique, un accident survenu dans la formation a peut-être entraîné l'affaissement d'un côté de la falaise et laissé cette cataracte pétrifiée de rochers.

« Il existe une gorge, un peu plus loin. Elle va nous permettre d'atteindre le sommet », dit-il.

Mais elle reste intraitable. Elle veut escalader la brèche.

« Regarde. On dirait de grandes marches. On peut atteindre le sommet en cinq minutes. C'est très solide.

– Qu'en sais-tu?

– Je veux faire l'ascension par là. »

Ce n'est pas vraiment une discussion mais ça en a quand même la gravité. Elle n'oppose pas une résistance active. C'est cet éternel entêtement – elle le reconnaît presque avec joie – qui renaît en elle après une longue période de passivité. Tu connais si bien cette côte, tu es le guide de toutes nos excursions; tu m'apprends tout ce que tu sais, mais tu ne peux pas tout m'imposer. Je suis là, moi aussi. Ne me reconnais-tu pas? Je dois mesurer ma volonté à la tienne. J'insiste pour grimper de ce côté-ci.

« Viens, lui ordonne-t-il.

– Non. »

Elle escalade avec difficulté la première série de rochers et s'éloigne de lui.

« Elisabeth! Ecoute-moi. »

Elle grimpe toujours plus haut avec détermination, le pied léger, saute de rocher en rocher. Plus haut sur la pente rocailleuse, les jambes bien écartées pour assurer son équilibre sur une roche en surplomb, elle s'arrête, son corps blanc contre les roches brunes et grises, le regarde. Dans cette nouvelle liberté, cette nudité, consciente de son corps avec une extrême intensité, elle éprouve de l'excitation à se retourner, à le regarder ainsi avec un air de défi.

Il la suit sur quelques mètres, grimpe avec prudence, gêné par le fusil qu'il transporte avec lui.

« Reviens!

– Rejoins-moi. Tu vois comme c'est facile? »

Elle se retourne encore, l'appelant involontairement à chaque fois qu'elle chancelle, s'érafle un genou ou se prend une cheville entre les pierres. Mais rien ne peut plus la retenir. En fait, elle est tellement certaine qu'il va la suivre qu'elle est déçue de constater, lorsqu'elle se retourne, qu'il est très loin derrière.

« Adam! » hurle-t-elle.

Il lui fait signe de revenir.

Elle abandonne son perchoir et monte encore plus haut. Elle n'est pas pressée. Elle l'attendra au sommet. D'avoir agi comme elle l'entendait la fait se sentir ridicule, mais elle se refuse à faire marche arrière.

Elle devient plus imprudente. En sautant sur un autre rocher, elle perd momentanément l'équilibre, tente de le recouvrer et fait se détacher quelques pierres qui roulent sous elle. Ça ne semble pas, tout d'abord, très sérieux. Puis un rocher plus gros, heurté par les pierres qui dévalent la pente, se décroche et dégringole à son tour, projetant des gerbes d'étincelles quand il cogne d'autres rochers. Un grondement soudain éclate sous elle, frisson lent et sourd, le long de la crevasse et contre la falaise. Sous ses yeux, écarquillés d'horreur, la masse rocheuse tout entière se met à bouger et à glisser. Elle est sauve, s'agrippe à une corniche tandis que tout chancelle et s'effondre en avalanche.

« Adam! hurle-t-elle. Attention! »

Elle ne peut discerner qu'un nuage de poussière rouge, puis le bouillonnement d'écume quand la coulée de roches plonge dans la mer.

Il est mort. Elle le sait. Comme ça : violemment, de façon absurde.

Pour rien. Par ce besoin stupide qu'elle a de ne pas abdiquer, de mesurer sa volonté à la sienne. Qu'est-ce qui la pousse à agir ainsi? Un besoin assoiffé d'apocalypse? Tel était, ce jour-là au Cap, le nom qu'Erik Alexis donnait à ce qu'elle ressentait. Qu'est-ce qui l'a poussée à se rebeller contre ses parents, à épouser Larsson, à partir vers l'inconnu avec un homme qu'elle connaissait à peine, qu'elle n'arrivait pas à sonder? Quel sort lui a été jeté au bord de la rivière quand elle a insisté pour que le bœuf traverse le courant? Combien de fois cela arrivera-t-il encore? Combien de fois plongera-t-elle encore dans le gouffre?

Elle contemple le bas de la pente les poings serrés et se mord la lèvre inférieure. La poussière s'apaise et retombe. Affolée, elle dévale le rocher; elle sait que c'est encore plus dangereux mais elle s'en moque. Elle souhaiterait presque qu'une avalanche éclate et l'ensevelisse. Blessant et égratignant son corps nu, elle chancelle, titube et descend en aveugle. Plus bas, là où les vagues meurent, sur les rochers rouges.

Quand elle atteint le pied de la montagne, elle le trouve assis, loin de la crevasse. Il essaie de redresser le canon tordu de son fusil, le visage fermé. Il relève à peine la tête quand elle s'approche.

Ses genoux lâchent; elle s'effondre près de lui et se met à pleurer.

Il jette avec colère le fusil inutilisable et la regarde. Il la prend dans ses bras, la tient fort contre lui et attend que ses sanglots nerveux cessent, en faisant de son mieux pour se maîtriser, lui-même.

« Ce n'est rien, finit-il par dire, la voix tremblante. C'est fini. C'était tout proche.

– Tu n'es pas mort, murmure-t-elle.

– Non, je l'ai vue venir. La falaise me protégeait de l'avalanche. Je me suis écorché les pieds en plongeant de côté pour me mettre à l'abri. (Il lui montre ses jambes ensanglantées.) Mais ce n'est rien. Seul le fusil a eu son compte.

– Adam, je... »

Elle ne sait pas quoi dire.

« Ne recommence pas. Nous pourrions avoir moins de chance la prochaine fois. »

Nous rentrons cheveux ébouriffés de toutes nos randonnées et regagnons la grotte qui se referme sur nous comme un poing. C'est là que, fugitivement, nous nous rencontrons, nous nous reconnaissons et nous nous explorons l'un l'autre. Instants miraculeux où je ne cherche plus à poser de questions, à comprendre ce qui se passe, quand il suffit de vivre, qu'il devient presque insupportable de savoir qu'on est vivants. Je dois entre-temps me nourrir de mes souvenirs, de mes espoirs : les deux sont dangereux. Tout ce que je sais de toi, je le sais ici. Si jamais nous devions partir d'ici, je pourrais bien perdre cette connaissance. J'ai peur, tu vois. En plus, les nuit se font de plus en plus froides.

Il est assis à l'entrée de la grotte, jambes tendues, dos appuyé à la roche. Il fume tranquillement sa pipe de bambou : mixture de hasch sauvage et d'herbes. Il la regarde, amusé, découper la carcasse de l'antilope comme il le lui a appris. Elle tire la langue, fronce les sourcils, se concentre, mains et poignets englués de sang. Elle réussit, dans un grognement de satisfaction, à détacher de l'os le muscle épais, coupe méticuleusement le long des jointures sans endommager la membrane bleuâtre qui le recouvre.

« C'est bien ça? demande-t-elle, radieuse, en venant s'agenouiller près de lui pour lui montrer son travail.

– Très bien, dit-il en prenant le morceau de viande qu'il tourne dans tous les sens. Essaie seulement de couper avec plus de précision encore, le long du dos, là où le tendon est attaché à l'os.

– J'y veillerai la prochaine fois.

– Tu fais d'énormes progrès. »

Il la regarde; elle est agenouillée devant lui. Dans un mouvement brusque, il lui prend les mains.

« J'ai les mains sales. »

Il l'embrasse.

« Ce n'est rien. Le sang est propre. »

Il ouvre ses mains et les regarde. Elles sont effectivement souillées. Une ébauche de sourire sur son visage grave, il pose les paumes sur ses épaules. Elle frissonne légèrement, le regarde bravement dans le blanc des yeux. Ses mains descendent lentement sur sa poitrine et viennent maculer cette peau douce. Il la voit se mordre les lèvres, mais elle n'oppose aucune résistance. Il sent ses seins se gonfler sous ses paumes.

« Pourquoi fais-tu ça? lui demande-t-elle, enfin.

– Comme ça. »

Elle le regarde d'un air interrogateur, ne comprend toujours pas où il veut en venir.

Il sourit et retire ses mains.

« Va terminer ton travail.

– Je suis fatiguée.

– Tu ne peux pas t'arrêter comme ça, en cours de route. »

Elle se relève à contrecœur, lui reprend le morceau de viande qu'il tient à la main.

« A la maison, l'esclave assigné aux cuisines faisait... »

Elle se tait, coupable.

Il l'étudie, les yeux mi-clos, mais ne lui répond pas. Découragée, elle retourne vers la carcasse et se remet au travail.

« En avons-nous vraiment besoin?

– De quoi?

– De tout ce gibier que tu n'arrêtes pas de rapporter.

– Nous avons besoin des peaux. Et la viande sera très utile, cet hiver.

– Va-t-on rester ici?

– Je ne sais pas, répond-il, indifférent. Ça va dépendre du temps.

– Adam. »

Il rejette une bouffée de fumée.

« Aob, dit-elle.

– Qu'est-ce qu'il y a?

– Restons ici.

– Je t'ai dit que ça allait dépendre du temps.

– Je ne parle pas de cet hiver. Je veux dire, pour toujours. Pourquoi devrions-nous partir?

– Je croyais que tu voulais retourner au Cap?

– Je le voulais... avant. Plus maintenant. Nous n'avons plus besoin du Cap, ni toi ni moi. (Elle ajoute avec une ardeur inattendue :) Je ne *peux plus* rentrer. Tu ne comprends pas? C'est tout à fait impossible. »

Il l'interroge du regard mais ne lui répond pas.

Elle poursuit, hors d'haleine :

« Nous sommes si heureux, ici. Nous sommes ensemble. Nous n'avons besoin de rien.

– Penseras-tu toujours ainsi?

– Aussi longtemps que tu resteras avec moi. Nous pouvons vivre ici. Nous pouvons nettoyer la grotte, l'aménager. Nous pouvons avoir des enfants. Tu leur apprendras tout ce que tu m'as appris. Tu emmèneras les garçons dans la forêt; tu iras avec eux jeter tes filets. Je nettoierai la grotte avec mes filles; nous fabriquerons des nattes, des couffins, des couvertures, toutes sortes de choses. Nous pourrons même nous essayer à la poterie. Nous irons chercher l'eau, nous nous occuperons de toi. Nous dormirons tous autour du feu. Nous pourrons faire de la musique ensemble. Nous irons ramasser des coquillages, nous étendre sur la plage, nager. »

Elle se laisse emporter par l'enthousiasme qu'engendre son discours.

« Restons ici! supplie-t-elle. Nous n'avons plus besoin de faire quoi que ce soit. Jamais. Ce serait ridicule de partir, de retourner au Cap. Nous nous sommes débarrassés de tout ça en enlevant nos vêtements. »

Il s'approche d'elle, avec ce même sourire bizarre et ambigu.

« Seulement nous. Deux sauvages dans le désert?

– Nous nous aimerons et nous serons bons l'un envers l'autre.

– En ce cas, nous pourrions effectivement rester ici. D'accord. Jusqu'à ce que vienne le jour où nous aurons même oublié que Le Cap a jamais existé. »

Elle tente de déchiffrer l'étrangeté de son regard. Est-il cynique? Sardonique? Se moque-t-il d'elle? Est-il aussi sérieux qu'elle?

Le sang s'est coagulé et a noirci sur sa poitrine, simples croûtes sur des blessures vulnérables.


Le cadavre du serpent se dessèche; la peau s'est changée en un parchemin fragile : bout de cuir, étrange et léger, déchiqueté par le vent. A travers la couleur verte qui se fane, le squelette apparaît.


Il fait un temps de chien – vent nocturne, vagues qui s'écrasent sur les rochers. A l'intérieur, tout est calme et tranquillité. Au chaud près du feu, les dessins familiers et les taches de couleur sur les parois de la grotte les rassurent. Les sons émis par les chauves-souris qui entrent et sortent sont presque inaudibles.

Tas de bois dans le coin, peaux étendues à sécher : peaux déjà sèches, traitées et roulées; effets personnels qu'ils ont amenés avec eux; robe verte du Cap; *kaross* qu'elle vient de terminer. Elle a réuni et cousu les carrés de peaux avec des bouts de cuir et des tendons. Collection de coquillages, de crabes et d'écrevisses; cornes d'antilope et quartiers de viande; panier grossièrement tressé empli de fruits secs; outils et armes. Tout ça est bien à eux. Ils sont là, tous les deux réunis dans le cercle de lumière, autour du feu.

Elle fait rôtir du poisson, fait frire les gros champignons à la chair pulpeuse qu'il a cueillis dans la forêt; il termine une nasse.

Il lève la tête.

« J'ai besoin d'un fils pour m'aider, sur les rochers.

— Tu n'emmèneras pas mes enfants en mer, comme ça. Tu les noierais tous.

— Oh! je leur apprendrai très tôt à nager, comme les petits phoques. Ils pourront s'occuper de nous quand nous serons vieux.

— Je veux un fils comme toi.

— Une fille d'abord. Comme toi. Une fille qui te ressemble point par point. Je veux savoir, à mesure qu'elle grandira, à quoi tu ressemblais pendant toutes ces années où je ne te connaissais pas. Je suis jaloux de tout ce qui t'est arrivé. »

Les voilà repris par leur jeu. Rêver et faire semblant. Elle le regarde tout à coup par-dessus les flammes et lui demande :

« Crois-tu vraiment que nous aurons des enfants?

— Bien sûr.

— Pourquoi en es-tu si sûr?

— Je suis un homme. Tu es une femme. »

Elle lui demande, incapable de se retenir.

« Cette fille que tu avais, cette esclave. Attendait-elle un fils de toi?

– Comment le saurais-je? (Il se referme sur lui-même.) Je t'ai déjà dit qu'elle avait été vendue.

– Bien sûr, j'avais oublié. Je suis désolée.

– Pourquoi me demandes-tu ça?

– Je serais si soulagée si je savais... que nous *pouvons*...

– Mais pourquoi, grands dieux, ne pourrions-nous pas? Tu as déjà été enceinte une fois.

– Oui, mais j'ai perdu l'enfant que je portais. »

C'est la première fois qu'elle ose mentionner cet incident, la première fois qu'elle ose avouer qu'elle n'a pas oublié.

« Je me demande parfois ce qui a bien pu lui arriver. Qu'en ont-ils fait?

– Quelle importance?

– C'était à moi. Ils me l'ont arraché. Ils ont enterré une part de moi-même sur le veld. Et parfois... »

Elle frissonne, lève la tête, hésite, puis dit :

« J'ai rêvé la nuit dernière.

– A quoi?

– J'ai rêvé qu'on m'avait enterrée dans un trou de porc-épic, que la pluie s'était mise à tomber et que je m'étais mise à grandir comme un haricot; j'ai rêvé que je me frayais un chemin à travers la terre, que je ne pouvais pas bouger les jambes; mes racines étaient trop profondes. J'ai rêvé que je relevais mes branches en appelant au secours mais que personne ne m'entendait, car personne ne peut entendre un arbre. J'ai rêvé que j'étais complètement abandonnée sur une plaine infinie, cernée par les oiseaux de proie. »

Elle repose la tête sur ses genoux, relève ses jambes. Elle est contractée.

« Ce n'était qu'un rêve.

– J'ai perdu mon enfant. Que va-t-il advenir de *moi?*

– Tu poses trop de questions.

– Les choses n'arrivent pas toutes seules, insiste-t-elle. *Pourquoi* arrivent-elles? Qu'est-ce qui en résulte? Où est-ce que ça mène? Comment peut-on vivre et mourir, comme ça? (Elle le regarde, affolée.) Imagine que nous vieillissions ici et... quelque chose nous arrive. Personne ne saura jamais que nous avons été là. Personne ne saura jamais que nous avons existé.

– Quelle importance? Nous sommes ici maintenant, n'est-ce pas?

– Mais je veux savoir.

– Comment peux-tu savoir? Pourquoi devrais-tu savoir? Je croyais que tu étais heureuse, ici.

– Ne comprends-tu pas? Imagine que nous *mourions* ici?

– Ils finiraient peut-être par trouver nos ossements. »

Je contemple le coquillage et caresse mes mains de sa surface lisse et plane. Ocre sur le dessus, presque orange, comme immergé dans une lumière liquide. Blanc crémeux en dessous, un blanc qui glisse jusque dans l'entaille légèrement striée. Secrète lueur de la nacre, à l'intérieur. Ovale comme une petite tortue mais lisse, infiniment lisse. Plus étroit vers l'arrière, s'effilant en une pointe à peine arrondie. Parfaitement sphérique sur le dessus, dur, glacé et satiné, complètement lui-même. En le retournant, il devient plus vulnérable. Les stries luisantes conduisent à l'antre étroit qui abritait l'animal : fragile, nu, tremblant, visqueux. Ça fait si longtemps que je ne me suis pas vu.

L'arrivée des chasseurs : le mâle a été visiblement blessé d'abord, car la forêt est piétinée sur une longue distance, branches arrachées, terre labourée de sillons rouge vif, taches de sang déjà coagulées sur les arbres et les fougères. Il gît sur le côté, contre un tronc de santal comme s'il s'était appuyé là, avant de s'effondrer, maculé de sang et de fiente. L'avant de sa tête est couvert de mouches. La trompe a été sectionnée, les défenses extraites. Un effort a même été fait pour lui enlever les ongles mais ce travail a été abandonné en cours de route.

Autour d'eux, la forêt est calme, hormis le pépiement des oiseaux qui volettent dans les arbres, le bourdonnement des abeilles dans les orchidées pourpres et les singes timorés dans les branches.

Ils se risquent à découvert.

« Que lui est-il arrivé? Pourquoi est-il ainsi mutilé?

— On lui a enlevé ses défenses, tu ne vois pas?

— Mais... » Elle se tait, non pas parce qu'elle ne veut pas s'opposer à lui mais parce qu'elle a soudainement peur qu'il lui réponde. Il regarde autour de lui, les sourcils froncés.

« Nous rentrons? dit-elle, remplie d'espoir.

— Nous pourrions essayer de suivre les empreintes, voir d'où il venait. Si tu veux.

— Si tu le veux, *toi*. »

La forêt est aussi lumineuse que la première fois. Elle semble cependant étrange et de mauvais augure. Ils ne sont pas certains de ce qu'ils cherchent, ce qui la rend encore plus sinistre. Qu'est-ce qui les attend au bout de cette piste sanglante? D'autres carnages? Un silence encore plus majestueux? Ils pénètrent plus profond. La forêt semble s'étirer à l'infini, de tous côtés. Comment peut-on jamais savoir si l'on en a atteint le centre?

Ils tombent sur une seconde carcasse au bout d'un kilomètre. Elle gît, l'arrière du corps dans le ruisseau empêchant l'écoulement de l'eau. Une fois encore, la tête est horriblement mutilée, les défenses enlevées; de petits yeux féroces les fixent à travers la boue et les herbes touffues.

« Tu crois qu'il est là depuis longtemps?

– Deux ou trois jours.

– Qui a pu faire ça?

– Il n'y a que les gens du Cap pour massacrer ainsi. »

Elle découvre dans sa voix ce ton passionné et sombre qu'elle n'a pas entendu depuis bien longtemps.

« Ce sont peut-être les Hottentots! proteste-t-elle sans savoir pourquoi.

– Oui. Pour vendre l'ivoire au Cap. »

Elle incline la tête, la relève au bout d'un moment et dit :

« Quels qu'ils soient, ce sont des *gens*. Si proches de nous. Nous n'avons pourtant rien entendu.

– Nous sommes là-bas, au bord de la mer. Comment pourrions-nous entendre ce qui se passe dans la forêt?

– Deux ou trois jours, dit-elle en réfléchissant. Ils ont dû partir depuis.

– Oui.

– Qu'allons-nous faire? »

Il se retourne dans la direction d'où ils sont venus. Des rondins gisent dans le sous-bois, à moitié enfouis sous l'humus, lourds et froids comme des cadavres.

« Nous pourrions aller plus loin voir s'ils sont encore dans les parages. »

Elle a envie de répondre : oui. Plus loin. Plus profond. Cherchons à atteindre la moelle, le cœur, à travers toutes ces excroissances vertes, toujours plus profond vers ce noyau mystérieux qui illumine tout. Trouvons quelque chose, même si nous ne pouvons qu'approcher. Sachons que c'est là à portée de la main, saisissable.

Levant une main vers sa poitrine et se regardant dans l'eau, elle dit tranquillement :

« Je ne peux pas continuer ainsi... pas s'il y a des gens. »

Ils rebroussent chemin. Elle ressent une curieuse tristesse, un sentiment de révolte contre elle-même. Qu'aurait-elle pu faire d'autre? Ils ont cependant, en rebroussant chemin, renoncé à quelque chose qui a failli arriver et dont elle s'est approchée de très près : un sentiment, une découverte, une possibilité.

Ils s'arrêtent brusquement, à la lisière de la forêt. Quelle était cette détonation dans le lointain, si éloignée qu'ils ne sont même pas sûrs de la direction?

« C'est un coup de fusil?

– Ce n'est peut-être qu'une branche.

– Ce peut bien être un coup de feu. »

Ils poursuivent machinalement leur chemin à travers la futaie, vers la gorge en contrebas, loin de la crevasse et de l'avalanche de leur première randonnée.

Ils atteignent leur grotte avant la tombée de la nuit. Il va inspecter ses filets. C'est la marée basse. Il y a quelques poissons; il les ramène.

De la fumée s'échappe en volutes de la grotte; elle a allumé du feu, mais elle n'est pas près du feu quand il rentre; il la découvre au fond de la grotte près de son balluchon et, quand elle sent sa présence, elle se retourne, bourrelée de remords, coupable.

« Je voulais seulement... »

Elle enroule sa robe verte du Cap et, évitant son regard, la range avec les autres affaires. Puis elle s'approche de lui, lui prend les poissons des mains et va les écailler avec l'un des couteaux en silex. Quand elle relève les yeux, il la regarde toujours.

« Je ne faisais que regarder..., dit-elle, les joues empourprées, plus brûlantes que le feu lui-même.

– Je sais.

– Tu n'es pas en colère contre moi, Adam?

– Pourquoi devrais-je l'être? »

Il retourne à l'entrée de la grotte et contemple la lune qui se lève.

Elle a envie d'aller vers lui, de toucher sa souffrance à vif, d'exorciser sa tristesse, sa révolte, mais elle n'en a pas la force. Elle est elle-même trop révoltée. Elle prépare le dîner en silence; il revient s'asseoir à sa place habituelle, en face d'elle. Ils se regardent de temps à autre, par-dessus les flammes.

Il regagne le seuil de la grotte sans avoir même fini de manger. Elle voit la lumière vaciller sur ses cicatrices. Que regardes-tu? Qu'écoutes-tu? Il n'y a que la lune sur l'eau et le roulement de la mer qui noie tous les autres bruits.

« Tu ne viens pas te coucher?

– J'arrive. »

Ils s'installent sous l'énorme *kaross*, sur le doux tapis de feuilles qu'il est allé ramasser sur le veld. Ils se couchent l'un près de l'autre, immobiles. Sa main se met à la tapoter machinalement. Caresse rude, caresse pleine de questions, d'interrogations. Elle se donne à lui parce qu'elle l'aime. Passivement, elle le laisse écarter ses jambes mais le sent tout à coup se contracter contre elle.

« Pénètre-moi, murmure-t-elle.

– Tu es absente, dit-il sans porter d'accusation, d'un ton neutre.

– Je veux être ici, avec toi, dit-elle. Je suis là.

– Tu cherches les chasseurs dans la forêt.

– Comment le sais-tu? Pourquoi me le demandes-tu? Ce n'est pas vrai.

– Le Cap t'appelle.

– Non. »

Elle secoue la tête violemment contre son épaule.

« N'aie pas peur, dit-il en la tenant très fort.

– Reste avec moi.

– Je suis avec toi. »

Il sent son cœur se rapetisser, se contracter sans en connaître la véritable raison. Leur petite grotte douillette semble tout à coup exposée au vent de la nuit. Accessible à hier et demain.

« Tiens-moi bien fort, supplie-t-elle désespérément. Je ne sais pas ce qui se passe. Tiens-moi. Ne t'en va pas. »

Il s'en va très tôt le lendemain matin, juste après le lever du soleil. Ni l'un ni l'autre n'en ont parlé. Il part tout simplement et, à son départ, elle lui tend un sac contenant les provisions qu'elle lui a préparées pour la route. Ni elle ni lui ne peut dire combien de temps il restera absent. Il porte son tablier de peau et tient sa sagaie à la main. Il lui laisse le pistolet pour se protéger.

Il fait un long détour de la première à la seconde carcasse et suit les traces à partir de là pour enfin découvrir avant midi trois autres éléphants morts. Il tombe sur les restes d'un campement près de la dernière carcasse : carrés d'herbe piétinés là où les gens ont dormi, empreintes de pas, grand feu de bois aux cendres fraîches. Les rondins de sidéroxyle brûlent encore. Il lève la tête instinctivement. Un coup de vent soudain peut mettre le feu à toute la forêt. Mais tout est étrangement calme. Les feuilles, la mousse chenue ne bougent pas.

Il poursuit sa route avec une sensation bizarre, comme si le temps avait brusquement oblitéré ces derniers mois et l'avait ramené à cette épopée sans fin à travers le pays où, brûlant de sa seule agitation, il redécouvrait les traces d'un chariot, les suivait pendant des jours et des semaines, épiait de loin : chariots et bœufs, Hottentots et Blancs, un homme et une femme; une femme seule. Dans l'attente de quelque chose.

Il y a deux chariots. A l'autre bout de la forêt, les traces s'écartent, empruntent une piste à découvert, parallèle à la route qu'il vient de suivre. En tombant sur eux le deuxième jour, il s'aperçoit que leur campement n'est en fait qu'à une demi-journée de la côte, à vol d'oiseau. Deux chariots, d'innombrables bœufs (quarante au moins), cinq ou six Hottentots, deux hommes blancs – l'un d'un certain âge, l'autre très jeune; tous deux portent une barbe broussailleuse. Adam reste à distance de peur d'être repéré par les chiens. Caché sous le vent, il monte la garde pendant plusieurs heures. L'un des chariots semble ne servir qu'à entasser des marchandises. Un énorme tas d'ivoire empaqueté attend d'être chargé; des piles de peaux séchées, des plumes d'autruche, des cornes d'antilope. A en juger par l'activité fiévreuse qui règne, le convoi s'apprête à partir le lendemain, probablement.

L'endroit le tient sous le charme, comme le premier campement des Larsson. Mais aujourd'hui, c'est plus solennel. Le cœur lourd, il se faufile hors de sa cachette et regagne la côte. Le veld est facile à traverser à cet endroit-là : bruyères et protées, muguet sauvage, *karee*, petits arbres pour la plupart.

Ce n'est qu'en atteignant le sommet de la falaise surplombant la surface verte de la mer que des pensées recommencent à l'assaillir, car il sait qu'elle l'attend, là, en bas. Il va devoir lui rendre compte de ce qu'il a vu. Ce peut être la fin. Cette idée l'emplit de tristesse. On devrait pouvoir se laisser bercer, sans conscience du temps, au fil des jours, abandonné comme une algue devant la marée, mais on est toujours balayé, emmené au large.

Un aigle plane bien au-dessus des rochers et cherche une proie. Presque immobile, il reste suspendu dans les courants les plus forts, petite croix dans l'espace infini. Lui aussi, un de ces jours, tombera comme une pierre. Ce qui semble si lointain, devient tout à coup évident, immédiat. Demain devient aujourd'hui;

aujourd'hui se mue en hier. Et la terre n'en est nullement troublée. Ce ne sont que graines de chardon emportées par le vent, soupirs insignifiants dans l'espace.

Il commence à se faire tard. L'après-midi n'est que le matin de la nuit. Elle l'attend.

Il n'a pas besoin de lui dire quoi que ce soit, de lui dire la vérité. Elle ne sait encore rien; elle l'attend, c'est tout. Elle acceptera ce qu'il lui dira. Elle prendra ses paroles pour argent comptant. Il a rencontré une bande de Hottentots prête à partir pour Le Cap avec un chargement d'ivoire. Il a découvert un campement abandonné dans la forêt, mais aucun signe de vie. Il est tombé sur un chariot pillé par les Boschimans, des traces de bétail et deux corps mutilés qu'il a enterrés. Il n'a rien trouvé. Rien.

Tu me croiras, même si tu sais que c'est un mensonge. Tu me croiras parce que nous le voulons ainsi, parce que tu as aussi peur que moi.

Laissons ces chariots poursuivre leur route et piller ce qu'ils peuvent, planter les balises de la civilisation sur leur route destructrice. Nous devons, toi et moi, rester ici, dans notre grotte au-dessus du niveau de la mer. Rien ne doit venir troubler notre sérénité. Nous écouterons les mouettes piailler à l'aube, nous resserrerons notre étreinte, mes racines profondément plantées en toi, *doepa*[1] contre la solitude. Nous irons ramasser des coquillages que j'attacherai autour de ta taille pour les entendre tintinnabuler lorsque tu marches. Tu viendras pêcher avec moi, tirer les filets, les réparer si la mer les a déchirés. Nous irons de temps en temps dans la forêt relever les pièges et nous rapporterons quelque antilope dans notre grotte. Je verrai la lumière et le rire luire dans tes yeux quand tu goûteras un fruit que tu ne connais pas encore. Je

1. *Doepa* : substance magique – gri-gri. (*N.d.T.*)

donnerai le baptême du sang à tes seins. Je te couche-
rai dans le sable et t'ouvrirai comme une étoile de mer,
humide comme une anémone. Je sentirai le soleil
brûler les grains de sable collés à mon dos. Je te
jouerai de la musique sur une flûte de Pan ou une
*ghoera* et tu chanteras de petites chansons stupides en
improvisant des paroles pour me tenir compagnie. Et
nous serons heureux. Nous n'aurons besoin de rien en
dehors de nous-mêmes. Crois-moi. C'est vrai. Ce doit
être notre vérité.

L'aigle, simple tache dans le ciel, fond sur sa proie.
Blaireau? Lièvre? Moufette? Il s'envole à nouveau en
tenant quelque chose dans ses serres. Il se bat contre le
vent.

Adam soupire et poursuit sa descente. Il se fait
tard.

« Il y a deux chariots, lui dit-il. (Elle est venue vers
lui en courant et s'est jetée dans ses bras.) L'un est
chargé de marchandises. Ils se préparent à partir. Ils
sont deux. Deux Blancs. Je pense qu'ils vont se rendre
directement au Cap, car ils n'ont plus de place sur les
chariots.

– Deux Blancs seulement?

– Oui. L'un est d'un certain âge, l'autre est jeune.

– A quoi ressemblent-ils? Ont-ils des visages sym-
pathiques? Des mines patibulaires?

– Ils ressemblent à des chasseurs. Des hommes du
Cap. Plutôt sales.

– Crois-tu qu'ils essaieraient d'abuser de moi?

– Tu es une femme.

– Je crois qu'on peut les tenir en respect. J'ai
toujours le pistolet.

– Bien sûr.

– Il faut combien de temps pour regagner le Cap à
bord d'un chariot?

– C'est un long chemin. Il y a des montagnes. Il va

leur falloir contourner la forêt. Disons deux ou trois mois. »

Ils retournent vers la grotte.

« Tu viendras avec moi, n'est-ce pas? demande-t-elle. Tu pourras me protéger comme ça.

– S'ils découvrent les liens qui nous unissent, toi et moi...?

– On ne leur offrira pas cette possibilité. »

Il s'assied, adossé au mur, fatigué, déprimé. Elle lui a apporté à boire dans une nacre; un peu de miel.

Elle se remet à le questionner, reprenant tout ce qu'il lui a déjà raconté en détail.

« Peut-on les rejoindre à temps, s'ils partent demain?

– Si nous partons tôt, oui. »

Elle se dirige vers le fond de la grotte. Il n'a pas fait attention. Il l'entend fouiller dans ses affaires, dans la semi-obscurité. Quand elle revient, elle est vêtue de sa robe du Cap qui pend sur elle, froissée, mais il la trouve belle.

« J'ai perdu du poids, dit-elle timidement.

– Tu t'es épanouie, tu es plus belle. »

Il la désire tellement qu'il en a les larmes aux yeux.

Elle tapote les pans de sa robe, pensivement.

« Nous nous lèverons très tôt, demain matin. »

Elle s'agenouille devant lui.

« Qu'y a-t-il, Aob?

– Ne m'appelle pas Aob, dit-il doucement.

– J'intercéderai en ta faveur, au Cap, dit-elle avec emphase. Je te l'ai promis, tu te souviens. Je veillerai à ce que tout se passe bien.

– Oui, bien sûr.

– Si je laissais passer cette chance... (Elle prend sa respiration profondément.) C'est encore pire aujourd'hui que le jour où j'ai dû me décider à quitter le chariot de Larsson. Une chance pareille pourrait si bien ne plus se représenter.

– Je le sais bien. C'est pourquoi je te l'ai dit. »

Une lueur passe dans ses yeux.

« Tu aurais très bien pu ne pas me dire la vérité. »

Il ne bouge pas.

« N'est-ce pas vrai? Tu aurais très bien pu te taire et je n'en aurais jamais rien su.

– Il fallait que tu le saches.

– Pourquoi m'as-tu rendu les choses si difficiles? s'écrie-t-elle. Il aurait été tellement plus facile que tu prennes cette décision à ma place. Si tu ne m'avais rien dit...

– Plus facile, en effet, admet-il. Maintenant. Mais après? Si le désir s'était mis à te ronger? Si je m'étais coupé et que tu aies brusquement deviné... Comment pouvais-je mentir?

– Pourquoi ne peut-on rester ici?

– Personne n'a dit ça.

– C'est toi qui as voulu retourner, Adam. Tu as dit que tu ne pouvais pas vivre sans ça, que tu n'étais pas un animal.

– J'étais seul. Je suis avec toi maintenant.

– Puis-je te suffire? Pourrai-je te suffire éternelle-ment?

– Nous devons continuer de croire et d'espérer.

– Pourquoi *devais*-tu me le dire? demande-t-elle encore une fois.

– Parce que ce sont des gens de ta race.

– Ce ne sont pas des gens de ma race. J'étais heureuse ici. Je le suis toujours.

– A toi de décider.

– Et toi, Adam? Que *veux-tu?* Dis-moi ce que je dois faire.

– Depuis quand écoutes-tu les autres?

– Aide-moi, Adam! »

Elle lui saisit les mains, s'agrippe à lui.

Quelque part dans la nuit, pense-t-il, deux chariots chargés sont prêts à prendre le départ aux premières lueurs, pour Le Cap. Des hommes blancs, barbus, avec leurs bœufs et leurs Hottentots.

Elle demande brusquement :

« Quand nous étions avec les Hottentots et que j'étais malade... Pourquoi ne m'as-tu pas quittée? Pourquoi n'es-tu pas parti de ton côté?

– Comment le pouvais-je?

– Tu ne m'aimais pas à ce moment-là.

– Qu'est-ce que ça a à voir avec cette nuit, précisément?

– Je t'aime! dit-elle misérablement. Ô mon Dieu!

– Viens, dit-il. Il faut dormir. Tu as besoin de te reposer si nous voulons nous lever de bonne heure.

– Pourquoi dis-tu « nous »?

– J'ai dit : si nous voulons nous lever de bonne heure. »

Elle se lève, dénoue les rubans de son corsage, puis hésite.

« Pourquoi ne la gardes-tu pas? Il vaudrait mieux te réhabituer à ta robe.

– *Veux-tu* que je la garde? »

Sans répondre, il étend le *kaross* sur le lit de feuilles et s'allonge.

« Viens », dit-il.

Elle se couche près de lui, comme toujours. Elle se sent déjà une étrangère dans cette robe.

Il la tient dans ses bras, la main posée sur sa poitrine. Si ce devait être la fin, si ce devait être leur dernière nuit, il devrait lui faire l'amour sans s'arrêter, jusqu'au petit jour et marquer son corps d'irrémédiables cicatrices comme le sien. Mais il ne le peut pas. Elle est trop lointaine. Il ne peut pas l'atteindre.

Il reste allongé toute la nuit, les yeux ouverts,

jusqu'à ce que les premières lueurs s'insinuent dans la grotte.

Alors, il la touche doucement et murmure :

« Il est l'heure.

– Je suis réveillée.

– Tu n'as pas dormi ?

– Non. »

Elle s'assied, fatiguée ; sa robe est encore plus froissée. Le courant d'air matinal la fait frissonner.

« Adam... ?

– Je vais faire du feu. »

Il est trop tôt pour manger. Il fait du thé d'herbes sauvages dans la vieille bouilloire cabossée, trouvée à la ferme. Ils boivent leur thé bouillant.

Puis il va jeter un coup d'œil, comme d'habitude, sur le seuil de la grotte. Le brouillard marin stagne en couches épaisses contre le soleil levant. Au bout d'un moment, elle le rejoint, se tient près de lui. Ce n'est qu'en passant son bras autour de ses épaules qu'il se rend compte qu'elle est nue.

« Où est ta robe ?

– Je n'en ai pas besoin.

– Et le chariot ? Les gens de ta race ? Le Cap ?

– Je reste ici. Je ne pars plus.

– En es-tu bien certaine ? »

Elle hoche la tête.

« C'est peut-être l'unique chance de ta vie.

– Je le sais, mais j'ai pris ma décision.

– Tu es folle.

– Oui. Nous le sommes tous les deux. C'est pourquoi nous restons ici. Notre place est ici. (Elle esquisse un geste vers la mer, ce monde inhospitalier et oublié qui s'étend sous les piaillements des mouettes.) Voilà tout ce que nous ayons jamais possédé. Nous restons ici pour toujours. »

Ça claque comme une condamnation, pense-t-il.

Il se souvient des énormes carcasses, éparpillées à travers la forêt.

Ce matin sur la plage, parmi les algues et les moules, les porcelaines, les oursins et les papules : une seule coquille d'argonaute, berceau fragile pour des œufs oubliés, intacte au milieu de la violence des vagues.

Comment allaient-ils se souvenir de cette fin de saison ? Qu'allaient-ils en retenir ? Le soleil qui, presque imperceptiblement, se levait et se couchait plus tardivement ; les matinées brumeuses ; les jours plus clairs, de plus en plus tendres sur les bords ; les appels tristes des colombes et des hirondelles filant en bandes vers le nord. Une plus grande ouverture, comme si d'invisibles dimensions se révélaient à la lumière et sous la douce chaleur du soleil, comme si le vent venait de plus loin et se répandait, s'essouflait dans le vide. Une conscience plus aiguë de la vulnérabilité. Des silences plus longs dans ces interminables soirées au coin du feu.

« Ma mère aurait une attaque si elle voyait cette couverture. Si mes points n'étaient pas assez fins, elle me faisait recommencer. Que je haïssais ces soirées rythmées par les cris des garçons qui jouaient au-dehors.

– Le Cap ne te manque pas ? »

Elle relève le visage, les joues inondées par la lumière du feu.

« Bien sûr, parfois. »

La foule à la vente aux enchères des baux de vignobles, au mois d'août. Les promenades en calèche à Constantia pour accompagner les invités de marque venant de l'étranger, pour leur montrer les flamants. Le canon qui tonnait sur la Bosse du Lion. Les drapeaux que l'on hissait au haut des mâts. Le remue-ménage sur la plage... même si sa mère lui avait interdit de frayer avec tous ces gens vulgaires du port. Les lettres achevées dans l'excitation avant le départ de la flotte pour la mère patrie ou Batavia. Le son du clavecin, les candélabres, le cristal. Les esclaves pieds nus, chargés de lourds plateaux, éventant les invités avec des plumes d'autruche. L'oncle Jacobs et son père jouant aux échecs dans le jardin. Les jeux brutaux avec les petits esclaves dans l'arrière-cour en l'absence de sa mère. Tout cela existe-t-il encore? Sa mère se plaint-elle toujours? Son père s'est-il un peu plus replié sur lui-même? Sont-ils encore vivants?

« Je suis sûre que ça te manque, à toi aussi », dit-elle pour se défendre.

Les histoires de sa mère, de sa grand-mère : le feu qui danse dans les cratères du Krakatoa; la flamboyante beauté des hibiscus et des lotus, la senteur du jasmin, de la cannelle et des clous de girofle; la fuite de Mohammed à Médine et les glorieuses croisades du Croissant. Le fatalisme cynique de la frêle vieille femme. Les émotions ingénues de sa mère, confondant le Christ et Heitsi-Eibib, la parole de Dieu et celle du Maître.

« Tu mens à mon enfant, Ma'Seli.

— Je lui raconte le monde. J'ai vu le monde, moi.

— Du trou noir d'un bateau?

— Non. Avant le bateau, quand j'étais jeune. Padang, Smeroes et Surabaya. J'ai vu tout ça. J'étais libre à ce moment-là.

— Tu es libre maintenant. Le maître, il t'a libérée.

— Peut se foutre sa liberté au cul.

— Ma'Seli, tu dois pas parler du maître comme ça.

— Il est le Baas de qui? Esclave de ses esclaves, voilà ce qu'il est. Qu'est-ce qui peut faire sans eux? Tu m'écoutes, Adam?

– Ma'Seli, arrête de raconter des histoires à mon fils. Adam, écoute ta mère et ton maître, t'as compris? Ecoute pas cette vieille femme. »

Les copeaux qui s'enroulent sur le banc, l'odeur forte de l'oréodaphné dans les narines tandis qu'il rabote les pieds de la table. Le bois à aller chercher dans la Montagne, la mer étale au-dessous. Les raisins secs dans le grenier. La moisson. L'engrangement. La pressée du raisin qui revient des vignobles dans de grandes hottes et que l'on déverse dans les fouloirs. Fouler les grappes en se tenant aux rebords de la cuve, dansant, écrasant jusqu'à en avoir les membres gourds. Sentir le jus gicler entre vos orteils en un mélange pâteux et collant au parfum capiteux. Le liquide sucré qui s'écoule dans le baril en dessous. Passer les grains dans un tamis de jonc tressé. Mettre le moût dans de grandes cuves, le laisser fermenter pendant des jours. Aller au Cap, perché sur la citerne, haut perché sur les tonneaux. Toucher les flancs du bœuf trapu de la pointe du fouet; les chiens aboient et sautent de chaque côté du convoi. Gagner le port où les dockers chargent les bateaux en partance pour des villes aux noms lointains : Amsterdam, Buitenzorg, Texel et, inévitablement, les Sarabang et Surabaya de grand-mère Seli. Les tonneaux de ce vin qu'il a foulé, envoyés aux quatre coins de la terre, libres.

« Oui, ça me manque, mais c'est bien loin. Et nous sommes heureux ici, n'est-ce pas?

– Bien sûr. »

Ses grands yeux le dévisagent en silence. Interrogateurs, approbateurs et timides.

« A moins que tu ne regrettes?

– Oh! non! Et toi?

– Moi non plus. Mais tu parles souvent du Cap, ces derniers temps.

– Il faut bien parler de quelque chose.

– Au début, quand nous sommes arrivés ici, nous ne parlions jamais du Cap.

– Il y avait tant à faire. Tout m'était inconnu, nouveau et beau.

– Ça ne l'est plus.

– Si, mais c'est différent. On a beaucoup plus le temps de penser. »

Les choses se passèrent ainsi, subrepticement, à mesure que les jours se rafraîchissaient et que leurs défenses s'amenuisaient. Après coup, il leur fut impossible de dire quand ils avaient découvert les flamboyants nénuphars sur les sombres étangs, la couleur vive des champignons dans les bois : bruns, roses, verts, blancs, jaunes ou vermillons. Impossible de se souvenir à quel moment ils étaient devenus plus conscients du cri matinal de l'outarde ou du bruissement des petites perdrix dans l'herbe sèche. Impossible de dater le changement dans leur façon de faire du feu avec du bois de fer, dur et huileux, qui rougeoyait plus longtemps la nuit. Fumée épaisse et âcre venant se mêler aux relents de la mer et à la chaude et fétide odeur des lichens et des feuilles en décomposition. Ça arriva comme ça. Douce et lente métamorphose. Ils ne descendirent plus en courant vers la mer, à n'importe quel moment, pour se baigner, mais maintinrent simplement le rituel matinal – et celui-là même était différent : défi lancé au froid. Ils haletaient dans l'eau glacée, s'éclaboussaient, pataugeaient avec violence, sortaient en courant pour s'envelopper rapidement dans le *kaross* et sentir la douce chaleur se répandre peu à peu dans leurs membres gourds. Aux plus chaudes heures de la journée seulement, ils osaient se débarrasser de leurs *karosses* et se rôtir au soleil dans les endroits protégés du vent. Il remarqua même qu'elle perdait peu à peu son hâle, devenait plus blanche et plus mince sous ses vêtements.

198

Il y eut d'autres changements et d'autres transitions. Quand ils faisaient l'amour, une urgence inconnue semblait s'être emparée de leurs corps. Une violence plus visible, plus ouverte, une nécessité physique – comme si quelque chose de leur désir primitif et spontané avait disparu – les obligeant à se battre plus vigoureusement, à se déchirer l'un l'autre pour retrouver la source tarie de l'extase. Il y avait dans tout ça quelque chose de désespéré, aggravé par le fait que chacun, par angoisse ou pitié, cherchait agressivement à prouver à l'autre la constance de son amour.

Pendant que le jeu était encore possible, ils devaient s'y tenir, terrifiés de voir tout se désintégrer d'un seul mot, d'un seul geste malencontreux. Le jeu devint lentement une façon de vivre et de réagir. Jeu précaire, ô combien précaire! Puis le temps se détériora un peu plus. Adam n'arrivait pas à comprendre. La douce chaleur devait normalement durer jusqu'à ce que les vents d'août commencent, suivis par les pluies torrentielles d'octobre. Mais cette année-là, quelque chose était déréglé. Nuages chargés de pluie; vents glacés, bruine déprimante qui tombait sans arrêt. Ils étaient ainsi confinés dans leur grotte, assis en silence près du feu qui fumait. Ils parlaient sans fin, surtout du Cap, si loin, si désirable par-delà la monotonie grisâtre de ces journées d'hiver. Ils en avaient envie comme ils avaient eu envie de la mer. Sinon, ils restaient allongés sous leurs *karosses*, incitaient volontairement leurs corps aux vagues de la passion, luttaient et haletaient puis essayaient de dormir. Pas longtemps, car ils étaient déjà saturés de sommeil par la vie qu'ils menaient.

Les quelques beaux jours – temps de répit – furent exquis. Ils purent enfin sortir, explorer et redécouvrir la mer, le veld et la forêt. Leur foi revint miraculeusement et leur amour leur apparut soudain neuf et nu comme un rocher débarrassé d'anatifes. Mais ces journées furent rares et l'irritation causée par les temps vécus et à vivre s'insinua en eux. Chacun nourrissait une espérance passive, une certitude lasse : quelque chose finirait bien par se produire. Ils n'en parlaient pas mais ils savaient que ce n'était qu'une question de temps.

Quand l'événement se produisit, ce fut plus soudain et beaucoup moins évident qu'ils ne l'avaient prévu.

Le ciel était chargé de masses nuageuses mais il était toujours possible que la journée se transformât en une de ces journées claires et précieuses d'hiver. Il était très tôt quand ils partirent dans la forêt pour y cueillir des champignons. Non loin de la première carcasse d'éléphant, masse d'os rongés par les hyènes, les oiseaux de proie, les chacals et le vent, il se mit à pleuvoir. Ce ne fut tout d'abord qu'un bruissement parmi les feuilles au-dessus de leurs têtes. Une baisse d'intensité de la lumière, une humidité sournoise. Mais ça empira très vite. Ils étaient pourtant bien protégés dans les sous-bois par un groupe d'énormes oréodaphnés, recroquevillés sur un tronc abattu, essayant de se tenir chaud l'un l'autre. La tempête n'était pas aussi effrayante que celle qu'ils avaient essuyée près de la rivière. Elle ne faisait qu'aggraver leur état dépressif.

« Tu crois que ça va durer longtemps ? lui demande-t-elle.

— Je n'en sais rien. Tout est sens dessus dessous, cet hiver. Ce matin, j'étais certain qu'il ne pleuvrait pas.

— Crois-tu qu'il serait préférable que nous...

— Quoi ? demande-t-il en colère.

— Non, rien. Je pense que nous avons tout le confort dans notre grotte. Ça va passer, n'est-ce pas ?

— Que voulais-tu dire, Elisabeth ?

— Rien. Je suis simplement irritable parce qu'il pleut. Ne fais pas attention. »

Elle regarde droit devant elle; sa respiration crée de petits nuages blancs.

« Es-tu très malheureuse?

– Pas du tout. (Elle le regarde.) Pourquoi? N'es-*tu* plus heureux?

– Ça m'est égal.

– Moi aussi. »

Ils se taisent, l'air morose. Il regarde le tronc sur lequel ils sont assis : cent cinquante, deux cents pieds de long; peut-être plus. Le bout du tronc disparaît sous le feuillage. Il est en mauvais état de leur côté : une décomposition lente et sournoise qui s'insinue jusqu'à la moelle et le creuse. Mais là où le tronc a été arraché, une jeune pousse est sortie des racines originelles, aussi épaisse qu'un bras humain. C'est sa façon étrange à lui d'être éternel, pense-t-il. Sa mère l'aurait approuvé.

Il se fait tard quand la tempête se calme. Il bruine encore mais la violence a décru. Le monde semble fatigué, sinistre. Ils doivent rentrer avant que ça ne reprenne. A une centaine de mètres de l'endroit où ils se sont abrités, un nid de colombes est tombé d'un arbre et trois petits oiseaux gisent, tremblants, au milieu des herbes détrempées, becs jaunes ouverts, béants de façon obscène. Ils profèrent de petits cris pathétiques. Elisabeth s'agenouille pour les ramasser.

« Que vont-ils devenir?

– C'est sans espoir. (Il semble ennuyé.) Pourquoi, pour l'amour de Dieu, ont-ils pondu à cette époque de l'année? Voilà ce qu'il faut se demander.

– Ils sont là maintenant.

– Et alors?

– On ne peut pas les laisser crever, ici.

– On ne peut pas les sauver non plus.

– Je vais quand même essayer », dit-elle avec obstination.

Il est trop préoccupé par l'idée de rentrer pour

soulever une quelconque objection. Ils arrivent à la grotte au crépuscule.

Déjà l'un des oisillons est mort.

Elle porte les deux autres à l'intérieur de la grotte, dans ses mains, souffle sur eux pendant qu'Adam allume du feu. Il la regarde les enrouler dans un morceau de peau, les placer près du foyer. Deux horribles petites choses aux plumes hérissées, aux cous dénudés, aux petits becs mous.

« Tu ferais mieux de leur donner quelque chose à manger, dit-il.

– Que puis-je leur donner?

– Essaie un morceau de fruit. Il n'y a rien d'autre. »

Mais les oisillons restent immobiles et fixent la nourriture en bâillant stupidement. Elle regarde autour d'elle, affolée. Puis sous le coup d'une inspiration soudaine, elle met un morceau de fruit sec dans sa bouche et le mastique. Elle se penche et, tenant l'un des oisillons dans sa main, elle prend son bec entre ses lèvres et crache la bouillie dans son gosier. L'oiseau a un hoquet, frémit puis avale. Il la regarde ensuite fixement, le bec à nouveau ouvert. Elle parvient à les nourrir tous les deux en déployant une patience infinie.

En secouant la tête, Adam fait rôtir les champignons qu'il a rapportés. La vapeur monte de leurs *karosses* humides. Il bruine encore un peu au-dehors. Un dernier coup de vent et le silence tombe.

Quand, tard dans la nuit, il va sur le seuil de la grotte, les nuages sont éparpillés dans un ciel d'encre et la lune brille au-dessus de lui. Elle ressemble à la vieille chaussure avec laquelle Heitsi-Eibib, dans les histoires que lui racontait sa mère, l'a fabriquée. Il se retourne. Elisabeth est allongée près du feu, les deux petites colombes contre sa poitrine. Il revient vers elle en poussant un soupir.

202

Elle se lève à intervalles réguliers pour donner à manger aux oisillons et s'assurer qu'ils n'ont pas froid. En dépit de tous ses soins, l'un d'eux est mort à l'aube.

Juste après le lever du soleil, elle envoie Adam chercher des vers de terre. Elle les écrase dans sa main et fourre la bouillie dans le bec béant en s'aidant de ses doigts.

« Celui-là va s'en sortir. »

Cette nuit-là, elle dort plus tranquillement, mais quand ils se lèvent le lendemain, la dernière colombe est morte.

« On peut faire de la soupe avec, suggère Adam. Il n'y a pas beaucoup de viande mais ce sera mieux que rien.

– Non! dit-elle, si violemment qu'il relève la tête, surpris. Comment peux-tu penser une chose pareille? Je les ai nourris, moi-même.

– Que peut-on faire d'eux? demande-t-il en haussant les épaules.

– Je ne sais pas. Les enterrer. N'importe quoi. »

Elle soupire, s'arrête comme s'il n'y avait pas lieu de poursuivre, puis ramasse les deux corps minuscules et sort.

Il ne fait aucun geste pour la suivre, mais bourre sa pipe en attendant que la fumée le calme. Le ciel est très clair, mais il fait très froid. Plusieurs heures plus tard, ne la voyant pas rentrer, il part à sa recherche.

Le squelette gît à présent, nu et très blanc, parmi les rochers de la crique : longue courbe de croissants d'os; chaque côte parfaitement dessinée, blason sur cette pierre. Rien de vague ni d'obscur. Tout est précision et délicatesse. Plus rien n'est soumis au changement, au danger, au désir, à la peur, mais défini avec une finalité sereine, inévitable et très belle.

Il la trouve près de la crique, loin de la plage, le dos tourné à la mer. Elle regarde les hauteurs de la falaise, là où le pays commence.

« Tu les as enterrés ?

– Oui. Viens t'asseoir près de moi. Tu me manquais.

– Pourquoi n'es-tu pas revenue ?

– J'espérais que tu viendrais me rejoindre.

– Il fait froid, dehors.

– Oui, mais l'air est si lourd dans cette grotte. Ici, l'air est sain, revigorant.

– On dirait que tu as l'impression d'étouffer. »

Tout à coup, ces mots font naître ce qu'ils attendaient depuis si longtemps.

« Oui, j'étouffais, admet-elle. Je ne peux plus respirer. Ça ne sert à rien de faire semblant. Nous allons nous étouffer tous les deux.

– Que se passe-t-il ? »

Il ne le sait que trop bien mais c'est à elle de le dire.

« On ne peut pas continuer ainsi à faire semblant. »

Il s'assied près d'elle.

« Ils sont morts, dit-elle de façon inattendue. Malgré tous mes soins et toute ma bonté. (Elle secoue la tête brièvement.) Le monde a été terriblement cruel avec eux.

– Deux oisillons, quelle importance ? »

Elle réagit.

« Que sommes-nous ? Nous n'appartenons pas plus qu'eux à cet endroit. Quand il faisait beau, nous ne nous en sommes même pas rendu compte. Nous étions aveugles. Je sais pertinemment que je l'étais.

– Je croyais que tu étais heureuse, ici.

– Peut-être était-ce parce que j'étais aveugle. (Elle baisse les paupières ; ses cheveux retombent sur son visage. Elle les repousse d'un geste de la main.) Je croyais que *tu* étais heureux. Nous avons eu tout le temps peur d'admettre la triste vérité. Nous voulions être bons l'un envers l'autre. Nous ignorions alors que c'était le moyen le plus sûr de nous détruire mutuellement.

– Et maintenant? » demande-t-il calmement.

Elle rit tristement, ressentant pourtant une joie étrange.

« Notre petit paradis n'était pas éternel, n'est-ce pas? Ce n'était qu'une escale.

– Tu veux t'en aller?

– La question n'est pas de vouloir ou pas. Je sais simplement que nous devons partir, si nous sommes honnêtes. Rien d'autre n'est possible. Nous avons essayé de rejeter cette solution, mais...

– Nous n'avons pas beaucoup de bagages à faire. Nous pouvons partir aujourd'hui.

– Oui.

– Où allons-nous?

– Il n'y a qu'une destination pour nous, n'est-ce pas? »

Il hoche la tête sans dire un mot.

« Nous devons boucler la boucle, dit-elle en lui prenant les mains. Quoi qu'il arrive. »

En poursuivant son chemin, on retrouve chaque fois quelque chose de la première aventure. C'est une question de foi.

Encore mouillé et tremblant, à peine sorti de l'eau qui l'a rejeté et qui a essayé de s'emparer de lui à nouveau, il se fraya un passage furtif par les rues de terre battue, passa devant des maisons sombres et des jardins où des chiens aboyaient, escalada la Montagne familière qu'il avait pendant si longtemps contemplée de loin. Après une journée de marche, il dévala l'autre versant de la Montagne et arriva juste au-dessus de la cour de la ferme en fin d'après-midi. Il devait être à l'intérieur de cette grande maison au toit de chaume avant la tombée de la nuit, sinon les lourdes portes seraient fermées à clef, les barres de bois mises aux fenêtres.

Dans les vignes, des groupes de femmes brunes, des enfants pourchassaient les oiseaux; des hommes portant de grandes hottes s'affairaient et chantaient à l'approche de l'heure du *sopie*. Les bidons s'entrechoquaient à l'étable. Par la porte ouverte de la cuisine, il pouvait voir des femmes s'agiter; la cheminée fumait. Au-delà du jardin potager, des esclaves donnaient à manger aux poulets et aux canards, ramassaient les œufs. A la porcherie, les cochons grognaient dans l'attente de leur repas de glands, de détritus et de lait caillé. C'est ainsi qu'il avait visualisé la scène depuis des mois : toute l'activité concentrée à l'arrière de la maison, le porche déserté.

C'était risqué, mais il n'avait pas le choix.

Il avança, plaqué contre le mur blanchi à la chaux qui clôturait la cour, s'accroupit devant la porte d'entrée et regarda autour de lui, une dernière fois. Il se releva; son cœur battait la chamade; sa gorge était sèche et contractée. Il ouvrit le portail et se dirigea vers le perron; il avait des difficultés à contrôler ses jambes et avait conscience de sa nudité. Une seule voix pouvait le défier – « Eh! qu'est-ce que tu fais là? » – et tout serait perdu.

Le chien de garde se mit à grogner et se précipita vers lui, babines retroussées, en le voyant gravir les marches du perron. Il s'arrêta; ils se regardèrent un instant.

Puis Adam l'appela, d'une voix chevrotante :

« Tout doux, Bull. Tout doux, Bull! Allez, Bull, viens! »

L'énorme mâtin s'approcha, les babines toujours retroussées, et renifla les doigts et les jambes d'Adam qui continuait de lui parler, le front couvert de sueur.

Le chien se mit à remuer la queue et grimaça, la gueule ouverte.

« T'es un bon gars, Bull », dit Adam en lui caressant la tête.

Il tremblait et avait hâte de poursuivre, mais il était plus important de regagner la confiance de l'animal comme par le passé, aux temps où ils parcouraient ensemble la propriété en tous sens.

Il tourna le loquet et la porte d'entrée céda. Et s'il y avait quelqu'un dans le couloir? Il ouvrit la porte et se glissa à l'intérieur. La demeure était obscure et tranquille; elle fleurait l'encaustique et l'huile de lin. Il connaissait bien cette odeur. La porte du salon était sur sa droite. Et si l'une des filles de la maison y était en ce moment précis, à déchiffrer ou à feuilleter une partition...?

A l'autre bout du couloir, une porte était ouverte. Sans hésiter, il s'élança dans le corridor, affolé et haletant. Sombres contours du mobilier hollandais : écritoire de laque rouge, de style oriental; lourde armoire aux ferrures de cuivre; porcelaine et argent étincelant dans les vitrines; tapis et peaux de zèbre; peau de lion avec sa tête naturalisée, jetée sur le vaste plancher de santal. Il gagna rapidement un espace étroit derrière un canapé, là où il pouvait s'étendre sur le sol froid et dur.

Des sons lointains lui parvenaient. Des chiens aboyaient avec excitation – le fermier devait être rentré. Oui. Bruits de sabots. Bidons. Veaux. Un enfant pleurait, au-dehors. Bruits feutrés de la maison elle-même. Tout se calma peu à peu. On ferma volets et portes contre les dangers de la nuit, puis il entendit des voix égrener les prières du soir, des chaises égratigner les planchers, un hymne sombre.

Il se sentait calme, à présent. Il était là et attendait. Au bout d'un long moment, il s'aventura vers une porte intérieure qui grinça quand il l'entrebâilla. Il s'immobilisa, terrifié. Une lueur jaunâtre filtrait de l'une des chambres et se faufilait dans le couloir. Cette lueur s'éteignit, elle aussi. Lourde et chaude, l'odeur de l'huile flottait dans le vestibule. Un lit grinça. Des voix continuèrent de murmurer pendant un moment; un homme toussa. Un soupir. Le silence.

Il attendit encore pour plus de sécurité, puis se dirigea sur la pointe des pieds vers la fenêtre et ouvrit les volets. Les barres de métal grincèrent. Il s'immobilisa une fois de plus mais la maison resta silencieuse. Le clair de lune qui inondait la pièce dessinait les contours du mobilier. Il gagna la cuisine, au bout de l'interminable couloir. Les charbons rougeoyaient encore dans l'âtre. Il ferma la porte derrière lui, saisit une bougie sur la grande table propre, l'alluma puis se prépara à quitter les lieux rapidement. Des vêtements dans la lingerie. Trop grands pour lui – il avait beaucoup maigri sur son île – mais ils feraient quand même l'affaire. De la nourriture. Voilà les clefs dont il avait eu la responsabilité. Se souvenait-il correctement? Oui, bien sûr. La serrure du coffre céda. Un tromblon, des munitions. Il déverrouilla la porte donnant sur la cour, mit tous ses effets dans un balluchon commode à transporter, qu'il déposa sur le perron. Puis il prit un tison dans le foyer, souffla la bougie et revint vers la porte intérieure. Après avoir tendu l'oreille un instant, il gagna le couloir, laissant la porte ouverte, derrière lui. Il était très calme. Il avait attendu ce moment-là depuis si longtemps. Ses paumes étaient moites au contact du tison.

C'était là. Là où il avait vu de la lumière et entendu le grincement d'un lit. Il franchit le plancher, centimètre par centimètre. L'air était suffocant; tout était clos. Les gens du Cap avaient trop peur pour laisser une seule fenêtre ouverte, la nuit.

Le faible éclat du cuivre lui indiqua la place du lit. De quel côté dormait-il? Et elle?

Il devait s'approcher, se pencher, écouter leurs respirations. Ce faisant, il heurta une table de nuit; un verre tinta; un ronflement se fit entendre. Il attendit, tenant son tison fermement dans ses mains.

Dès que la respiration devint plus calme, plus égale, il contourna le lit. L'oreiller n'était qu'une tache bien pâle dans cette obscurité. C'était là qu'était la tête. C'est là que tu dors, Baas. Toi qui m'as forcé à fouetter ma propre mère, Baas. Toi qui m'as fait condamner aux fers et au fouet. Toi qui m'as fait bannir dans cette île, Baas. Je suis revenu. Essaie de m'arrêter, Baas!

Le tison était brandi au-dessus de sa tête, prêt à

frapper. Un seul coup devait suffire : crâne ouvert en deux; cervelle répandue sur l'oreiller. Un autre coup pour la femme, au cas où elle se réveillerait. Merci pour le sel, Madame.

C'est *mon* tour, aujourd'hui. Voilà pourquoi vous m'avez élevé, n'est-ce pas? Elevé pour ce pays et banni de ce pays. Mais j'ai été rejeté sur le sable comme du bois de flottage. Je suis revenu. Essaie maintenant de m'arrêter, Baas!

Au bout d'un long moment, il laissa retomber ses bras, se retourna et sortit; la sueur couvrait son visage, il était épuisé.

Quand il ouvrit la porte donnant sur la cour, les chiens se précipitèrent sur lui en aboyant. Il portait un fusil et son balluchon, à la main. Il appela Bull d'une voix douce et les autres chiens l'entourèrent aussitôt, en frétillant, geignant et glapissant faiblement. Ils l'accompagnèrent jusqu'à l'écurie. Le cheval s'ébrouait dans sa stalle en grattant le sol de ses sabots. Il secoua la tête quand Adam se saisit de la longe en lui parlant doucement; il lui offrit du sucre qu'il avait ramené de la cuisine. Il chercha ensuite les rênes, tâtonna dans l'obscurité, fourra le mors dans la gueule du cheval, le sella, et le fit sortir.

« Qu'est-ce qui se passe ici? » dit l'homme, à l'extérieur.

Adam se retourna. C'était Lewies, son ami d'enfance.

« Laisse-moi partir!

– Mon Dieu, Adam! Comment as-tu réussi à revenir ici?

– Laisse-moi partir, je te dis! »

Lewies lui saisit le bras; il sentit que sa manche se déchirait.

« Espèce de salaud! cria Lewies.

– Ecarte-toi!

– Adam, je... »

Adam saisit son fusil à deux mains et visa la tête. Lewies tomba à genoux, gémit vaguement et s'écroula. Sans attendre plus longtemps, Adam sauta en selle en tenant fermement son balluchon, traversa la cour au galop et disparut dans la nuit. Il lui fallait être le plus loin possible avant le lever du jour. En dépit de l'incertitude qui le rongeait.

« Tu crois que je l'ai tué? lui demanda-t-il.

– Comment le saurais-je?

– Ils doivent en avoir parlé, au Cap. Tu n'en as pas entendu parler?

– Ça a peut-être eu lieu pendant que j'étais à Amsterdam. »

Elle s'approche du feu en traînant les pieds; le vent malmène les peaux qui ferment l'entrée de leur abri enfumé. Ils ne sont pas allés très loin. Au bout de deux semaines de marche dans la forêt, ils ont atteint cette chaîne de montagnes; là, le vent les a empêchés d'aller plus loin. Comme il neigeait le long des pentes les plus élevées, ils ont dû gagner cette grotte basse et peu profonde où ils sont forcés d'hiberner. Ils attendent, comme dans une arche, que le monde redevienne hospitalier.

« Tu ne t'en souviens pas? Vraiment? insiste-t-il.

– Même si j'étais au Cap, à l'époque... Ce genre de choses se produisait si souvent... c'était si courant – des esclaves qui attaquent ou tuent leurs maîtres. Tous ces aventuriers, ces vagabonds, ces ivrognes, ces fuyards qui traînent autour de la ville. Nous devions tout fermer et nous barricader à la tombée de la nuit. Mère souffrait constamment de dépression nerveuse. Je me souviens que je rouvrais ma fenêtre très souvent, dès qu'ils étaient allés se coucher. Tant pis si quelque chose m'arrive, pensais-je. Je ne pouvais pas supporter cette odeur de renfermé. Certaines nuits pourtant, j'avais tellement peur que je devais refermer mes volets. Je n'avais pas le choix. Tu vois, être blanc au Cap signifie : vivre dans la peur, constamment. Il y a tant d'ennemis. Et ils rôdent en liberté, la nuit.

– Ton père ne se sentait pas en sécurité? Il avait quelques fils bâtards, pourtant.

– Raison de plus pour les craindre, peut-être, dit-elle avec calme.

– Et c'est sa propre fille qui a fini par se rebeller contre lui!

– Non. Je ne pense pas m'être vraiment rebellée contre lui. Je ne me suis peut-être rebellée que contre ce qu'ils tentaient de faire de moi. Tout aurait été différent si j'avais eu des frères, si ma mère ne m'avait pas continuellement reproché d'être une fille. Je me souviens très bien d'avoir souvent pensé : être un garçon, c'est être tout. Etre une fille comme moi, c'est ce qu'il peut vous arriver de pire. Ne fais pas ci, ne fais pas ça. Fais attention à ta robe sinon tu vas la salir. Fais attention à tes cheveux. Fais attention au soleil sinon il va te brûler le visage. Crois-tu qu'un homme regarde deux fois une fille qui fait de telles choses? Tel était le but ultime : être séduisante aux yeux d'un homme. Peu importe ce que *tu* désires; ta vie est déterminée par quelqu'un d'autre. »

Il sourit, ironique. Il demande au bout d'un moment :

« Mais tu avais certainement une force? Tu pouvais manipuler les hommes.

– Oh! oui, rétorque-t-elle en colère. Je pouvais les mener par le bout du nez si je baissais les yeux avec des airs de sainte nitouche, si je rougissais au bon moment, si je jouais des hanches doucement ou si j'osais être téméraire au point de montrer ma cheville. »

Il remarque la blancheur de son corps hivernal qui apparaît sous la couverture négligemment drapée autour de son épaule : les seins, les côtes, le nombril, le petit bouquet de boucles brunes.

« Du moment que j'étais prête à jouer ce jeu amoureux avec grâce, je pouvais obtenir ce que je voulais de n'importe quel homme. Je les méprisais pour ça, mais là n'est pas la question. (Elle le regarde droit dans les yeux.) Je pouvais obtenir ce que je voulais du moment que je n'essayais pas de penser par moi-même. Car c'est en dehors des attributions féminines, tu comprends. C'est quelque chose de vaguement honteux, d'irritant qui offense leur toute-puissance de mâle. Arrives-tu à imaginer ce qui peut se passer dans la tête de celui qui découvre en grandissant qu'il n'aura jamais la possibilité d'être quelque chose par lui-même? Ne crois-tu pas que ce soit suffisant pour le rendre fou?

— Tu as épousé Larsson cependant.

— Parce que je croyais qu'il serait différent. Parce qu'il m'offrait une occasion de m'échapper. J'ai cru qu'un homme comme lui, qu'un homme de science aussi célèbre, qu'un explorateur ferait fi des petits préjugés du Cap... (Elle s'assied et tripote un coin élimé de sa couverture.) J'étais trop exigeante. Voilà tout ce qu'il a jamais pensé de moi.

— Nous et nos petites révoltes stupides! dit-il en grimaçant.

— Pourquoi ta petite révolte a-t-elle été stupide? Pourquoi n'as-tu pas tué ton maître, cette nuit-là?

— J'y ai constamment pensé, ces dernières années.

— Avais-tu peur parce qu'il était toujours ton maître?

— S'il s'était réveillé, s'il avait essayé de m'en empêcher comme Lewies l'a fait, je l'aurais tué sur-le-champ. Je n'ai pas hésité à l'attaquer le jour où il m'a ordonné de fouetter ma mère. (Il fixe les peaux qui battent à l'entrée de la grotte, l'obscurité.) Non, je n'avais pas peur. Au contraire. J'étais, pour la première fois de ma vie, libre de prendre une décision. C'était à moi de dire si je le tuais ou si je le laissais vivre. J'avais dû obéir aux autres, jusque-là. Mais cette nuit-là, tout à coup, j'étais libre de choisir. Je ne sais pourquoi, mais je n'ai pas ressenti la nécessité de le tuer à ce moment-là. J'avais mis au point le moindre détail pendant deux ans, j'avais chéri mes plans et n'avais survécu qu'à travers eux. Quand le moment tant attendu est arrivé, il ne m'est plus paru nécessaire de les mettre en œuvre. Je n'avais plus besoin de prouver quoi que ce soit, de me prouver quoi que ce soit.

– Comment peux-tu dire alors que ta révolte était stupide?

– Si j'avais réussi ce jour-là, je n'aurais pas éprouvé le besoin de retourner au Cap, aujourd'hui.

– Adam, dit-elle, puis plus gentiment : Aob. Es-tu bien sûr de ne pas retourner au Cap pour moi uniquement?

– Qu'est-ce que ça change?

– Réponds-moi, insiste-t-elle. J'ai besoin de savoir.

– J'ai eu envie de retourner au Cap toutes ces dernières années.

– Et tu n'y es jamais retourné.

– Peut-être n'y serais-je pas retourné cette fois-ci non plus. (Il la regarde.) Mais ta présence fait qu'il m'est impossible de ne pas y retourner, aujourd'hui.

– C'est donc bien à cause de moi, n'est-ce pas?

– Je n'y retourne pas uniquement parce que tu peux m'y acheter ma liberté, si c'est ce que tu penses. Mais parce que je ne *pourrai* jamais être vraiment libre sans toi. »

Cette première nuit-là, pense-t-elle – elle le regarde qui fait rôtir un morceau de viande séchée et fait bouillir des *dassiebos* pour le thé – elle était assise et le regardait de la même façon. Il faisait si sombre qu'elle

215

ne pouvait pas dire s'il regardait le chariot ou s'il fixait le lointain. Elle voulait l'appeler et lui parler, mais elle était terrifiée. Sa présence la protégeait et lui faisait peur en même temps. Et maintenant? Se sent-elle un peu plus protégée? A-t-elle moins peur de lui puisqu'elle l'aime?

Elle écarte les peaux qui ferment l'entrée de la grotte et jette un œil au-dehors. De doux flocons humides lui caressent le visage.

« L'hiver dure combien de temps dans ces montagnes? demande-t-elle en retournant, tremblante, auprès du feu.

– Il n'y a pas de neige la plupart du temps. (Il lui apporte la nourriture.) Nous allons devoir attendre ici. Nous sommes au moins à l'abri. »

C'est en effet mieux de vivre là que dans cette grotte au-dessus de la plage. Ils peuvent avoir l'impression d'étouffer; ils peuvent être irritables; les journées sont longues et ennuyeuses, les nuits interminables; elle a attrapé une mauvaise toux, mais il y a quand même le fait rassurant de se savoir en route, de savoir que cet abri n'est qu'une simple escale, un lieu de repos. Un jour, le beau temps reviendra et ils reprendront la route. Ils n'essaient pas de se mentir. Ils ne font pas semblant de croire que cet arrêt est définitif. Ils ne font qu'hiberner, rien de plus. Ils vivent en relation avec le passé et le futur. Ils ont cessé de le refuser.

Peu après le souper, elle se pelotonne sous sa couverture, près du feu. Il lui apporte une décoction de feuilles de *ghaukum* qu'il a ramassées cet après-midi. Et, tout en écoutant le bruit de râpe de sa toux, il s'affaire avec son couteau, ses pierres, l'eau et le feu, fabrique des pointes de flèches avec de l'os et des morceaux de quartz qu'il attache à des tiges en bois de sagaie. Il met les pointes acérées à tremper dans une mixture de racines réduites en bouillie et de venin de serpent. Il travaille avec excitation pour le futur. C'est une occupation qui l'empêche de s'ennuyer et d'avoir froid, quelque chose qui lui occupe l'esprit quand il s'inquiète de sa maladie. Elle a beaucoup maigri. Quand il tient son corps contre lui, il peut voir qu'elle est pâle comme la mort; il sent ses côtes sous sa peau douce et les dures arêtes de ses clavicules.

Durant les dernières heures obscures, juste avant l'aube, ils sont réveillés par un bruit étrange. Les peaux, à l'entrée de la grotte, claquent et s'enroulent. Un corps passe près d'eux en titubant. Elisabeth profère un gémissement étouffé et se presse contre lui. Il se couche sur elle instinctivement pour la protéger; dans le même mouvement, il attrape un morceau de bois qu'il jette avec violence sur les charbons mourants; il est prêt, pistolet à la main, avant même que les flammes n'aient eu le temps de jaillir.

Ce n'est qu'une petite antilope, yeux écarquillés, adossée à la paroi, tremblante de froid et morte de peur. Quelque chose a dû la pousser jusque-là – un léopard, la violence du vent. Elle les fixe du regard, debout sur ses pattes frémissantes. Coincée par le feu, elle s'installe entre lui et l'entrée.

Elisabeth rit, soulagée, un sanglot dans la voix. Elle est soudainement ramenée en arrière, en cette fin d'après-midi où un jeune daim la vit nue au bord de la rivière.

« Pauvre petite chose! Elle est venue s'abriter. Rendormons-nous. »

Adam continue d'observer l'animal pendant un moment puis se glisse à nouveau sous le *kaross*, à contrecœur. Il fait déjà jour quand elle parvient à se rendormir, épuisée. Il se réveille bien avant elle. La petite antilope est toujours là. Les charbons se sont éteints depuis un bon moment. Elle a toujours les yeux écarquillés et est allongée contre la paroi; elle se relève dès qu'Adam bouge. Il se tourne vers Elisabeth. Elle dort. Sans un bruit, il saisit sa sagaie et avance à pas feutrés vers le petit animal. Tout est calme au-dehors; la neige étouffe les bruits. Rien ne bouge à l'intérieur. Elisabeth respire calmement. Il s'approche. L'antilope est trop terrifiée pour faire un seul mouvement. Adam la plaque au sol brusquement, saisit les cornes pointues et fait basculer la tête en arrière pour bien exposer la gorge à la lame de son couteau.

Un seul cri, un seul gémissement.

« Adam! »

Elisabeth l'appelle.

Il maintient l'antilope, puis la relâche sans regarder Elisabeth. Il dépèce la petite carcasse en se sentant coupable et sort se laver les mains dans la neige.

Elle ne dit rien. Quand il revient, elle lève le visage et rassemble ses forces pour ranimer le feu; ses dents claquent légèrement.

« Pourquoi as-tu fait ça?

— Ça fait des semaines que nous n'avons pas mangé de viande fraîche.

— Tu l'as trahie.

— Trahie? Nous devons survivre. Il neige. Qui sait combien de temps nous allons devoir rester ici? »

Elle le regarde, puis acquiesce dans un soupir :

« Je crois que tu as raison. »

Une quinte de toux lui déchire le corps.

« Il faut que tu manges cette viande. Tu la veux crue? »

Elle secoue la tête.

« Je vais la faire roussir sur la flamme. Je t'en prie. Ce temps est très mauvais pour toi.

— Mais l'antilope...

— Ce n'est plus que de la viande, maintenant.

— Oui, bien sûr. »

Elle doit cependant fermer les yeux et faire preuve de volonté pour en avaler un morceau.

Sa résignation l'excède encore plus que l'explosion de colère qu'il attendait d'elle.

« Suppose, dit-il sans qu'elle n'émette aucune objection, aucun encouragement, suppose qu'à la place de cette antilope, un lion soit entré dans la grotte, la nuit dernière. Il aurait essayé de *nous* tuer, n'est-ce pas?

— Nous ne sommes donc plus que des animaux?

— Comment pouvons-nous survivre si tu n'es pas prête à être un animal? (Elle ne lui répond pas.) Je n'oublierai jamais ceci, poursuit-il. Un jour, je suis allé dans la Montagne avec mon maître – quand il était mon maître. Nous avions dû partir très tôt; il était très pressé. Je n'avais donc pas eu le temps de prendre mon petit déjeuner. Il voulait que je déblaie une parcelle de terrain afin de voir si elle était bonne pour en faire un jardin potager. Il était là et me regardait creuser. Tout à coup, il m'a dit : « Bon Dieu, Adam, quelle belle « vue! Regarde-moi un peu ça. Pas vrai? » Et moi, je n'arrêtais pas de me dire : bon Dieu, ce que j'ai faim. Je pense que j'aurais aimé contempler le paysage, moi aussi. Si mon estomac avait été plein comme le sien. »

Elle lève les yeux, le regarde, puis baisse les yeux à nouveau en toussant. Il se rapproche d'elle, la prend dans ses bras et sent son corps frémir, se raidir.

« D'accord, dit-il. Je vais te chercher des herbes. »

Il sort, enveloppé dans son *kaross* et disparaît dans la neige.

Erik Alexis, pense-t-elle brusquement, Erik Alexis, lui aussi, tuait des antilopes et des oiseaux – les plus beaux animaux qu'il trouvait sur sa route – pour les dessiner, les empailler ou prendre leurs peaux; il collectionnait leurs descriptions anatomiques et les envoyaient ensuite à Stockholm pour que chaque spécimen reçoive un nom. La viande était généralement distribuée aux Hottentots ou enterrée pour tenir les hyènes éloignées de cette piste sanglante.

Il revient le soir avec des herbes pour sa toux et des bulbes pour ses pieds gercés. Elle est heureuse de le revoir; c'est elle qui, blottie au coin du feu, le caresse et l'invite : prends-moi. Soyons des animaux au fond de notre grotte. L'hiver va bientôt finir.

Le dégel s'amorce lentement; le soleil se remet à luire et jette, à travers les nuages qui fuient, quelques rayons sur ce monde tremblant, le réchauffe, le rend plus hospitalier. Parfois, Adam revient avec un lapin de roche qui s'est risqué au-dehors. Parfois il revient aussi avec des fruits, des racines ou des feuilles comestibles. Sa toux diminue. Elle est toujours maigre et fatiguée, mais ne souffre plus. La neige disparaît, le sol sèche. Un beau matin, quand Adam sort, une colombe roucoule à vous fendre le cœur; il contemple la vallée, se retourne et appelle Elisabeth :

« L'hiver est fini. Nous pouvons poursuivre notre route. Nous avons survécu. »

Il n'y a pas de transition entre les saisons. Il leur faut plusieurs jours pour traverser les montagnes; pas de falaises abruptes, mais une profusion de collines élevées. Il y a cependant quelque chose de défini dans ce paysage, une barrière très nette entre la côte et l'intérieur. Aussi effilée que le tranchant d'une lame, la ligne de démarcation s'étire le long de leur route et, au moment où ils dévalent l'autre versant, tout leur apparaît différent. Buissons et vertes collines, rivières et cours d'eau envahis de végétation, vallées ont irrévocablement disparu. De ce côté-là, le pays est plus égal et ondule doucement entre les collines. Ce ne sont que buissons secs, herbe blanche et cassante sous le pied. La neige qui a fondu sur les versants n'est pas descendue de ce côté-là. Le paysage, brun et jaunâtre, s'étend jusqu'à l'horizon qui, dès qu'on semble l'atteindre, s'éloigne encore et toujours. Des montagnes sur leur gauche. Sur leur droite, une autre chaîne s'élève peu à peu dans le lointain, plus haute que la première.

Le soleil darde ses rayons. Ils passent sans transition de l'hiver froid et montagnard au doux temps de printemps. Dans cette immense vallée, ils ne trouvent pour les accueillir aucun des signes du printemps : fleurs du veld, brises fraîches, herbe drue et épanouie. Un soleil blanc brille très haut dans un ciel blanc : œil fixe, incolore d'un paradisier.

Prise entre les montagnes, la chaleur stagne, aussi intense de jour que de nuit, et augmente toujours plus à mesure qu'ils avancent.

De temps à autre, ils aperçoivent du gibier, éparpillé çà et là sur la lande aride : autruches, petits groupes d'antilopes dévalant les collines; pintades sauvages criaillant dans l'herbe; léopard dans un endroit sableux, sous de blanches épines, presque invisible dans le soleil; oryx aux longues cornes droites; bandes de lions dévorant un gnou et, une fois, un troupeau de buffles qui passe au galop dans un nuage de poussière.

Ils avancent très lentement. Elle se sent encore faible après l'inactivité de ces mois d'hiver, la maladie. Il ne veut pas lui faire faire d'efforts inutiles. Ils ont une longue route à parcourir : un départ trop rapide peut les faire piétiner plus tard, quand ils devront vivre, avancer et ne plus compter que sur leurs réserves d'énergie. Ils ont de violentes discussions sur la lenteur du voyage et, en dépit de la colère d'Elisabeth, Adam ordonne de fréquents arrêts pour manger et se reposer.

Ils continuent d'avancer, chose primordiale pour le moment. Leur avance baigne même dans l'ivresse, dans une joie étrange et irrationnelle : regarde, nous souffrons, mais la souffrance n'a pas raison de nous. Nous survivrons. Parfois, quand ils se reposent aux heures aveuglantes de la journée, elle se souvient avec étonnement de son perpétuel mécontentement, au Cap et durant le voyage avec Larsson. Cette agitation, cette révolte intérieure. Ces querelles interminables et ces disputes avec sa mère et son père trop timide. C'est différent maintenant. Elle est toujours aussi impatiente de voir les choses se régler rapidement, mais elle fait en même temps l'expérience d'une nouvelle sérénité. L'existence hors du temps qu'ils ont menée au bord de la mer lui a fait découvrir quelque chose dont elle n'a jamais eu conscience : le don qu'elle a pour le bonheur. Cette nouvelle sensation la soutient à travers ces journées difficiles. Je sais qu'il m'est permis d'être heureuse, aujourd'hui. J'ai exploré ma sérénité. Quelque chose s'est merveilleusement épanoui en moi. J'ai voyagé plus loin, en moi-même. Plus rien ne pourra jamais plus être pareil.

Il y a quelque chose de primitif et de physique dans cette marche forcée à travers cette vallée sans fin, entre les chaînes montagneuses qui se profilent au lointain : une conscience des membres – des pieds qui avancent, des muscles, des mollets et des cuisses, des petits tendons de l'aine qui se contractent, du balancement des bras, des épaules qui se courbent sous le poids du fardeau – cernée par la violence et le calme des grands espaces, des collines entassées les unes sur les autres, blanches dans le soleil, des buissons brûlés, de l'herbe desséchée, des bosquets d'arbres rabougris et battus des vents, des cieux. Un progrès imperceptible qui, cependant, après chaque nouvelle journée, chaque nouveau lieu de repos, les rapproche un petit peu plus – de quelque chose.

Sur la route, des éléments hétéroclites retiennent son attention et l'absorbent totalement, au point de la rendre inconsciente de ses propres mouvements : souches d'épineux aux troncs énormes et dont la douceur a disparu sous l'action conjointe du soleil et du vent, réduites à l'état de bois pur, de dessin nu et dur fait de grains indestructibles; formation rocheuse érodée par les siècles dont l'aspect sableux et floconneux a été détruit, terrifiante et belle dans son impassible immobilité, son refus de n'être rien d'autre que ce qu'elle est. Mouvement déconcertant d'une tortue ridicule, perchée sur ses petites pattes racornies, le cou parcheminé, les gencives édentées, les yeux impavides, percés en vrille. Vie réduite à un simple mouvement, dure dans un pays aride. Avec l'écœurante surprise de cette viande tendre et rose, de ces chapelets d'œufs, quand Adam coupe la tête de son couteau et ouvre la carapace en la fracassant sur un rocher.

Quand se doute-t-elle que le paysage lui est familier? Quand s'en aperçoit-elle pour la première fois? Au contour d'une colline, au dessin d'une chaîne montagneuse, à une formation rocheuse spécifique, à un buisson d'aloès ou d'euphorbes, à la courbe étrange d'un lit asséché, aux corniches ocre des rives érodées? Un sentiment de déjà vu tout d'abord; hors du contexte, trop enfoui pour souffrir une comparaison mais qui vient d'une existence antérieure, toujours plus intense. Simple fait de découvrir que plus rien ne la surprend, que les espérances sont indubitablement exaucées et que, sans même y penser, elle peut déjà anticiper le paysage qui va s'offrir à eux, au prochain tournant. Il est devenu, bien sûr, tout à fait aisé de deviner le paysage au bout de deux ou trois semaines. Pourtant ce sentiment de déjà vu est là; il existe et augmente de jour en jour.

La nudité de cette région ne lui est pas familière, mais si elle ignore délibérément les rouges et les bruns des buissons échevelés, de la terre aride, si elle y substitue une herbe mouvante, des parterres de fleurs et de verdure, tout lui devient soudainement familier. Ce doit bien être la route qu'elle a empruntée avec Erik Alexis Larsson pour se rendre dans l'intérieur des terres. Ils ont pénétré quelque part par là, dans cette vallée; ils ont dû bifurquer quelque part ailleurs, mais elle a déjà vu cette partie de la vallée, à l'aller.

La première ruine renforce son impression. A peine une ruine, rien de plus qu'un misérable petit tas de terre, de pierre et de bois pourri. Mais c'était déjà là quand ils sont passés en chariot. Dans quelques jours ils atteindront une autre ruine semblable à celle-ci. Elle se met, avec une excitation qu'elle ne maîtrise qu'avec peine, à scruter l'horizon, à l'attendre, n'osant pas en parler à Adam, espérant la découvrir la première et confirmer ainsi son sentiment. Mais au bout de deux jours, son enthousiasme décroît. Il n'y a rien. A moins qu'ils ne soient passés plus bas? Plus haut, peut-être? Sa déception lui est presque insupportable. Elle ne peut pas de toute façon expliquer la différence que cette deuxième ruine causerait. Mais quelque chose lui manque. Puis sans plus l'attendre, une semaine plus tard, tout espoir perdu, ils tombent sur cette seconde ruine. Elle comprend immédiatement pourquoi elle s'est si fâcheusement trompée dans ses calculs. Ils voyagent aujourd'hui à pied. Si lentement. Deux ou trois jours de chariot équivalent bien à sept jours de marche. Peut-être même plus, vu qu'ils n'avancent qu'aux heures fraîches de la journée.

« Que cherches-tu dans ces moellons? Pourquoi? lui demande Adam, surpris.

— Je crois que je suis déjà venue ici, admet-elle pour la première fois. Je n'en suis pas tout à fait certaine; tout était différent lors de mon premier passage, mais je crois que c'est bien le même endroit.

— C'est possible. (Il hausse les épaules) En fait, tu aurais difficilement pu emprunter un autre chemin. »

Elle se sent stupide, incapable de s'expliquer pourquoi il lui est si important de savoir. Mais au fur et à mesure de leur avance, elle continue d'inspecter les alentours avec minutie – si intensément qu'elle trébuche plus d'une fois sur une branche ou une pierre du chemin. Elle se retourne de temps à autre et regarde derrière elle, car c'est bien le panorama qu'elle a dû contempler. Si seulement elle avait pu faire attention à ce moment-là. Mais, bien sûr, elle a somnolé la plupart du temps au fond du chariot ou bien, lovée, l'air maussade, elle a laissé le paysage défiler sans même y jeter un regard. Elle refait à présent chaque mètre de ce chemin à pied, fait l'expérience de toutes les pierres, de toutes les vieilles branches cassées, de chaque tortue, chaque lézard, chaque alouette matinale. Elle cherche tête baissée, sur de longues distances, étudie le terrain sous ses pas, cherche dans le sol aride des traces de chariot, de branches écrasées, d'objets rejetés. Quelque chose, n'importe quoi, le plus petit signe attestant son passage, mais elle ne trouve rien. Pas la moindre indication. Rien pour lui dire que ce paysage la reconnaît, qu'il est conscient de sa présence. C'est comme ce jour où ils ont trouvé le serpent, et qu'en revenant sur la plage, ils ont découvert que l'écume avait effacé leurs empreintes. Rien. Et pourtant je sais que je suis déjà venue ici. Aussi sévère et incommunicable que ce pays puisse paraître, je le sais. A moins que ma mémoire ne me joue des tours? Qu'est-ce qui me mène? En quoi puis-je reconnaître mon passé? Où puis-je bien ranger la preuve de mes faits et gestes? Dans ce corps seulement? Dans ce corps qui marche dans l'espace? N'ai-je pas autre chose? Une autre preuve? Comment puis-je faire confiance à ce corps? Tout n'est-il vraiment qu'une simple question de foi?

Elle rêve la nuit; le jour, elle marche en se souvenant : une nuit de bruit, de musique, de gens très loin, au-delà des portes, des murs et des chambres. Un jardin illuminé, un orchestre, des couples qui dansent, des tables chargées de victuailles, des rires, du vin, des esclaves qui la déshabillent; nue, dans le grand lit de cuivre, la chemise de nuit blanche et brodée, pliée à ses pieds. Tu ne vois pas que je t'attends? Je veux pendre mes draps à la fenêtre, demain matin, heureuse d'avoir saigné d'un sang nouveau. Regarde, je suis une femme; je me suis changée en quelque chose d'autre, quelque chose de neuf; je suis devenue moi-même. « Je croyais que tu dormais – Je t'attendais. » « Est-ce bien tout? – Quoi? – Est-ce bien tout... juste ça? – Je ne te comprends pas – Je ne te comprends pas, moi non plus. » Tu vois? Je me souviens de chaque mot. Ça s'est passé comme ça. Voilà comment je m'en souviens. Ça s'est vraiment passé. Quelque chose la pousse à s'en ouvrir à Adam, à se débarrasser de tout ce qu'elle a – presque honteusement – caché en elle. Elle désire tout à coup voir toutes ces choses à travers ses yeux à lui, objectivement.

« Le jour où le lion lui a sauté dessus... Je crois que c'est cet événement qui a décidé de tout; ça a été notre point de rupture.

– Mais tu as continué quand même. Pendant long-temps, n'est-ce pas?

– Oui, mais à ce moment-là, nous étions ensemble parce que c'était inévitable. Tout ce qui s'est produit par la suite était décidé d'avance.

– Que veux-tu dire?

– C'était si comique. Ce lion qui lui fonce dessus et qu'au risque de sa vie, Booi tue alors qu'il est déjà sur lui. Lui, gisant par terre, le lion mort couché en travers de son corps. Lui, qui tout à coup se met à sauter et à courir aussi vite qu'il le peut, à grimper à un jeune arbre, trop frêle pour lui. A chaque fois qu'il en atteint le sommet, il retombe sur le sol. »

Elle se mit à rire, tristement.

« Pourquoi cela a-t-il été un choc pour toi?

– Je ne sais pas. Je ne pense même pas m'en être rendu compte à l'époque. Ce n'est que par la suite. L'image de cet homme de science illustre, de cet explorateur fameux dont le nom deviendra certainement un mot usuel du langage – déguerpissant ainsi. Cet homme qui possédait une partie du monde, qui connaissait les noms de toutes les choses, couronne de la création : cet homme, là, en train de grimper à un arbre ridiculement petit pour échapper à un lion déjà mort. »

Elle veut le voir ainsi, le définir aussi cruellement et grotesquement que possible, pour faire renaître le choc et aviver sa passion initiale.

Elle poursuit au bout d'un moment, plus calme :

« Tu vois, quand je l'ai épousé, ce n'était pas seulement pour m'échapper. Je voulais croire en lui. J'ai compris, après coup, que j'aurais dû réfléchir, mais je *voulais* croire en lui. Si je devais n'être qu'une femme, si je devais me résigner au rôle que mon statut de femme m'accordait, au moins voulais-je être la femme d'un homme que je puisse respecter. Il devait se comporter comme un homme, un être humain à part entière. Si je ne pouvais être qu'une femme, encore eût-il fallu qu'il parvienne à me convaincre qu'être femme était un rôle suffisamment important pour m'inciter à vivre. Je ne voulais pas que tout ne soit que mensonge grossier. Et puis, tout a changé, lentement. J'ai essayé de me persuader; c'était tout ce que j'avais, mais ce jour-là... parce que c'était si stupide, si ridicule, il m'a été impossible de nier l'évidence plus longtemps. (Elle essuie la sueur qui couvre son visage.) C'est étrange, tu sais. Cette nuit-là, c'est lui qui est venu se coucher près de moi; il a essayé de me caresser; l'une des rares nuits où il semble avoir eu envie de moi. Il était très passionné; il ne pouvait pas se contrôler. Mais cette fois-là, c'est moi qui l'ai repoussé. »

La troisième ruine lui fournit l'ultime confirmation par sa différence d'avec la précédente. Les deux premières, même dans ses souvenirs, étaient complètement détruites, enfoncées en terre – signes mélancoliques de gens qui avaient essayé de créer un havre sur ces terres ravagées, qui avaient dû poursuivre leur voyage à travers ce pays aride comme des graines emportées par le vent. Mais cette troisième maison est différente. Quand elle est passée avec Larsson, il y avait des gens, elle en est certaine. Si c'est le même endroit, il a été habité – ils ont même campé dans la cour. Au dîner, ils ont mangé de la citrouille servie dans un plat commun. Ils l'ont mangée avec les mains. Du pain trempé dans du lait et une tranche de viande aussi que le vieil homme leur a coupée. Tout autour de la ferme, il y avait des champs, très verts dans ce paysage verdoyant – mais cela, bien sûr, s'est passé il y a un an – des enclos de bois pour le bétail et pour les chèvres.

Ces gens-là ont été plus loquaces que tous les autres rencontrés au cours du voyage. C'étaient les plus pauvres aussi, semble-t-il, mais les plus généreux. Ils ont beaucoup ri, même si Larsson n'a pas partagé leur hilarité. Il les trouvait plutôt sales; eux n'ont montré que peu d'intérêt pour ses exploits. Cependant, ils ont bien accueilli le petit cadeau de cognac et de tabac qu'il leur a offert. La femme était ravie par les perles de verre.

L'homme était blanc, sa femme une esclave affranchie. Son père – si Elisabeth s'en souvenait bien – avait été un important fermier du district de Stellenbosch et avait rêvé d'un avenir grandiose pour ses fils. Mais ce fils en particulier, le troisième ou le quatrième de la famille, l'avait amèrement déçu. Non content de faire usage des esclaves vivant à la ferme, il avait eu l'insolence d'annoncer qu'il était tombé amoureux de cette fille et qu'il désirait l'épouser. Le vieil homme avait fini par les laisser faire comme ils l'entendaient et avait même avancé à son jeune fils une part de son héritage pour acheter la liberté de la fille. Ne voulant pas tomber en disgrâce aux yeux de ses voisins, il avait posé comme condition qu'ils quittent la ferme. C'est ainsi qu'ils s'étaient mis en route, allant d'un endroit à un autre. Ils avaient fini par s'installer et trouver le bonheur dans cette vallée, loin du Cap. Ils étaient disposés à rester ici, avec leurs quatre enfants, leurs champs, leur jardin potager et leur bétail.

Mais leur maison tombait en ruine; une partie du toit s'était déjà affaissée et la cheminée gisait, cassée, dans l'âtre. Il y avait encore des traces d'enclos et de champs, mais c'était tout.

Chassés par la sécheresse? Capturés et enlevés par les Boschimans? S'étaient-ils tout simplement remis en route, errants à jamais?

Elle n'arrive pas à se souvenir de leurs visages. Elle ne se souvient que de l'atmosphère : la lueur de la lampe, ce soir-là, les enfants qui dormaient, alignés devant l'âtre, la femme qui souriait en nourrissant les poulets dans la cour, l'homme qui tapotait la tête d'un agneau, entre ses jambes, lui apprenant patiemment à lui lécher les doigts. Quelle importance cela a-t-il de toute façon? Ils se sont trouvés là – si c'est bien le même endroit!

Maintenant, ces gens-là sont partis. Ça l'agace plus que le changement de paysage. Les fleurs et l'herbe ont disparu, les gens sont partis. Mais quand il va se mettre à pleuvoir, l'herbe et les fleurs réapparaîtront, comme avant. Et les gens? Elle a emprunté cette route avec Erik Alexis Larsson. Elle est seule à faire le chemin de retour, avec Adam.

Si l'un d'entre eux doit revenir ici, dans quelques années, lequel des deux reviendra?

« Parfois, lui dit-elle, je me demande s'il n'est pas mort par ma faute. »

Elle ne prononce pas son nom. Ce n'est pas nécessaire.

« Qu'est-ce qui te fait dire ça? demande Adam en fronçant les sourcils.

— Ne l'y ai-je pas poussé? En me coupant de lui, en me moquant de lui?

— Il poursuivait un oiseau, dit-il avec emphase, essayant de la faire changer d'humeur. Il s'est perdu. Que pouvais-tu faire pour l'en empêcher? »

Assis sur le seuil de la maison en ruine, ils ont décidé de rester là, pour un jour, le temps qu'Adam fabrique de nouvelles chaussures et qu'ils reprennent des forces, à l'ombre.

Elle regarde l'endroit où se trouvaient les enclos, jadis.

« Ce Van Zyl qui était venu avec nous..., dit-elle sans vraiment s'adresser à Adam. C'était la même chose avec lui.

— Que veux-tu dire par là?

— Je ne t'ai jamais parlé de lui?

— Tout ce que je sais c'est qu'il faisait partie de l'expédition, qu'il vous avait menti en vous faisant croire qu'il connaissait le pays comme sa poche, qu'il était devenu insupportable et qu'il se querellait constamment avec ton mari.

— Oui, c'était un imbécile. Mais il croyait bien faire. Il était encore très jeune. C'est pourquoi il nous avait menti, du moins je le pense, en nous disant qu'il était un très bon guide. Il était si impatient de voir et de connaître le monde.

— Tu t'entendais bien avec lui?

— Pas vraiment. Il était plutôt du genre renfermé. Quand on est seul dans le désert, avec personne à qui

230

parler... et lui, qui n'arrêtait pas de travailler sur ses cartes, ses journaux et ses collections de spécimens...

— Tu as fait l'amour avec lui ? » demande-t-il, brusquement assailli par le doute.

Elle hausse les épaules.

« Qu'a-t-il fait ?

— Ce n'est pas tant ce qu'il a fait... (Elle le regarde, les joues légèrement rouges sous leur hâle.) Nous bavardions un peu. Il me servait de porteur, rien d'important. Mais j'avais remarqué la façon dont il me regardait. Constamment. Au début, ça m'irritait et me mettait en colère. J'avais envie de lui dire : cessez de me dévisager ainsi. Peu à peu, mon mari a été de plus en plus pris par son travail et a eu de moins en moins de temps à me consacrer. C'était presque rassurant de savoir que j'intéressais au moins quelqu'un, que quelqu'un me regardait. (Après un silence :) Que quelqu'un même me désirait, peut-être.

— Alors tu as... ?

— Non ! J'étais mariée. J'avais mon devoir à accomplir. Je ne pouvais pas être infidèle à mon mari. C'était seulement... ça brûlait en moi... ce n'était qu'un jeu, une distraction. Ça m'amusait. Je me sentais mieux. C'était peut-être pire de savoir que ce n'était qu'un jeu... voir jusqu'où je pouvais le tenter, de la même façon qu'on tient un bâton enflammé du bout des doigts et qu'on attend de voir jusqu'où il peut brûler avant d'être forcé de le jeter. »

Il se rapproche d'elle.

« Et puis, tu t'es brûlée ?

— Non. En fait, il ne m'est rien arrivé. Ce fut un jeu jusqu'au bout. Je me frottais à lui sans le faire exprès ; je le laissais jeter un coup d'œil quand je prenais mon bain. Mais c'en était trop pour lui. Il devint plus exigeant et ne se contenta plus de ce jeu. Un jour, il m'a saisie ; j'ai pris peur. Je me suis mise à me débattre, à crier ; mon mari est arrivé à la rescousse et il y a eu une terrible bagarre. Van Zyl est parvenu à se dégager; il est parti en courant vers les fourrés et, là, il s'est tué d'un coup de fusil. (Elle regarde pendant un moment le monde s'obscurcir autour d'elle, sans rien dire.) C'était ma faute. Je ne voulais pas qu'une chose pareille arrive; je ne m'y attendais pas du tout. Et c'est arrivé. Et c'était ma faute. Après cet incident, nous nous sommes querellés, tout le temps. Je ne pouvais plus supporter qu'il me touche. Quand il en a pris conscience, il s'est mis à désirer... ce qu'il n'avait jamais désiré. Je me suis refusée à lui. Alors, il a commencé à errer dans les bois, tout le temps, tout seul. A la recherche d'insectes ou d'oiseaux. Jusqu'à ce qu'il se perde. Crois-tu que ce soit ma faute, également?

– Tu n'y changeras rien même si tu ne cesses d'y penser. Tu ne fais que te rendre la vie impossible.

– Mais j'ai peur de moi, de ce que je n'arrive pas à comprendre en moi.

– N'essaie pas. Laisse-moi te comprendre. »

Elle pense : je n'ai jamais été rien d'autre qu'une femme, qu'un jouet, qu'un jeu pour les autres. Tu es le premier qui me traite comme une personne. C'est pourquoi j'ose être une femme avec toi. Il y a cependant en moi quelque chose que je n'arrive pas à comprendre et dont j'ai peur.

Après la ruine, le paysage est devenu encore plus aride. Ils ont rencontré, pendant ces derniers jours, de rares buissons gris-vert groupés au-dessus de nappes d'eau souterraines, d'étroites rivières à sec mais présentant encore, çà et là parmi les pierres, de petits trous d'eau. Maintenant que les vallées s'élargissent et deviennent des plaines, la terre apparaît sèche comme de l'os. Jour après jour, les oiseaux de proie les survolent; parfois lointains, parfois proches. La mort rôde dans le paysage. Le gibier se fait de plus en plus rare : tortues, lézards, serpents. Parfois, un cri d'outarde ou un piaillement de dinde. Antilopes, zèbres ou gnous en de rares occasions. La terre est parcheminée, le sable et les rochers brûlants; des fossés s'interposent sur leur route comme des blessures béantes.

Ils persistent à croire, pendant tout ce temps, que le paysage va devenir plus vert et plus luxuriant, que les nuages vont se rassembler dans le ciel, que la pluie va changer l'aspect du monde. C'est la bonne saison, après tout. Il faut que la pluie tombe, tôt ou tard. Ce n'est qu'une question de patience.

Mais le ciel devient de plus en plus blanc, comme la cendre. Pendant la journée, le sol est si chaud qu'ils s'y brûlent les pieds. Au lever du jour et au crépuscule, ils peuvent marcher pendant quelques heures, mais leur avance se fait de plus en plus précaire. Ils ne sont plus capables de trouver de l'eau quotidiennement; ils sont forcés de transporter des réserves avec eux, dans une outre confectionnée par Adam et dans deux calebasses. Mais ce n'est pas suffisant. Adam s'inquiète de leur manque d'énergie. Ils ne peuvent plus prendre le risque de faire de longues étapes.

Ils n'ont pas le choix quand, après deux horribles journées de marche, ils se retrouvent sans eau. Il leur faut avancer, coûte que coûte, sinon ils vont mourir de soif, sur place.

L'étoile du matin vient d'apparaître quand il la réveille. Elle soupire, vient se lover contre lui. Elle ne comprend qu'à ce moment-là qu'elle doit se lever. Il reste un morceau de viande du chacal qu'il a débusqué la veille. Ils mâchent des racines coriaces pour s'humecter la bouche mais leurs palais sont toujours pâteux quand ils reprennent la route.

« Crois-tu qu'on va trouver de l'eau, aujourd'hui?
– Il vaudrait mieux. (La voyant serrer les dents de

désespoir, il la touche brièvement pour la rassurer.) Je suis sûr que nous allons en trouver un peu. »

Dans la fraîcheur relative de l'aube, ils avancent plus rapidement, font se lever de petits nuages de poussière sous leurs pas. Dès que le soleil apparaît, il fait extrêmement chaud et la sueur colle entre leurs épaules, mais ils continuent d'avancer. C'est l'heure où, normalement, ils s'arrêtent pour manger et se reposer; aujourd'hui, ils mangent en marchant : minces tranches de viande gardées en réserve et qui ne font qu'aggraver leur soif. Ils ont à peine assez de salive pour en avaler les morceaux.

Le soleil monte, les frappant horizontalement dans les yeux; leurs ombres courent derrière eux en tremblant, noires sur la poussière blanche. Adam s'arrête de temps à autre et regarde en arrière. Au loin, au-dessus des montagnes, vers le nord, des taches tournoient. Ce sont des oiseaux de proie.

Il feint d'ignorer cette présence et part à la recherche d'un petit ruisseau où couleraient encore quelques gouttes d'eau, à la recherche d'une étendue verte, de quelque chose qui leur apporterait l'espoir. Mais il n'y a rien.

Quand le soleil monte au zénith, elle marche très difficilement. Jetant un coup d'œil sur elle, il voit qu'elle est très pâle; la sueur ourle sa lèvre supérieure; de petites mèches de cheveux sont collées sur son front.

« Tu veux te reposer ? »

Elle secoue la tête.

« Non, je peux continuer. »

Ils continuent de marcher, plus lentement, mais à un rythme égal.

Son corps tout entier est poussiéreux et collant. Elle pense : je me changeais deux fois par jour, sur le chariot de Larsson. Je prenais un bain matin et soir.

Maintenant, regarde un peu la crasse qui me recouvre. Est-ce bien moi?

Elle semble parfois ne plus occuper son corps mais le précéder ou s'élever au-dessus de lui pour le regarder, observer ses mouvements : ses enjambées cadencées, le balancement de ses bras, les soubresauts de sa poitrine. Elle s'élève bien plus haut, dans les courants aériens, plus haut que les montagnes et espionne ces deux taches qui n'arrêtent pas de bouger, comme des fourmis.

Le soleil tourne et vient frapper leurs épaules. Elle chancelle sur un caillou; il lui prend la main.

« Tu peux encore marcher?

— Oui, je... »

Mais elle halète à ses côtés. Elle ferme les yeux un moment et se met à tituber.

« Il y a quelques buissons, là-bas devant nous. Nous allons pouvoir nous y reposer.

— Juste un moment. Ça va aller. »

Il s'aperçoit très vite, dans le petit coin d'ombre, qu'elle est bien plus fatiguée qu'elle ne lui en laisse accroire. Il regarde avec une joie non dissimulée les oiseaux de proie et se demande quand ils vont se rapprocher d'eux. Les plaines ont toujours quelque chose à leur offrir, de toute façon.

« Attends-moi ici. Il faut que j'aille jeter un coup d'œil là-bas, de l'autre côté de cette corniche.

— J'y vais avec toi. Vraiment, je...

— Non, reste ici. Je reviens tout de suite. »

Elle reste là où elle est, allongée sur le côté, la tête posée sur un coude. Elle lève les yeux. Il est sur le sommet de la corniche. Elle a envie de se lever et d'aller le rejoindre. Une minute de repos. Elle a la tête qui tourne. Elle se laisse aller aux souvenirs sous les feuilles et dans l'ombre. Le mûrier. Une jeune fille perchée très haut parmi les feuilles, à califourchon sur deux branches, jambes écartées, la bouche barbouillée du jus rouge des mûres. Les feuilles frissonnent; une main glisse furtivement sous sa longue jupe qu'elle a relevée pour grimper plus aisément. Elle se penche, aperçoit un bras brun et nu sous elle – ce doit être l'un des enfants des esclaves avec qui elle a l'habitude de jouer dans le jardin, malgré l'interdiction de sa mère. Elle reprend sa cueillette silencieuse dans l'arbre, fourre les mûres dans sa bouche, fait semblant de ne rien remarquer. Elle écarte les jambes. Elle sent la main fouiller un peu plus haut, toucher la partie tendre et pulpeuse de son jeune sexe. Et les taches pourpres sur ses cuisses et ses jambes quand elle rentre à la maison. Sa peur à l'idée que ça puisse être du sang.

Elle dort. En se réveillant, elle remarque que les ombres de fin d'après-midi ont rampé sur elle. Aucun signe de lui, mais leurs balluchons sont toujours là, sous les buissons touffus. Sa gorge lui semble parcheminée et enflée. Sa langue est chargée. Elle se lève mais s'assied à nouveau, car elle a un éblouissement. Quand elle parvient à se mettre debout, instable sur ses jambes, elle le voit approcher au loin. Il court. Comment y parvient-il?

Il lui crie quelque chose et agite la main. Elle étouffe un sanglot. De l'eau! Aurait-il trouvé de l'eau? Non, pas de l'eau, mais deux énormes œufs d'autruche. Dieu seul sait comment il est parvenu à les dérober sans se faire tuer par le mâle. Comment même s'est-il débrouillé pour découvrir ce nid? Mais il est là avec les œufs.

Il rassemble quelques branchages, des feuilles sèches sur une pierre plate rougie à blanc par la chaleur du jour et y met le feu d'une étincelle de son briquet à amadou. Elle est accroupie face à lui et l'observe. Le feu n'est pas nécessaire : la pierre est tellement brûlante. Il pose soigneusement l'un des œufs sur l'une de ses extrémités, le cale avec des pierres plus petites, fait un trou au sommet de la coquille, enfonce les deux fourches de son morceau de bois dans la couche de graisse puis se met à remuer la tige en la frottant entre ses mains. Elle contemple le spectacle, hypnotisée; ses lèvres sont gercées et couvertes de croûtes de sang caillé.

Un long moment semble s'écouler avant qu'il ne dise :

« C'est prêt. »

Même après avoir ôté l'œuf du feu, l'avoir mis dans un morceau de peau, ils doivent attendre qu'il refroidisse. Il casse la coquille, élargit l'ouverture pour pouvoir souffler sur la mixture coagulée. C'est encore brûlant. Incapable d'attendre plus longtemps, elle saisit l'énorme coquille à deux mains et se met à gober, à sucer voluptueusement l'œuf à moitié cuit. Elle se brûle la bouche, avale goulûment, puis le lui tend.

Le soleil se couche; une nouvelle fraîcheur les caresse et sèche la sueur qui couvre leurs épaules et leur dos.

Brusquement, elle se met à rire presque joyeusement. Ils ont mangé et étanché leur soif. Il leur en reste même pour le lendemain. Le crépuscule est frais et doux sur leurs peaux. La journée a été dure mais c'est fini. Ils ont survécu. La vie est bonne et généreuse; ils ont besoin de si peu.

Elle se souvient de sa mère et de ses éternelles plaintes au sujet de ses deux fils dans la tombe, de ce pays barbare, de cette existence insupportable sans la famille, la musique et l'art d'Amsterdam, les canaux, les pignons et les carillons, les carrosses sur les pavés. Désolation de cet avant-poste, mort lente et sournoise. Tu dois partir d'ici, mon enfant; ce n'est pas un endroit pour des gens civilisés. Tu es européenne; un bon sang coule dans tes veines; tu n'es pas faite pour te détruire dans une colonie. On finit toujours par être détruit, ici.

Non, mère. Regarde. Nous avons trouvé un œuf; le pays est bon envers nous; nous pouvons vivre ici.

« Et demain? demande-t-il.
– Nous reprenons la route. »

Ils regardent ensemble les plaines qui ondulent sous la lune. Ils entendent les chacals s'amuser au loin, une hyène rire. Ce qui est derrière eux n'a plus d'importance; c'est le passé. Cet espace s'étend devant eux – toutes ses possibilités sont renfermées dans l'avenir, à la frontière de la réalité. Ils n'ont qu'à dire : « *Je veux.* » Car c'est la volonté qui l'ouvre, qui fait se produire les choses.

« Ça ira mieux, à partir de maintenant, dit-elle, proche de lui.
– N'importe quoi peut nous arriver.
– Non. Nous avons enduré le pire. »

Ils n'ont pas encore enduré le pire. Elle-même est obligée de l'admettre. Ce n'était qu'un début, une initiation, une épreuve provisoire. Les jours restent sans nuages, chauds et aveuglants; la terre est cuite à blanc. Là où des ruisseaux coulaient, ne reste qu'une boue, craquelée, en arabesques compliquées. Il persiste cependant une pitié, dure et cachée, dans ce pays qui continue de les surprendre. Un jour, quand ils ne s'y attendent plus, ça prend la forme d'un long trou d'eau dans le lit d'une rivière normalement asséchée, au milieu des collines brûlées et arides. Un trou d'eau entouré de bosquets de mimosas aux fleurs arachnéennes, bourdonnantes d'abeilles. N'a-t-elle pas déjà campé à cet endroit, avec Larsson? Elle en est convaincue : à chaque fois, curieusement, elle a ce même sentiment d'avancer contre lui, contre son moi antérieur à elle – retour vers un commencement.

Ils s'arrêtent cette fois-là pendant une semaine et campent sous les arbres au bord de l'eau sans qu'elle n'émette d'objection. En fait, elle obéit à contrecœur quand il lui annonce, un soir :

« Nous repartons, demain. »

Rafraîchis, ils reprennent leur route, rassurés de savoir que le désert même réserve des surprises. Pour le moment, ils ont assez d'eau – deux outres, des calebasses et deux œufs d'autruche remplis à ras bord. Ils sont propres, leur énergie restaurée.

Il leur suffit d'un jour pour redevenir poussiéreux et assoiffés. Cette fois-là, aucun signe d'eau, bien qu'ils suivent le cours asséché de la rivière. En dépit de rationnements draconiens, leurs provisions s'amenuisent à un point alarmant. Au bout d'une semaine, ils n'ont toujours rien trouvé. Ça n'excédait jamais deux ou trois jours, d'habitude.

Quarante-huit heures après avoir bu leur dernière goutte, ils comprennent tous deux sans mot dire qu'ils ont atteint un nouveau point critique. Il leur reste quelques plantes dont le suc les protège de la pire des soifs; de la viande de chacal et du *kambro* qu'il a exhumé, toute une collection de feuilles grasses, juteuses et amères. Mais ça n'est pas suffisant; ça ne fait que repousser l'inévitable.

Elle dort profondément quand, en fin d'après-midi, il remarque un oiseau qui volette et gazouille dans les branches sèches qui recouvrent le creux sablonneux où ils ont décidé de se reposer jusqu'à la tombée de la nuit. Peut-être, se dit-il, serai-je de retour avant qu'elle ne se réveille. Peut-être. Il ne peut qu'espérer.

L'oiseau gazouille toujours dans les branches au-dessus d'eux. Adam se lève, la regarde, endormie dans le sable, puis se met à suivre l'oiseau surexcité. Il a sa sagaie avec lui, son couteau et, bien sûr, les sacs de peau vides. L'oiseau l'entraîne loin du lit asséché de la rivière.

Il s'arrête une fois, regarde en arrière, mais l'oiseau est comme fou au-dessus de sa tête, volette et caquette hystériquement. Aucune trace de nid; Adam hausse les épaules et poursuit son chemin.

La route est longue. Il sait par expérience que ce voyage est imprévisible : une demi-heure ou une demi-journée, impossible à dire. Mais il ne peut pas laisser passer cette chance. Quelque part dans ces plaines, il doit y avoir un nid caché, du miel. Pour elle, par-dessus tout.

Le crépuscule tombe. Il se retourne encore une fois. Il doit être à quatre ou cinq kilomètres d'elle. Est-elle réveillée? Le cherche-t-elle? A-t-elle peur? Acceptera-t-elle l'idée qu'il va revenir et qu'elle doit l'attendre patiemment? Il n'atteindra pas le miel avant la nuit. C'est évident. Il devra passer la nuit dans les parages. Peut-être l'oiseau, un guêpier écarlate, la passera-t-il avec lui? Peut-être que non. Il doit courir le risque. S'il rebrousse chemin, il peut la rejoindre avant l'obscurité totale, mais il est improbable que l'oiseau le suive et tout serait perdu. S'ils ne trouvent pas de nourriture d'ici demain, il se peut qu'il soit alors trop tard.

Seul, sous les étoiles, il s'adosse à la paroi d'un fossé d'érosion dont il a déblayé une partie pour s'y installer. Quelque part dans les épineux, au-dessus de lui, l'oiseau dort profondément. C'est du moins possible, car il fait trop noir pour s'en assurer. Il suffit d'y croire.

Dans cette désolation totale, conscient de sa présence à elle sur cette même plaine, sous ce même ciel, exposée en plein vent, son amour devient angoisse et souffrance. Il ne l'a jamais cherché ou voulu. Mais maintenant cet amour est là qui le tient fermement.

Il a osé aimer une femme quand il était à peine un homme. Elle était plus jeune que lui, perdue dans ce nouveau pays. Ses yeux d'exilée rêvaient de Java. Ces rêves lui avaient été d'abord révélés par sa grand-mère Seli. Ce qui pourrait expliquer l'impact qu'ils avaient eu sur son esprit. Des hommes plus âgés tentaient de la prendre mais il les éloignait. Au début, il ne faisait que la protéger, ne désirant en fait rien d'autre, sachant d'avance que ce serait vain. Faire l'amour dans l'obscurité, très bien. Soulager ses frustrations, passer sa rage ou étancher sa passion sur un autre corps, très bien. Mais tout ça n'était pas de l'amour. Ça, c'était trop terrible. A la fin, il ne pouvait plus le supporter. La douceur de sa peau, ses épaules rondes, ses seins minuscules, ses hanches, ses mains étroites. Je t'aime. Je n'ose pas. Je t'aime. Je me perds en toi, dans le son de ta voix en sachant que c'est sans espoir. Puis, un jour, comme ça, sans avertissement, elle est partie. Elle était censée l'attendre à la porte du jardin avec les bidons de lait ramenés de l'étable, mais elle n'est jamais venue. Plus tard, par pure coïncidence, ils lui dirent : « Comment ça, tu savais pas? Elle a été vendue, il y a un bout de temps. »

Elle. Même ici dans cette obscurité désolée, je n'ose pas penser à ton nom. C'est trop intime. *Elle,* pour toujours. C'est d'une étrange et sauvage beauté que d'être ainsi seul, tout à coup. Il soupèse les choses, pense. Plus intensément même que cette nuit-là où, loin d'elle, il suivait la trace des chasseurs. D'abord elle, maintenant toi. Toutes deux aussi vulnérables. Aussi inflexibles. Mais elle a été vendue. Voilà pourquoi la peur m'étreint quand je pense à toi. Que va-t-il t'arriver? Est-ce que ça va durer? Est-ce possible? On est toujours trahi.

Il y avait eu, bien sûr, une autre femme mais elle était différente. Quand la vieille sorcière hottentote l'avait guéri de la morsure de serpent, il était parti à la recherche de sa tribu et avait erré pendant un an avec eux. Il l'avait prise pour femme, lui avait construit une hutte et s'était installé avec elle. Au bout d'un an, il avait découvert qu'il ne pouvait plus rester; il devait repartir, à nouveau. Elle lui avait jeté un mauvais sort, l'avait injurié, lui avait craché au visage et lui avait enfoncé ses ongles dans la chair. Les autres avaient haussé les épaules et ri. C'est ainsi qu'une femme s'expliquait. Son cœur s'était refermé. Il s'en allait parce qu'elle ne lui avait pas donné d'enfant, leur avait-il expliqué. Ce n'était bien sûr pas la véritable raison. Il voulait simplement se retrouver seul avec lui-même, armé de ce qu'ils lui avaient appris, prêt pour ce pays, exposé. Hormis ce cœur qui n'arrêtait pas de se languir du Cap.

Et maintenant c'est cette autre femme, Elisabeth, qui lui ouvre la route du Cap. Mais c'est un pays dur et le miel se fait rare.

Au lever du jour, le guêpier écarlate est avec lui. Adam sourit. Très bien, nous pouvons poursuivre notre route. Une heure plus tard, ils atteignent une fourmilière où les abeilles ont installé leur ruche. Il allume du feu en frottant deux bâtons l'un contre l'autre, enfume la cavité, brise la ruche avec sa sagaie et remplit ses sacs. Il dépose quelques rayons de miel sur une pierre plate à l'intention du guêpier avant de rebrousser chemin d'un pas rapide.

Quand il arrive, elle a disposé leurs dernières réserves sur un rocher, près du lit asséché de la rivière. Elle lève le visage en souriant et court à sa rencontre.

« J'étais tellement inquiet à ton sujet, dit-il avec passion. Tu vas bien?

– Bien sûr. (Elle le regarde sereinement.) Je n'avais pas peur. Je savais que tu reviendrais.

– J'aurais dû te réveiller et te dire que je partais. (Il la tient serrée contre lui.) Mais tu dormais si bien et tu avais tellement besoin de te reposer. Je ne pensais pas être absent si longtemps.

– Tu es de retour et c'est ce qui importe.

– Je nous ai rapporté du miel.

– Nous allons nous en sortir? »

Elle a brusquement les larmes aux yeux.

« Oui. »

Il s'assied, ouvre le sac et sort un rayon de miel pour elle. Elle vient près de lui et mange dans le creux de sa main, lui lèche les doigts.

« Qu'est-ce que tu as fait pendant tout ce temps?

– J'ai attendu; j'ai dormi et je t'ai encore attendu.

– Et tu n'as pas eu peur? Vraiment?

– Non, j'ai pensé : si quelque chose lui arrive, je resterai tranquillement ici, jusqu'à ce que je meure. Je ne me serais plus inquiétée de rien. Inutile, n'est-ce pas? C'était si calme. La nuit était merveilleuse, tu as remarqué? Pendant la journée, on ne saisit pas à quel point ça peut être beau. »

Ils mangent en silence. Le miel est trop sucré, trop doux pour qu'ils en avalent beaucoup.

« Faisons-nous de la route, aujourd'hui?

– Je ne sais pas. (Elle se lèche les doigts. Elle le regarde soudainement et dit :) En fait, c'était bon d'être sans toi. On s'habitue trop vite l'un à l'autre. On arrête de réfléchir. D'être restée seule m'a permis de remettre mes idées en place.

– A quoi as-tu pensé?

– J'ai pensé que je t'aimais.

– C'est tout? dit-il, taquin.

– Non, dit-elle, l'œil grave. Mais c'était le plus important. Et parce que je t'aime, je ne veux pas qu'il nous arrive quoi que ce soit. Nous devons sortir de cette vallée afin d'atteindre Le Cap, sains et saufs.

– C'est ce que nous tentons de faire.

– Je veux dire : nous ne pouvons pas continuer à marcher ainsi. Nous n'avons pas cessé de croire que tout allait s'améliorer. Je le croyais. Mais les lits des rivières sont toujours à sec. Suppose qu'il n'y ait rien d'autre, plus loin? Vraiment rien – pas de miel, pas d'eau, pas de racines, rien du tout?

– Nous trouverons bien quelque chose.

– Il se peut qu'il n'y ait rien.

– Je le pense. (Il la regarde, essaie de lire ses pensées.) Que pouvons-nous faire d'autre?

– Qu'y a-t-il au-delà des montagnes?

– De ce côté-ci, la forêt. »

Il indique du doigt le sud.

« Semblable à celle que nous avons déjà connue?

– Oui, mais en pire. Presque impraticable. D'ici jusqu'à Mossel Bay. Si nous passons par là, ce sera, bien sûr, plus facile.

– Oui, c'est le chemin par où nous sommes venus. (Elle réfléchit.) Et là-bas, au nord?

– C'est le Karoo.

– A quoi ça ressemble?

– Je n'y suis jamais allé. Je ne sais pas mais j'ai entendu dire que c'était très sec; un désert, presque.

– Ça ne peut pas être pire qu'ici. Et il a peut-être plu là-bas. On nous avait dit que le Camdeboo était un désert également et, quand nous l'avons atteint, il y avait plu et c'était très beau.

– Comment être sûr qu'il a plu sur le Karoo?

– Comment savoir s'il n'y a pas plu? » insiste-t-elle.

Il secoue la tête.

« Ça ne peut pas être pire qu'ici, répète-t-elle.

– Ça l'est peut-être.

– Si le pays est plat, nous pourrons avancer plus rapidement et atteindre Le Cap plus tôt.

– Ou mourir en chemin.

– Si nous continuons ainsi, nous pouvons mourir également. Et si nous empruntons la forêt, nous pouvons nous perdre.

– Que veux-tu faire? lui demande-t-il à brûle-pourpoint.

– Je veux retourner au Cap.

– Je connais le chemin, plus ou moins. C'est difficile, mais je sais ce qui nous attend. Je ne connais pas du tout le monde derrière ces montagnes noires.

« – N'aurais-tu pas la foi?

– C'est une question de vie ou de mort, Elisabeth!

– C'est pourquoi j'en parle. Nous ne pouvons pas continuer ainsi, comme deux tortues. Nous devons choisir.

– Tu as choisi les montagnes?

– Oui. »

Et elle pense : que c'est étrange! Quoi que Larsson ait mutilé ou tué en moi, il y a quand même avivé et gravé cette soif de connaître tout ce qui se trouve de l'autre côté des montagnes.

Quitter la vallée signifie tourner le dos à Larsson. A partir de maintenant, plus de rébellion contre son souvenir mais un nouveau mouvement sans lui. Elle renonce à l'excitation inquiète qui la faisait suivre une piste dont elle se souvenait à moitié en calculant les progrès accomplis en termes de balises secrètes. Ces montagnes sont la ligne de démarcation, le pont entre souvenir et innocence, entre familier et inconnu – une dimension complète en elle-même.

Ils abandonnent le lit asséché de la rivière et longent la chaîne montagneuse au nord, le pied de ses collines, ses contours à la recherche d'une brèche. De près, les montagnes semblent plus énormes que de loin : rochers rouges qui les surplombent en formations grotesques, martelées par la violence des courants et du soleil, du vent et des glissements de terrain. Au bout de quatre jours, ils trouvent ce qu'ils cherchent : une gorge qui, à travers le rocher et la terre, laisse le passage à une étroite rivière dont, seul, subsiste le lit asséché. C'est une étrange sensation : ils ne voyagent pas à travers les montagnes mais les pénètrent directement. A mesure qu'ils avancent, les parois se dressent de plus en plus, à la verticale; au-dessous, la gorge profonde se transforme en une ravine sculptée par les courants préhistoriques; de chaque côté, la roche s'élève et s'ouvre en masses chaotiques de rochers effondrés ou inclinés qui se rejoignent presque, forment une espèce de tunnel. Il fait plus frais et humide, là. Rouille et jaune des lichens couvrent les rochers, vert foncé des mousses. Des trous d'eau froide et cristalline apparaissent au milieu du lit de la rivière.

Ils se laissent d'abord aller à l'enivrante fraîcheur de l'eau, mais quelque chose d'irréel baigne leur voyage : la gorge qui serpente est austère, sévère, dangereuse, hostile et hautaine. Les montagnes où ils ont hiberné étaient un havre, un abri tranquille et sûr. Cette énorme chaîne est un adversaire redoutable. Dans le mouchoir d'azur au-dessus d'eux, des aigles ou des vautours tournent en rond. Ce n'est pas un pays pour les êtres humains.

Mais elle se montre inflexible.

« Une fois que nous aurons traversé ça, tout ira mieux. Ça va être tellement facile de l'autre côté qu'il est normal que nous souffrions de ce côté-ci.

– A chaque fois, tu crois que nous avons enduré le pire, lui rappelle-t-il. Pourtant, c'est encore pire à chaque fois.

– Cette fois-ci, j'en suis certaine. (Elle lèche son poignet qu'elle s'est éraflé.) Un jour, nous ramènerons nos enfants sur ces lieux pour leur montrer ce que nous avons enduré.

– Il vaudrait mieux que nous ayons des babouins. »

Il se met à rire.

« Oh! nous nous construirons une charmante petite piste pour y revenir en chariot.

– Et s'il nous poussait des ailes? Ce serait plus facile de revenir en volant.

– N'est-il pas dit dans la Bible que celui qui a la foi peut remuer une montagne et la pousser jusqu'à la mer?

– Bien. Pourquoi ne le fais-tu pas dès maintenant? Elle pourrait ainsi nous emmener, jusqu'au Cap. »

Elle glousse puis soupire.

« Ç'aurait été plus facile si nous avions eu la foi, n'est-ce pas? Ainsi nous aurions pu dire : c'est le diable qui a mis cette montagne sur notre chemin ou c'est Dieu qui nous fait souffrir ou nous punit à sa façon. (Elle lui demande avec un regain d'intensité :) Crois-tu que *nous* soyons punis pour quelque chose?

– Pòur nous être enfuis du Cap?

– Mais nous sommes sur la route de retour. Ça devrait compenser.

– Ça n'en a pas l'air.

– Il aurait été plus facile, soupire-t-elle, de se soumettre simplement à ce que Dieu ou diable avaient décidé pour nous... *Que ta volonté soit faite.* (Elle secoue la tête, reste muette un instant, puis le regarde à nouveau.) Mais pour nous qui devons nous débrouiller seuls, nous devons nous en sortir, seuls.

– Pourquoi veux-tu rentrer? lui demande-t-il.

– Tu le sais aussi bien que moi. Parce qu'il est préférable d'être là-bas plutôt qu'ici.

– Tu trouves qu'il est difficile de renoncer à l'idée d'un paradis, n'est-ce pas?

– Pas à l'idée d'un paradis, mais à l'idée de quelque chose de mieux que ce que nous avons. Si ce n'était pour ça...

– Tu vois? (Il rit brièvement.) Tu essaies, autant que faire se peut, de changer le monde en pensant qu'il existe un endroit meilleur.

– Parce que je suis un être humain.

– Ou peut-être parce que tu es blanche?

– Tu n'as pas le droit de dire ça, Adam! (Elle tend impulsivement sa main et la place près de la sienne.) Regarde. Je suis presque aussi brune que toi.

– Crois-tu que le blanc soit une couleur? »

Elle se lève lentement.

« Veux-tu dire... Tu commences à avoir des doutes sur notre retour?

247

— Toi n'as-*tu* jamais de doutes?

— Mais nous avons décidé...

— Bien sûr. (Il lui prend les épaules.) Sais-tu que parfois je me réveille la nuit en pensant au Cap... et que je ne peux plus me rendormir ensuite?

— Parce que tu as peur?

— Parce que je ne sais pas ce qui va se passer.

— M'abandonneras-tu? demande-t-elle, doucement.

— Comment le pourrais-je? Peut-on s'abandonner soi-même? Nous serons sauvés ensemble ou nous irons tous les deux en enfer. Ça se fera tout seul. Ça ne dépend plus de nous.

— Je ne veux plus vivre sans toi.

— En es-tu sûre? »

Elle l'agrippe, le secoue et tente de le convaincre.

« Pourquoi ne me crois-tu pas?

— Je te crois, mais nous ne sommes pas encore là-bas. Nous sommes ici. »

Elle lève la tête vers les rochers. Un aigle plane au-dessus d'eux, puis disparaît. Elle se jette sauvagement contre lui, presse ses petits seins contre sa poitrine; ses mains, posées sur ses hanches, bougent en une lente caresse et glissent vers la douce cambrure de ses reins, là où le galbe de ses fesses commence. Elle pousse un gémissement, la bouche entrouverte, et bave sur son bras.

« Adam? murmure-t-elle.

— Pourquoi m'appelles-tu Adam?

— Parce que c'est ton nom.

— Mon nom est Aob.

— Pour moi, tu es Adam. C'est comme ça que j'ai appris à te connaître. Si je t'appelais Aob, tu serais quelqu'un d'autre, un étranger.

— Mais c'est mon nom.

— Quand tu es en moi, parfois oui, je peux t'appeler Aob, mais tu es Adam la plupart du temps.

— Je suis Adam pour Le Cap. »

Avec un sourire timide, les yeux excessivement brillants et les joues empourprées, elle humecte l'un de ses doigts dans la fente de son sexe et le signe sur le front, entre les yeux.

« Je te baptise à nouveau, dit-elle. Maintenant, ton nom est Adam. Pour moi. »

Devant elle, les deux mains posées sur ses hanches, il n'a qu'à se baisser légèrement pour, d'un mouvement de reins, la pénétrer. Ils restent debout, immobiles, les yeux clos. Il la presse contre lui avec une terrible intensité, jusqu'à ce qu'elle se mette à gémir, à tanguer dans ses bras. Il sent son orgasme sourdre, jaillir – rédemption momentanée. Il tremble sur ses jambes, penché contre elle.

« Tu me crois à présent, murmure-t-elle.

– Je te crois même quand je sais que tu mens. »

La ravine s'enfonce toujours plus profond, révélant peu à peu les entrailles de roches et de fougères de la montagne noire, jusqu'à ce qu'ils atteignent une chute, fin voile d'eau blanche qui glisse sur les rochers et s'évapore en une gerbe d'embruns. La seule issue possible se trouve derrière la chute d'eau, sur les rochers glissants.

Qu'est-ce que je veux? Est-ce tant que ça? Quelque chose de permanent dans un monde changeant, quelque chose de certain dans un monde de possibles? Je crois tous tes mensonges, sans me poser de questions. Nous sommes nus; nous pouvons facilement aller vers notre mort; nous pouvons nous rompre le cou sur n'importe quelle pierre. Le mensonge est aisé et sûr. Faire semblant d'aimer, se soulager un instant et poursuivre sa route, vierge. Un contrat : je te donnerai ça en échange de ça, Le Cap en échange de ma liberté – tandis que... tandis que... C'est ainsi qu'Adam Mantoor, menuisier affranchi de la Bosse du Lion, offre ses services, qualité garantie. Le fouet peut aller et venir;

moi, je reste : artisan au Cap, respecté, libre. Voici ma lettre, avec le sceau du gouverneur. Moi, Hendrick Swellengrebel, certifie par la présente, dans l'année de Notre-Seigneur... Est-ce une raison suffisante pour retourner au Cap? Peut-on se laisser prendre par ça? Je t'aime; voici ma vie, je protège la tienne. Voici ma main, prends-la, sautons dans le précipice quoi qu'il advienne, même si nous devons rencontrer la mort, que ce soit au moins main dans la main.

Centimètre par centimètre, escalader cette paroi rocheuse, lisse et humide. Doucement, pas de hâte. On remarque, si près de la pierre, les crevasses, les nœuds et les arêtes que l'on ne remarquait pas de loin. Une fissure assez large pour y mettre quatre doigts; un appui pour un orteil. Tirer les balluchons liés les uns aux autres par des cordages. Tiens-toi bien, c'est tout. L'écume de la chute leur tombe dessus, les fait trembler de froid tout à coup. Est-ce pour nous que l'aigle plane dans le ciel? On a tendance à croire que la mort est quelque chose d'abstrait et de lointain. Ici, elle est immédiate et simple : la mort, c'est ce rocher glissant, cette racine qui se brise sous ma main, cet aigle qui attend, cet embrun dans mes yeux. Sa proximité la rend presque rassurante. Si certaine, si sûre, si digne de confiance, si vraie.

Progresser de fissure en fissure, de corniche en corniche, en diagonale le long de cette paroi lisse. Tiens-toi fermement. Si tu tombes, je tombe avec toi. Voici même des signes de vie : petits lézards, oiseau qui rêvasse et qui ne fait même pas attention à nous, dans son nid rempli d'œufs tachetés.

« Tu y arrives?

– Oui. Tiens-moi simplement la main.

– Comme ça? Ho! Hisse!

– Merci. »

Des mots semblables à des galets.

Elle reste allongée sur la crête pendant un long moment, tremblante mais soulagée. Puis ils repartent et longent une ravine étroite, plus facile, jusqu'au sommet. Juste avant qu'ils n'y parviennent, un mouvement parmi les rochers les fait se figer. Ce n'est que lorsqu'ils entendent l'aboiement perçant qui se répercute en écho qu'Adam se détend.

« Des babouins. »

Suivant l'avertissement de leur chef, les membres de la bande arrivent de toutes parts et se rassemblent sur une haute formation rocheuse pour surveiller l'approche des étrangers. Il leur faut du temps pour se rassurer et regagner les buissons où ils retournent les pierres à la recherche de larves ou de scorpions, arrachent des branches, les baies, les cocons et les chenilles, épouillent leurs petits ou leurs congénères.

Pour la première fois depuis qu'Adam et Elisabeth ont pénétré dans les montagnes, ils se sentent détendus; ils sont presque impatients de se retrouver en compagnie des babouins.

« Une fois que nous serons en haut, il nous sera plus facile de redescendre », dit-elle.

Mais l'obscurité les surprend avant qu'ils n'aient atteint le sommet. Ils sont obligés de dénicher un abri parmi les rochers, à quelques mètres au-dessous des singes.

Ils sont tout à leur repas – la fin du miel, un lapin de roche qu'il a tué d'une flèche, deux petits poissons attrapés dans un trou d'eau – quand un énorme chahut éclate au-dessus d'eux. Hurlements de terreur, aboiements sauvages, pierres qui dévalent la pente. Ils se relèvent en sursaut. Des babouins passent hâtivement devant eux, se sauvent dans toutes les directions, petits agrippés aux ventres de leurs mères.

Il leur faut du temps avant de comprendre ce qui se passe. Un jeune mâle arrive sur eux au triple galop, s'arrête, gronde, dénude ses crocs, se retourne et prend la fuite. L'instant d'après, une ombre tachetée passe avec la rapidité de l'éclair devant le rocher et bondit sur le babouin. Adam et Elisabeth sont si proches qu'ils peuvent voir la terreur mortelle dans les yeux du singe qui hurle; le léopard est sur lui; ils roulent dans la poussière. Le cou et la colonne vertébrale se brisent avec le bruit sec d'une branche qui se rompt. Le babouin ouvre la gueule et le sang jaillit de sa veine jugulaire, sectionnée. Le léopard remonte la pente en traînant le cadavre tandis que les autres babouins, haut perchés, se mettent à criailler, à hurler frénétiquement et à lapider le maraudeur. Adam s'en aperçoit à temps et tire Elisabeth en arrière, à l'abri du rocher. Il la tient hors de portée des pierres jusqu'à ce que le bruit ait cessé. Puis le silence retombe.

Ils sortent de leur cachette, mais il est trop tard pour voir quoi que ce soit. Le léopard a dû disparaître derrière la colline la plus proche ou se cacher dans un fourré. Plus aucun signe des babouins hormis les traces d'excréments marquant leur fuite et la mare de sang où le mâle a été égorgé.

« Si près de nous, dit-elle, ahurie. Si nous étions montés un peu plus haut, il aurait pu sauter sur l'un d'entre nous.

– Il est parti », dit-il pour la rassurer.

Au son de sa voix, elle devine qu'il a eu peur, lui aussi.

« Tu as entendu la façon dont il hurlait? On aurait dit un homme.

– Ça n'a été qu'une question de secondes, dit-il laconiquement en lui prenant le bras. Viens, il fait noir.

– Crois-tu que le léopard va revenir?

– Non, mais nous ne pouvons pas rester en plein air. »

Il la ramène jusqu'à l'abri.

« Tu n'as pas fini de manger. »

Elle secoue la tête.

« Pas maintenant. Je ne peux plus.

– Je t'en prie, tu en as besoin. Nous avons encore une journée difficile devant nous.

– Les babouins reviendront manger sur la pente, demain, dit-elle en contemplant l'obscurité, de plus en plus profonde. Crois-tu qu'ils se souviendront de ce qui s'est passé? Oublient-ils facilement? »

Il hausse les épaules.

Au bout d'un moment, enfin maîtresse d'elle-même, elle dit :

« C'est peut-être mieux ainsi. Si soudainement. Un moment de terreur et de souffrance et puis c'est fini. Ça vaut mieux que devenir vieille comme cette femme hottentote et d'être abandonnée dans un trou et d'y mourir lentement.

– La vieille femme qui m'a trouvé après que le serpent m'avait mordu..., dit-il pensif. Elle aussi avait été abandonnée en chemin. Mais je l'ai aidée à survivre. Je suis resté avec elle pendant des mois, marchant très doucement pour ne pas la fatiguer. Mais elle a fini par mourir – deux jours avant que nous n'atteignions le nouveau village de sa tribu. J'ai essayé de faire pour elle ce que je n'avais pas fait pour ma grand-mère. Mais elle a fini par mourir, elle aussi. Je n'arrivais pas à comprendre. J'étais tellement en colère, blessé et agressif. Bien après l'avoir enterrée, j'ai essayé de la garder en vie en pensant souvent à elle. Mais à quoi cela sert-il?

– *Tu es* vivant; nous sommes vivants. Et nous avançons.

– Crois-tu que nous vieillirons ensemble, au Cap? Jusqu'à ce qu'un jour...

– Ils ne nous enterreront pas dans des trous de porcs-épics. Au moins ça. Pas vivants.

– Est-ce la pire des choses qui puisse nous arriver?

– C'est pire que la mort du babouin.

– Mais nous ne sommes pas des babouins.

– Tu as l'air de le regretter, dit-elle, feignant de paraître insouciante et désinvolte.

– Peut-être bien. »

Il fait très sombre. Ils se blottissent sous leurs *karosses*, l'un près de l'autre.

« Nous atteindrons le sommet, demain », dit-elle somnolente.

Quand ils atteignent ce qui leur a paru être le sommet, une autre pente se dresse devant eux qui mène vers un autre sommet, plus haut. D'autres encore. Une confusion de montagnes sans fin. Cependant, ils continuent de grimper. Ils ne parlent plus des lendemains ou de l'autre côté. Ils continuent d'avancer, maussades. Et ils parviennent enfin à une nouvelle gorge qui, il y a des années, a dû abriter une rivière. En en suivant le cours tortueux à travers les montagnes, ils voient peu à peu le mur de rochers diminuer. Un après-midi, ils atteignent une dernière courbe et le pays s'étale à nouveau sous eux.

Ils le contemplent en silence, l'explorent du regard : parcheminé et sans eau, parcouru par des tourbillons de vent qui soulèvent des nuages blancs de poussière et se dissolvent dans le ciel incolore; touffes brunes de buissons qui poussent au ras du sol; *koppies* rouges semblables à des fossiles de lézards géants, sommets, étendues désertiques, brume cachant l'horizon.

Ils ne se regardent pas, ne disent pas un seul mot. Ils ne peuvent que contempler le paysage, yeux grands ouverts.

Faire demi-tour est impossible. Ils n'ont pas le choix; ils doivent continuer.


« Je vais épouser Erik Alexis Larsson, annonça-t-elle à table.

– Il n'en est pas question! dit sa mère. Je n'ai jamais entendu pareille folie.

– Et pourtant, insista-t-elle.

– Fais preuve d'autorité, Marcus! ordonna Catharina. Que vont en penser nos amis? Une femme dans l'intérieur des terres!

– Qu'y a-t-il de mal à ce qu'une femme aille dans l'intérieur des terres? demanda-t-elle avec passion. Qu'y a-t-il de mal à ce que ce soit une femme, de toute façon? Doit-on en avoir honte?

– Mariée à un homme dépourvu d'ambition, dit sa mère ne contenant pas son amertume. Deux enfants dans la tombe, mes deux fils qui auraient fait toute la différence. Meurtrie par ce pays, déchirée et ruinée par lui. Mais toi, Elisabeth, tu es habituée à un train de vie décent; tu es tenue en haute estime; tu es un exemple pour les autres.

– Tu en parles comme si je descendais aux enfers. Ce n'est que l'intérieur du pays. »

C'est charmant, des mains, surtout quand elles reviennent d'un voyage amoureux. Elle tient sa main dans les siennes, posées sur ses genoux relevés, le dos contre la pierre ferreuse d'un *koppie*. Elle dessine du doigt les contours de sa paume en se disant qu'elle aimerait être capable de lire dans les lignes de la main (que lui a prédit la bohémienne à Amsterdam?). Une ligne est supposée être la ligne de vie, une autre la ligne d'amour, une troisième la ligne de la fortune. Que représente cette ligne qui s'arrête si brusquement? Amoureusement, elle presse la paume contre ses lèvres. Elle a envie de pleurer. Le bonheur et la souffrance, voilà ce qui leur reste à présent. Nous avons été condamnés à faire ce voyage; chacun de nous est aussi vaste qu'un paysage désert, pure infinité, intériorité. Les détails ne sont que pour ceux qui se satisfont de faits et de fautes.

Etalés sur les peaux ouvertes de leurs balluchons, exposés pour l'inspection :

2 karosses;
2 tabliers;
2 sacs en peau;
2 œufs d'autruche;
1 couteau de chasse;
1 pistolet et un petit sac de munitions;
6 flèches dans un carquois;
1 sagaie;
2 bâtons;
1 marmite cabossée;
1 briquet à amadou;
une petite collection de coquillages, quelques-uns cassés;
3 petits sachets d'herbes;
1 sac de miel;
un assortiment de racines, bulbes, tubéreuses et feuilles comestibles;
une robe du Cap.

« Peut-on survivre, ici?
– On ne peut pas si l'on est seul, mais si nous restons ensemble... »

Nous devons survivre dans ce paysage qui ne dissimule rien : rouge, brun et blanc, ocre grisâtre au loin, *koppies* bleu pâle. Pierres, petits écureuils insolents, mantes religieuses semblables à des rameaux desséchés, tortues. Oiseaux de proie, araignées qui se pressent parmi les feuilles charnues d'un bleu-vert fané, au goût amer. Bourrasques de vent. Nudité blanche des os, parfois. Pointes de chaleur ou de froid.

Une heure après s'être levé, le soleil ressemble à un charbon ardent qui vous brûlerait les yeux; la transpiration dégouline sur votre corps, couvert de poussière; la terre est bien trop bouillante pour y poser le pied;

votre langue se démène contre votre palais déshydraté et parcheminé. Puis immédiatement après le coucher du soleil, il se met à faire si froid qu'il faut se pelotonner dans un *kaross* en claquant des dents.

Le vieux Boschiman l'a trouvé sur le lit de boue craquelée de la rivière, à moitié mort de soif; il s'est agenouillé et a aspiré l'eau boueuse du *gorreh* et l'a recrachée dans sa bouche, le goût de la vie. Puis il est reparti, dans un mirage flou, l'arc à la main et le carquois sur l'épaule. C'est ce qui l'a le plus surpris : non pas ce miracle de l'eau surgie de la pierre et de la terre dure, mais ce Boschiman, ce *Saan*, ce *Koetsri* détestable, cet ennemi craint par ses flèches qui a daigné lui offrir à boire. Que pouvait-il faire d'autre sinon prendre le fardeau de la vieille femme sur ses épaules, essayer de la ramener vers les siens, une fois qu'elle lui eut sauvé la vie?

Sous la croûte du lac asséché – le précieux sel est extrait et emmagasiné pour saler la viande – il lui montre les anneaux sombres et concentriques que l'eau a laissés en disparaissant peu à peu.

« Mais il n'y a rien, là, proteste-t-elle. La boue n'est même plus humide.

– Regarde », dit-il.

Il se met à creuser avec sa sagaie. Six centimètres, un mètre, deux mètres et c'est toujours dur comme de la pierre, puis une autre couche plus molle et l'humidité apparaît enfin. Après une journée de labeur, il ressort de ce trou profond une tortue qui s'y est enterrée en attendant la pluie. C'est une femelle avec un chapelet d'œufs dans le ventre. Ils sont sauvés pour un nouveau jour. Deux jours peut-être, s'ils savent se rationner.

Elle le regarde; il est agenouillé sur la carapace et en extrait la chair. Le soleil vacille, se couche et saigne comme un cadavre déchiqueté par les vautours. On dirait qu'il prie.

Nous survivrons, nous survivrons. Nous allons nous en sortir. C'est le message inscrit dans la paume de ta main. L'espoir existe.


Aux petites heures de l'aube, ils prennent peu à peu conscience de ce qui se passe. Ce n'est même pas un bruit, à peine un vague frémissement comme si la terre tremblait au plus profond de ses entrailles. Adam est le premier à se lever. Il se rallonge aussitôt et colle son oreille contre le sol. Il lui fait signe; elle l'imite. Le bruit s'amplifie peu à peu : grondement encore trop diffus pour que l'oreille le perçoive nettement.

« Qu'est-ce que c'est? » demande-t-elle.

Adam secoue la tête. Il se doute peut-être déjà de quelque chose mais n'est pas encore certain. Le jour se lève. Le grondement est encore lointain.

Au lever du soleil, ils discernent très clairement un énorme nuage paresseux qui se déploie lentement et recouvre tout l'horizon, du sud au nord.

« De la fumée? Mais il n'y a rien à brûler sur ces plaines!

– De la poussière », dit-il.

Il colle à nouveau son oreille contre le sol et reste allongé si longtemps qu'elle s'inquiète.

« C'est quoi?

– Nous devons nous dépêcher, dit-il en se relevant avec précipitation. Aide-moi. »

Il refait les balluchons; ses doigts s'empêtrent dans les lanières.

« Que se passe-t-il, Adam?

– Ce sont des antilopes en migration.

– Mais...

– Nous n'avons pas beaucoup de temps. Nous devons atteindre ce *koppie*. »

Sans prendre de petit déjeuner, ils se mettent en

route vers le petit sommet pierreux, à cinq cents mètres environ du campement.

Le nuage rouge prend de plus en plus d'importance, à l'horizon. Si l'on garde les yeux fixés sur lui, il est impossible de discerner le moindre mouvement. Cependant, si on le regarde une nouvelle fois, on observe un changement : le nuage s'étend, s'assombrit et devient de plus en plus dense. Le grondement, bien que sourd, lent et égal comme celui d'un glissement de terrain souterrain, est à présent perceptible.

Ils escaladent la pente rocailleuse jusqu'au sommet le plus élevé du *koppie* où il abandonne les affaires et se met aussitôt à empiler des pierres, à construire une murette – deux ou trois mètres de long, à hauteur de ceinture. C'est un travail harassant sous ce soleil. Les rochers sont énormes, la plupart impossibles à déplacer. Ils doivent donc faire la navette entre le sommet et le fond de la ravine pour choisir ceux qu'ils peuvent transporter.

Au bout d'un certain temps, quelque chose devient visible sous ce nuage mouvant : une masse brune, unie, qui approche sur la plaine tel un mur de boue solidifiée – doucement, sans hâte, inexorable.

« Il n'y a certainement pas que des antilopes ? » demande-t-elle, effarée.

Il ne lui répond pas, trop occupé à entasser les pierres. Il s'arrête à peine pour essuyer les gouttes de transpiration qui lui couvrent le visage ou pour cracher sur ses gerçures et sur les ampoules de ses mains. Ce sont des antilopes. Elle peut s'en rendre compte par elle-même. Une horde d'antilopes qui se déplace sur la plaine en un torrent brun, ininterrompu. Adam ramasse du bois, l'entasse contre le mur qu'il vient de construire sans lui donner d'explications : branches sèches, brindilles cassantes, écorces d'épineux.

Puis le vaste troupeau est sur eux. Il avance à une vitesse égale et, de loin, paraît léthargique. Il semble tout d'abord très éloigné puis les cerne l'instant d'après, tourbillonne et coule comme une grosse vague de corps brun-jaune, cannelle, chocolat, aux ventres blancs; la horde fonce droit devant elle, submerge tout sur son passage, se regroupe en une masse compacte dès qu'elle a laissé l'abri derrière elle. Tout est enveloppé de poussière – fine poudre brune qui s'insinue par tous les pores de votre peau, vous emplit les yeux, les narines et la bouche, s'accroche à vos cheveux, vos cils et vos sourcils.

D'abord, Adam et Elisabeth restent tapis contre leur murette protectrice, mais au bout d'un temps, comme le torrent de corps bruns coule sans discontinuer, ils prennent de l'assurance et se relèvent. On peut toucher les antilopes. Elles n'y font même pas attention; leurs grands yeux brillants et humides fixent le chemin droit devant elles.

Si près d'elles, il est possible de discerner des bruits au milieu de ce tintamarre général, de cette folie collective, inexplicable : bruit de sabots effilés sur la terre dure, pierres détachées qui roulent au bas de la colline, gémissements sourds ou cris stridents des antilopes. Sous leurs pattes, la terre tremble; frémissement interminable comme si les vastes plaines grelottaient de fièvre sous le soleil.

« Mais où vont-elles? demande-t-elle, perplexe.

– Elles voyagent, comme ça. (Il contemple le troupeau qui passe devant et autour d'eux. On ne peut pas encore en voir la fin.) Elles ont peut-être senti la pluie dans le vent. »

Au bout d'un long moment, il défait son balluchon et sort le pistolet. Il attend patiemment, choisit un jeune mâle à un mètre de lui, vise la tête et appuie sur la détente. Les autres antilopes n'essaient même pas d'éviter le corps. Adam doit faire vite pour sauver le cadavre avant qu'il ne soit réduit en bouillie, piétiné.

« Tu veux bien le couper? demande-t-il après avoir dépecé l'animal.

– Que vas-tu faire?»

Il indique le pistolet et le recharge.

« Mais une antilope suffit! proteste-t-elle. Nous ne pouvons pas conserver toute cette viande par un temps pareil.

– Le liquide gastrique », dit-il de manière sibylline.

Et il se met à tuer d'autres antilopes avec un sang-froid incroyable. Au bout d'un moment, il ne se sert même plus du pistolet et achève ses victimes à la sagaie. Jusqu'à ce qu'il y ait au moins dix cadavres entassés contre la murette. Toujours aucun signe d'apaisement du torrent. Elle l'aide à faire du feu, mais ça n'a aucun effet sur les antilopes qui passent près de l'abri.

« Si la murette ne les avait pas stoppées, dit-il, elles seraient passées à travers les flammes. Je les ai vues près de la rivière. Les premières sont piétinées; les autres poursuivent leur chemin jusqu'à ce qu'un pont de cadavres enjambe le cours d'eau. »

Au cœur de ce tremblement de terre, ils font rôtir leur viande et prennent leur repas. C'est irréel. Il lui est difficile de croire à ce spectacle même si elle y assiste. Il continue à couper les autres antilopes en tranches, à récupérer le liquide gastrique.

Elle plisse le nez de dégoût.

« Tu me seras reconnaissant dans quelque temps, dit-il en souriant.

– Nous trouverons certainement de l'eau.

– Crois-tu vraiment qu'elles feraient tout ce chemin s'il y avait de l'eau quelque part?

– Tu veux dire que...? »

Il hoche la tête et continue son travail en grimaçant.

« Ça va donc aller en empirant?

– Oui. Non seulement à cause de l'eau, mais parce qu'elles ont également tout réduit en poussière. Il ne nous sera plus possible de trouver des *kambro* ou d'autres bulbes. C'est un désert, maintenant. »

Elle se lève et se tourne vers le sud; le soleil est juste au-dessus d'elle : elle regarde la chaîne de montagnes, au-delà des plaines ondulantes. Il sait à quoi elle pense : voilà les montagnes qu'ils ont franchies.

La horde continue de passer lentement et inexorablement pendant toute la journée. Leur abri est comme une petite île sur la plaine grouillante, couverte de poussière rouge. Adam ne garde que la viande de la première antilope qu'il a coupée et essaie vainement de l'abriter du soleil sous une couverture. Les autres cadavres sont jetés dans la masse mouvante qui les piétine et les fait redevenir poussière. La nuit tombe enfin. La terre frissonne encore sous eux. Adossés au muret, ils s'assoient près du feu et écoutent le grondement s'effacer dans la nuit. Les étoiles sont invisibles à travers la poussière. Il fait presque jour à nouveau quand le torrent se tarit. Le grondement de la migration reflue et se transforme en un battement monotone et sourd, jusqu'à ce que seul subsiste le tremblement de la terre. Puis il cesse, lui aussi.

Adam et Elisabeth se lèvent avec le soleil, couverts de poussière, les yeux larmoyants. Ils ont mal à la tête. Le monde est vaste et vide, peut-être même plus qu'avant. Le nuage de poussière flotte, immobile, sur le veld; pas un souffle de vent. Aucun contour n'est visible comme si les collines mêmes avaient été piétinées et enfoncées en terre. Aucun signe de buissons au ras du sol, de tas de bois sec ou de pierres. Seul, un paysage monotone de poussière.

« Continuons-nous? »

Elle ne répond pas, ne hoche même pas la tête.

« J'ai toujours cru que ça allait s'améliorer à mesure que nous avancerions, dit-elle enfin. C'était ce qui me

stimulait, chaque jour. Je croyais fermement :
demain...

– Et maintenant? demande-t-il d'un ton brusque.

– Nous ne pouvons pas rester ici.

– Faisons-nous marche arrière?»

Il indique les montagnes vers le sud.

« Crois-tu que nous soyons capables de les franchir
une seconde fois?»

Il hausse les épaules.

« Il vaudrait mieux continuer.

– Même si tu sais que ça ne va pas s'améliorer?»

Elle hoche la tête en serrant les dents et ramasse son
balluchon.

Ils se remettent en route dans le grand vide, hébétés.
Des oiseaux de proie tournoient dans le ciel.

Au bout de quelques kilomètres – le soleil darde
déjà ses rayons sans pitié – ils tombent sur un paquet
sanglant, piétiné, poussiéreux, recouvert de vautours.
Méconnaissable. Un bout de crâne, des dents, des
touffes de poils.

« C'était un lion, dit-il, presque avec respect. Les
antilopes l'ont réduit en bouillie.

– Mais... »

Ça ne vaut pas la peine d'ajouter quoi que ce
soit.

Nous avons déjà parlé de ça. Te souviens-tu? Tu ne
voulais pas me croire. Tu croyais encore que ça
n'arrivait qu'au Cap et que ça atteignait parfois ce veld
désolé. Saisis-tu un peu mieux maintenant? Comprends-tu cette existence qui mène sa vie bien à elle,
dans ce désert? Comprends-tu maintenant les souffrances endurées par les sans-nom, la révolte des
humbles?

Tu es si calme près de moi. Voici les vautours. Il n'y
a rien autour de nous. Tu es sale et couverte de
poussière. La sueur a dessiné des arabesques sur ton

visage brûlé. Tes cheveux sont maculés de boue; la souffrance cerne ta bouche; tes yeux sont injectés de sang, apeurés; tes seins pendent; tes aréoles sont noires et brûlées. Etre humain réduit en poussière. Je te reconnais. Je ne t'ai jamais aimée autant que je t'aime aujourd'hui.

La ruine n'est qu'une tache sur la colline dénudée, mais elle les attire comme un sémaphore. C'est la première fois, depuis les trois dernières ruines, qu'ils rencontrent un signe de vie; ce sont les vautours qui leur montrent le chemin.

Une maisonnette de boue et de pierre, à la façade presque entièrement effondrée, à la charpente malmenée par le vent; le mur de pierre, bas, qui entoure la cour tient encore debout. Ce doit être ce mur qui a détourné les antilopes migratrices et protégé la cour. Les vautours planent au-dessus de la maison; deux d'entre eux sont déjà perchés sur le toit démantelé. D'autres se sont posés sur le mur d'enceinte. Aucun signe de gens. Les oiseaux ont été attirés par le cadavre à demi décomposé d'une antilope qui gît sur le seuil, par le chien également. Il semble qu'il soit mort, lui aussi, mais il finit par lever la tête – bien trop grosse pour son corps décharné – aboie faiblement dès que les vautours s'approchent trop.

Depuis le passage des antilopes, le chien a dû veiller la carcasse en décomposition, s'en est nourri, morceau après morceau, a essayé d'humidifier le sang coagulé avec sa langue. Dès qu'Adam et Elisabeth s'approchent, il les avertit par un aboiement, pathétique tentative. Puis il remue la queue en gémissant doucement. Adam se dirige vers lui, tapote la tête osseuse. Le chien a dû être abandonné quand les gens ont quitté la maison. Quand est-ce que ça s'est passé? Pourquoi le chien ne les a-t-il pas suivis? Quand ont-ils abandonné leur mobilier – maintenant en pièces – qui jonche le sol de terre battue? Ça a dû se passer il y a très longtemps. On ne peut en être sûr. Le soleil et le vent travaillent violemment et vite. Ils doivent d'abord se débarrasser de l'antilope morte. Le chien se remet à gronder et essaie même de mordre Adam quand il se saisit de la carcasse par les pattes de derrière et l'emporte. Il va l'abandonner aux vautours qui grouillent à cinq cents mètres de la maison. Quand il revient, le chien l'accueille en frétillant de la queue misérablement, trop fatigué pour être agressif, renifle ses jambes, part en trottinant vers l'arrière de la maison, puis revient et répète le même scénario, jusqu'à ce qu'Adam le suive. Le chien le mène vers quelques épineux rabougris dans un fossé asséché qui court en diagonale dans la cour. Là, il découvre un puits de pierre. Dans les années pluvieuses, ce puits est certainement alimenté par une source. Toujours gémissant, le chien essaie de sauter sur la margelle, mais ses pattes sont trop faibles et il retombe. A moitié hébété, Adam jette un coup d'œil dans le puits, mais il y fait trop sombre. Il jette un caillou, reprend sa respiration et entend le bruit de l'eau au moment où le caillou en heurte la surface. Adam attache ensemble leurs morceaux de cuir et leurs ficelles, fait descendre leur marmite percée dans le puits et se débrouille, après une difficile manipulation, pour ramener un peu d'eau stagnante et croupie. Il ne reste que quelques centimètres d'eau au fond du puits, mais cette découverte inattendue fait naître un sanglot dans sa gorge.

Dans un accès de joie, il verse à l'intention du chien un peu d'eau au creux d'une pierre, avant de remplir l'une des coquilles d'œuf pour Elisabeth.

Elle s'est endormie à l'endroit où elle est assise, près de la porte de la cuisine. C'est la première fois qu'ils découvrent un endroit où s'abriter du soleil, depuis qu'ils ont emprunté la piste des antilopes migratrices. Pendant cette semaine écoulée, ils ont dû porter leurs balluchons sur leurs têtes pour se faire un peu d'ombre. Ils ont également dû porter les *karosses* trop chauds pour se protéger le corps du soleil implacable. La provision de liquide gastrique leur a permis de poursuivre leur route. Elisabeth filtrait le liquide à travers l'ourlet de sa robe du Cap pour le purifier. Elle aurait vomi sinon. Et maintenant, de façon si inattendue, leur arrive ce don précieux : l'eau du puits.

Brûlant d'impatience, il laisse l'eau décanter quelques minutes dans la coquille d'œuf avant de la soulever doucement et de la porter à ses lèvres craquelées et brûlées. Il la voit bouger les lèvres dans son sommeil, avaler; elle se relève tout à coup, le regarde affolée et méfiante, ne comprenant pas ce qu'il lui arrive.

Sans avoir rien mangé, repus d'eau, ils s'allongent et s'endorment – tout l'après-midi, toute la nuit et une partie du jour suivant – avant de se réveiller finalement à cause du chien qui gémit et tire leurs *karosses*.

Ils se sentent encore plus fatigués maintenant qu'ils ont dormi, comme si leur sommeil avait fait remonter les tonnes de fatigue accumulées, à la surface de leur existence. Assis sur le seuil, ils fixent le monde vide en mâchonnant avec difficulté les restes de leurs provisions, adoucis par un soupçon de miel. Elisabeth donne au chien quelques tranches de viande, rances. Pour la première fois, Adam se met à explorer la maison et les alentours. Il a mal à la tête. Il commence à fouiller les moellons et découvre quelques os qui saillent au pied de la façade à demi éboulée. Un crâne humain. D'autres os. Il peut y avoir plusieurs squelettes sous ce tas de pierres. Pourquoi chercher à tous les déterrer?

Elle le trouve là, s'arrête et touche le crâne du bout du pied.

« C'est peut-être le vent qui a fait s'écrouler le mur

sur leurs têtes, dit-elle sans qu'il ne lui demande rien. Crois-tu que ce soient les Boschimans qui les aient tués?

– Si c'était un accident, il devrait y avoir encore de la nourriture dans les parages. »

Ils se mettent à fouiller les moellons avec un regain d'intérêt, mais tout ce qui était comestible a été pillé ou détruit. Ils découvrent les squelettes de deux enfants. A l'endroit où le mur détruit abritait le petit jardin, ils trouvent trois ou quatre citrouilles qui doivent être là depuis des mois – leur dure écorce a bien protégé la chair – une poignée de pommes de terre ratatinées, des pois dans leurs cosses brûlées de soleil mais encore mangeables si on les fait au préalable tremper dans l'eau. C'est de la nourriture. Il y en a même suffisamment pour la partager avec le chien.

Ils ne bougent pas de la maison pendant des jours, dorment ou restent allongés à l'ombre, immobiles. Ils ressentent pourtant un regain d'énergie les gagner, même si ce n'est pas un nouvel espoir qui naît en eux. Une simple résignation plutôt. Une éternité gît derrière eux. Une autre les attend; ils sont fatigués, mais ils devront repartir, tôt ou tard.

Sous ce qui reste du toit, des hirondelles ont fait leur nid. Jour après jour, ils contemplent les allées et venues des oiseaux qui ramènent des moucherons ou des vers. Ils écoutent passivement les petits cris des oisillons. Adam attend, se retient de dérober le nid sachant que cela doit rester pour la fin. Un acte décisif qui sera le signal de départ. Il remet cette action, l'eau à la bouche à l'idée du plat qui les attend, mais il a peur de prendre cette décision. Jusqu'à ce qu'enfin, il ne puisse plus retarder son forfait. Un soir, après que les parents ont regagné le nid, il empile des pierres et du bois contre le mur, grimpe et enlève les oiseaux les uns après les autres, en tenant les petits cous entre le pouce et l'index. Un bref mouvement du poignet. C'est assez.

Elisabeth les prend, va préparer la soupe et en remplit leurs plats. Ils prennent enfin un repas chaud et précieux. Même le chien reçoit sa portion. Assis sur le seuil, ils mangent leur soupe en essayant de la faire durer le plus longtemps possible; ils savent tous deux, sans rien dire, qu'une autre fin vient d'arriver. Cette chose souterraine qui les guide toujours plus avant n'a pas perdu de sa force.

Elle se souvient de la première ruine rencontrée sur leur route, juste avant d'atteindre la mer : ruine décisive. Elle préparait le dîner en attendant son retour; il était resté absent jusqu'au coucher du soleil; une bande de chiens sauvages traquait un zèbre et lui arrachait des lambeaux de peau pendant qu'il courait, éperdu. Puis Adam était soudainement réapparu parmi les arbres, une antilope sur les épaules. Il était de retour; il était revenu. « Nous ne devons pas rester ici », lui avait-elle dit cette nuit-là. Maintenant, elle lui dit :

« Nous devons repartir, demain matin. Il ne fait pas bon rester ici. »

Ils se remettent en route dans ce monde décharné avant le lever du soleil. Le chien galeux les suit et trotte sur leurs talons.

Adam se retourne et lui donne un coup de pied. Le chien s'arrête, les oreilles plaquées sur le crâne, la queue entre les pattes, mais dès qu'ils se remettent à marcher, il les suit, à distance cette fois. Adam ramasse une pierre et la lui lance. Le chien s'éloigne en aboyant et, au moment où ils se retournent et repartent, il les rejoint au triple galop.

« Pourquoi ne peut-il pas venir avec nous? demande Elisabeth. C'est lui qui t'a amené vers l'eau. Il nous a sauvé la vie.

– Nous ne pouvons pas le nourrir.

– Il a besoin de nous, Adam. Il ne peut pas survivre sans nous.

– Il mourra de faim s'il vient avec nous.

– Peut-être trouvera-t-il quelque chose à manger.

– Il n'y arrivera pas tout seul.

– Alors, je partagerai mon repas avec lui.

– Ne sois pas stupide! »

Il la fixe d'un air menaçant, ressent l'envie de saisir sa sagaie, de la plonger dans le corps squelettique du chien, mais elle semble lire dans ses pensées et s'interpose entre l'animal et lui. Il baisse les yeux sous son regard impavide et se résigne à l'incompréhensible : que cette ignoble créature représente quelque chose pour elle, qu'il n'ose point la toucher sans nier une part importante d'elle-même et d'eux-mêmes. Sans un mot, surpris et en colère, il se retourne et s'éloigne. Elle le rejoint. Le chien les suit à quelques mètres.

Dans sa cahute déglinguée, faite de débris de bateaux – échoués sur les rochers ou ensablés pour avoir mal calculé l'entrée de la baie – le vieux Roloff travaillait sur ses cartes, inlassablement. Crinière hirsute et blanche; yeux injectés de sang qui pleuraient et brûlaient de toutes ces nuits passées à la lueur blafarde de la lampe. Il lui restait trois dents, deux en haut et une en bas. Ses mains rongées par l'arthrite étaient recroquevillées comme les serres d'un oiseau de proie. Ses poignets de chemise étaient élimés; ses pantalons mal coupés laissaient apparaître ses jambes nues, ses mollets saillants que l'on apercevait quand il vous précédait à l'intérieur de sa cahute obscure. C'était là qu'il vivait avec une vieille femme hottentote qui pêchait, faisait la cuisine et partageait son lit à même le sol pendant qu'il passait son temps sur ses cartes. Sa conversation était un mélange de souvenirs de l'Allemagne qu'il avait quittée tout jeune, de ses voyages comme marin de la Compagnie des Indes orientales, des ports et des femmes (il lui faisait un clin d'œil), des nuits phosphorescentes sur les mers inconnues et de l'odeur nauséabonde des cales, des chasses aux esclaves à Madagascar et sur la côte de Guinée, du long voyage à travers l'intérieur du Cap, aussi loin que le pays cafre au-delà de la Great Fish River, douze ans auparavant.

*Aber zur Sache, Herr* Larsson : c'était, vous comprenez, au retour de mes voyages que je dessinais mes cartes, montrant tous les détails du pays, *vollständig*. Vous connaissez la carte de Kolb, je pense? Oubliez-la. L'homme passait tout son temps à boire dans les tavernes du Cap, à en être *kaput*. Il n'a jamais mis le pied au-delà de Stellenbosch. Avez-vous jamais vu un rhinocéros comme le sien? Il ressemble à quelque chose extrait de *Die Offenbarung Johannis*. C'étaient ses compagnons de beuverie qui lui dessinaient les cartes et lui racontaient les histoires qu'il écrivait. *Schändlich*. Comme l'abbé de La Caille, par exemple.*Verflixt!* Je ne veux rien dire contre un homme de Dieu, mais quand on regarde l'une de ses cartes, on veut bien croire qu'il en sait plus sur le paradis que sur Le Cap. Non, *glauben sie mir :* ma carte est la seule à montrer le pays tel qu'il est en réalité.

*Nun also*, je l'ai apportée au gouverneur, avec mes compliments, pensant que j'allais pouvoir gagner quelques rixdollars pour mes vieux jours. *Gott im Himmel!* Voilà que je suis convoqué par le secrétaire du Conseil. Reprenez votre carte, me dit-il, par ordre de *Seine Exzellenz*. Si jamais vous osez la montrer à quelqu'un ou en faire une copie pour quelqu'un d'autre, alors *sofort* c'est trente ans au bagne pour vous.

*Sehen sie mal, Herr* Larsson. Je suis resté enfermé ici depuis ce jour-là et je n'ai plus arrêté de recopier, encore et toujours, la même carte. *Was sonst*, même si ce n'est que pour le vent. *Überzeugen sie sich*, cette maison entière est remplie de cartes et pas une seule âme ne peut y jeter un coup d'œil. Peut-être un jour, quand je serai mort et que la vieille Eva m'aura enterré sur la plage, peut-être que cette baraque s'écroulera et que le vent emportera toutes mes cartes, *weit und breit* et, quelque part dans un buisson, un étranger en ramassera une et découvrira à quoi ressemble ce pays. Je veux dire : comment peut-on rester assis *diesseits* de la montagne et ignorer à quoi ça ressemble *jens seits? Nicht wahr?* Mais vous devez me pardonner, *Herr* Larsson – *Liebe, schöne Frau!* Je ne peux vraiment pas vous en donner une. Et si le Conseil s'en rendait compte? Alors ce serait direct à Robben Island, pour moi, *dreissig Jahre.* Non, il vaut mieux être patient. Il ne me reste plus beaucoup d'années à vivre. Que je les vive en paix. Aussi, si vous voulez savoir à quoi ressemble le pays, vous n'avez qu'une seule chose à faire, *fürwahr :* allez vous en rendre compte par vous-même. Dressez votre propre carte. Peut-être que le gouverneur vous comprendra. *Aber nehmen Sie sich in Acht*, les gens d'ici ont peur de leur propre pays. Ils préfèrent ne pas savoir à quoi il ressemble. Ce que l'œil ne voit pas... *das verstehen Sie doch, ja?*

Sans carte, à travers l'espace, sans aucune certitude sur la direction, suivant simplement le coucher du soleil à la recherche du nid où l'oiseau de feu pond ses œufs d'or. Mais l'atteint-on jamais? En l'absence de repères, on ne peut même pas évaluer l'avance. La seule indication que l'on ait est cette fatigue qui vous monte dans les jambes, cette difficulté de plus en plus grande à bouger les membres, cette douleur au creux de l'estomac qui vous tord les entrailles de ses longs doigts, se resserre de plus en plus et ne relâche jamais son emprise. On ne peut qu'avancer, encore et toujours, machinalement, seule résistance contre la faim, la soif, soi-même, obéissant à cette indomptable

volonté qui vous pousse à poursuivre. Il serait tellement plus facile de s'allonger, de ne plus se relever.

Premièrement : observation. Maintenant : souffrance. Il est plus facile de voyager dans le paysage de
la vérité que d'essayer de le comprendre ou d'en
rendre compte.

Lui, elle, le chien squelettique.

De temps à autre, des ossements d'animaux recou-
verts de sable.

« Peut-être serons-nous, toi et moi, couchés un de
ces jours, ici. Crois-tu que le pays nous acceptera à ce
moment-là?

– N'y pense pas, dit-il brutalement. Pense au
Cap. »

Elle secoue la tête misérablement.

« J'ai oublié Le Cap. Je ne peux plus m'en souvenir.
Il me semble parfois que j'ai dû tout inventer, de
toutes pièces. Tout ce qui me reste est ici. Et je ne sais
pas encore pendant combien de temps je vais arriver à
poursuivre la route.

– *Nous le devons.*

– Je le sais. J'essaie. Mais le peut-on vraiment? »

Elle le regarde. Ses yeux se sont enfoncés plus
profond dans ses orbites. De sa langue enflée, elle
lèche les croûtes de sang et essaie de les enlever de ses
lèvres craquelées, mais l'humidité ne fait qu'en aviver
la douleur. Elle semble avoir du mal à le regarder dans
la réverbération. Le dessin de son torse est visible; ses
hanches sont proéminentes. C'est comme si ses genoux
et ses coudes étaient soudainement disproportionnés
face à la maigreur de ses bras et de ses jambes.

« Oui, on le peut, dit-il. (Il est aussi maigre qu'elle,
encore plus brûlé.) Nous allons réussir. »

Le chien les suit en se traînant sur ses pattes
douloureuses. Elle l'a remarqué quand il ne savait pas
qu'elle le regardait. Adam nourrit l'animal régulière-
ment. Il a même réduit la longueur des étapes pour

l'épargner. Ils passent les heures torrides sous une tente dressée à la hâte, les *karosses* enroulés sur des bâtons.

Avant de quitter la piste ravagée par les antilopes migratrices, le chien leur rapporte, d'une excursion secrète sur les plaines, un écureuil. Il le dépose aux pieds d'Adam, lève la tête et remue la queue faiblement. Elle est si bouleversée qu'elle doit tourner la tête pour cacher ses larmes. Sans comprendre, Adam se baisse et caresse la tête du chien. Puis il se met à dépecer l'animal et à le faire rôtir.

Depuis le chien a déniché d'autres animaux : tamias, tortues, serpentaire même, une fois. Dès qu'ils quittent la piste poussiéreuse, ça arrive beaucoup plus souvent. Le chien devient, en fait, indispensable à leur survie, étrange catalyseur pour leurs propres relations.

Adam arrive, depuis peu, à localiser et à extraire à nouveau les rares *barroe ngaap* ou *kambro*, le long du chemin. Ils arrachent les feuilles des plantes charnues, pillent les œufs et les larves des fourmilières, prennent la gomme des épineux, cherchent les baies de *ghwarries*. Parfois, à l'aube, ils lèchent les gouttes de rosée sur les larges feuilles des xérophytes ou volent, aux toiles frémissantes des araignées chasseresses, les gouttes de rosée accumulées pendant la nuit. Mais c'est trop peu, infime. A peine suffisant pour les empêcher de mourir. Ils maigrissent à vue d'œil; chaque étape se fait plus douloureuse. Chaque jour – minuscule bail de vie renouvelé – repousse l'horizon d'un jour supplémentaire. Elle se met à penser que tout ça est pire que la solitude la plus absolue du désert. Là, au moins, on acceptait que sa mort soit inévitable et se rapproche toujours plus. Aucun espoir de rédemption; seule la possibilité de continuer en traînant les pieds sur la terre dure et brûlante, vers l'horizon, sans jamais vraiment l'atteindre, sans jamais être capable d'y renoncer. Nous ne pouvons qu'espérer, aussi loin que nous allions, que ce que nous entrevoyons de l'horizon est véritablement la fin.

Elle a soudain l'impression que plus rien ne va l'empêcher de mourir. Rien de nouveau pendant deux jours; rien sur cette plaine infinie. Ils s'arrêtent juste après le lever du soleil. Adam cale les deux bâtons avec des pierres, étend les *karosses*, dresse la petite tente contre la chaleur du jour. Il s'assied à l'ombre. Elle s'étend. Elle ne fait aucun effort pour lui parler, ayant peur qu'il ne tente de la dissuader. Elle s'étend simplement, ayant pris la décision sereine de ne plus se relever. Ça ne vaut plus le coup, c'est ce qu'elle pense. On continue de croire que l'on peut toujours avancer, mais il faut, tôt ou tard, s'arrêter – et maintenant, ce jour est arrivé, pour elle.

Elle entend le chien aboyer au loin, mais elle ne veut pas y penser. Elle se redresse, l'esprit embrumé, sans rien comprendre, quand elle saisit tout à coup qu'Adam lui parle en tenant à la main quelque chose que le chien a rapporté. Un serpent. Elle secoue la tête ne comprenant pas ce qu'il cherche à lui dire. En se concentrant, elle suit ses mots sur ses lèvres.

« Nous pouvons le manger. Seule la tête est venimeuse. »

Elle secoue la tête à nouveau.

« Non.

– C'est de la viande comme n'importe quel autre animal.

– C'est un péché. »

Soudain, elle se met à rire de ses propres mots, sans trop savoir pourquoi, sans pouvoir se maîtriser. Ce n'est qu'au bout d'un long moment qu'elle se rend compte qu'elle ne rit plus, mais pleure à chaudes larmes qui lui brûlent la gorge.

Adam coupe le serpent en petits morceaux qu'il fait roussir sur un feu qu'il a allumé; juste assez pour que le sang qui noie la chair se coagule. Mais elle refuse d'essayer.

« Je t'en prie.

– Je n'en veux pas.

– Si tu ne manges pas, tu vas mourir.

– Je veux mourir. Ne fais rien pour m'en empêcher.

– Elisabeth. (Il lutte avec elle, la tient contre son corps osseux.) Ne parle pas ainsi. Mange. C'est de la viande.

– Je ne peux pas. »

Comme si elle était un enfant qui doit prendre ses médicaments, il est obligé de lui entrouvrir les mâchoires – elle résiste quelques instants, puis cède, trop fatiguée pour se débattre – et de lui glisser un morceau entre ses dents serrées.

« Mange, ma chérie. »

Elle continue de secouer la tête tout en mâchonnant, les yeux clos. Elle avale.

« C'est bon, dit-il. C'est bon. Mange un autre morceau. »

Avant d'avoir pu lui répondre, elle se met à vomir.

« Essaie encore. »

Son estomac rejette la viande et se contracte comme le jour où ils ont découvert le corps. Elle n'arrive même pas à pleurer.

*C'est donc la fin*, pense-t-elle; elle sourit étrangement à l'idée de salut. De fins filaments de vase sont collés à ses cheveux. Mais, après s'être résignée à cette mort, une insupportable tristesse l'envahit.

« Je suis en train de mourir, marmonne-t-elle entre ses lèvres malades. Et je n'y comprends toujours rien. Je ne sais pas ce que je fais ici. »

Il la prend dans ses bras.

« Te souviens-tu, dit-il doucement, du jour où tu

m'as questionné au sujet de la mer? Quand je t'ai emmenée sur la petite île?

– Oui. Les petits poissons, les papules, les crabes, les anémones, l'eau claire, le poulpe rouge. Oui, je m'en souviens. La mer venait s'écraser sur les rochers qui nous entouraient. Comment peux-tu la sentir s'il n'y a pas de danger? Tu m'as forcée à terre, sur le sable blanc. Tu m'as pénétrée violemment. La mer nous cernait de toutes parts. Les vagues nous submergeaient et tu as joui en moi. Et cette nuit-là, l'eau de la marée de printemps a englouti l'île. Oui, je m'en souviens.

– Te souviens-tu du jour où nous étions assis sur le *koppie* et où nous écoutions passer les antilopes?

– Elles ont même écrasé un lion sur leur passage; leurs yeux fixes dévisageaient le lointain. La mort était touchante et belle.

– Si tu te souviens de ça, ça te sera plus facile à partir de maintenant. Reste allongée. Ne bouge pas. Tu vas entendre le pays. N'écoute pas avec tes oreilles. *Entends-le*.

– Te coucheras-tu encore sur moi? murmure-t-elle.

– Si tu veux.

– Ne me quitte pas. »

Il change de position et la couvre de son corps. Cette fois-ci, ils restent immobiles. Elle le caresse gentiment; ses mains touchent ses cicatrices, comme des questions.

Elle l'entend respirer contre elle. Elle perçoit les battements de son propre sang. C'est comme si elle quittait son corps et s'élevait, très haut, comme un vautour, et les regardait, allongés, dans ce petit coin d'ombre au milieu de la plaine. Les sons les plus proches cessent. Elle peut entendre quelque chose d'autre au-delà des stridulations des cigales, quelque chose de plus important, de plus énorme : le silence,

276

lui-même, qui s'exprime à travers les pierres, les fossés d'érosion, les *koppies* et les bois battus des vents.

Je me demande parfois si je t'ai rêvé. Endormi sur le sable comme une étoile de mer rejetée par la vague, pensée née de la mer; du sable brillait sur ton dos – endormi près de la mer qui respire, tes doigts refermés sur l'insoluble mystère d'un coquillage. Tes jambes se contractaient nerveusement comme une algue dans un trou d'eau. Je veux te toucher, timidement d'abord, doucement, puis de plus en plus sauvagement, te dévorer, te posséder entièrement. Tu es réveillé dans ma bouche. Je disparais dans le vert de la mer. Ma tête tourne, légère. Tu m'attires de plus en plus profond en toi, comme une marée, comme l'extase silencieuse devant la beauté des fonds sous-marins. Comme un petit poisson, je mordille ton cou et tes épaules, tes seins, ton ventre, tes cuisses et ton sexe qui enfle; tu es si proche que je ne sais plus où tu finis et où je commence; je me laisse aller dans cette eau sans fin. Je me dissous, m'évapore comme l'écume, les embruns ou la brume, comme un petit nuage qui deviendrait énorme et se transformerait en pluie.

Tu essaies de m'empêcher de mourir. Tu me couvres de ton corps pour me protéger des vautours. Le silence m'envahit, assourdissant. Il était déjà là avant notre arrivée; il sera toujours là après notre départ. Oui, je me souviens de tout. Tout converge dans mon néant : voilà ce que je sais, voilà ce que j'entends; sans moi, le pays ne saurait rien de sa propre existence. Merci. Je dois poursuivre la route pour l'amour de ce souvenir. N'ai-je pas dit, moi-même : Nous devons boucler la boucle? En moi, tout prend une signification ou se révèle sans intérêt. A moi de décider. Voilà la liberté que tu m'accordes. Tu veux que j'explore la souffrance mais que je ne sois pas en même temps détruite par elle.

Souffrance : c'est comme le ciel dans lequel vole

l'oiseau. De temps à autre, mais très rarement – un instant dans le vent – l'oiseau peut se poser sur une branche ou une pierre brûlante pour se reposer. Pas longtemps.

Tu es avec moi. Je te touche. Comme sur les rochers cernés par la mer; comme ce soir-là où tu m'as dit : « Je te veux nue. Juste pour un instant. » Jamais plus d'un instant. Peut-être ne pouvons-nous pas supporter plus d'un instant à la fois? Je me souviens. Je vais essayer de poursuivre la route. De ce terrible espace qui nous encercle naît le silence dans lequel, si rarement et si précieusement, j'ose te reconnaître et être reconnue par toi.

Levant la tête – quand s'est-il éloigné d'elle? Quand a-t-il regagné la lisière de leur abri? – elle le voit et comprend qu'il regarde, lui aussi, la même chose qu'elle. A l'horizon, sur la dernière crête pierreuse en dents de scie se déploie un grand lac éblouissant. D'abord, elle refuse d'y croire. Pourquoi ne l'ont-ils pas remarqué plus tôt? Ils étaient peut-être perclus de fatigue quand ils sont arrivés ce matin. Ils fixaient les choses qui se trouvaient à deux ou trois mètres d'eux, pas plus loin. Vos yeux sont blessés par le défi constant que vous lance l'horizon; vous devenez beaucoup plus humble quant à votre avance. Elle était trop fatiguée pour se rendre compte de quoi que ce soit, et lui, bien trop inquiet à son sujet pour regarder autour de lui. Mais c'est tout à fait clair. Ce lac a dû les narguer depuis qu'ils sont là. Ce lac qui s'étire comme un grand miroir vers l'est, entouré de vertes collines, d'arbres, de maisons et de gens. Elle avait raison de vouloir franchir les montagnes : un paradis existe de l'autre côté. Ils n'auraient pas dû perdre la foi aussi facilement. Maintenant, ils sont là, penaud et honteux.

Elle s'approche à quatre pattes d'Adam et le touche.

« Tu le vois? demande-t-elle inutilement.

– Est-ce bien vrai?

– Regarde toi-même. (Elle respire fort.) Viens, nous devons rassembler nos affaires et nous mettre en route.

– Ne devrions-nous pas attendre qu'il fasse un peu plus frais?

– Ça va aller, le rassure-t-elle avec insistance. Plus vite nous partirons, plus vite nous arriverons là-bas. (Elle refait son balluchon.) A quelle distance se trouve-t-il?

– C'est difficile de juger sur ces plaines. Nous pouvons l'atteindre avant le coucher du soleil. »

Le chien est allongé et lèche ses pattes meurtries. Il a mangé presque tout ce qui restait du serpent.

« Allez, viens, dit-elle.

– Nous devons y aller doucement, la prévient-il. Tu es épuisée et nous n'avons plus rien à manger.

– Il y aura toujours assez de viande et d'eau, là-bas. »

Elle se met à rire, un sanglot de joie au fond de la gorge.

Atteindre l'eau, plonger, s'immerger complètement, se laver, sentir son corps propre et frais à nouveau, boire autant que faire se peut. Vivre.

Il doit la retenir de temps à autre, car elle marche trop vite. Le chemin est long, la chaleur intolérable. Ils doivent économiser leur énergie; elle ne saisit pas combien c'est éreintant.

Pour toute réponse, elle montre du doigt quelque chose devant elle. Là-bas, là-bas, tu ne vois pas? Quelle importance cela a-t-il si nous y arrivons exténués? Nous pourrons rester là-bas aussi longtemps que nous le désirerons, jusqu'à ce que nous ayons recouvré totalement nos forces. A partir de maintenant, tout va devenir plus facile, tu vas voir. Le tournant décisif est derrière nous. Nous avons survécu. Tu m'as aidée à survivre.

Il est le premier à soupçonner la vérité. A travers les gouttes de sueur qui s'accrochent à ses paupières, il voit le lac étinceler, trembler, les arbres verts se balancer dans le vent, les gens s'agiter autour des huttes. Pourquoi n'avait-il pas deviné avant qu'ils ne se mettent en route ? On ne veut pas. Peut-être a-t-on besoin de ces petits élans de foi pour poursuivre sa route.

Il la voit marcher à quelques pas en avant, dépenser ses dernières ressources pour mouvoir ses longues jambes maigres. Il l'entend haleter. Il a envie de l'appeler mais sa voix est un murmure rauque au fond de sa gorge. Le chien les suit à une allure irrégulière, courant d'un buisson rabougri à un autre pour épargner et reposer ses pattes.

Adam a envie de pleurer. Il voudrait maudire, jurer. Pour la première fois depuis qu'ils sont ensemble, il sent ses entrailles se contracter de désespoir.

Il est très tard dans l'après-midi quand elle finit par s'arrêter, le corps lourd, couvert de sueur et de poussière.

« Est-ce... encore très loin ? » demande-t-elle.

On dirait que sa voix est blessée, qu'elle l'arrache du fond de sa gorge.

Il détourne le regard.

« Qu'y a-t-il, Adam ? Je t'ai posé une question : est-ce encore très loin ?

— Nous n'y arriverons jamais, dit-il, incapable de la regarder en face.

— Bien sûr que si. Pourquoi n'y arriverions-nous pas ?

— Ça n'existe pas. »

Elle lève son bras maigre pour lui montrer quelque chose mais le laisse retomber sur son flanc haletant.

« Mais c'est impossible, Adam !

— Non, ce n'est qu'un mirage.

– Si l'on n'a pas le choix et si l'on doit mourir, dit-elle, la voix tendue, pourquoi ne peut-on pas mourir de mort violente comme ce babouin, dans les montagnes? Pourquoi cela doit-il prendre cette forme?

– Nous n'allons pas mourir. »

Il essaie de la réconforter.

« Je ne veux plus vivre. Je suis trop fatiguée. Je ne veux plus, un point c'est tout.

– Ce matin, tu ne voulais plus, mais tu as continué, quand même.

– Parce que nous avions vu le lac. Parce que, tout à coup, il y avait quelque chose pour nous permettre de croire, pour nous obliger à poursuivre notre route. »

Elle s'assied sur le sol brûlant.

« Il y a une colline là-bas. Allons-y. Ce sera plus facile d'y passer la nuit

– Non, je veux rester ici », dit-elle, entêtée.

Il lui tend la main pour l'aider à se relever, mais elle se dégage de lui avec colère et éclate en sanglots. Il lui est presque impossible de pleurer; sa poitrine et sa gorge sont bien trop sèches; recroquevillée en un petit tas, elle s'assied à nouveau et sanglote, le corps secoué de spasmes.

« Ce n'est pas si loin, dit-il, suppliant.

– Pourquoi *n'y vas-tu pas?* (Elle halète.) Retourne au Cap. Dis-leur... »

Elle n'ajoute rien de plus. Ses pleurs cessent.

Il défait leurs balluchons, mais il n'a rien à lui offrir. Pas une feuille, pas une racine à mâchonner, rien. Il a la tentation de s'asseoir à côté d'elle, de s'allonger avec elle, de ne plus jamais bouger. Ne plus s'abriter sous le *kaross*, rester ainsi exposés au froid de la nuit, au soleil du lendemain. Mais l'intensité de sa tentation le fait résister. Il cale les bâtons dans les petits tas de pierres, étend le *kaross*, puis allume un feu, s'assied à côté et regarde le monde s'obscurcir. Le chien est couché, face à lui. Elle ne bouge pas.

Au loin, les chacals se mettent à hurler et à rire. S'il y a des chacals, pense-t-il, il doit donc y avoir d'autres animaux. Lièvres, antilopes, gnous. La lune se lève. Il se dresse en serrant les dents, le corps perclus et douloureux. Sa poitrine est en feu.

Il recouvre Elisabeth avec le deuxième *kaross*.

« Reste ici, lui dit-il. Je vais essayer de trouver quelque chose à manger.

— Il n'y a rien.

— Je trouverai bien quelque chose. Promis. »

Elle secoue la tête.

« Je te laisse le chien et la sagaie. Je ne sais pas combien de temps je resterai absent, mais je vais revenir. Tu m'entends, Elisabeth ? Je vais revenir avec quelque chose à manger.

— Ne t'en va pas, implore-t-elle.

— Il le faut. C'est notre dernier espoir. »

Agenouillé près d'elle, il la borde et l'embrasse. Ses lèvres sont complètement desséchées. Elles ressemblent à des cosses qui se frôleraient et s'érafleraient.

Elle le suit des yeux en essayant de se souvenir de ce qu'il lui a dit. Va-t-il au Cap ? Transmets tout mon amour à mes parents. Dis-leur... Y a-t-il des gens et de l'eau dans les parages ? Une rivière en crue. Non, le bœuf a été emporté. C'est moi qui l'ai forcé à plonger. Attention aux pierres. Tu ne peux pas tuer cette petite antilope ; elle m'a vue me baigner au bord de la rivière ; elle nous fait confiance ; elle est venue vers nous pour trouver un abri. Il neige, dehors. Tu sens comme il fait froid ?

Que fait le chien ici ? Il n'est pas mort ? Je croyais qu'un serpent l'avait mordu. Une vieille femme hottentote a enlevé le venin par succion, mais elle est morte elle aussi et ils l'ont enterrée dans un trou de porc-épic. Elle portait ma robe. Elle a eu l'audace de piller mes affaires, de me voler ma robe. Elle ne savait même pas comment il fallait la porter. Ses mamelles pendaient par-dessus la robe, vieux sacs vides... Les jeunes filles ont de longues lèvres d'amour humides qui saillent autour de leur fente. Elle me les a montrées; elle était fière d'elle. Personne n'a honte ici; on a simplement besoin de se couvrir pour se protéger des vautours. Tôt ou tard, ils le découvriront sous les pierres. Si seulement on pouvait être pur, nu comme un squelette, comme un rocher débarrassé de ses anatifes. Une lanterne jaune oscille au-dessus de mes journées. Nous nous changeons trois fois par jour; apporte-moi un peu d'eau. Vas-tu m'écouter? J'ai l'habitude qu'on m'obéisse. Ne fais jamais confiance à un esclave, mon enfant. Tu crois qu'un esclave n'est rien d'autre qu'une femme et une femme rien d'autre qu'une esclave. J'aimerais vous dire : je vais me marier. Je ne descends pas aux enfers. Ce n'est que l'intérieur des terres. Nous dresserons notre propre carte au fur et à mesure de notre avance. *Sehen sie mal*, je ne fais que recopier encore et toujours la même carte. *Aber nehmen sie sich in Acht*, les gens d'ici ont peur de leur propre pays. Quelque part dans un buisson, un étranger en ramassera une, éparpillée par le vent.

Elles passent devant vous comme le vent. Il est évident qu'elles ne voient rien, yeux fixés devant elles. Elles croient encore en un paradis. Regarde, je n'ai pas peur. Je ne suis pas fatiguée. Il peut poursuivre la route sans moi. Je ne sais pas où il va aller, mais tout ira bien pour lui; encore et toujours en rond comme sur une île.

Elle doit avoir somnolé, car lorsqu'elle ouvre les yeux à nouveau, la lune s'est déplacée vers l'autre bout de l'abri. Les chacals s'amusent toujours dans le noir. Elle ne peut plus voir le chien. Ces pauvres enfants, morts dans les ruines. Etait-ce vraiment l'œuvre des

Boschimans? Pourquoi détruire toute une famille pour quelques têtes de bétail? Ça n'a pas de sens.

Me voici. Détruis-moi, moi aussi. Envoie un autre troupeau d'antilopes pour qu'il me piétine dans la poussière. On naît au milieu de tant de souffrance. On est si indestructible.

Elle s'assied avec difficulté pour regarder le jour poindre. Adam est toujours absent. Le jour où la rivière a emporté le bœuf, pense-t-elle, elle avait également eu envie de sauter dans le courant, convaincue qu'elle était à ce moment-là de ne plus pouvoir vivre ni endurer plus longtemps. Ridicule! Aujourd'hui, elle a sûrement des raisons de se détruire. Elle ne fait cependant aucun geste pour accomplir son dessein. Comment est-il possible, après tant de souffrance, de se galvaniser davantage contre la seule chose qui pourrait mettre enfin un terme à tout ça?

Je suis fatiguée. Je suis fatiguée. Je ne veux pas poursuivre la route et pourtant je continue. Comment puis-je le laisser errer dans la nuit, pendant des jours peut-être, à la recherche de ma nourriture, s'il revient pour me trouver morte? *Tu* me retiens; pas moi.

Jusqu'à quel point avais-tu raison de vouloir te suicider le jour où ton maître t'a ordonné de fouetter ta mère? Mais tu ne l'as pas fait. Tu as contemplé la grande Montagne libre, de l'autre côté de la mer; pourtant tu n'es pas devenu fou et tu ne t'es pas suicidé. Pendant tous ces mois, tu as tout enduré sur ton île.

Tu t'es sauvé sur un frêle radeau : bruit de l'eau qui dégouline des avirons. Je ne me souviens pas tout de suite du bruit des vagues qui viennent mourir, ni du craquement du bois, mais de ce bruit des avirons dans l'eau – premiers sons furtifs de la liberté. C'était la même chose, ce jour-là devant la Citadelle. Je ne me souviens pas des fers, du fouet ou des quolibets de la foule mais du piaillement des mouettes au-dessus de moi, de leur mouvement dans le vent. Même maintenant, dès que mes pensées m'emmènent loin de ce pays de la soif que nous traversons, ce sont les mouettes que j'entends. Chaque nuit, quand je sombre dans le sommeil, j'entends l'eau dégouliner de mes avirons. Cette fois-ci, il n'y avait pas d'eau; juste un mirage. Y survivra-t-elle? Elle semble avoir perdu toute volonté. Il va falloir que je lui trouve quelque chose, non pas une tortue, un serpent ou un melon d'eau. Aurait-ce été plus facile si l'on avait pu prier et appeler à l'aide? Prier qui? Le Dieu Allah de ma grand-mère Seli ou le Heitsi-Eibib de ma mère, Dieu ou Jésus-Christ? Des noms, des noms. Je dois me frayer un chemin parmi les choses les plus infimes: pierres et racines indestructibles, plaine, *koppie*, étoile ou lune.

Il se dirige vers le bruit que font les chacals. Seul, dans la fraîcheur de cette nuit. Il avance rapidement. C'est enivrant d'être seul dans l'espace, comme si le monde s'étendait plus encore à l'infini, les ombres noires des pierres ou des buissons plus réelles que les choses elles-mêmes. Tout semble moins rude que pendant la journée. Pas plus tendre, mais moins hostile.

Il lui est impossible de savoir si les chacals vont et viennent autour de lui ou si les bruits le trompent. Quoi qu'il en soit, il semble tourner en rond à leur recherche; il fait presque jour avant qu'il ne soit proche d'eux. Il sait que cette chasse peut n'être qu'une désillusion de plus, comme le mirage. Les bruits que font les chacals ne veulent peut-être rien dire. Ce n'est peut-être qu'un jeu, une bagarre, un rite amoureux. Il s'y prépare. Quand il les aperçoit dans les premières lueurs, il découvre avec soulagement qu'il ne les a pas poursuivis en vain : trois ou quatre chacals ont acculé une antilope blessée contre la paroi d'un *koppie*. Elle tente de protéger son faon du carnage. Ils n'ont pas dû la débusquer depuis longtemps, car elle n'a pas eu le temps d'avaler l'arrièrefaix. Les chacals s'enfuient devant Adam, en grognant, gémissant, lâches et menaçants. Ils s'en vont dès que le soleil se lève. Le faon regarde Adam en reniflant avec méfiance. Chaque fois qu'il tente de passer devant sa mère, sur ses longues pattes tremblantes et mal assurées, elle le rejette en arrière. Au moindre mouvement d'Adam, elle abaisse ses longues cornes courbes et effilées en sifflant par le nez en guise d'avertissement. Elle est épuisée par cette mise bas, par cette longue nuit de veille, mais il sait qu'elle peut encore s'échapper facilement. Comme elle est trop grosse pour son pistolet, il sort une flèche de son carquois, la tend sur la corde de son arc et tire. La flèche se plante dans l'épaule de l'antilope. Elle se relève en gémissant et décampe; elle s'arrête au bout de quelques mètres et retourne vers son petit. Donnant de furieux coups de pattes arrière, elle parvient à se défaire de la flèche. Mais la moindre égratignure est fatale, Adam le sait. Le poison est en elle. Il peut ne faire effet qu'au bout de plusieurs heures. Il lui manque l'énergie d'un Boschiman; il ne pourra pas la poursuivre si elle se sauve. Il découvre tout à coup qu'il n'est plus seul. Dans un aboiement excité, le chien passe devant lui comme l'éclair, étonnamment agile en dépit de sa fatigue; l'antilope baisse immédiatement la tête et balance ses cornes vers lui. Le chien manque de s'empaler dessus. Il fait un bond de côté en geignant et revient à la charge.

Adam peut se servir du pistolet; il vise l'épaule déjà blessée pour rendre la bête invalide. L'antilope chancelle, tombe mais se relève, haletante. Ce court laps de temps suffit au chien pour se jeter sur le faon et le saisir à la gorge. Une simple secousse. Ça suffit.

L'antilope retombe. Il faut l'achever rapidement.

Adam ne veut pas gâcher ses munitions; il lui en reste si peu. Ils ont déjà attrapé le petit. Pendant que le chien harcèle l'antilope, Adam se faufile derrière elle, la saisit par le cou, couteau à la main, et tranche la veine jugulaire.

Dans un dernier coup de cornes, elle lui déchire le bras, du poignet jusqu'au coude. Il lâche prise un instant, puis le chien s'empare d'elle par les naseaux. C'est la fin.

Hors d'haleine, Adam reste à terre près de l'antilope morte. L'épuisement et la perte de sang lui font tourner la tête. Cette nuit a été éreintante pour son corps affaibli. Au bout d'un long moment, en tâtonnant, il arrive à faire rouler l'antilope sur le dos, trouve la petite mamelle gonflée. Agrippant un pis, il le presse et fait jaillir un jet de lait chaud dans sa bouche déshydratée. Il boit avec difficulté mais ne s'arrête pas, puis il s'oblige à se relever, va chercher le sac et y vide les mamelles de l'antilope.

Son bras saigne beaucoup. Des toiles d'araignée. Heureusement, à cette heure matinale, il est facile d'en trouver. Elles brillent sur les buissons, recouvertes de gouttes de rosée. Il en couvre la plaie et bande son bras avec un morceau de peau, arrachée à son tablier.

Il doit d'abord se reposer car sa tête tourne. Au bout d'un moment, le sang se met à suinter sur les bords du pansement. Son bras lui fait encore mal, mais il ne peut plus perdre de temps. Il parvient à ouvrir le ventre de l'antilope de la main gauche, à en arracher les entrailles. Il ouvre également l'estomac et le vide de son liquide gastrique. Après réflexion, il coupe les pattes arrière de la carcasse. Il reste allongé et laisse le chien se gorger des restes de l'antilope. Il n'aura plus beaucoup à manger, par la suite.

Quand il se relève, le soleil est haut dans le ciel. Ça va être intenable de marcher dans cette chaleur mais il n'a pas le choix. Il ne peut pas attendre plus longtemps. Il remarque le manège des vautours au-dessus de lui; son cœur se met à battre la chamade. Est-il déjà trop tard? Il se met à marcher péniblement en direction des oiseaux.

Elle est effrayée par les vautours. Lui est-il arrivé quelque chose? Elle comprend soudain qu'ils tournent autour de l'abri. Pourquoi ne l'ont-ils pas fait les jours précédents? Comment arrivent-ils à pressentir ces choses-là si mystérieusement? Elle doit sortir de l'abri en rampant, crier, agiter les bras pour les éloigner. Ils partent, se transforment en taches noires dans le ciel mais ne disparaissent pas.

Elle s'allonge à nouveau. Sa tête tourne. De temps à autre, allongée là, tout devient noir devant ses yeux. Elle tente de faire naître de la salive dans sa bouche qui reste sèche. Sa gorge est si enflée qu'elle a du mal à respirer.

Ce n'est pas la peine. Ce sera trop tard. J'étais si entêtée avant, pense-t-elle avec découragement; je refusais d'être à la disposition de qui que ce soit, d'être un objet comme une vache, un tonneau ou un chariot. Aujourd'hui la mort est en train de prendre possession de moi, sans me demander mon avis. Je ne peux plus résister. J'aimerais pouvoir résister. Pour lui. Mais ce n'est plus possible.

Quand son ombre la recouvre, elle le prend pour un vautour. Elle tente de bouger les lèvres, de le chasser, mais elle ne peut plus proférer un son.

« Elisabeth. »

Depuis quand ces oiseaux parlent-ils?

« Je t'ai apporté à manger », dit-il en s'asseyant près d'elle.

Elle l'entend haleter et reprendre sa respiration. Elle sent sa sueur.

« De la viande et du lait », dit-il en amenant le sac de peau à ses lèvres.

Il lui est difficile d'avaler. Il la nourrit avec une incroyable patience, comme un enfant.

Elle finit par ouvrir les yeux.

Elle lève le visage, mais il n'y a rien. Dieu est le vide de ce ciel infini.

Similitude des dessins dans la nature : forme d'un flocon de neige; vertèbres d'une colline pierreuse; fossés d'érosion; berceau de fougères; squelette de reptile.

C'est un nouveau bail de vie, plus décisif que tous les autres. Ils peuvent poursuivre leur route, même s'ils doivent la parcourir dans la souffrance. Il ne se plaint jamais mais elle voit bien que sa blessure l'inquiète. Elle s'est infectée. Il peut à peine se servir de son bras. Ils parlent peu. Ça leur demande trop d'effort.

Quelque chose est arrivé. Ils ont perdu le Cap, comme un objet perdu en chemin. Ils n'ont plus d'espérance ni l'un ni l'autre, plus le moindre espoir d'arriver sur un sommet et de voir enfin quelque chose qui soit différent de tout ce qu'ils ont vu. L'horizon a tout envahi.

Il leur reste la marche, mouvement pur et sans but : balancement des jambes osseuses, moulinet des bras squelettiques, pieds douloureux enfermés dans leurs peaux, respiration, sueur qui dessine des arabesques sur les croûtes de saleté qui recouvrent leurs corps, chien impotent qui les suit, vaille que vaille.

Il y avait un temps où tu m'accusais d'être trop blanche pour la vérité. Regarde-moi, aujourd'hui. Je suis noire et brûlée. Est-ce donc ça la vérité? Cette souffrance éternelle, cette lutte constante, ce mouvement perpétuel dans l'espace. Ne plus s'allonger.

Jamais plus. Si l'un d'entre nous renonçait, l'autre n'aurait plus la force de poursuivre la route.

Une immobilité toujours plus grande. Une sensation bizarre d'étonnement face au silence, à l'espace. Tout arrive pour la première fois, dans cette infinité. Nos rares paroles sont, à chaque fois, les premières. Chaque lever du jour est la première apparition de la lumière blanche sur ce monde désert. Voici un grain de poussière. Tout est naissance.

Dans les montagnes, cette nuit-là, j'ai pensé : aussi terrifiant que ç'ait pu être, il y eut quelque chose d'étonnamment beau dans la mort violente du babouin. C'était comme cette mise à mort sordide du taureau ou cette tempête dans le golfe de Gascogne. En de tels moments, on sait qu'on est vivant. Horribles en eux-mêmes et pourtant indispensables, ces rares moments nous aident à poursuivre, à vivre.

J'étais peut-être plus jeune à ce moment-là. J'avais besoin de cette violence soudaine pour prendre conscience. Je suis moins exigeante aujourd'hui; mes besoins sont plus humbles. Dans la tranquille persistance de cette souffrance, je redécouvre cette connaissance désespérée de ce que je suis. Je continue. Simplement. L'horizon reste inaccessible. Je m'y suis résignée. Je continue cependant. Sans ce désespoir, ce serait impossible. Sans lui, je ne saurais même pas que je suis vivante. Je t'aime à cause de ce désespoir.

Il était une fois un paradis au bord de la mer. Nous y étions. Te souviens-tu? Parce que nous l'avons perdu, nous pouvons croire en lui.

Ils continuent d'avancer à travers les nuits froides et les journées torrides. Ils voyagent de nuit dès que la lune est levée et se reposent de jour, bien que ce soit extrêmement difficile. Il est pratiquement impossible de dormir dans la chaleur aveuglante tout comme il est hasardeux de trouver de la nourriture dans l'obscurité.

Du moment que nous ne renonçons pas. Continuer, endurer, survivre. Voilà notre condition. Ce ne sont pas les moments d'extase mais notre humble entêtement qui rend ces heures supportables.

De plus en plus doucement. L'état de son bras empire. Il leur devient intolérable de traîner ainsi leurs pieds, toujours plus avant. Même le chien n'en a plus pour longtemps. Les journées sont de plus en plus aveuglantes et blanches. Ils ne peuvent plus avancer. Quant à la nourriture, seul le chien peut maintenant leur en procurer.

Le jeu devient vraiment macabre à jouer : combien de temps encore? Chair et sang ne peuvent durer indéfiniment. Il ne reste presque plus de sang et de chair; à peine quelques os, quelques tendons, une peau parcheminée. Ô horizon!

Sereine, toutes pensées suspendues, elle marche à ses côtés. La seule réponse à la souffrance – voilà pourquoi elle est vivante – est d'être prête à l'endurer. Plutôt que de lui résister, on doit s'y abandonner, la laisser brûler doucement en soi : en tout ce qui, intérieurement, n'a jamais encore existé et se trouve ainsi révélé. De façon – à travers ce processus de dépouillement – à donner naissance à soi-même.

Enfin une autre halte, l'inévitable halte.

Aussi loin que ça? Ce creux sablonneux est le lieu de la fin. Elle l'aide à planter les piquets parmi les pierres – son bras lui fait trop mal – à dérouler le *kaross*. Quand, à la tombée de la nuit, il ne fait même pas l'effort de se lever pour boire une gorgée, elle comprend que c'est la fin. Presque soulagée, elle s'allonge et ferme les yeux.

Mais elle n'a pas compté avec sa volonté démoniaque. Il attend qu'elle se soit endormie; il refuse d'avoir fait tout ce chemin pour mourir comme des animaux, sur le veld. Dès qu'il est certain qu'elle dort, il appelle doucement le chien près de lui. Se débattant avec ses pattes meurtries, l'animal galeux s'approche en titubant. Adam lui frotte les oreilles, caresse la grosse tête; le chien remue la queue et se met à lui lécher la figure et les mains de sa langue rêche.

« Couché », dit-il en lui indiquant ses genoux.

Le chien s'allonge et repose sa tête sur les genoux d'Adam.

Tenant son couteau dans sa main gauche, Adam continue de tapoter la tête de l'animal de la main droite, puis referme ses doigts sur le museau.

« Ça ne va pas durer longtemps. »

Dans un aboiement étouffé, le chien tente de se libérer mais sa tête bascule brusquement en arrière, offrant ainsi la gorge au couteau.

Il vaut mieux pour toi.

Le sang jaillit des artères sectionnées. Le bras droit d'Adam est trop faible pour retenir le corps secoué de spasmes et il doit rouler en avant, tomber sur le corps du chien pour étouffer ses dernières convulsions contre sa poitrine et son ventre. Il a l'impression d'être avec une femme, de faire l'amour.

Il ne pleure pas, mais des larmes roulent sur ses joues. Il pense : j'ai levé la main sur ma propre mère. Je mérite donc tout ce qui va m'arriver – le fouet et les fers sous les mouettes qui piaillent, les chaînes, l'île, le pays aride. Je suis mon propre enfer.

Elle avait fini par accepter la mort de l'antilope dans la grotte, même si ça n'avait été qu'à contrecœur. Mais elle n'admet pas la mort du chien.

« Mon Dieu, Adam! murmure-t-elle d'une voix rauque quand, au lever du jour, elle se réveille, fiévreuse, et le trouve en train de faire rôtir la viande sur le feu.

– Ne dis rien. C'est fait. Mange, un point c'est tout. Tu en as besoin.

– C'est comme si j'allais manger l'un de nous deux.

– Non, je t'en prie. »

Elle refuse d'ouvrir la bouche. Il essaie de la forcer comme il l'a fait pour la viande du serpent, mais elle fait tomber avec violence et colère le morceau qu'il tient dans sa main.

« Je ne mangerai pas! sanglote-t-elle. Plutôt mourir.

– Ne sois pas stupide. C'est de la viande, de la vie.

– Il nous a suivis tout le long du chemin.

– J'ai essayé de le chasser. Il n'a pas voulu partir.

– Il nous a sauvé la vie, avec l'antilope.

– Il peut nous sauver, aujourd'hui. De toute façon, il était en train de mourir de faim. Comme nous. Il ne pouvait plus rien attraper.

– Il était nôtre. Il était tout ce que nous n'avons jamais eu.

– Tu dois.

– Vas-y! Mange si tu le peux! crie-t-elle désespérée. Mais n'essaie pas de me forcer. Je n'en mangerai pas. Va-t'en! Laisse-moi!

– Je l'ai fait pour toi, supplie-t-il.

– Laisse-moi!

– Juste un tout petit morceau.

– Non.

– Regarde. »

Il fourre un morceau dans sa bouche, mâche avec difficulté et avale.

« Tu es un sauvage! dit-elle, tremblante de fureur. Je te hais!

– Ça ne sert à rien de faire semblant d'être blanche, maintenant! Mais regarde-toi donc! »

Elle ferme les yeux.

« Mange, si tu veux rester en vie.

– Que nous arrive-t-il? murmure-t-elle, effarée. Nous ne pouvons pas nous détruire de cette façon-là.

– Mange, sinon c'est toi que tu vas détruire.

– Je ne peux pas manger cette viande.

– Pour l'amour de Dieu! Il *faudra* bien que tu la manges. Tu n'as pas le choix. »

Elle secoue la tête.

Ça devient comique, pense-t-elle, au bord de la crise de nerfs : une épreuve à chaque fois plus intolérable, suivie d'un temps de répit, puis un nouvel effort et l'on s'enfonce un peu plus dans le néant. On doit certainement avoir la dignité de dire tôt ou tard : je refuse.

Ma mère me disait : Elisabeth, tu es tenue en haute estime; tu es un exemple pour les autres.

Et toi : Comment peux-tu survivre si tu n'es pas prête à être un animal?

« Donne-m'en un morceau », murmure-t-elle à la nuit tombée.

Elle n'ose pas le regarder en face, même si elle sait qu'elle ne lira aucun mépris sur son visage. Elle ne peut pas se regarder elle-même, dans ses yeux lourds et injectés de sang. Son corps se révolte contre le morceau de viande, mais elle se force à manger une seconde bouchée quand son organisme a déjà refusé la première. Son estomac se contracte mais elle parvient à garder la nourriture par pur effort de volonté.

C'est de la folie, de la folie. Pourquoi *s'ennuyer* à vivre quand il est si facile d'en finir? C'est anormal. Inhumain.

Pourquoi revient-elle à la vie? Pourquoi regarde-t-elle en face cette nouvelle découverte qu'elle vient de faire sur lui, après le massacre du chien? Pourquoi tenter de vivre avec cette nouvelle découverte faite sur elle-même?

« Je *veux* mourir. Je *le veux* », marmonne-t-elle d'une voix lointaine et monocorde, en s'obligeant à avaler une troisième bouchée, haletante, tremblante sur le sol – tas hideux, brûlé et déchiré, petit tas d'os et de chair parcheminée, touffes de cheveux, yeux brillants : un être humain, une chose vivante.

Quand les Hottentots arrivent trois jours plus tard, ils sont toujours là. La viande leur a redonné des forces mais ils n'ont pas encore repris la route, vaincus par la fatigue, épuisés à la seule idée de repartir. Lent déclin : gorge enflée, langue desséchée, yeux qui s'enfoncent de plus en plus dans les orbites, monde qui se met à tournoyer autour d'eux, premières absences, et puis viande et plantes à nouveau, fourmilière pillée, lézard tué; un nouveau commencement. Ecœurant.

Ils aperçoivent de très loin le nuage de poussière qui s'élève et se rapproche contre ce soleil de fin d'après-midi.

« Des antilopes? murmure-t-elle, ne sachant pas très bien si elle doit se réjouir ou se désespérer.

– Je ne pense pas, dit-il en plissant les yeux. A moins que ce ne soit un tout petit troupeau. Mais peut-être...

– Peut-être quoi? »

Il ne répond pas. Pendant une heure, il garde les yeux fixés sur l'horizon. Le nuage se rapproche, tranquille, rouge, brun, obscurcissant l'œil du soleil.

« Ce sont des gens, finit-il par dire. Sans doute des Hottentots en migration.

– Et toute cette poussière?

– Du bétail. »

Sa voix est si basse qu'elle ne saisit pas tout de suite ce qu'il vient de dire.

Quand il est clair que le convoi va passer à un kilomètre d'eux, ils refont leurs bagages et se mettent en route, poussés par la même énergie que le jour du mirage. Elle s'arrête une fois, un sentiment désagréable au creux de l'estomac, pour s'assurer qu'elle n'a pas une nouvelle hallucination – avant de courir haletante, la bouche entrouverte, derrière lui.

Le convoi est formé de cinquante ou soixante personnes : hommes, femmes, enfants, tous maigres, gris de poussière, accompagnés par des têtes de bétail, des moutons et d'innombrables chiens. Les bœufs sont dans un état pitoyable mais les moutons aux épaisses queues laineuses avancent encore sur leurs réserves. Le convoi semble d'abord méfiant et hésitant à la vue de ces deux étrangers, mais quand Adam leur parle dans leur langue, leurs visages durs se plissent de joie et deviennent souriants. Il traduit pour elle. Quelques-uns d'entre eux parlent directement avec elle en hollandais.

Oui, ils sont allés au Cap : regardez, voici les perles et le cuivre qu'ils ont échangés; ils ont reçu également du cognac et des feuilles de tabac mais ils ont tout consommé. Ils voyagent maintenant à travers le pays de la soif parce que quelqu'un leur a parlé de verts pâturages à un mois de marche d'ici, vers le nord.

« Pourquoi vous ne venez pas avec nous? demande l'un de leurs porte-parole. Le monde est mauvais par là-bas.

– Non, dit Elisabeth. Non, nous devons rentrer au Cap.

– Pourquoi? »

Ils semblent déconcertés.

« Nous sommes en route depuis si longtemps, essaie-t-elle de leur expliquer.

– Mais nous retournerons un jour au Cap, affirme le Hottentot. Dès que la pluie viendra. Alors ce sera plus facile de faire le voyage par ici, vous verrez. Un mois ou une poignée de mois, de toute façon, quelle est la différence?

– Non, nous devons... »

Il hausse les épaules, indifférent.

« Vous ne comprenez pas, dit-elle.

– C'est vrai, admet-il, je ne comprends pas. (Puis,

plissant les yeux :) Comment se fait-il qu'une femme blanche voyage dans le pays, comme ça ? »

Il la fixe avec curiosité : ses seins ratatinés, ses côtes proéminentes, ses hanches. Il n'a aucune flamme de désir dans les yeux. Elle ne ressent pas le besoin de se couvrir. Quelle importance cela a-t-il, de toute façon ?

« Bien, dit-il finalement en faisant claquer sa langue et en crachant sur le sol. Réfléchissez et dites-nous votre décision. Nous restons ici, ce soir. »

Les femmes s'en vont chercher du bois. Au coucher du soleil les chiens reviennent du veld en courant. Certains ont attrapé des écureuils, d'autres des lièvres ou des tortues. On les autorise pour une fois à garder leur butin, car les hommes ont généreusement sacrifié pour l'occasion l'un des bœufs les plus fatigués.

Ils s'assemblent autour du feu, mangent, parlent, rient et boivent.

Elisabeth reste assise à l'écart, refermée sur elle-même, écoutant d'un air absent, car ils parlent dans leur langue.

Après le repas, ils sortent leurs instruments de musique et les flûtes de Pan font entendre leurs sonorités semblables à des respirations au clair de lune, accompagnées par le son triste et monotone des *ghoera*, et le roulement du *rommelpot*. Les calebasses remplies de bière forte passent de main en main au milieu des rires et des applaudisssements. Les plus jeunes dansent et projettent des nuages de poussière sur les plus âgés qui les regardent et les encouragent, de leur place. Les tabliers de peau volettent et claquent dans la fougue de la danse. La terre tremble sous leurs pieds.

Elle est assise et contemple cette démonstration exubérante qui paraît irréelle sur cette plaine où tout est si prévisible et si silencieux depuis si longtemps. Sous le soleil, hier, ils devaient être épuisés de fatigue.

Maintenant, dans l'obscurité, ils dansent comme s'ils renaissaient à la vie, exorcisaient le silence par la musique et le rire. Quant à demain... demain serait une journée difficile.

Ils reprenaient la route demain. Elle se tiendrait près d'Adam et regarderait le nuage de poussière s'estomper sur la plaine, le convoi disparaître au loin. Puis la poussière retomberait et ce serait exactement comme avant : lui et elle, cernés par l'angoisse pure de la lumière et de l'espace. Ce serait pire car le souvenir de cette soirée viendrait les harceler dans leur solitude.

Pourquoi ne pas rebrousser chemin et s'en aller avec la tribu? Ils arriveraient à survivre, au milieu d'eux. Il y aurait de la viande, du lait caillé, de grosses provisions de miel. Des paroles, des rires. Quelle importance, s'ils mettaient encore un an avant d'atteindre Le Cap? Ils avaient toute une vie devant eux.

Mais rebrousser chemin et se retrouver sur cette terrible route? Elle était trop fatiguée pour pouvoir y penser. Elle ne pouvait pas prendre cette décision, elle-même. Le Cap était si proche, maintenant. Il n'était plus cette chose perdue. Les Hottentots le faisaient miraculeusement revivre. Ces perles et ces fils de cuivre venaient du Cap. Ils avaient séjourné là-bas il y a moins d'un mois. Ils avaient vu la Citadelle aux cinq angles massifs, la place et son gibet, les canaux qui dévalaient la Heerengracht jusqu'à la mer; ils avaient vu la Montagne au sommet de laquelle elle contemplait l'océan si bleu. Et les maisons aux murs blanchis à la chaux, aux toits de chaume, ambre, bruns ou noirs selon l'âge, abris contre le violent vent du sud-est. Ils avaient vu les chalutiers chargés de *galjoen* et de *saumon*, de *red roman* et de *snoek* rentrer au port. Ils avaient vu les bateaux qui apportaient les douces figues rouges, les cargaisons de pierres bleutées, l'eau cristalline des puits de Robben Island; les processions du gouverneur et du Conseil politique; son père dans un carrosse; *Phœnicopterus ruber*; les esclaves qui puisaient l'eau des fontaines, en face des frais jardins ombragés; les minoteries; les groseilliers du Japon.

C'était vrai. Ça existait. A quelques semaines d'ici. Et ils avaient tout vu. Et ils dansaient avec, au fond de leurs yeux, son Cap, sa ville à elle.

Bien plus tard, ils se couchent tous en groupe; elle se blottit avec Adam contre la masse de corps anonymes. Elle respire l'odeur de graisse rance et de poudre de *buchu* recouvrant leurs corps. Est-ce pire que son odeur à elle? Elle se pelotonne contre le corps à côté d'elle, oubliant dans son demi-sommeil à qui il appartient. Ils sont tous ensemble, en tas, les uns contre les autres et se protègent ainsi du froid de la nuit. Parmi tous les corps entassés dans l'obscurité, il a reconnu le sien et se presse contre elle. Je t'aime plus que je ne m'aime. Ce précieux instant que la nuit nous offre – enfin ensemble – est tout ce que nous possédons. Voici mon corps, me voici, prends-moi. Murmure à mon oreille, plante tes petites dents blanches dans le gras de mon épaule pour étouffer ton grognement de joie. Donne-moi un fils qui soit libre, un jour. Toi et tes souvenirs de Java dans tes yeux en amande, toi et les noms de ces plages sur ta langue vivante et humide. Dans ton nom réside mon salut; dans ton obscurité tout devient compréhensible et rachetable. Je t'attendrai demain près du portail et je n'apprendrai que bien plus tard que tu as été vendu un bon prix. Tout ceci se passera demain et je te perdrai pour toujours, mais dans cette nuit fugitive, tu restes éternellement mien.

« Eh bien, vous venez avec nous? » demande le porte-parole quand les Hottentots se mettent le lendemain à emballer leurs affaires, à regrouper leur bétail et leurs moutons.

Elle secoue la tête.

« Nous devons continuer. Ce n'est plus très loin, maintenant.

– Mais c'est une route difficile.

– Nous nous en sortirons. Si vous pouvez nous aider en nous donnant un peu de nourriture.

– En échange de quoi ? »

Ils ouvrent leurs balluchons. Il y a si peu de chose. Ses coquillages ? Non. Le pistolet et les munitions ? Mais nous en avons besoin ! Désolé, mais nous ne pouvons pas conclure de marché. Très bien, prenez-les. Prenez tout ; nous n'avons rien. Laissez-moi seulement ma robe du Cap, nos *karosses*, nos tabliers, notre sagaie, les bâtons, l'arc et les flèches. En échange, ils reçoivent quelques sacs de lait, un demi-mouton, des herbes pour soigner la blessure d'Adam.

« Quel est le chemin le plus court, d'ici au Cap ? »

Ils se mettent tous à parler en même temps et indiquent du doigt une direction : le chemin par où ils sont venus, tout droit.

« Y a-t-il quelque chose sur la route ? demande Adam.

– Un trou d'eau à deux jours d'ici, dit le porte-parole. Sous un *koppie* qui ressemble à un lion endormi. Le bétail l'a un peu malmené mais il reste de l'eau. Faut creuser pour la trouver.

– C'est tout ?

– Une ferme à dix jours de marche.

– Des gens ?

– Oui, des Honkhoikwa. Mais le fermier a tiré sur nous, dit-il sombrement. Il a dit qu'il n'avait pas d'eau pour tant de monde. Que le ventre de sa mère soit maudit ! »

Puis ils crient, font des gestes de la main et partent.

Le soleil se lève, disque de feu. Le convoi rapetisse sur la plaine. La poussière rouge les accompagne jusqu'à l'horizon. Adam et Elisabeth restent seuls.

« Nous allons nous en sortir », dit-il.

Il y a une ferme et des gens à dix jours d'ici.

Quelques jours après avoir dépassé le trou d'eau piétiné par le bétail, ils voient les vautours à nouveau. Adam reconnaît le premier la haute colline de pierres, l'une des innombrables tombes de Heitsi-Eibib. Les vautours sont proches et grouillent au-dessus d'un fossé d'érosion. Même de loin, l'odeur est insupportable. Sachant ce qui les attend, Adam voudrait l'éviter mais Elisabeth est curieuse de voir.

« Ce sont des membres de la tribu hottentote, dit-il laconiquement.

– Qui donc ? » insiste-t-elle, soupçonnant déjà la vérité.

Ils s'arrêtent au bord du fossé. Le fond est noir de rapaces qui n'esquissent aucun mouvement de fuite. Les branches et les couvertures qui recouvraient les corps ont été arrachées et éparpillées. Les tombes peu profondes ont été rouvertes. Il semble qu'il y ait deux ou trois adultes parmi les cadavres – des vieux, autant qu'Adam puisse s'en rendre compte – plusieurs enfants, trop fatigués certainement pour poursuivre le voyage.

Elle saisit son bras blessé.

« Comment pouvons-nous chasser les vautours ? Nous devons faire quelque chose !

– Tous ces gens sont déjà morts, répondit-il.

– L'étaient-ils quand ils ont été abandonnés ici ?

– Pas tous, je pense.

– Mais, Adam...

– Pourquoi cela t'émeut-il encore ? Nous en avons déjà parlé.

– Tu m'as dit que c'était seulement les vieux.

« – C'est la même chose pour les enfants s'ils sont trop faibles. »

Elle a envie de descendre dans le fossé pour effrayer les vautours mais il la retient.

« Non, ils sont trop nombreux. Ils te mettraient en pièces.

– Et les enfants, Adam?

– Ils sont morts, eux aussi. (Il la tire par la main.) Viens, maintenant. »

Le tertre commémoratif au Dieu Chasseur se trouve de l'autre côté du fossé. Des calebasses et des outres en peau sont disposées parmi les pierres : lait caillé et miel. Offrandes grouillantes de fourmis.

Elle regarde tout ça, consternée.

« Ces gens ont été abandonnés si près du tertre, proteste-t-elle. Pourquoi n'ont-ils pas mangé cette nourriture?

– Parce que c'est la nourriture de Heitsi-Eibib. »

Elle se penche sur un tas de pierres. Une mince colonne de fourmis contourne ses mains puis se fait plus audacieuse et finit par franchir le dos de ses mains pour atteindre le miel renversé. Elle secoue la tête.

« Je veux bien comprendre en ce qui concerne les vieillards, dit-elle, mais pour ce qui est des enfants... Ils étaient si petits. Ils ne savaient encore rien, ne comprenaient rien, n'avaient rien. »

Il ne répond pas.

« Nous sommes ensemble depuis si longtemps, dit-elle tout à coup. Pourquoi rien ne s'est-il encore produit en moi? Crois-tu que je sois stérile?

– Tu aurais dû demander des herbes aux vieilles femmes quand nous avons passé la nuit avec elles.

– Je ne veux pas avoir d'enfants grâce à des herbes. Je les veux de toi.

– Elles auraient pu t'aider, peut-être.

– Tout reste vide en moi, dit-elle. C'est peut-être le soleil qui ratatine tout. »

Elle s'accroupit dans l'ombre et presse sa tête contre les pierres.

« Que serait-il advenu de nous si tu avais eu un enfant en chemin? dit-il calmement.

– Tu as raison, admet-elle. Une fois que nous serons de retour au Cap...

– Qu'arrivera-t-il à nos enfants, là-bas?

– Rien! répondit-elle avec véhémence.

– Tu m'as parlé de ton amie, une fois.

– C'était différent. Le père de l'enfant était un esclave. Quand nous rentrerons, je...

– Tu prends trop sur toi », dit-il ému.

Elle croise les bras sur sa poitrine.

« Si seulement je pouvais être certaine d'avoir un enfant, un jour. Des enfants. Mais j'ai peur. (Elle secoue la tête, balance doucement son corps de droite à gauche.) Tout est desséché en moi, stérile. Tout.

– Tu as plus que le temps pour ce genre de choses.

– Nous avons fait l'amour si souvent... (Nue, elle lève son visage vers lui.) Pourquoi, après tout, voudrais-tu un enfant de moi? Je suis devenue si laide, si repoussante.

– Je t'aime.

– L'autre jour tu m'as dit : regarde-toi!

– Ce n'était pas ce que je voulais dire.

– Mais c'est vrai. Regarde-moi. Regarde-moi bien. Je suis hideuse, brûlée de partout. Ma peau est couverte de rides, comme un vieux cuir tanné. Je suis sale et je pue.

– Et moi, alors? Suis-je si différent de toi? »

Il prend ses bras maigres dans ses longues mains. Elle étudie la vilaine plaie, enflammée, enflée en dépit des herbes données par les Hottentots.

« Nous sommes parvenus jusqu'ici, dit-il. Nous sommes toujours ensemble. Nous pouvons nous en sortir. Tu sais ça, à présent.

– Comment en être jamais certain? demande-t-elle, lasse.

– Encore cinq jours avant d'atteindre la ferme. C'est ce qu'ils nous ont dit.

– Une ferme. Des gens. (Pas une seule lueur de joie dans ses yeux. De la peur seulement.) Je ne peux pas me montrer comme ça, devant eux.

– Pourquoi pas?

– Je ne peux pas. Il va falloir que... »

Affolée, elle ouvre son balluchon, sort la robe verte qu'elle a traînée avec elle pendant tout le voyage.

– « Non, dit-il.

– Tu ne comprends donc pas! Je *dois!* »

Elle enfile sa robe qui pend lamentablement sur elle. Ses mains osseuses, son visage déformé et brûlé semblent grotesques; ses cheveux sont gris de poussière. Au bas de l'ourlet, ses pieds enveloppés dans leurs peaux sales apparaissent, ridicules.

« A quoi je ressemble? » demande-t-elle soudain, comme une jeune fille qui va au bal.

Il a envie de fermer les yeux, de détourner le regard, de pleurer, mais il ne peut que murmurer d'une voix enrouée :

« Tu es très belle. »

Elle le regarde avec un sourire. Ses yeux se font suppliants. Son excitation s'évanouit doucement. Elle tire sur les rubans de son corsage.

« Je sais que je suis horrible, murmure-t-elle. Pourquoi ne me le dis-tu pas?

– Viens, dit-il, pressé. Il faut que nous avancions. Il se fait tard. Je suis sûr que tu ne veux pas passer la nuit ici.

– Non, dit-elle d'un ton horrifié. Partons puisqu'il le faut. »

Il ramasse son balluchon mais le repose à terre. Il la regarde, évite son regard puis tire à lui l'un des sacs de miel et enlève les fourmis. Elle le regarde sans rien dire. Il prend le second sac ainsi que le reste des offrandes.

« Tu n'as pas peur qu'il te pourchasse si tu pilles sa tombe? dit-elle moqueuse.

— Ce ne sont que les histoires de ma mère.

— A chaque fois que nous passons près d'une mante religieuse, tu fais un grand détour, lui rappelle-t-elle.

— Ce n'est pas vrai. C'est le fruit de ton imagination.

— Je l'ai remarqué à chaque fois. »

Il prend son balluchon et les sacs de nourriture.

« Viens », dit-il d'un air sinistre.

Ils marchent, le soleil dans les yeux. Ils ne se retournent pas pour regarder les vautours et le tas de pierres. Il y a toujours une dernière pitié à transcender, un dernier *non* à franchir.

Elle essaie de s'habituer à marcher avec sa robe qui bat ses mollets et ses jambes maigres; ses mains calleuses sont maladroites contre le doux tissu.

Encore cinq jours, pense-t-elle. A cinq jours d'ici, ils doivent trouver une ferme et des gens.


Arrivée et séjour à la ferme. On peut imaginer comment, pendant des jours, ils ont balayé l'horizon de leurs yeux brûlants à la recherche d'un signe – veld à perte de vue, dans toutes les directions – comment tôt ce matin-là, des nuages blancs se sont rassemblés derrière la première crête d'une chaîne montagneuse dans le lointain. Comment, en la voyant, ils n'ont plus pensé à se reposer où à s'abriter du soleil. Comment enfin, ils ont trouvé, il faut le croire, un troupeau de chèvres et de moutons qui paissaient parmi les petits buissons rabougris, un berger allongé à l'ombre, chapeau sur les yeux, endormi, des champs brûlés, des enclos de branchages et de pierres et la longue ferme basse, une cheminée sur la partie la plus étroite du toit, une seule porte, deux petits trous en guise de fenêtres, une rangée d'arbres bordant la cour, des poulets.

Les chiens aboient. Un homme abandonne sa chaise à bascule, repousse son chapeau à larges bords sur le haut de son front où des années d'ombre ont laissé un cercle blanc. Imperturbable, il les regarde approcher.

Elisabeth s'arrête à une dizaine de mètres de lui. Adam hésite, quelques pas en arrière. Le fermier n'a toujours pas bougé, chapeau sur la tête, pipe coincée entre les dents. Une tasse de thé à moitié vide est posée sur sa chaise. Deux des boutons de sa chemise manquent et des poils sombres pointent par l'ouverture. Il a un petit nez osseux, des yeux très rapprochés, d'un bleu très pâle. Sa bouche n'est qu'un trait humide au milieu du visage. Il peut avoir n'importe quel âge – entre trente et cinquante ans.

« Bonsoir, dit-elle, hésitante, en tripotant le ruban de son corsage.

– Bonsoir, répond-il en l'étudiant. D'où venez-vous?

– Mon chariot s'est brisé dans l'intérieur des terres, dit-elle avec réserve. (Si misérable qu'elle puisse être, elle garde la tête haute.) Les Boschimans ont volé nos bœufs. Les Hottentots nous ont abandonnés. J'ai dû revenir à pied.

– Personne ne peut traverser le Karoo à pied.

– Et pourtant, je ne pouvais pas faire autrement. » Elle repousse ses mèches de cheveux sales et s'essuie le front.

Le fermier reste immobile.

« Nous sommes tombés sur un convoi de Hottentots il y a quelques jours et ils nous ont parlé de votre ferme.

– Oui, les salauds! Ils voulaient passer la nuit, ici. Vous vous imaginez? A piller tout ce qui nous restait, à boire notre eau. Je leur ai dit...

« – Nous avons pensé que vous ne verriez peut-être pas d'inconvénient... »

Elle se tait en le voyant tourner le regard vers Adam, les yeux plissés.

« C'est... c'est mon...

– Oui, dit l'homme froidement. Il peut faire le tour et aller à la cuisine.

– Je... »

Elle lève le bras en signe de protestation, mais le fermier se méprend sur son geste et lui serre la main. C'est presque comique.

« De Klerk, dit-il.

– Elisabeth Larsson.

– Oui », répond-il.

Elle se retourne. Adam se dirige déjà vers l'arrière de la maison.

« Monsieur de Klerk, je...

– Ça va. Vous pouvez rester ici jusqu'à ce que nous prenions une décision. »

Il se retourne et crie :

« Lettie ! »

Une femme vêtue d'une robe bleu pâle apparaît sur le seuil, pieds nus, sans jupons ou paniers, les cheveux tirés en arrière derrière les oreilles, le visage hâlé malgré le bonnet qu'elle porte visiblement tout le temps. Son âge est tout aussi impossible à deviner que celui de son mari. Elle est enceinte. De huit mois au plus. Elle ne doit donc pas être très vieille.

« Cette femme a traversé tout le Karoo à pied, annonce-t-il. Elle s'appelle Larsson. Voici ma femme. Peux-tu lui donner quelque chose ?

– Oui, je vous en prie. Entrez. »

Elisabeth se retourne sur le seuil.

« L'homme... Adam... dans la cuisine...

– Les serviteurs vont s'occuper de lui », dit le fermier brièvement en retournant vers sa chaise à bascule où il se remet à bourrer sa pipe froide.

Elle a envie de donner des explications mais réflé--chit. S'il découvre la vérité, il pourrait bien nous renvoyer. Ce serait mieux pour nous deux si...

« Venez, dit la femme. Il fait chaud au soleil. »

On entre directement dans la chambre au grand lit de cuivre. Une rangée de fusils contre le mur, quelques coffres en santal, une peau de zèbre sur le sol de terre battue. Il fait plus frais sous le toit de chaume aux poutres apparentes, mais l'air est étouffant et a une odeur de renfermé.

« Vous venez de loin? demande la femme.

— Oui, dit-elle en lui racontant brièvement son histoire, sans savoir comment la femme du fermier va réagir.

— Vous n'avez rien d'autre que cette robe? »

Elisabeth secoue la tête et s'effondre sur le rebord du lit, recouvert d'une couverture en peau de chacal.

« Non, c'est tout ce que j'ai.

— Je peux vous donner une robe.

— Merci. Puis-je avoir un peu d'eau?

— Bien sûr. (La femme crie par l'entrebâillement de la porte :) Leah! Apporte-nous un peu d'eau. »

Elles attendent gênées qu'une esclave trapue entre avec un pot en grès et une tasse sans anses. Elisabeth hésite, prend la tasse, la remplit, la porte à ses lèvres de ses mains tremblantes et la vide d'un trait. Elle boit deux autres tasses avant de dire :

« Merci. Serait-il possible... de prendre un bain ?

— Je vais demander à mon mari. »

Elisabeth attend, la tête appuyée contre l'un des montants du lit. Quand la femme revient, elle hurle de la même voix pointue : « Leah ! Amène le tub. » Sans attendre la réponse, elle se dirige vers l'un des coffres à l'autre bout de la pièce, s'agenouille et se met à fouiller pendant un moment avant de sortir une robe de soie brune, froissée, mais visiblement neuve.

« Vous pensez que ça va vous aller?

– Elle est bien trop belle, proteste Elisabeth. Vous n'avez pas quelque chose de plus vieux ?

– Que puis-je faire d'une robe comme celle-ci... Ici ? demande la femme en se relevant dans un gémissement. Je la gardais pour le baptême, mais nous avons déjà enterré quatre enfants sous le *koppie*.

– Vous en attendez un autre pour bientôt. Pourquoi ne la gardez-vous pas ?

– Non. (La femme enceinte secoue la tête.) Voilà plus d'une semaine qu'il a cessé de bouger. (Elle fait un signe vers la porte donnant sur la cour.) J'ai peur de le lui dire, mais je le sais.

– Ça se passera peut-être très bien. »

La femme secoue la tête encore une fois, sans amertume ni chagrin. Presque stupidement.

« Moi aussi, j'ai perdu un enfant dans l'intérieur des terres, dit Elisabeth impulsivement. Je ne sais même pas où il est enterré.

– Ce ne sont pas des endroits pour les Blancs, dit la femme d'un air sombre. Il n'y a que les Hottentots, les Boschimans et les choses de ce genre qui peuvent vivre ici. Mais mon mari ne voudra jamais m'écouter. »

Elle jette un coup d'œil vers l'extérieur, presque affolée.

L'esclave entre, chancelant sous le poids du tub en bois à moitié rempli d'eau ; une serviette sale est enroulée sur son épaule ; elle a fourré un morceau de savon fait avec de la graisse dans la poche de son tablier.

« Eh bien, dit la femme enceinte, vous pouvez prendre votre bain, à présent. Il faut que j'aille à la cuisine. On ne peut pas faire confiance à ces créatures quand on a le dos tourné. Allez Leah, viens ! »

Les deux femmes parties, elle se rend compte que l'eau du bain a déjà servi. Elle est trouble ; un cercle de saleté couronne le bord du tub. Mais elle s'en moque. C'est de l'eau.

Elle dégrafe sa robe, hésite un instant et se demande si elle doit fermer la porte. Mais cela plongerait la pièce dans une obscurité profonde. Elle ôte sa robe en secouant les hanches pour la faire glisser à terre, tas informe à ses pieds. Elle donne un petit coup de pied pour se débarrasser du vêtement et entre dans le tub. Il est large et peu profond. On peut aisément s'y asseoir. L'eau sale, fraîche et délicieuse l'entoure. Elle ferme les yeux, reste assise un moment, immobile, les coudes posés sur les jambes, la tête dans les bras. De l'eau, de l'eau. Mon Dieu!

Elle finit par se savonner et se laver. Le visage, les cheveux, le corps, encore et encore jusqu'à ce qu'il ne lui reste plus qu'une mince pellicule de savon dans la main et qu'une épaisse couche brune recouvre la surface de l'eau. Au moment où elle se lève pour prendre la serviette, elle remarque un miroir rond, debout sur un coffre, près du lit. Le verre est fendu dans la diagonale mais il peut encore servir. Avec un étrange sentiment d'excitation, elle traverse la pièce sur ses pieds nus et se penche pour se contempler : des rides marquent profondément sa peau brune et sèche. Ses yeux d'un bleu profond sont enfoncés dans les orbites. Petit nez fin et court, bouche trop grande, lèvres desséchées et couvertes de croûtes. Pommettes plus saillantes qu'elle ne l'imaginait. Larges cavités autour des clavicules, coudes pointus, mains lourdes au bout de bras osseux; seins affaissés, simples plis dans la peau et grands tétons galeux; son ventre n'est plus qu'un creux entre ses hanches proéminentes. Un peu plus bas, saillant de façon choquante, ses poils pubiens et le petit bec de son sexe. Rotules; pieds étroits. Si c'est moi, qui suis-je, mon Dieu?

Avec horreur, et pitié, elle se détourne pour prendre la serviette. Un mouvement sur le pas de la porte la fait s'arrêter, pétrifiée. Quand elle se décide à lever les yeux – de fines gouttes dégoulinent de ses cheveux –

elle voit l'homme, le fermier de Klerk, chapeau sur la tête, pipe à la bouche.

Il la regarde, immobile. Il continue de la dévisager même quand il sait qu'elle s'est rendu compte de sa présence : regard fixe et pâle au fond de ses petits yeux, mâchoire exsangue d'avoir trop mordu sa pipe. Elle le dévisage à son tour pendant quelques secondes, silencieuse, bouche ouverte sur un son jamais proféré; puis, parce qu'elle ne sait quoi faire d'autre, elle s'avance vers lui en couvrant sa poitrine de ses bras. Il fait immédiatement demi-tour et disparaît dans la lumière jaune du jour qui meurt.

Elle prend la serviette, se sèche. Elle se sent mal à l'aise, vieille, épuisée.

Quand elle entre dans l'autre pièce, vêtue de la robe de soie, les cheveux peignés, elle ne dit rien. Seules ses narines vibrent légèrement en le voyant assis à table avec sa femme. Au-dehors, le soleil s'est couché. Une jeune esclave allume les lanternes. Près de l'âtre, les domestiques sont accroupis en une masse sombre sur le sol – sept ou huit adultes, quelques enfants et Adam. Elle le regarde droit dans les yeux, l'espace d'une seconde, et a envie de pleurer. Puis elle s'assied. L'esclave trapue revient de la chambre avec le tub, sort, va le vider dans une auge – Elisabeth la regarde par la porte de la cuisine – avant de le remplir à nouveau d'eau fraîche et de l'apporter à table; elle s'agenouille près du fermier, lui lave les pieds, puis traîne la jambe vers la femme enceinte.

« Mangeons. »

Hormis le ragoût, la table est vide. L'homme plonge un morceau de pain dans le plat et se met à manger. Sa femme suit son exemple. Elisabeth fait de même. Personne ne parle, pas même quand les esclaves, silencieux et pieds nus viennent débarrasser la table et leur servir du thé d'herbe et une jarre de lait.

« Lisons », dit finalement le fermier.

Un jeune esclave va chercher une énorme Bible brune dans un tiroir et vient la placer devant lui. Il feuillette le livre un long moment avant de retrouver le passage où il s'est arrêté, la veille.

Près de l'âtre, un poulet qui rêvasse se met à glousser. Un veau s'agite dans sa litière puis se calme.

L'homme se met à lire avec concentration en suivant les mots d'un doigt recourbé, comme un bousier sur son chemin hésitant :

« Quel profit l'homme tire-t-il du travail qu'il accomplit sous le soleil ?

« Une génération s'en va, une autre arrive, mais la terre demeure pour toujours.

« Le soleil se lève, le soleil se couche et se dépêche de revenir à l'endroit où il s'est levé.

« Le vent souffle vers le sud, tourne en rond, souffle continuellement et revient toujours selon le même chemin. »

Il s'arrête de lire pendant un instant, lève les yeux. Elisabeth baisse les siens. Il revient à sa Bible, l'esprit troublé, essaie de retrouver l'endroit où il s'est arrêté, lèvres entrouvertes, salive aux commissures des lèvres et poursuit enfin sa lecture en prononçant chaque syllabe séparément :

« Chose qui fut sera; chose faite sera faite à nouveau; rien de neuf sous le soleil.

« Peut-on dire de quelque chose : regardez, c'est nouveau? Elle a toujours existé, depuis des temps immémoriaux, bien avant nous.

« Nous n'avons pas de souvenir des choses passées; nous ne nous souviendrons pas non plus des choses qui vont arriver ni de celles qui arriveront ensuite. »

Avec un soupir, il referme l'énorme livre, pousse le fermoir de cuivre.

« Prions. »

Agenouillés sur le sol de terre battue, les coudes

appuyés sur les bancs, ils écoutent sa prière. Dehors, quelque chose gronde comme le tonnerre, mais c'est impossible.

Accroupi dans un coin parmi les esclaves et les domestiques, Adam ne détache pas son regard d'Elisabeth. Elle en est sans doute consciente, car elle garde les yeux clos. Ses mains tremblent sur son visage, mais ce n'est qu'une illusion d'optique peut-être, dans la lumière jaune de la lanterne.

Elle est agenouillée, là, comme toi, sous cette même lanterne. Elle t'appartient. Elle est sur le chemin du retour. J'ai le goût de la mort dans la bouche. Je t'aime. En ce moment précis, je te hais. Est-ce pour ça que je t'ai sortie du pays des vautours? Pour que tu t'agenouilles et fermes les yeux, ton corps caché dans une robe en soie du Cap? Je sais combien tu es dure et sèche, combien tu peux être horrible et charmante. Je t'ai permis de m'appeler par le nom que seule ma mère connaissait. Que va-t-il se passer si je me lève brusquement, si je passe mon bras autour de tes épaules et si je dis : laissez-la tranquille, elle m'appartient?

La prière semble ne plus finir. Un autre roulement assourdi à l'horizon comme si un énorme troupeau d'antilopes passait au loin. Et c'est la fin. Ils se relèvent en cognant leurs bancs sur le sol inégal. La lampe jaune continue de brûler sur la table.

« Votre esclave peut dormir avec les autres dans la cuisine, dit le fermier sans la regarder.

– Je... »

Derrière lui, son ombre semble démesurée sur le mur de plâtre et s'élève, déformée et grotesque. Elisabeth baisse la tête. Elle s'est presque endormie durant la prière. Chaque fibre de son corps est envahie de fatigue.

« Vous dormez avec nous, dit-il brutalement.

– Le sol me convient tout à fait.

« – Nous avons de la place. Le lit est grand. (Il regarde sa femme.) Prends-la avec toi, Lettie. »

Puis il sort pour inspecter sans doute les enclos et la cour, pour uriner aussi.

« Venez », dit la femme.

Elle allume une bougie à la flamme de la lampe et se dirige vers sa chambre.

« Vraiment, je...

– Il en a décidé ainsi. »

Elle se retourne sur le pas de la porte. Devant l'âtre, on perçoit le vague et sombre mouvement des corps. Elle ne peut discerner Adam des autres. La femme enceinte s'assied lourdement sur le rebord du lit et bâille. Pendant qu'elle enlève sa robe et dénoue ses cheveux, son ombre mime ses mouvements sur le mur. Une fois changée, elle semble tout à coup plus jeune, plus vulnérable. Elle se glisse sous le *kaross* et gagne l'une des extrémités du lit.

Elisabeth reste debout, les doigts sur le corsage de sa nouvelle robe. Elle ne la défait pas.

« Vous ne venez pas vous coucher ? » demande la femme.

Elisabeth se tourne vers le trou qui sert de fenêtre et regarde à l'extérieur. Il fait très noir. L'air est frais alors que dans cette chambre tout sent le renfermé. Quelque chose titube dans la cour.

« Enlevez vos vêtements », lui dit-il.

Il est derrière elle, sur le seuil.

Elle se retourne. Il est debout, jambes écartées, mains sur les hanches.

Il s'approche d'elle. Il y a une grande tache sombre sur le sol, là où l'eau de son bain a éclaboussé.

« Qu'attendez-vous ?

– Oh ! Hans, gémit sa femme du fond de son lit.

– Ce n'est pas à toi que je parle », dit-il violemment.

Elle se retourne, face au mur, en bâillant encore une fois.

« Eh bien, dit-il, pourquoi vous ne l'enlevez pas? »

Il tend la main et saisit le devant de sa robe. Elle tente de l'en empêcher.

« Qu'est-ce qui vous prend? demande-t-elle, affolée. Je suis venue ici pour trouver de l'aide. Je ne suis pas... »

Il tire sur la robe; elle entend le tissu se déchirer.

« Mon Dieu! dit-elle en pleurant de rage. Si j'étais un homme, vous m'offririez votre hospitalité. Parce que je suis une femme... »

Sa voix tremble.

« Enlevez cette robe! » crie-t-il.

Elle parvient à se dégager et court vers la porte, mais il lui barre le passage en riant.

« Adam! » crie-t-elle.

Il a l'air confus. Il entend des pas traînants derrière lui et se retourne.

« Sors d'ici! hurle-t-il.

— Ne le touchez pas, crie Elisabeth, luttant pour maîtriser sa voix. C'est mon mari.

— Ce n'est pas vrai!

— Oh! Hans, gémit la femme en se relevant sur ses coudes.

— C'est mon mari. Il a fait tout ce chemin avec moi.

— Laissez-la tranquille », dit Adam.

De Klerk le regarde bouche bée sans pouvoir proférer une seule parole. Elle n'oubliera jamais l'expression de son visage : étonnement et frustration. L'impensable a frôlé son horizon.

Elisabeth les fixe, respirant à peine. Elle sait qu'il n'y a plus d'espoir si le fermier se décide à se battre; il peut appeler tous ses ouvriers agricoles à l'aide. Tout est en balance. Autour d'eux, la nuit.

Dehors, le tonnerre gronde encore une fois.

« J'aurais dû m'en douter, dit-il en explosant de colère tout à coup. Aucune femme honnête ne viendrait ici, comme ça. Une sacrée bon Dieu de putain, voilà ce que vous êtes. Nous ne fréquentons pas les gens de votre espèce. Nous sommes chrétiens, ici.

– Je ne vous ai demandé qu'un endroit où dormir!

– Emmenez votre étalon noir et sortez d'ici, hurle-t-il.

– Pas en pleine nuit, Hans, dit sa femme en repoussant le *kaross* et en posant ses jambes sur le rebord du lit.

– Toi, t'occupe pas!

– Elle a perdu son enfant.

– Comment allons-nous poursuivre notre route? demande Elisabeth, révoltée.

– Comme vous êtes arrivés ici. A pied. Ou sur son dos à lui.

– Mon père est directeur des entrepôts de la Compagnie, au Cap! dit-elle en levant la tête.

– Au diable cette putain de Compagnie! Qu'ai-je à voir avec Le Cap, moi? Je suis de l'autre côté des montagnes.

– Le Cap peut vous chasser d'ici si je porte plainte contre vous en arrivant là-bas.

– Pourquoi ne leur donnes-tu pas un cheval, Hans? demande Lettie. Ce n'est pas énorme. Regarde cette pauvre femme.

– Pauvre femme, mon cul, oui! Pauvre femme qui se balade avec des choses comme ça! »

A ce moment-là, Adam le saisit par le revers de sa chemise. De Klerk est pris par surprise. Au lieu de se battre et de se défendre, il se met à supplier, pâle comme un linge, terrifié.

« Ne me tuez pas. Pensez à ma femme. Elle attend un enfant.

– Nous donneras-tu un cheval?

– Oui, gémit-il. Tout ce que vous voulez. Lettie peut vous préparer à manger pour la route. Laissez-moi! »

Adam se contient et respire avec difficulté. Au bout de quelques instants, il lâche l'homme si violemment qu'il tombe à la renverse. Avant que l'homme ne se relève, Adam s'empare de l'un des fusils, dans le râtelier.

« Conduisez-moi jusqu'au cheval.

– Ce fusil n'est pas chargé, dit de Klerk, arrogant.

– Où est le cheval? »

Le fermier lui lance un regard furieux puis regarde Elisabeth qui détourne les yeux.

« Je vais chercher la nourriture », dit la femme pour créer une diversion.

Un coup de feu claque derrière eux alors qu'ils galopent et quittent la ferme pour plonger dans l'obscurité. Les chiens se mettent à aboyer hystériquement. Des bruits de voix éclatent. Le silence. Adam tire sur les rênes, ralentit l'allure du cheval et reconnaît son chemin dans la nuit. Il y a beaucoup de route à faire. Il serait stupide de fatiguer le cheval dès maintenant.

Tout s'est passé si vite qu'ils ne peuvent prononcer un seul mot pendant un long moment. C'est une fin. Une transition. Un commencement.

L'air est humide sur leurs visages.

« Au moins tu me connais quand tu as besoin de moi », dit Adam calmement.

Sa voix résonne étrangement dans le noir.

Elle se blottit contre lui; elle veut parler mais sa gorge est trop sèche. Elle ne peut que secouer la tête contre sa poitrine.

« Le Cap a fait du chemin pour nous rattraper jusqu'ici, dit-il avec une telle amertume qu'elle reçoit cette phrase comme un coup de fouet en plein visage.

– Non, Adam, non, tu ne dois pas. (Elle lutte contre ses larmes.) Je leur ai dit que tu étais mon mari. »

Il ne répond pas. Elle sent son corps se contracter contre son dos.

« Je l'ai fait pour toi, pour te sauver. (Elle le supplie ouvertement à présent.) Ne comprends-tu donc pas? J'avais si peur qu'il te maltraite si je le lui avais dit. Je ne pouvais pas me faire à l'idée de le voir t'insulter ou t'humilier.

– Il ne m'a donc envoyé qu'à la cuisine.

– Je l'ai fait pour que nous puissions rester en vie tous les deux. Si nous ne nous étions pas arrêtés là pour manger et nous reposer, tu sais très bien que nous n'aurions pas pu continuer très longtemps.

– Tu étais prête à payer son prix.

– J'étais prête à me détruire pour te protéger. »

Il ne dit rien.

Se penchant contre lui; elle se laisse aller à ses larmes et pleure avec plus de passion et de désespoir qu'il ne lui en a jamais connu.

« Oh! mon Dieu, mon Dieu, mon Dieu! dit-elle en sanglotant. Faites que cela ne nous arrive pas. Aide-moi, Adam. Je ne peux plus le supporter. »

Elle est si bouleversée qu'elle ne se rend même pas compte qu'il a arrêté le cheval, l'a prise dans ses bras pour la faire descendre de monture.

« Que se passe-t-il? finit-il par murmurer. Que va-t-il nous arriver si nous ne nous raccrochons pas l'un à l'autre? »

Elle se rend compte tout à coup qu'il pleure lui aussi et que son corps maigre et blessé est secoué de sanglots terribles et silencieux.

« Adam, Adam, supplie-t-elle, Aob, Aob, Aob. »

Recroquevillés, ils restent assis sur le sol jusqu'au lever du jour. Le ciel reste sombre longtemps, car le temps est couvert.

« Ça ne doit plus nous arriver, dit-elle en bougeant

la tête contre sa poitrine. Jamais plus. Nous devons être bons l'un envers l'autre, sinon nous ne serons pas capables de le supporter. Nous sommes trop petits, trop vulnérables.

– Viens, dit-il au bout d'un long moment. Nous ne pouvons pas rester là. »

Ils ne sont pas encore parvenus à la fin du voyage. Ils ont, devant eux, d'autres montagnes à franchir. Le Cap se rapproche mais ils ne l'ont pas encore atteint. Ils se mettent en route sur le dos voûté de ce vieux cheval que le fermier leur a donné à contrecœur. Les montagnes se dressent doucement devant eux. Ils ne se sentent ni soulagés ni heureux. Ils ne font que poursuivre leur route : aveugles, épuisés, au-delà de toute désillusion, à travers un paysage de souffrance nue. L'humidité augmente. Il va pleuvoir.

Il pleut. Ça n'a pas vraiment d'importance, maintenant. Tout aurait été différent il y a une semaine, un mois peut-être. Plus aujourd'hui. Le Karoo est derrière eux; ils ont atteint les montagnes. Ce n'est plus une rédemption; un peu de pitié au mieux. Ils s'abandonnent cependant à la pluie avec une joie primitive et ne pensent pas une seconde à s'abriter. Les montagnes sont abruptes, chaîne après chaîne, jamais faciles. Mais ils aperçoivent des traces de convois, passés par là avec bétail et chariots. Ils suivent la large piste à travers les gorges et les collines. C'est Adam qui mène le cheval, mais ils s'arrêtent à intervalles réguliers, tournent leurs visages vers le ciel pour avaler l'eau de pluie, la sentir ruisseler sur leurs corps. Sa longue robe plaquée contre elle, mouillée et lourde, la gêne pour marcher, mais la sensation du tissu détrempé sur sa peau la transporte de joie.

Comme des enfants, ils se poursuivent sous la pluie, abandonnant leur cheval qui broute; ils se rattrapent, se saisissent, glissent et roulent dans la boue, dans l'herbe parmi les bruyères et les protées. Ils restent allongés, pantelants, tandis que la pluie tombe à verse sur eux et les trempe jusqu'aux os.

Quand ils sont trop fatigués pour jouer, Adam ouvre le balluchon en se débattant avec les lanières mouillées et en sort un *kambro* qu'il a découvert de l'autre côté des montagnes. Il gratte l'écorce de la lame de son couteau, lui donne les pelures en lui montrant comment les frotter entre les mains pour qu'elles moussent. Elle se défait de sa robe sale, l'enlève d'un petit coup de pied et la laisse en boule sur le sol. Tandis que la pluie continue de tomber, ils se savonnent, se lavent, se frottent, se caressent. Glissants et lisses, luisants comme des otaries, ils font l'amour sur l'herbe. Ils ont l'impression de se dissoudre dans la boue et l'eau de cette zone frontière entre hier et demain, entre les plaines stériles et les vallées fertiles du Cap. Ils n'appartiennent à rien, ne sont déterminés par rien. Ils sont réduits, dans ce pur jeu de leurs corps, à de simples éléments. Quand, épuisés et hors d'haleine, ils cessent de bouger, ils restent sur le sol, enlacés comme des racines d'arbres, bouches ouvertes tandis que les trombes d'eau lavent et débarrassent leurs corps de la boue et de l'herbe.

Blottissant sa tête au creux de son épaule, il dit en riant :

« Tu sens la terre, l'eau. Tu es belle, ô Dieu, tu es si adorable.

– Ce serait merveilleux de mourir comme ça, dit-elle. J'avais l'impression de mourir et de vivre à la fois. »

Il se dégage d'elle au bout d'un long moment. Elle tend les hanches en avant pour le retenir et a soudain envie de pleurer devant ce sentiment de perte et de vide. Elle relève les jambes et reste pelotonnée pour conserver sa chaleur – cheveux répandus dans l'herbe, traces de boue sur le dos.

« Il va bientôt faire noir », dit-il en l'aidant à se relever.

Ils ressentent un choc tous les deux. Qu'est devenu le jour? Ils vont devoir passer la nuit quelque part par là. Mais il n'y a pas d'abri à proximité, pas de grotte visible dans ce rideau de pluie : tous les buissons et les arbres sont détrempés. Ils se recroquevillent sous une saillie rocheuse. Le cheval, debout devant eux, les protège de la pluie, mais l'humidité les atteint quand même. Il fait de plus en plus froid. L'haleine du cheval forme de petits nuages blancs dans cette obscurité profonde. Blottis sous un *kaross,* ils essaient de se tenir chaud. Il n'y a pas de bois sec pour faire du feu, pas de chaleur hormis celle de leurs corps tremblants qui fument sous les lourdes peaux. Ils regrettent leur extravagance; tout leur apparaît excessif et enfantin. Ce moment si parfait et si plein de vie leur semble irréel. Sa semence en elle, ses cris et ses contorsions contre lui paraissent incroyables et perdus. Tout était si éternel. Maintenant, si loin.

Cela ne peut-il durer au-delà du moment? se demande-t-elle en sentant un accès de toux naître dans sa poitrine. Il s'efface, ce moment que l'on regarde avec tant de confiance et dont on croit qu'il va réparer une vie de souffrance. Tout ce qu'il en reste est cette nuit dans les montagnes – et le souvenir est vague et incertain. Ce moment était si autonome. Ils n'ont plus à présent qu'à savoir et croire que ce moment a bien eu lieu. Et demain?

Tremblants de froid, ils voient le jour incolore se profiler; sans attendre plus longtemps, ils dévalent la pente pour se réchauffer. Un torrent en contrebas... eau brune, écume blanche – puis ils gagnent l'autre côté, la pente opposée. Bouge, ne t'arrête pas. Il est déjà tard dans l'après-midi quand ils découvrent une grotte peu profonde, avec du bois sec à l'intérieur. Il allume un petit feu qu'il nourrit de branches humides.

Le feu crache plus de fumée qu'il ne dispense de chaleur, mais c'est quand même mieux que la nuit précédente, passée à la belle étoile. Elle tousse toujours mais pas aussi fort que dans leur grotte hivernale. Le bras d'Adam va plus mal. Son état a empiré avec le froid.

La pluie dure encore deux jours puis le soleil réapparaît derrière les nuages épars et vagabonds, brille sur l'herbe et sur leurs corps humides. Ils atteignent le dernier col. Sous eux, une grande vallée s'ouvre vers le sud-est. Au loin, une mince colonne de fumée s'élève d'une ferme à toit de chaume. C'est la terre promise; ils s'en rapprochent. Encore une semaine ou deux, certainement pas plus.

Puis le cheval meurt. Adam dit que c'est à cause des plantes vénéneuses poussées après les pluies. De toute façon, le pauvre animal n'avait plus beaucoup de forces; il leur permettait cependant d'avancer plus rapidement. Maintenant, le cheval gît sur le flanc, le ventre gonflé, sur un tapis de richardies.

Ils s'asseyent près du cadavre. Elle porte sa robe de soie brune, sèche mais froissée. Cet événement malheureux les a complètement démoralisés.

« Au moment où tout commençait à aller mieux, dit-elle avec colère. N'avons-nous pas déjà assez souffert?

– Peut-être étions-nous trop pressés?

– Pourquoi n'aurions-nous pas dû l'être? Nous voyageons depuis tant de mois.

– *Où* allons-nous, Elisabeth? »

Elle le regarde, étonnée.

« Pourquoi me poses-tu une question aussi étrange?

– L'est-elle vraiment? Nous avons dit tout le temps : Le Cap, Le Cap, la maison, la maison. (Il caresse la crinière du cheval, presque avec tendresse.) Vers quel Cap nous dirigeons-nous?

– Il n'y en a qu'un.

– C'est ce qu'il nous semblait quand nous étions encore loin. Nous le voulions ainsi, mais plus nous nous rapprochons... (Il se tait avant de la regarder droit dans les yeux. Ses cheveux volent doucement dans le vent.) Nos Caps sont différents et tu le sais très bien.

– Le Cap ne sera jamais plus ce qu'il était, pour aucun de nous deux. (Elle essaie de le convaincre par le feu intense qui brûle au fond de ses yeux.) Ce sera un endroit tout neuf. Nous y recommencerons tout depuis le début.

– Crois-tu qu'il soit possible de tout recommencer depuis le début?

– Nous en avons déjà discuté! Pourquoi te remets-tu à avoir des doutes?

– Je ne me remets pas à avoir des doutes. J'en ai toujours eu. Ça ne nous semblait pas aussi important quand nous étions de l'autre côté de la montagne. Il nous était plus urgent de survivre. Maintenant, il nous faut savoir.

– Dès que nous serons de retour, je demanderai ton pardon au gouverneur. Nous en sommes convenus, n'est-ce pas?

– Suppose que j'aie tué Lewies? Il n'y a pas de pitié pour un assassin.

– Même si tu l'as tué, tu as payé pour sa mort, en me sauvant la vie. (Elle le regarde, suppliante.) Adam, pourquoi ne veux-tu pas me croire?

– Je te crois, mais j'aimerais avoir plus confiance dans les gens du Cap.

– Tu disais que tu ne pouvais plus vivre loin du Cap.

– Je sais. Mais je dois me demander aujourd'hui si je peux vivre *avec*.

– Tu seras libre, lui rappelle-t-elle. Aussi libre que moi. Tu pourras aller et venir à ta guise. Personne ne t'en empêchera. Tu penses encore beaucoup trop au passé. Tu es un homme nouveau, aujourd'hui.

— Le Cap sera-t-il un nouveau Cap? insiste-t-il.

— Que veux-tu donc faire? demande-t-elle avec colère. Je n'y vais pas sans toi, mais je ne peux pas rester ici, non plus.

— Je ne pars pas *sans* toi, dit-il dans un faible sourire. Si seulement tu comprenais...

— Tu dois me faire confiance, Adam.

— As-tu pensé à toi? Ce pourrait être encore plus difficile pour toi. Ton peuple te désavouera.

— Tu m'importes plus qu'eux. Si je suis obligée de choisir... j'ai déjà fait mon choix.

— Et une fois que nous serons là-bas, avec les années qui passeront... Suppose que je me rende compte que tu es coupée des autres, qu'ils t'évitent dans la rue, qu'ils détournent la tête devant tes enfants, que tu sois de plus en plus isolée. Crois-tu que je pourrai l'admettre en sachant que j'en suis la cause?

— Mais il y a d'autres Blancs mariés avec des Noirs! (Ses yeux s'enflamment.) Même le vieux gouverneur Van der Stel... on dit que sa mère ou sa grand-mère était noire.

— C'était il y a cinquante ans. Les choses changent et il est plus facile pour une Noire d'épouser un Blanc. Mais une *femme* blanche...!

— Adam, je t'ai promis...! Je t'en prie, crois-moi.

— Ils ne te pardonneront jamais, persiste-t-il. Si leurs femmes se mettaient à faire de telles choses... Elles en viendraient à saper tout ce en quoi ils doivent croire s'ils veulent rester les maîtres du pays. Tu n'arrives pas à comprendre ça?

— C'est toi qui n'arrives pas à oublier tes souffrances passées. Ça t'a si profondément marqué que tu ne veux même pas admettre qu'une autre vie soit possible.

— Crois-tu vraiment que je ne le veuille pas? demande-t-il. Mon Dieu, le crois-tu vraiment? »

Elle baisse la tête. Le cheval gît, immobile parmi les

fleurs blanches, piétinées. Les abeilles bourdonnent dans l'herbe.

« Suppose que tout se passe comme tu le crois, dit-il enfin. Suppose qu'ils nous acceptent et que nous vivions heureux jusqu'à la fin de nos jours. Je serai libre et t'en serai redevable. Cela changera-t-il quoi que ce soit au sort de ma mère? Elle restera une esclave à la ferme du maître. Cela changera-t-il quoi que ce soit au sort de chaque esclave de ce pays? Toi et moi, nous ne pouvons rien faire pour changer leurs vies. Le Cap restera toujours ce qu'il est. Au mieux, je serai une exception à leur règle.

– Alors, tu n'aurais jamais dû revenir.

– Que pouvais-je faire d'autre?

– Veux-tu m'amener là-bas, puis faire demi-tour et errer à travers le pays, comme avant?

– Ce serait pire qu'une condamnation à mort. Je préférerais me rendre.

– Que pouvons-nous faire? supplie-t-elle.

– Rien. C'est ça qui est terrible. Sais-tu qu'on pose souvent des questions parce qu'on sait déjà qu'elles restent sans réponses? »

Il regarde ses mains, la plaie purulente de son bras : chair enflammée, bleue, pourpre, noire.

Durant ces derniers mois, nous n'avons pas cherché ce qui est arrivé, en bien ou en mal. Nous ne l'avons pas voulu ni choisi. Nous nous sommes même efforcés de ne pas aimer. Nous ne *voulions* pas que quelque chose arrive; c'est quand même arrivé, parce que nos possibilités se sont changées en faits; nous ne pouvons qu'endurer ce que nous vivons et ce qui nous attend. Nous ne pouvons pas échapper à la faute, au fouet, aux fers et au piaillement des mouettes dans le vent éternel. Et un jour, un bruit d'avirons qui souquent et c'est le commencement à nouveau. Peut-être est-ce tout ce que nous pouvions espérer?

« Viens, dit-il doucement. Nous devons atteindre Le Cap. »

Mais ils ont compté sans sa blessure. Les herbes que les Hottentots lui ont données ont neutralisé le poison pendant un temps, mais ça ne l'a pas guéri. Peut-être que l'épuisement dû au voyage à travers les montagnes y est pour quelque chose? Ou la pluie? Quelle qu'en soit la cause, la plaie prend un vilain aspect. Pendant toute une nuit, il ne peut dormir mais il ne veut pas la réveiller. Elle a besoin de se reposer. Quand elle rouvre les yeux, elle est bouleversée de voir son visage déformé par la douleur, la couleur cendre de ses joues. En dépit de tous ses efforts, il laisse échapper un grognement. Le bras est enflé et noir. La sueur couvre son front. Il ne semble plus pleinement conscient de ce qui se passe.

Obéissant à ses instructions, elle casse l'un des œufs d'autruche et réduit la coquille en poudre sur des pierres; elle aide Adam à se redresser pour qu'il puisse lécher la poudre, mais cela ne fait pas tomber sa température. Elle frotte doucement la plaie avec du miel, comme il l'a toujours fait. Cela aussi n'a que peu d'effet.

« Que puis-je faire d'autre? demande-t-elle, désespérée.

— Mettre de l'herbe de grâce sur la plaie, dit-il, le visage tordu de douleur. De l'armoise amère ou des sensitives. Ça soulagerait l'inflammation.

— Où puis-je en trouver?

— Je viens avec toi. »

Au bout de quelques minutes, il doit s'étendre, trop fiévreux pour marcher. Il tente de lui décrire les buissons et les feuilles; elle l'abandonne sous un arbre et part à leur recherche, cueillant tout ce qui lui semble utile.

Ils ont souvent dépassé des fermes durant ces derniers jours mais les ont évitées volontairement car Elisabeth craignait qu'ils ne soient mal reçus. Si loin des autorités du Cap, les fermiers sont une plus grande menace que le désert lui-même. Et cependant... si seulement ils pouvaient trouver une ferme à proximité! Mais il n'y a rien en vue.

Elle lui rapporte des feuilles pendant toute la journée, mais aucune ne fait l'affaire. A la fin, ils essaient tout ce qu'elle a rapporté, écrasent les feuilles, les font bouillir dans une coquille d'œuf et appliquent la mixture sur la plaie – aussi brûlante qu'il peut la supporter – puis elle repart chercher d'autres feuilles. Il reste sous l'arbre, recouvert d'un *kaross,* genoux relevés, paumes appuyées sous la nuque, dents serrées.

Ça lui faciliterait les choses si quelque chose m'arrivait, pense-t-il.

Ils sont vraiment très proches; elle peut maintenant regagner Le Cap, toute seule. Mais ses entrailles se rebellent à cette seule pensée. Il n'a pas fait tout ce chemin, pendant toutes ces années, pour mourir à proximité du but! Il a toujours survécu. Quand le serpent l'a mordu, il a vu la mort de plus près qu'aujourd'hui. La fin a été proche quand il a été tenaillé par la soif. Il y a toujours eu quelqu'un pour venir à leur secours. Quelqu'un qui connaît le pays. Aujourd'hui, il n'y a personne d'autre qu'elle. Et comment pourrait-elle reconnaître une herbe de grâce d'une sensitive?

Grand-mère Seli, tu aurais su, toi. Toutes les pentes de Padang en étaient couvertes, tu me le disais : toutes ces feuilles frémissantes qui s'enroulent au contact du doigt. Différentes des variétés du Cap. Différentes et plus belles. Tout ce que tu connaissais était différent et bien plus beau : volcans, plages bordées de cocotiers, récifs de coraux, hibiscus, cannelle et jasmin. Tu reposes maintenant dans le cimetière malais, au pied de la Montagne. Ils t'ont au moins laissée mourir, libre. Pauvre chose, tu es si exposée, si vulnérable, là-bas – une simple rangée d'arbres contre le vent.

C'est si différent de l'énorme mur qui clôture le cimetière des Hollandais.

Est-ce ce jour-là que tout a commencé? Quand on a appris la nouvelle de sa mort, que ma mère s'est sauvée pour assister aux obsèques et que le Baas m'a appelé dans l'arrière-cour? Si loin, m'man, pas plus loin! Tu m'as persuadé pendant toutes ces années d'accepter l'homme blanc et ses lois, une pour lui et une pour nous. Nous n'avions que la permission de nous agenouiller et de dire : merci, mon maître et mon seigneur. Mais c'est fini. Voici la fin. Je ne lèverai pas la main sur toi. Je n'ai jamais connu mon père et mon grand-père – l'un mort, l'autre vendu – mais toi, je te connais. Tu as lavé mes plaies et tu m'as consolé quand j'étais enfant. Tu es ma mère. Maintenant, je prends ce morceau de bois, ce merveilleux morceau d'oréodaphné bien lisse, que j'ai raboté avec tant de soin (tu sens l'odeur des copeaux? Il n'y a pas un artisan comme moi dans tout Le Cap) et je vais lui fracasser la tête. D'accord, laissez-les venir. Laissez-les m'attraper. Laissez-les m'attacher face à leur Citadelle de pierre sous les mouettes qui piaillent. Mon seul regret est de n'avoir été condamné qu'au fouet et au fer rouge. Mon grand-père Afrika était un plus grand rebelle que moi. Il est mort ici, lié peut-être à ce même poteau, les os rompus sur la roue : je deviens un homme dans ma mort. Je ne suis pas digne de toi, vieil Afrika. Maintenant, encore moins que jamais. Regarde, me voici sur le chemin du retour; je joue le jeu des Blancs; je vais ouvrir un magasin de meubles. Ils m'ont dompté et m'ont mis sous le joug. Pardonnez-moi, grand-père, grand-mère Seli, père, mère. Vous tous. Je ne sais plus où est ma place, mais je l'aime.

Le jour où je me suis approché du chariot en traversant les bosquets de figuiers sauvages – après les avoir si longtemps suivis, les avoir regardés se détruire à petit feu: était-ce de ma propre volonté? Etais-je choisi? Tout était-il décidé d'avance?

Il m'était possible de faire demi-tour à ce moment-là. En quoi une femme blanche, perdue au milieu du désert, devait-elle m'intéresser? Combien d'autres individus – bruns, noirs ou blancs – gisaient éparpillés sur les plaines désolées? Un corps de plus faisait-il une différence? Qu'attendais-je d'elle, à ce moment-là? Pas son corps. J'avais déjà aimé un corps, dans l'obscurité parmi tant d'autres, et je l'avais perdu. C'était suffisant. On s'habitue au vide et on s'en sert comme d'une excuse. Qu'attendais-je donc d'elle? Cette première soirée, quand elle a fait sa toilette dans le chariot – la lanterne projetait son ombre noire sur la bâche du chariot – bras au-dessus de la tête, poitrine ferme, douce courbe du ventre. Non, ce n'était pas du désir. Pas seulement. Le désir est facile et aisément contrôlable. Quoi alors?

Le jour où elle est apparue sur le rocher plat, au bord de la rivière: qu'est-ce qui m'a forcé à aller vers elle, à enlever mes vêtements et à les mettre en pièces – les vêtements de son mari, pas les miens – à les éparpiller sur les branches de notre abri? Voulais-je me moquer d'elle, l'insulter, lui faire peur? Mais elle n'était absolument pas concernée; cela ne concernait que moi. Dans quel accès d'insolence ose-t-on admettre: me voici, je suis humain? Qu'il est facile de mal calculer!

Avais-je le choix, le jour où j'ai quitté la ferme abandonnée à la recherche d'une antilope, le jour où j'ai laissé passer tout le gibier que je trouvais avec l'intention de m'échapper et de ne jamais revenir? En était-il déjà décidé, à ce moment-là? Retourner vers tout ce dont j'avais peur, dire volontairement: me voici, prenez-moi, prenez ma liberté.

Tout cela peut-il être anéanti d'un seul coup parce qu'aucune sensitive ne pousse dans la vallée?

Elle revient au crépuscule avec des feuilles de sensitive plein les bras sans même comprendre qu'elle a trouvé ce qu'elle cherchait. Ils broient les feuilles, les font bouillir et les appliquent, brûlantes, sur son bras. Allongé et gémissant dans la nuit, elle reste près de lui et le veille.

Quand je mourais de faim et de soif dans le Karoo, tu es parti et tu as trouvé une antilope qui avait protégé son petit des chacals pendant toute la nuit. Tu as mis les prédateurs en fuite. L'antilope a dû croire que tu étais venu pour la sauver, mais tu as tué le petit, tu l'as tuée aussi pour apaiser ma soif de son lait. Et pour se venger de ta trahison, elle t'a ouvert le bras d'un coup de corne. Maintenant, c'est ton tour. Je sais que j'arrive trop tard. Si seulement j'avais su trouver ce qu'il fallait, je serais revenue plus tôt. Ces buissons poussent dans toute la vallée. J'apprends si lentement.

Tu es là sans défense comme un enfant; tu es en mon pouvoir, en celui des plantes. Je peux poursuivre ma route à partir d'ici. Dans deux ou trois jours, des gens m'accueilleront ou abuseront de moi, mais ils finiront par me ramener au Cap. Auprès de ma mère qui n'arrête pas de se plaindre de tout le monde, de rêver de Batavia et d'Amsterdam; auprès de ce pauvre père dont la vie est une impasse, fidèle serviteur de la Compagnie. D'autres fêtes et d'autres banquets à la Citadelle, d'autres pique-niques sur la Montagne et d'autres excursions à Stellenbosch ou à Drakenstein auront lieu. Il y aura d'autres officiers, d'autres explorateurs à amuser et divertir. Un dimanche, qui sait, il y aura peut-être une autre course de taureaux. La vie continuera comme par le passé. Plus jamais comme par le passé. Mais comment puis-je t'abandonner ici? Même si tu devais mourir dans mes bras, cette nuit, je ne peux pas t'abandonner. Tu es resté avec moi. Tu m'as délivrée. Tu m'as prise à ton piège. Tu m'as baptisée de ton sang, je t'ai baptisé du mien. Nous avons parcouru tant de chemin dans notre voyage intérieur. Nous avons tellement souffert de la sécheresse; si peu pour apaiser notre soif; des enfants morts. Mais nous avons aussi trouvé la nourriture cachée par les chacals, le *ngaap* et la patte d'éléphant; il y a eu les œufs d'autruche également, le miel de cette tombe où reposait un dieu mort, le lait d'antilope et le cadavre d'un faon. Il y a eu la mer, la forêt. Ne l'oublie jamais. Ce fut un paradis. Oui, ce le fut et tu dois, pour cette raison, vivre, Adam. A la sueur de ton front. Moi aussi. Voilà comment ça s'est passé. Voilà comment ça se passe. Nous sommes.

Si tu guéris, je chérirai ta vie. Je ne serai plus jamais vaine, je n'essaierai plus de me battre pour moi. J'essaierai humblement de te protéger des désillusions, de la haine de chaque jour. Jusqu'à ce que la mort nous sépare. Ne meurs pas.

« Que tu le veuilles ou non, tu mourras tôt ou tard », dit le vieil homme dont le nez et les joues sont sillonnés d'un réseau de veines pourpres.

Ses yeux verts se moquent d'elle. Il est assis, jambes écartées pour faire de la place à son ventre énorme engoncé dans une somptueuse veste de brocart ramenée de la mère patrie.

« Voilà pourquoi il faut mener une vie honnête et décente, dit-il. Le Diable monte la garde de jour comme de nuit. S'il te prend en flagrant délit, il t'entraîne jusqu'à l'étang de feu et de soufre, dans le châtiment éternel, au milieu des gémissements et des grincements de dents.

— Je ne veux pas aller là-bas, oncle Jacobs, dit-elle, pâle, la gorge nouée. Ça m'amuserait d'y jeter un coup d'œil, après tout.

— Une vision terrible, proclame-t-il. La bête à sept têtes transporte la femme pourpre sur son dos. Cris et hurlements des damnés. Pire que ceux des criminels qu'on torture à la Citadelle, parce que c'est pour l'éternité.

– N'effraie pas cette enfant, le gronde son père, assis de l'autre côté de la petite table qu'ils ont installée sous le groseillier. A toi de jouer, Stephanus.

– Mais je veux tout savoir, papa.

– Ce n'est pas pour les enfants, insiste-t-il, ennuyé.

– Il vaut mieux savoir et être prévenu, dit Jacobs en mettant une main sur son épaule. N'es-tu pas d'accord avec moi, Elisabeth? »

Elle hoche la tête. Il glisse sa main le long de son dos et la pose sur ses fesses. Consciente de ce qui va se passer ensuite, elle se met à respirer plus vite, écarte légèrement les jambes dans un frisson de peur et d'attente.

« Un de ces jours, les jeunes gens se mettront à te faire la cour », dit-il la main sur ses jambes.

Elle est debout contre sa chaise. Son père se concentre sur l'échiquier.

« Elisabeth ne pense pas encore à ces choses-là, dit-il avec irritation, sans relever la tête.

– Tu es à un âge où les jeunes filles se laissent tenter facilement; il vaut mieux donc que tu saches ce qui t'attend, continue Jacobs, imperturbable. (Après avoir effleuré l'ourlet de sa robe, sa main remonte lentement jusqu'au genou.) A toi de jouer, Elisabeth. J'aimerais savoir si tu te souviens de ce que je t'ai appris, la dernière fois. »

Elle fait bouger un cavalier.

« Tu aurais dû faire attention au fou de ton père, la réprimande-t-il gentiment tout en glissant sa main plus haut. (Il la pince légèrement dans le gras de la cuisse.) Et si les jeunes gens ne savent pas se conduire, tu les remettras à leur place sans hésiter, n'est-ce pas? reprend-il.

– Oui », dit-elle, haletante.

Son père déplace un pion.

« A toi de nouveau, Elisabeth. »

Elle étudie l'échiquier en se mordant la lèvre inférieure, puis déplace un pion à son tour.

« C'est mieux. (Douce caresse d'approbation.) Tu vois, ce qu'une jeune fille a de plus précieux est sa chasteté. Ne l'oublie jamais, mon enfant. Tu as mieux à faire et tu le sais. Laisse tomber tous ces jeunes coqs et vient t'occuper de ton vieil oncle. Je te traiterai comme une petite princesse. »

Sa main est parvenue tout en haut et caresse les petits tendons de l'aine.

« Oui, oncle Jacobs. »

Elle reste immobile contre son genou, le visage empourpré. Elle est incapable d'expliquer pourquoi elle le laisse agir ainsi. Ce n'est pas de la timidité. Ce charmant vieillard a toujours été adorable avec elle. Elle n'a même pas besoin de le décourager par une protestation ou un geste. Si elle referme les jambes ou s'éloigne, il cessera ses explorations et finira, sans doute, par se lasser. C'est quelque chose de complètement différent. Elle n'éprouve aucune gêne en présence de son père, mais une curieuse excitation. Il est là, assis en face d'elle, réagit à ses passes incertaines, inconscient de ce qui se déroule. Le danger, la proximité du feu et du soufre la laissent tremblante. Une fois de plus, elle déplace une pièce sur l'échiquier, consciente de ce doigt qui titille la pointe des lèvres de son sexe.

« Maintenant, aie la tour de ton père à l'œil. Il faut être très vigilant en ce monde, sinon tu te fais prendre. (Il poursuit sa douce caresse sur son sexe, dans un avertissement plein de tendresse.) Et tous tes pions finissent alors dans le feu de l'enfer.

— Ce n'est qu'un jeu, Stephanus, dit son père.

— Les échecs sont un jeu très sérieux, Marcus. Voilà pourquoi je veux qu'Elisabeth l'apprenne très jeune.

Ça te prépare pour la vie. Ça t'apprend à garder les yeux ouverts. Tu dois admettre qu'il n'est pas facile pour une jeune fille de traverser la vie sans subir de dommages. »

« Comment vous êtes-vous arrangée pour traverser tout ça sans subir de dommages ? » demande le vieux fermier en gardant l'œil fixé sur sa femme qui sert le thé apporté par une esclave.

Elisabeth hausse les épaules.

« Comme ça, dit-elle. Cet homme m'a protégée. Ça fait si longtemps qu'il est avec nous qu'on peut lui faire totalement confiance; pour tout.

— Vous avez bien de la chance, dit le vieil homme en remuant son thé. On ne peut plus faire confiance aux esclaves, de nos jours. Une bande d'ingrats. »

Elle s'assied les yeux baissés. (Pardonne-moi de devoir jouer ce jeu encore une fois – pour toi, pour te ramener sain et sauf chez toi.) Ce qui la surprend le plus, c'est l'aisance avec laquelle elle a appris à mentir : question d'expérience.

« Et vous dites que ça s'est passé juste de l'autre côté des montagnes ?

— C'est là que les Boschimans ont attaqué notre convoi, oui, confirme-t-elle.

— Et vous avez aussi perdu votre mari ? Pauvre enfant, vous êtes encore si jeune. »

Elisabeth ne relève pas les yeux. La vieille femme soupire, écarte les jambes pour s'installer plus confortablement. Quelques mouches bourdonnent autour d'elle mais elle ne fait pas l'effort de les chasser.

« Oui, dit son mari, nous sommes tous à la merci de Dieu. Et il nous punit très sévèrement. Mais nous ne pouvons pas nous plaindre; il n'y a que le bétail qui meurt en masse. L'herbe empoisonnée, voilà ce que c'est. Après les pluies, vous comprenez.

— Nous avons perdu notre cheval comme ça.

– Oui, on ne peut pas éviter le Seigneur s'il est à votre recherche. Je persiste à croire que c'est à cause de la Compagnie et de ses péchés que nous sommes si durement punis. Plus on peut s'éloigner du Cap, mieux c'est. Regardez-nous, ma femme, moi-même et nos sept fils, nous sommes venus nous installer ici – aujourd'hui, nous sommes seuls. Les enfants sont partis de l'autre côté des montagnes, toujours plus loin du Cap. Rien ne les arrête. Vous pourriez tout aussi bien attendre d'une fourmi qu'elle s'asseye sur son cul.

– En fait, je voulais vous demander...

– Oui, vous me l'avez dit. Vous voulez qu'on vous aide à regagner Le Cap. Oui. (Il boit une autre gorgée de thé et soupire.) C'est vraiment le mauvais moment de l'année. Je ne sais pas. »

Il se lève, se dirige vers la porte, contemple ses champs et les montagnes à l'autre bout de la vallée; le ciel, en cette fin de soirée, est couleur lilas fané.

« C'est la saison des fruits en ce moment et les vendanges viennent à peine de commencer. Les ouvriers agricoles sont debout de l'aube au coucher du soleil. Je vous le dis, c'est toute une journée de travail à les surveiller de près...

– Peut-être connaissez-vous quelqu'un d'autre ?

– Non. Non, ne me comprenez pas mal. Nous allons vous aider. Pauvre enfant, être veuve à votre âge. C'est seulement très difficile de se passer de quelqu'un en ce moment.

– Je paierai pour ça, dit-elle, en contenant sa colère.

– Mon Dieu, non. Loin de moi cette pensée. Comment pourrais-je vous demander de l'argent pour un service ? »

Il retourne sa chaise.

« De toute façon, avec quoi pourriez-vous me payer ? » demande-t-il avec une curiosité à peine voilée.

Elle ramasse le fusil qu'Adam a volé quand ils sont partis avec le cheval, cette nuit-là.

« Hmmm », dit-il pensivement.

Il le prend, l'inspecte soigneusement, jette un coup d'œil dans le canon, essaie le chien, caresse la crosse.

« Hmmm, ce n'est pas un mauvais fusil, après tout. Vous n'avez rien d'autre en dehors de ça ? »

Sans dire un mot, elle saisit son balluchon, en défait les liens. Les deux vieux la regardent avec avidité déplier les peaux sales puis se rasseyent d'un air déçu.

« Rien d'autre ? » demande l'homme.

Elle se lève, debout devant lui, la tête haute, maigre dans sa robe froissée.

« Voilà tout ce qu'il me reste : moi, dit-elle.

– Non, non, c'est très bien, répond-il en hâte en évitant les yeux accusateurs de sa femme. Je vous ai dit que nous ne voulions rien. On devrait pouvoir aider son voisin, n'est-ce pas ? Je crois d'ailleurs que nous devons envoyer un chariot au Cap, dans une semaine ou deux. J'ai quelques plumes, des œufs et de l'ivoire que mon fils aîné m'a apporté, il y a quelque temps. Nous enverrons simplement le chariot un peu plus tôt que prévu. Ce n'est pas un problème. Merci quand même pour le fusil. »

Ce voyage en chariot leur paraît irréel. C'est peut-être la partie la plus étrange de leur voyage. Pendant tous ces mois, ils ont marché à travers la forêt, à travers les montagnes et les plaines brûlantes. Même quand leurs mouvements leur ont paru mécaniques, il n'a toujours tenu qu'à eux de continuer, de s'arrêter, de changer de direction, d'aller plus vite ou plus doucement.

Ils sont maintenant à bord de ce chariot, assujettis au rythme des bœufs qui traînent leurs sabots. Ils n'ont plus aucun contrôle sur leur avance et se laissent transporter à travers les jours comme vers un destin auquel ils se sont résignés d'avance. Elisabeth, dans sa robe lavée, amidonnée et repassée par une esclave de la ferme, Adam dans une chemise de toile et des pantalons qui lui arrivent aux genoux, trop étroits pour le vieux fermier. Ces vêtements les rendent étrangers l'un à l'autre. Ils ont honte de se regarder comme s'ils découvraient qu'ils étaient nus.

Sur le siège du cocher, un vieil esclave, Januarie, un long fouet en peau de rhinocéros sur les genoux, un chapeau dont les bords lui cachent les yeux. Les bœufs semblent connaître la route par cœur – à travers une gorge étroite jusqu'à la luxuriante vallée du pays de Waveren, puis vers le nord en suivant une large piste le long d'une rivière sinueuse qui les conduit aux sombres collines ondulantes, couleur d'ambre, du Swartland. Puis vers le sud, vers les dômes de granit de Pearl Mountain. Arrivés là, il ne leur reste plus que quelques jours à travers l'étendue désertique du Cap Flats où la montagne de la Table commence à se préciser lentement contre le bleu du ciel.

Irréel : parce que la nuit, elle doit dormir dans le chariot tandis qu'Adam rejoint le cocher sous le chariot. Pendant la journée, leurs rencontres doivent paraître accidentelles. Ils ne veulent pas que le vieil homme se doute de quoi que ce soit. Est-ce vraiment important ? Le temps qu'il regagne la ferme pour raconter leur histoire, ils seraient en sécurité, sa liberté confirmée. Quelque chose pourtant les en empêche. Ils ont peur de ce que pourrait raconter Januarie, au marché du Cap. Ils éprouvent aussi le besoin de conserver intact ce qui fut leur pendant si longtemps. Quelque chose dans cette situation la fait ressembler à la fiancée qui fait retraite avant le mariage. C'est maintenant si proche et si inévitable. Elle veut sauvegarder, dans ces derniers jours vulnérables, ce rêve de virginité. Ce sera bientôt fini. Pour lui aussi, peut-être.

Dans ce dernier voyage auquel je me suis résigné et que je n'ai pu éviter, la présence du vieux cocher t'a rendu intouchable à nouveau. Je dois maintenir cette illusion; je dois, provisoirement, y croire moi-même. Je te tiendrai bientôt dans mes bras et te reconnaîtrai à nouveau. Pour l'instant, une curieuse nécessité nous pousse à garder nos distances. C'est désagréable et, pourtant, étrangement réconfortant.

Irréel : ils avancent toujours plus avant; la terre glisse doucement en arrière, retourne vers le passé, résiste au futur qui gifle leurs visages comme le vent, bien qu'il n'y ait pas de vent. Ça ressemble, pense-t-il, aux antilopes qui passaient devant nous sur la plaine, attirées par leur destin, yeux écarquillés et aveugles.

Irréel : être de retour ici. Les collines, recouvertes de sombres buissons, se déploient autour d'eux. Demain elles appartiendront déjà au passé.

« Vous venez souvent par ici? » demande Adam au vieux cocher.

Il finit de mâchonner sa chique de tabac, crache par-dessus la croupe du bœuf, avant de lui répondre :

« De temps en temps, oui. Trois ou quatre fois par an.

– Vous aimez la vie que vous menez dans l'intérieur des terres?

– Oui, j'ai un bon Baas. On a grandi ensemble, lui et moi. Voilà pourquoi il m'envoie toujours au Cap. Comme ça, je peux voir ma femme. Elle a été vendue avant notre départ. Elle se fait vieille maintenant. Comme ça, je peux lui rendre visite et c'est bon. On sait jamais si c'est pas la dernière fois.

– Si vous aviez été libre...? »

Januarie a un petit rire.

« Qu'est-ce que je ferais de ma liberté? Le Baas il s'occupe de moi. Je sais pas ce que je pourrais faire de moi si j'étais libre.

– Vous êtes né au Cap? »

Il n'arrive pas à s'expliquer pourquoi il pose tant de

questions au vieillard. C'est peut-être seulement pour tuer ces heures interminables pendant qu'elle somnole à l'arrière du chariot.

« J'y suis pas né, non, répond Januarie. Je suis venu avec ma mère de Madagascar, mais je me souviens de rien. J'étais trop petit. Vaut peut-être mieux. »

Un autre gloussement. Ils continuent leur route sans dire mot, puis Januarie demande :

« Content de rentrer chez toi, pas vrai?

– Chez moi? dit Adam, surpris.

– Au Cap.

– Oh! oui, bien sûr. (Il fixe la route devant lui en répétant doucement :) Oui, chez moi.

– Ça fait longtemps que t'es parti?

– Très longtemps. J'ai même oublié à quoi Le Cap ressemblait.

– Toujours pareil à lui-même, *mos*. Je l'ai vu toutes ces dernières années. De nouvelles maisons, de nouvelles rues, de nouvelles églises ou choses de ce genre. J'ai même vu un nouveau gibet, l'autre jour. Mais c'est toujours pareil, à part ça.

– Vous avez déjà été sur l'île?

– Robben Island? Jamais. Et j'y tiens pas. »

Le bruit de l'eau qui dégouline des avirons, dans l'obscurité.

« T'as eu des ennuis? demande le vieil homme soudainement, le regard inquisiteur.

– Non, dit Adam rapidement. Je... j'y suis allé quelques fois pour charger des fruits et de l'eau. »

Januarie l'étudie de ses yeux sages et se met à rire.

« Pourquoi t'essaies de me cacher ce qui s'est passé, hein? (Il se remet à chiquer.) Hé, hé! j'étais un vaurien dans mon temps, moi aussi, t'inquiète pas. Toutes les punitions que j'ai pu recevoir! Mais on finit par se calmer, en vieillissant. Ton sang s'assagit. C'est inutile.

– Mon sang ne s'assagira jamais, dit-il en faisant une grimace.

– T'es encore jeune. Tu verras.

– Vous avez le droit de faire ce chemin tout seul, dit Adam brusquement. Et vous n'avez jamais tenté de vous enfuir?

– M'enfuir? (Les yeux liquides semblent surpris.) Pour aller où? J'appartiens à mon Baas. »

Adam ne répond pas.

« Dis-moi, lui demande Januarie. Tu t'enfuirais, toi, loin de ta maîtresse? »

Adam se tait pendant un long moment, puis répond avec assurance :

« Bien sûr que non.

– Tu vois? » dit le vieil homme d'un ton suffisant.

Le chariot bringuebale et cahote dans les sillons inégaux de la piste.

« Prends ma place un moment, ordonne Januarie. Ces bœufs avancent comme s'ils avaient avalé un petit *sopie*. Je veux arriver à Pearl Mountain avant la nuit. »

Conscient de ses nouveaux vêtements, Adam va à l'avant pour diriger les bœufs. Les jours s'enfuient maintenant, pense-t-il; ma mère est-elle toujours à la ferme? Est-elle encore vivante? Et le Baas... et Lewies? Se souviendront-ils de moi, au Cap? Mais ces gens-là n'oublient jamais. Et si Lewies est mort, ils demanderont mon sang. J'ai pourtant payé en lui sauvant la vie, à elle. Je t'en prie, fais-moi confiance, Adam. Je veux que tu sois heureux. C'est si proche, maintenant.

« Tu es si calme », lui dit-il, maladroitement, quand il la rejoint et s'assied près d'elle.

La bâche est baissée; le cocher ne peut pas les voir.

« Je ne me sens pas très bien, dit-elle, évasivement.

– Es-tu malade? »

Elle secoue la tête. Elle a l'air pâle.

« Non, je crois que ce sont les mouvements du chariot, tout simplement. C'est si lent et ça n'arrête pas.

– Le cocher a dit qu'il voulait atteindre Pearl, cette nuit.

– Ce n'est plus très loin alors, n'est-ce pas?

– Il ne reste que le Cap Flats. D'ici demain, nous verrons la Montagne. Et dans trois jours, quatre peut-être, avec ce chargement... »

Elle hoche la tête, les yeux baissés. Ses jambes se balancent dans le vide. De petits nuages de poussière soulevés par les roues semblent stagner dans l'air, derrière eux.

« Es-tu malheureuse?

– Non, bien sûr que non. »

Il la fixe, attend qu'elle relève la tête doucement, qu'elle le regarde.

« Je vois bien que tu n'es pas heureuse. »

Elle garde le silence.

« Elisabeth. »

Elle secoue la tête. Ses yeux brûlent. Le bonheur existe-t-il donc? Est-ce seulement quelque chose que l'on souhaite ardemment? Non! Je l'ai goûté et je l'ai ressenti. Il existe, je le sais intimement. Le paradis existe. Même si l'on ne peut l'apercevoir qu'en de rares instants fugitifs, même s'il est perpétuellement menacé.

« Je suis désolée, murmure-t-elle en pressant sa tête contre lui. C'est si étrange de vivre loin l'un de l'autre. Une fois que nous serons là-bas... Je suis heureuse. Je le suis vraiment. »


« Non, ma fille, lui avait dit son père. Tu ne peux pas jouer; tes pensées sont ailleurs. »

Pendant un moment, sa main avait erré sur l'échiquier avant de s'abaisser et de bousculer tous les pions.

« Que se passe-t-il? lui avait-il demandé.

– Ce n'est que l'excitation d'une future jeune mariée, avait-elle dit pour éluder sa question, en essayant de sourire.

– Tu n'as pas l'air du tout excitée. Ta mère a dû s'allonger au moins dix fois par jour cette semaine. Mais toi...

– Je voulais être avec toi en ces derniers moments. Voilà pourquoi je t'ai dit que je voulais jouer aux échecs avec toi. Tu es toujours si occupé autrement.

– A partir de demain, tu devras t'occuper de ton mari.

– Oui.

– C'est un bon garçon en plus. Je suis très content, mais tu me manqueras et tu le sais.

– Nous ne serons pas absents pour toujours.

– Mais quand tu reviendras... (Il sourit tristement.) Tu sais ce que la Bible dit au sujet de la chair...

– Est-ce vrai? demanda-t-elle impulsivement. As-tu ressenti la même chose? Est-ce bien la peine de tout y sacrifier?

– Tu ne dois pas en parler comme d'un sacrifice, protesta-t-il. Après tout, on fait son choix, librement.

– Est-on vraiment libre de choisir?

– C'est toi qui nous as mis au pied du mur en nous annonçant que tu allais épouser Larsson, lui rappela-t-il.

– Ce n'est pas ce que je voulais dire, dit-elle, irritée. Je veux savoir s'il est possible de ne former qu'une chair, de n'avoir plus rien à soi.

– Ma chérie... »

Il hésita.

« Qu'arrive-t-il si l'on s'aperçoit un jour en rouvrant les yeux que tout n'a été qu'erreur, qu'on n'a jamais été ensemble, que l'on a vécu l'un près de l'autre pendant tout ce temps comme deux pistes parallèles qui disparaissent à l'horizon...?

– Il est normal qu'une future jeune mariée doute à la veille de son mariage, dit-il en essayant de la rassurer. Ta mère était comme toi. Exactement.

– Pourquoi ne veux-tu pas être honnête avec moi?

– Mais je te dis...

– On agit toujours les yeux ouverts. Tu es certain que tes yeux le sont et pourtant c'est comme si tu rêvais que tu es réveillé. Et tu finis par te réveiller pour te rendre compte alors que tout n'était qu'un rêve... ( Elle se mit à réfléchir.) On le fait parce qu'on y croit, parce que ça semble être la chose à faire. Même si ce geste nous pousse à nous dresser contre le monde. Tu crois créer un monde nouveau. Pour lui et toi, tous les deux ensemble, une seule chair. Et puis, un jour... qu'arrive-t-il si, en ouvrant les yeux, on s'aperçoit qu'on est toujours aussi seul? Tout ce qu'ils savent alors vous dire c'est : tu vois! Nous t'avions prévenue, tu ne nous a pas écoutés. A toi d'en supporter à présent les conséquences...

– Tu exagères, Elisabeth, dit-il, ennuyé. Je vais te faire prescrire un calmant par le docteur.

– Qu'as-tu fait le jour où tu t'es réveillé? » demanda-t-elle avec cruauté.

Il lui jeta un coup d'œil et baissa la tête.

« Comment le savais-tu? demanda-t-il d'une voix presque inaudible.

– Crois-tu que les autres ne s'en rendent pas compte? »

Il secoua la tête.

« Nous voulions être heureux. Nous avons essayé, je le jure. Sa famille s'opposait à notre projet; ils disaient que je n'appartenais pas à la même classe sociale, la leur. Elle avait l'habitude de mener une vie beaucoup plus agréable. Je n'étais qu'un homme du Cap; mon père s'était rebellé contre le gouverneur. Nous avons décidé que nous allions leur montrer de quoi nous étions capables. Nous les avons empêchés de venir troubler notre bonheur.

– Pourquoi avez-vous échoué? Si vous étiez si déterminés?

– Je ne sais pas. (Il soupira. Il paraissait beaucoup plus vieux.) Quelque chose de spécial doit-il se produire? Non, ça arrive comme ça. Un beau jour, on découvre que le monde n'est plus ce qu'il nous semblait être. »

Elle baissa les yeux sur l'échiquier vide.

Il se leva dans un élan soudain, fit le tour de la table, vint près d'elle et lui prit les épaules.

« Je t'en prie, Elisabeth. Je ne veux pas que tu aies des doutes. Tu ne dois pas échouer, toi aussi. Depuis ta plus tendre enfance, j'ai toujours su que tu avais quelque chose en toi. Le sang huguenot de ma mère, l'instinct de rébellion de mon père. Ne les laisse pas te vaincre. Je crois en toi, tu m'entends? (Ses mains tremblaient sur ses épaules.) Le gâchis que j'ai fait de ma vie est plus que suffisant. Tu dois réussir. Quelque chose de beau, quelque chose de valable. Pas seulement pour toi; pour moi aussi. »

Elle pressa l'une de ses mains dans les siennes et regarda devant elle.

« Est-ce la meilleure façon d'y arriver? Se marier. Ne devenir qu'une chair. Que restera-t-il de moi? »

Il secoua la tête et émit un petit rire.

« Tu as toujours voulu tout faire, toute seule. Tu es si entêtée.

– Parce que c'est *ma vie*! dit-elle. Je ne veux pas que qui que ce soit la dirige pour moi. Je ne suis pas seulement une femme; je suis une personne. Je veux signifier quelque chose. Je ne veux pas mourir un jour en sachant que tout a été vain.

– Es-tu si malheureuse, ma chérie ? »

Elle regarda l'échiquier à nouveau.

« Peut-être aurions-nous dû terminer la partie, dit-elle en soupirant. Parler ne nous mène à rien, n'est-ce pas ? (Elle se leva et le regarda dans les yeux.) Je t'en prie. Ne fais pas attention. Je ne suis qu'une petite fille sotte qui se marie demain. Je suis heureuse ; je le suis vraiment. »


Le chariot continue d'avancer. Ils sont assis, silencieux. Adam tend la main et la pose sur ses genoux. Elle pose sa main sur la sienne.

Je dois me battre pour ça, pense-t-elle. Pour le sauvegarder intact. C'est nôtre. Ça nous a appartenu, à nous seuls, jusqu'à aujourd'hui. Dans quelques jours, notre histoire sera exposée à tout venant. Mais je dois me battre pour ça. N'être qu'une seule chair. Pourquoi sinon aurions-nous fait toute cette route ? Tout ça n'est pas arrivé en vain. Nous survivrons. Ensemble. Nous n'avons été, pendant tout ce temps, qu'un homme et une femme. Deux personnes seules dans cette solitude. A partir de maintenant, Le Cap va se démener pour faire de nous une Blanche et un Noir. Elle ferme les yeux. Cet homme assis près de moi et que j'aime. Cet étranger que je connais si bien.

Non : nous ne devons plus tout remettre en question, nous demander si les choses auraient pu tourner autrement. Ça n'en vaut pas la peine. Ce qui est arrivé est arrivé parce que tu es toi et que je suis moi. Si nous avions été différents, nous aurions agi différemment. Nous avons décidé de ce qui est arrivé et de ce qui arrivera à partir de maintenant. Ce pays a rendu cette histoire possible. Nous n'avons pas le droit de regretter quoi que ce soit.

L'innocence d'une jeune fille dans un groseillier du Japon.

« Si Madame est d'accord, nous ferons halte ici, pour la nuit. Nous pourrons ainsi arriver au marché, tôt demain matin », dit le vieux Januarie, chapeau à la main.

Ils ont traversé le Cap Flats en trois jours; le soleil se couche derrière les montagnes. Ils sont aux abords de la ville. On aperçoit au loin les sombres fortifications de la Citadelle. Des maisons perdues dans les vergers. Au-delà, les gorges, les ravines pourpres et vertes des montagnes du Diable, de la Table et du Lion. En contrebas, le vaste plan d'eau de la baie. Pendant ces derniers jours, la Montagne s'est dressée imperceptiblement à l'horizon, de plus en plus bleue et énorme. Maintenant, ils sont là.

« Vous êtes sûr qu'on ne peut pas continuer cette nuit? demande Elisabeth, impatiente mais hésitante.

– Où est-ce que je vais passer la nuit, Madame? J'ai pas d'endroit où loger, au Cap.

– Nous pouvons marcher, dit Adam, à côté d'elle. Nous sommes proches. Si vous voulez...

– Je ne sais pas. (Elle se sent tout à coup désorientée.) C'est si proche. Je n'en pouvais plus d'attendre. J'ai rêvé d'être ici pendant tout le voyage et maintenant...

– Je sais, mais nous ne pouvons pas passer la nuit à la belle étoile, non plus. »

Elle lève le visage vers lui et le questionne du regard. Il fait un geste du menton en indiquant la mer. Elle ne comprend pas tout de suite ce qu'il a en tête, mais accepte. Ses membres sont gourds; elle a un nœud au creux de l'estomac. Elle a la nausée.

« Si vous voulez, Madame, je peux vous amener jusqu'à la ville, propose Januarie, patient.

– Non, nous pouvons marcher.

– Madame trouvera son chemin? Il y a beaucoup de maisons.

346

– Tout ira bien. (Elle sourit brièvement.) Vous oubliez que c'est ma ville natale.

– Oui, Madame. »

Il fouille dans une caisse sous le siège avant et en sort un morceau de viande séchée.

« Prenez ça pour la route. C'est plus loin que Madame le pense. Vous pourriez avoir faim.

– Vous reste-t-il quelque chose?

– Non, Madame, mais ça fait rien. Je mangerai au marché, demain matin.

– J'ai l'habitude d'avoir faim, dit-elle. Gardez-le.

– Madame est qu'une femme.

– Gardez cette viande, Januarie. Nous nous débrouillerons. »

Le vieil esclave s'incline, reconnaissant.

Ils se mettent en route. Ils ne portent absolument rien cette fois-ci, même pas un balluchon ou un *kaross*. Ils n'ont besoin de rien. Ils avancent parmi les taillis sans rien dire. Enfin seuls.


Je suis partie d'ici il y a une éternité avec deux chariots bâchés, tirés par dix bœufs chacun, douze bœufs de rechange, quatre chevaux, huit chiens, quinze poulets, six Hottentots. Avec Hermanus Hendrickus Van Zyl et Erik Alexis Larsson. Me voilà de retour, seule.

Pauvre Erik Alexis Larsson. Pauvre Hermanus Hendrickus Van Zyl. Aucun de vous n'a survécu. Porterais-je malheur?


La ville elle-même est très petite et d'une architecture uniforme, environ mille *toises* de long et autant de large, jardins et vergers compris – ils en ferment l'un des côtés. Les rues qui se coupent à angle droit sont larges, non pavées. C'est inutile vu la dureté du sol. Des chênes bordent les rues. Aucune ne porte de nom hormis la Heerengracht qui court le long de la grande plaine face à la Citadelle. Toutes les maisons se ressemblent : belles et spacieuses, hautes de deux étages, la plupart ont des façades en stuc ou blanchies à la chaux, mais certaines sont peintes en vert : couleur favorite des Hollandais. D'autres ont été construites avec une pierre bleutée extraite des carrières de Robben Island par les prisonniers. Presque toutes sont coiffées d'un chaume de couleur sombre (*Restio tectorum*) qui pousse dans les endroits secs et sablonneux. Plus solide, plus fin et plus brillant que la paille, la popularité de ce chaume dans la région du Cap s'explique par le désir d'éviter les accidents graves provoqués par un toit trop lourd, si le célèbre « vent noir de sud-est » qui souffle dans cette région vient à l'arracher.

Dès que le chariot a disparu parmi les taillis, ils obliquent sur la droite, abandonnent la route et gagnent la mer. Le crépuscule tombe. Un vol de flamants passe près d'eux, nuage rose en direction des marécages, au-delà de la montagne du Diable.

De retour sur la plage où je suis né cette nuit-là, quand la mer m'a rejeté avec mon radeau. Tu as dit : nous devons boucler la boucle. Quoi qu'il arrive.

C'est la marée basse; les vaguelettes soupirent sur le sable humide qui fleure bon l'odeur d'algues. Ils pénètrent dans l'eau peu profonde, ne laissent aucune trace derrière eux et suivent la courbe de la baie. Il fait de plus en plus sombre. Pas de lune. Khanoes d'abord, puis le ciel se remplit d'étoiles : la Voie lactée, la croix, les six lumières de Khoeseti.

Ils arrivent enfin au-dessous de la ville, à découvert, main dans la main. L'eau vient lécher leurs pieds. Elle est glaciale malgré la douceur de la soirée. Des taches de lumière jaune, des fenêtres éclairées par des lampes sont visibles de là. Est-ce de la musique, à peine audible, qu'on joue quelque part dans la nuit? Un bal à la Citadelle, peut-être? Officiers en tenue, avec tous les insignes de leur grade, dames en robes à paniers, poudre de riz et roses. Esclaves qui portent des plateaux d'argent et des coupes de cristal : le meilleur bourgogne d'importation. C'est peut-être une hallucination. La seule certitude est le clapotis des vagues et le bruit des petits coquillages qui se brisent sous leurs pieds.

Ils marchent sur la plage, se tiennent encore la main de peur de se perdre dans l'obscurité et s'asseyent là où le sable est sec, doux et chaud.

Te souviens-tu de la nuit où les lions sont venus? Que le monde pesait autour de notre minuscule abri! Poussés par une faim d'ogre, ne tenant pas compte des épines et du feu, ils ont franchi la clôture, ont tout piétiné, on fait fuir les bœufs dans la nuit, en ont même dévoré un. Ces mêmes étoiles nous regardaient cette nuit-là.

Ils sont assis l'un près de l'autre. Ils n'éprouvent pas le besoin, l'urgence de parler. Le silence est ahurissant.

Souviens-toi du jour où je suis venue te rejoindre au bord de la rivière. Tu nageais et tu es venu vers moi, nu. Tu m'as obligée à te regarder, à te reconnaître. J'avais peur de toi et te désirais en même temps. J'avais peur de moi-même. Toujours l'aspect imprévisible de ce moi secret, inexploré.

Et le jour de la corrida à la Citadelle, ouverte par une prière. Le taureau était si plein de vie, si musclé, et puis, sang et poussière. Purifiée de toute passion, je suis rentrée à la maison. Nous sommes aussi nus maintenant que le squelette du serpent.

C'est elle qui se met à le caresser, si calmement d'ailleurs qu'on ne peut discerner de transition entre immobilité et mouvement subtil de ses mains sur son corps. Quand il en prend conscience, il murmure :

« Déshabille-toi. »

Ils ne peuvent pas se voir; la nuit est totale, mais ils sont nus à nouveau, dépouillés de leurs vêtements étrangers. Il la tient contre lui; ses mains reprennent leur douce exploration. Elle le pousse sur le dos et lui plaque les mains dans le sable. Il acquiesce. Il est clair qu'il doit rester passif et se soumettre à sa cour amoureuse.

Amour? Proximité et nuit.

A travers leur subconscient, la mer gonfle à mesure que ses caresses se font plus précises et plus sauvages. Je veux te garder en moi pour toujours. Quoi qu'il arrive, ceci est nôtre et le restera.

C'est si beau de mourir.

« Aob », murmure-t-elle contre sa joue.

Immobiles, ensemble, nous voyageons plus intensément que nous ne l'avons jamais fait.

Qui es-tu? Je n'ai jamais connu personne comme je te connais, toi. Tu m'es pourtant complètement étranger.

A l'aube, ils courent et plongent, se lavent l'un l'autre, haletants dans le froid glacial. Ils sortent de l'eau et regagnent la plage, tremblants. Ils se rhabillent et gravissent la Bosse du Lion, pénètrent dans les taillis où il va se cacher et l'attendre. Elle doit partir en éclaireur et tout arranger. Ce sera enfin son retour, à lui. Il sera facile de confirmer sa liberté déjà acquise.

Dans notre grotte hivernale, une petite antilope est venue s'abriter du froid ou d'une bête féroce. Tu l'as tuée. Tu as tué le chien également, notre enfant. On doit apprendre à vivre avec la trahison. Tu m'as dit : c'est de la viande, de la nourriture. Tu mourras sans ça. D'abord je n'ai pas voulu mais j'ai quand même fini par en manger avec toi. Je pense que sans elle, nous n'aurions pas survécu. Tu avais absolument raison.

On peut l'imaginer attendant des heures dans les taillis. L'odeur de leur semence flotte dans l'air. Il observe les mouvements des nuages indolents venus de l'autre côté de la Montagne. On peut imaginer que le vent va se lever, souffler et emporter les branches des buissons où il s'est tapi.

Dans la violence du vent, il entendra des pas un peu plus tard. Lointains d'abord, puis de plus en plus proches. Il se lèvera, impatient, anxieux.

Il les verra alors approcher, venant de la ville éloignée. La haute Montagne se découpera derrière eux, dans le vent. Il cherchera Elisabeth parmi eux, mais en vain. Pendant un instant, il ne comprendra pas, puis saisira et acceptera. Il n'envisagera pas d'autre possibilité : tout était joué d'avance. Il restera debout dans le vent furieux, les bras sereinement croisés sur la poitrine et attendra que viennent à lui tous ces hommes, ces soldats avec leurs chevaux et leurs chiens.

Là, très calme, il attendra qu'ils arrivent et lui demandent, comme elle, au début : *qui es-tu?*

Venez, pensera-t-il, haletant dans le vent. Personne ne peut nous enlever ce pays que nous avons reconnu en nous. Pas même nous. Mais, mon Dieu, une si longue route à parcourir pour toi et moi. Ce n'est pas une question d'imagination mais de foi.

*Septembre 1973 – juin 1975*

## DU MÊME AUTEUR

*Aux Éditions Stock :*

AU PLUS NOIR DE LA NUIT.
RUMEURS DE PLUIE.
UNE SAISON BLANCHE ET SÈCHE.
SUR UN BANC DU LUXEMBOURG.
UN TURBULENT SILENCE.
LE MUR DE LA PESTE.
L'AMBASSADEUR.

IMPRIMÉ EN FRANCE PAR BRODARD ET TAUPIN
Usine de La Flèche (Sarthe).
LIBRAIRIE GÉNÉRALE FRANÇAISE - 6, rue Pierre-Sarrazin - 75006 Paris.
ISBN : 2 - 253 - 03570 - X       ✧ 30/5998/7